澳门大学研究委员会研究经费资助成果
项目号：MYRG196(Y1-L4)-FSH11-YY

杨义◎主编

南中国海研究文录
近代文学的连通地气与吸纳西风

李思清　龙其林　冷川◎著

中国社会科学出版社

图书在版编目（CIP）数据

南中国海研究文录：近代文学的连通地气与吸纳西风/李思清等著.
—北京：中国社会科学出版社，2019.8
ISBN 978 - 7 - 5203 - 4437 - 1

Ⅰ.①南…　Ⅱ.①李…　Ⅲ.①中国文学—近代文学—文学研究
Ⅳ.①I206.5

中国版本图书馆 CIP 数据核字（2019）第 094533 号

出 版 人	赵剑英
责任编辑	郭晓鸿
特约编辑	王 潇
责任校对	张依婧
责任印制	戴 宽

出　　版	中国社会科学出版社
社　　址	北京鼓楼西大街甲 158 号
邮　　编	100720
网　　址	http://www.csspw.cn
发 行 部	010 - 84083685
门 市 部	010 - 84029450
经　　销	新华书店及其他书店

印　　刷	北京明恒达印务有限公司
装　　订	廊坊市广阳区广增装订厂
版　　次	2019 年 8 月第 1 版
印　　次	2019 年 8 月第 1 次印刷

开　　本	710×1000　1/16
印　　张	20.25
插　　页	2
字　　数	289 千字
定　　价	88.00 元

序　言

杨　义

　　人生总有因缘，因缘模塑着人生。我出生在南中国海的一个小半岛上，是大海的子孙。曾作《偶题》诗说："我从海上来，来观人间海。书叶且为舟，岂惊浪澎湃。细汗洒巨涛，鱼龙走惊骇。直上银河去，回首东方白。"因此，我到澳门大学任讲座教授设立的第一个研究项目，就是"南中国海历史文化研究"，带领冷川、李思清、龙其林三位博士后学人进行为期数年的探索和研究，形成了两部论文集、六部学术资料集的成果集成。

　　文学地理学是我近年研究的重要领域，我提出了"重绘中国文学的历史地图"的学术命题。该命题除了关注大陆各大文化板块的研究，另一个很重要的关注领域就是海洋文化的研究。大陆各大文化板块的研究，不仅包含了黄河文明与长江文明的太极推移，还牵动其对角线的文化效应，少数民族的草原文化、山地文化和江河源文化，以及它们凝聚成的《格萨尔王传》《江格尔》《玛纳斯》三大史诗的风貌，诗骚、李杜的地理文化诗学分析，以及西南少数民族文化的剪刀型效应等。文学地理学布下这些棋子，足以产生全盘皆活的效应。

一　南中国开发的五个维度

　　南中国海文化拥有五个历史维度，秦始皇充实岭南、南越国开通海上丝绸之路、冼太夫人奠定南中国海与中原的联系、妈祖沟通信仰血脉、利玛窦推进西学东渐，这使南中国海成了中国面向世界的前沿区域。我们谈论的南中国海地区，主要是指南海及其周边国家、地区，包括中国南部沿海地区、香港和澳门特别行政区以及东南亚等国家、地区。从明朝后期开始，南中国海地区即成为西学东渐的主要通道，西方思想、文化和科技经由南海及其周边地区向中国内陆传播，在中国近代化发展过程中具有十分特殊的意义。同时，南中国海也由此奠定了中国面向海洋、走向世界的人文基础。

南中国海地区的开发，始于秦始皇三十三年（公元前 214 年），《史记·秦始皇本纪》记载，"三十三年，发诸尝逋亡人、赘婿、贾人略取陆梁地，为桂林、象郡、南海，以适遣戍"。徐广《正义》曰："五十万人守五岭。"①《史记·南越列传》又记载："南越王尉佗者，真定人也，姓赵氏。秦时已并天下，略定杨越，置桂林、南海、象郡，以谪徙民，与越杂处十三岁。佗，秦时用为南海龙川令。……秦已破灭，佗即击并桂林、象郡，自立为南越武王。高帝已定天下，为中国劳苦，故释佗弗诛。汉十一年，遣陆贾因立佗为南越王，与剖符通使，和集百越，毋为南边患害，与长沙接境。高后时，有司请禁南越关市铁器。佗曰：'高帝立我，通使物，今高后听谗臣，别异蛮夷，隔绝器物，此必长沙王计也，欲倚中国，击灭南越而并王之，自为功也。'于是佗乃自尊号为南越武帝，发兵攻长沙边邑，败数县而去焉。高后遣将军隆虑侯灶往击之。会暑湿，士卒大疫，兵不能逾岭。岁余，高后崩，即罢兵。佗因此以兵威边，财物赂遗闽越、西瓯、骆，役属焉，东西万余里。乃乘黄屋左纛，称制，与中国侔。及孝文帝元年，初镇抚天下，使告诸侯四夷从代来即位意，喻盛德焉。乃为佗亲冢在真定，置守邑，岁时奉祀。召其从昆弟，尊官厚赐宠之。诏丞相陈平等举可使南越者，平言好畤陆贾，先帝时习使南越。乃召贾以为太中大夫，往使。因让佗自立为帝，曾无一介之使报者。陆贾至南越，王甚恐，为书谢，称曰：'蛮夷大长老夫臣佗，前日高后隔异南越，窃疑长沙王谗臣，又遥闻高后尽诛佗宗族，掘烧先人冢，以故自弃，犯长沙边境。且南方卑湿，蛮夷中间，其东闽越千人众号称王，其西瓯

---

① 司马迁：《史记》，中华书局 1959 年版，第 253 页。

骆裸国亦称王。老臣妄窃帝号，聊以自娱，岂敢以闻天王哉！'乃顿首谢，愿长为藩臣，奉贡职。于是乃下令国中曰：'吾闻两雄不俱立，两贤不并世。皇帝，贤天子也。自今以后，去帝制黄屋左纛。'陆贾还报，孝文帝大说。遂至孝景时，称臣，使人朝请。然南越其居国窃如故号名，其使天子，称王朝命如诸侯。至建元四年卒。佗孙胡为南越王。此时闽越王郢兴兵击南越边邑，胡使人上书曰：'两越俱为藩臣，毋得擅兴兵相攻击。今闽越兴兵侵臣，臣不敢兴兵，唯天子诏之。'于是天子多南越义，守职约，为兴师，遣两将军往讨闽越。兵未逾岭，闽越王弟余善杀郢以降，于是罢兵。天子使庄助往谕意南越王，胡顿首曰：'天子乃为臣兴兵讨闽越，死无以报德。'遣太子婴齐入宿卫。谓助曰：'国新被寇，使者行矣。胡方日夜装入见天子。'助去后，其大臣谏胡曰：'汉兴兵诛郢，亦行以惊动南越。且先王昔言，事天子期无失礼，要之不可以说好语入见。入见则不得复归，亡国之势也。'于是胡称病，竟不入见。后十余岁，胡实病甚，太子婴齐请归。胡薨，谥为文王。"[1] 1983 年广州解放北路的象岗山上"南越王墓"挖掘时，在出土的印章中有"赵眜"的玉印和"文帝行玺"的金印，因而"赵胡"的真名是赵眜。墓内陪葬文物，证明南越王已经开通海上丝绸之路。南越王墓出土的丝缕玉衣是中国考古历史上所见的最早的一套保存完备的丝缕玉衣，比名闻天下的河北中山靖王墓中刘胜所穿的金缕玉衣所属时间还要早 12 年。南越王墓前部前室四壁和顶上均绘有朱、墨两色云缎图案；东耳室物品主要为饮宴用器，有青铜编钟、石编钟和提筒、钫、锫等酒器以及六博棋盘等；西耳室是兵器、车、马、甲胄、弓箭、五色药石和生活用品、珍宝藏所，其中来自波斯的银盒、非洲大象牙、漆盒、熏炉和深蓝色玻璃片尤其珍贵。[2] 这些文物证明，在南越国早期或更前年代广州已与波斯和非洲东岸有海上贸易，蓝色的玻璃牌饰是意大利的工艺。这些文物连同汉武帝时期南越献驯象、能言鸟的记载一起，都说明广州是中国古代海上丝绸之路的发祥地，且 2000 多年前就已与海外有着密

---

①　司马迁：《史记》，中华书局 1959 年版，第 2967—2971 页。
②　广州象岗汉墓发掘队：《西汉南越王墓发掘初步报告》，《考古》1984 年第 3 期。

切的交往，比汉代张骞出使西域的陆上丝绸之路的开辟时间还早。① 南越在被汉武帝平定后，分立为南海、苍梧、郁林、合浦、交阯、九真、日南、朱崖、儋耳九郡。

在谈论南中国海的历史文化之时，不能忘记公元6世纪俚人首领、岭南圣母冼太夫人。② 她是广东省电白县电城镇山兜村人，与北燕皇室南来的后裔高凉郡太守冯宝联姻，平息了今广东省境内的俚族原住民与中原人士的冲突，促进了中原人和俚族的和解，引海南岛各部落归附南梁，并开始设立崖州，使海南岛真正成为古代中国中央王朝设立的正式行政区。南梁侯景之乱时，冼夫人率兵击破高州刺史李迁仕，并与都督陈霸先联合。陈朝建立后，冼夫人即率众归附陈朝。隋文帝出兵南下灭陈朝后，她又以岭南地区全部归属隋朝管辖。番禺人王仲宣谋反，她派孙子冯盎讨伐，击败王仲宣。是役，冼夫人亲自被甲，率领军队，保护隋文帝使节裴矩招抚岭南各州，使苍梧郡南越族首领陈坦、冈州冯岑翁、梁化邓马头、藤州李光略、罗州庞靖等皆来参谒裴矩，隋文帝册封冼太夫人为谯国夫人，总领俚族各部及岭南六州兵马。番州总管赵讷贪污，苛待人民，使南越各族人民叛乱。隋文帝委托冼太夫人招抚叛民。冼太夫人亲自带着诏书，自称使者，遍历十余州，宣述隋文帝之意，劝谕各部，所至皆降。因此岭南圣母冼太夫人以其九十高寿，成为沟通南中国海与中原政权的重要桥梁。

在南中国海的精神文化脉络中，妈祖信仰与妈祖文化是一个典型。妈祖文化起源于福建莆田湄洲岛，妈祖本名林默，父亲林愿，宋初官海上巡检使，母亲王氏，生一男六女，妈祖最幼，生后不啼不哭而被称林默娘。长大后，能识天文，预知气象，乐善好施，经常出海帮助海上渔民躲避风浪，还独自进山采药帮助当地的民众，邻里乡亲们都称其为神姑、神女。公元987年九月初九重阳节，默娘为了救渔民而葬身于大海之中，享年只有28岁。岛上居

① 参见张荣芳、黄淼章《南越国史》第九章《南越国的商业和交通》，广东人民出版社1995年版。
② 有关冼夫人的事迹，可参见万绳楠《冼夫人》一书，中华书局1980年版。

民为了纪念这位乐善好施的姑娘，便于湄洲岛的最顶峰修建了一座庙宇，这就是世界上的第一座妈祖庙——湄洲妈祖祖庙。妈祖历经宋元明清四个朝代，受到 22 个皇帝，36 次册封。其封号分别为：宋绍兴二十六年封灵慧夫人、绍兴三十年封灵慧昭应夫人、乾道三年封灵慧昭应崇福夫人，以及绍熙三年的灵慧妃、元志元十八年的护国明著天妃等，是受褒封次数最多，封号字数最长的民间神灵。据记载康熙二十一年（公元 1682 年）十月，清军水师提督施琅奉旨率三万水兵驻扎莆田平海镇，等待乘风东渡台湾。当时正遇干旱，军中缺水。平海天后宫旁有一被填废井，施琅命令挖掘，并暗向妈祖祈祷，井挖好后泉水甘口，解了百姓、兵士用水之难，泉水从此不竭。施琅以为这是神赐甘泉济师，亲书"师泉"二字，流传至今。① 宋元时期，泉州是世界最大贸易港之一，元政府为了发展海上贸易，将妈祖引进至海外交通贸易繁盛的泉州港，成为泉州海神，又因漕运及海外交通的发展，成为全国性海神并远播海外。妈祖文化现在已成为海峡两岸交流的重要桥梁和精神纽带。妈祖信仰在台湾有着广泛的群众基础，是超越族群意识、社会阶层的主流民间信仰。台湾拥有全世界 3/4 的妈祖庙，台湾信奉妈祖的人数占全省总人口的 2/3。据不完全统计，国外有 135 座妈祖庙，分别分布在韩国、新加坡、美国、法国、巴西等 20 多个国家和地区。随着 2009 年"妈祖信俗"被联合国教科文组织列入《人类非物质文化遗产代表作名录》，妈祖文化更是成为了全人类尤其是 21 世纪海上丝绸之路沿线国家共属的精神财富。

使南中国海面向海洋、面向世界的另一个关键人物，是公元 16 世纪取道澳门来华的利玛窦，南中国海自此成了中国吸收外来文明的前沿地域。利玛窦这位天主教耶稣会意大利籍神父，1582 年（明万历十年）由罗明坚神父向东方总巡察使范礼安举荐，应召前往中国传教，8 月 7 日到达澳门，9 月 10 日到肇庆，带来了圣母像、世界地图、星盘和三棱镜，结识两广总督郭应聘

---

① 妈祖生平及影响，可参见罗春荣《妈祖文化研究》，天津古籍出版社 2006 年版；石万寿《台湾的妈祖信仰》，台北台原出版社 2000 年版。另有中国第一历史档案馆等合编《清代妈祖档案史料汇编》（中国档案出版社 2003 年版）等文献资料多种。

和肇庆知府王泮。其在肇庆建立"仙花寺"传教,学习汉语和中国的礼节习俗,翻译了《十诫》《天主经》《圣母赞歌》以及《教理问答书》,派发罗明坚撰写的《天主实录》,以中文解释天主教的教义。在肇庆结识的士人瞿汝夔(太素),以好友和弟子的身份帮助利玛窦翻译了欧几里得《几何原本》的第一卷。利玛窦把自己制作的天体仪、地球仪和计时用的日晷赠送给达官贵人。利玛窦又攻读《四书》,并首次将之译为拉丁文。1596 年(万历二十四年)9月 22 日,利玛窦在南昌成功预测了一次日食,成为了一个闻人,并登堂讲学于白鹿洞书院。同年,利玛窦被范礼安任命为耶稣会中国教区的负责人。1598 年(万历二十六年)9 月 7 日抵达北京。次年返回南京,结交了南京礼部侍郎叶向高、思想家李贽和徐光启。1601 年(万历二十九年)1 月 24 日,利玛窦抵达北京,进献自鸣钟、《圣经》《坤舆万国全图》、大西洋琴等方物,万历皇帝下诏允许利玛窦等人长居北京。① 作为西学东渐的成果,利玛窦与徐光启等人翻译的欧几里得《几何原本》等书,不仅带给中国许多先进的科学知识和哲学思想,还创造了许多中文词汇,例如点、线、面、平面、曲线、曲面、直角、钝角、锐角、垂线、平行线、对角线、三角形、四边形、多边形、圆心、外切、几何、星期等,这些词汇一直沿用至今。利玛窦制作的《坤舆万国全图》是中国历史上第一个世界地图,促使中国人睁眼看世界。1610 年(万历三十八年)5 月 11 日利玛窦病逝于北京,享年 58 岁,赐葬于平则门外的二里沟滕公栅栏。

二 新教来华早期传教士与口岸文人梁发的意义

在我指导的三位博士后学人中,李思清由我带领、得到大英图书馆东方部提供的便利,阅读了馆藏的东印度公司和早期海盗的材料,又搜集了上海徐家汇藏书楼的藏书和中国国家图书馆所藏传教士档案的缩微资料,辩译了一批手稿文献,打开了 19 世纪前中期中西文化激荡交融之窗。他撰

---

① 参见罗光《利玛窦传》,台湾辅仁大学出版社 1982 年版;汤开建《利玛窦明清中文文献资料汇释》,上海古籍出版社 2017 年版。相关著述不少,不再详列。

写的《新教早期译名之争背后的英美竞争——以差会档案为线索》一文，揭示了英美两国来华新教传教士在"God"译名问题上的对峙与竞争。发生于 1807—1877 年的这场争论并不复杂，无非是一方主张以"上帝"译"God"，另一方坚持用"神"来译。美国传教士多为"神派"，英国传教士多为"上帝派"。译经委员会中，美国传教士娄礼华的选择是"神"。投票的结果，是美国人的三票对英国人的两票，赞成"神"的一方胜出。双方都不肯妥协，导致上海译经委员会的决裂。翻译意图与论争意图错位，使得译名之争既取得了一定的学理深度，也带有浓厚的意气色彩。差会档案中的相关史料表明，译名之争也是另一种形态的英美竞争。传教士个人的译名主张常与所属阵营保持一致。至于远在母国的差会总部，也或多或少地左右着"译名之争"的走向。自始至终老老实实地译经的，要推美国长老会传教士克陛存（M. C. Cubertson）。克陛存等人来华传教是受了娄礼华的鼓动。1844 年 6 月 22 日，卢壹、克陛存夫妇、哈巴安德、露密士等长老会传教士乘坐"科霍塔号"来华，同年 10 月抵达澳门。克陛存夫妇在澳门逗留三月余，之后前往香港，又从香港乘船前往宁波。1845 年 5 月 18 日长老会宁波传道站组建时，克陛存当选本堂牧师，后又前往上海，参与并最终完成了新约的翻译工作。

由于洋商及传教士的到来，19 世纪前期华南海岸上出现了一些新兴的文化职业。印刷工梁发便受益于这样的新文化职业。嘉庆十五年（1810 年），梁发受马礼逊之雇为其刻印中译本《圣经》中的《使徒行传》。到了嘉庆二十年（1815 年），梁发又被马礼逊和米怜等雇用前往马六甲，继续从事刻印宗教宣传品的工作。与米怜、梁发一同前往马六甲的，还有其他几个雕刻印刷工人。米怜等人在马六甲筹建了英华书院及其印刷所，并创办了《察世俗每月统记传》。1814 年 9 月，东印度公司为排印马礼逊的《华英字典》特派汤姆斯来澳门建立印刷所，从事中文铅活字的研制。他们雇佣中国刻工在铝合金铸成的刻坯上刻汉字。历时七年，终于用这批汉文铅活字及英文活字将整部《华英字典》印刷出版。这是中国最早用铅活字印刷的出版物，标志着凸版机械化印刷术传入中国，连同输入了出版自由、天赋人权和开发民智的观念。梁发与马礼逊的相遇，是一位中国边缘人物与西方主流文化的相遇。梁发对马礼逊、对基督教的接受模式，体现了清朝境内边缘人群与主流文人的分野，也见证了近代中国社会结构变迁的过程。梁发之子梁进德先后服务于钦差大臣林则徐、两广总督耆英，他作为中国人梁发和美国人裨治文共同培育的年轻人，从此开始走上中国社会政治文化的舞台。梁氏父子在中国社会结构中的角色位移，创造了中西化洽的民间模式，这比中、英两国政府在鸦片战争中的军事碰撞要远为文明和人性。民间交往的活力正在于此。

《岭南群雅》成书于 1813 年，是当时岭南文人自编的同人诗集。1807 年马礼逊来华开启了中国近代新一轮西学东渐的序幕，《岭南群雅》作者群体所处的，正是中西文化交流大幕重启的时代。当时岭南地区的文人学士究竟是否了解"别的国土和人民"，了解到什么程度，他们的观点究竟如何？《岭南群雅》无疑是一个很好的分析样本。其中的"岭—海"及"夷—洋"书写，能够反映当时岭南文人对自我文化身份的"界定"与"习得"。岭南文人颇多"海隅嗟道穷"之类的感慨，其"岭—海"书写尚未跳出传统诗学话语的窠臼。而"洋行夷宝"对岭南文人的影响也是多重的，文化上的隔膜确实存在。自清康熙二十四年（1685）粤海设关，广州成为中西通商的前哨。岭南文人的治生途径除了科举仕进或游幕四方以外，主要是出任塾师或讲席书院，受雇为外国行商、来华传教士们做事的也有不少。《岭南群雅》的作者群体多为布衣文人。编者刘彬华虽曾中式，并授翰林院编修，但他绝意仕进，回到家乡出任越华、端溪两书院讲席。岭南文人之所以多对仕途敬而远之，除科场失意不得不另觅他途的无奈，也有对宦海凶险的顾虑，更有对恬淡闲适生活的向往。在当时的广州，有功名但不热衷仕进的除刘彬华外，还有何南钰、谢兰生等，他们分别是粤秀书院、羊城书院的山长。著名诗人张维屏也在羊城书院任职，为首任监院。他们的薪水颇为可观。嘉庆六年（1801 年）任粤秀书院山长的冯敏昌年薪达 704.4 两白银，另课席 17.6 两。谢兰生年薪也有

400 两。另一个出路大约是岭南文人所独有的，即从事外商或来华传教士所提供的买办、家庭教师、中文助手、翻译、学徒、印刷工之类的工作。例如唐荔园的主人、广东南海人邱熙（1773—1851）就因科场失意而出走澳门，受聘为东印度公司买办，西人称其为 A. Heque。梁发受马礼逊之聘为印刷工，罗森受卫三畏之聘随赴日本等均是。刘彬华、谢兰生、张维屏们的人生选择是主动的，而邱熙、梁发、罗森等人的选择则是相对被动的。前者仍处岭南社会结构之上层，后者的地位相对较低。岭南文人也因此呈现出守成者愈守成、西化者更西化的两极分化现象。

尽管岭南文人比内地文人有更多的机会接触洋商、洋人，但"洋行夷宝"对岭南文人的影响有可能是逆向的。有好感，也有反感；有关切，也有漠然。李坛《澳门歌》云："潭洲东下环巨洋，群仙奔赴迭郁苍。惟天设险界绝域，澳门崏巢横中央。龙盘虎踞势交会，天海一气通精光。日月之行若出里，鲸鲵上引星辰翔。东南际天国万数，背趾相望此握吭。红毛鬼子蜂屯集，犎舸大舰交风樯。殊方异物四面至，珠箔翠羽明月珰。古称裔夷不乱华，羁縻敢使窥边防。"李坛对澳门历史、风物并不陌生，但他诗中流露的，仍是敌卑我尊（称洋人为"红毛鬼子"）及夷夏之大防（"裔夷不乱华"）的观念。黄安涛有两首涉及西洋的诗，其中之一是《海上杂诗》之八，诗中写道："番泊鸡洋外，乘潮西复东。来从占宋国，去阻石尤风。唧唶能言鸟，苍茫贯月虹。野心殊叵测，屯守若为功。""唧唶"及"野心殊叵测"等词句，均反映了黄安涛对西洋的敌意和轻蔑。海盗自海上来，意在劫掠财物，骚扰的是民生；传教士也自海上来，意在传播福音，挑战的是中国千年一贯的政教秩序——至少在岭南官员及儒生看来是如此。因此，海上来"寇"与西洋来客同时引起岭南文士的警惕。由于缺少交往，不少中国人直到 19 世纪末叶仍据《山海经》的记载来理解和想象外国及外国人。例如，因《山海经》中有"贯胸国"的记载，高葆真在跟武汉当地人的交谈中发现，有中国人仍然坚信外国人的胸口处是有窟窿的。总体来说，欧西人士的中国书写，比中国人的欧西书写要丰富、生动、充实、深入得多，他们毕竟来到了中国本土，不像中国人仅凭书本、传闻甚至想象。当然，有限的认知仍然体现了岭南世界的文化新变及中国文人"开眼看世界"的愿望。

到了洪秀全领导的太平天国运动爆发，洪秀全受到梁发《劝世良言》一书的影响，创立拜上帝教，使此书成为太平天国史、基督教史研究领域的重要文献。梁发成了基督教新教第一批中国信徒中最有成就、最具影响的一位。麦沾恩说，"梁发现在已经不止是属于中国的教会，并且简直是属于全世界的教会了"。梁发的圣经译释文字表明，虽然他的文字仍是文言的底子，也并未放弃对"文""雅"的追求，但是俗、浅、易懂才是首要的目标。梁发为何不称他的书为"劝世文"或"劝世良文"，而是取名"劝世良言"？这说明梁发的主观想法是写得更通俗易懂。马礼逊、梁发特别关注中国民间流传的谚语、俗语，以及四书五经中的劝善语句。从 1830 年起，由于梁发、屈亚昂以及马礼逊之子马儒翰都在身边，马礼逊将原来主要在马六甲进行的印刷出版事务改在了澳门，梁发的布道文章写作也更加积极、活跃。《劝世良言》的文体自觉强化了梁发的意义，他以"言"字而非"文"字命名其书，表达了自己的通俗追求。他所受到的西学及基督教思想的影响，也让他实现了对中国传统劝世、劝善文体的改造与超越。

三 19 世纪中期报刊及中西文化碰撞

龙其林随我出访哈佛大学、哥伦比亚大学，哈佛燕京图书馆藏有我的 57 种书，邀我一一签名，龙其林则搜寻馆藏的原始报刊，后又到广州中山图书馆翻阅大量报刊，写成《南中国海历史文化研究的报刊视角》一文。其中《东西洋考每月统记传》（*Eastern Western Monthly Magazine*）1833 年 8 月 1 日创刊于广州。这份报纸在中国的报刊史、新闻史和出版史上具有十分重要的意义，它不仅是我国本土出版的第一份中文近代报刊，而且其所反映的传教士笔下的鸦片战争前夕的南中国海地区中西交流报道，也使我们对这一时期西学东渐的程度与中国本土文化对于西方文化的接受途径、态度有了更直接的认识。它面向中国人尤其是广州的民众宣传西方宗教思想、科技观念和新闻报道，形成了对于鸦片战争前夕中国社会、文化的生动描述。《东西洋考每月统记传》设立了《东西史记和合》《地理》《论》《贸易》《通商》等栏目，力图向中国读者介绍近代西方的科学技术和西方文化，希望通过这些科学、技术、思想的输入，改变中国人固有的蛮夷观念和自我中心主义意识。刊物中特地设计了两个人，首先为思想开放、亲近西方文化者，其次为观念保守，对西方科技、文化持犹疑态度者。随着此两人对话的进行，最后多以思想开放者说服观念保守者为结局，从而印证着西方文化较之中国文化的优越性和先进性。彼此又谈论起对外贸易的利弊，从而将这场为时持久的争论进行到了更深的层面。刊物的编撰者很清醒地意识到海外贸易对于民众生活物资和国家赋税所具有的重要意义，因此不断地在各期报刊中反复强调这一主题，试图从思想角度转变国人的华夷观念，将西方国家视为贸易上的伙伴，"茶叶大量输入英国，英国输华物资在铅、锡、棉花之外，却无相应的货物输出，为求贸易上的平衡，英国只得支付白银，每年从本国和印度流入中国的白银在 100 万两以上，最高年度（1820—1821）达到 556 万两以上"。《东西洋考每月统记传》中，曾经描写了一位来自厦门的商人林兴到新加坡一带从事海外贸易，买胡椒、燕窝、豆蔻、丁香等货，最后赚取了丰富的利润，解决了家庭生活的窘困。一些南中国海地区的中国商人，甚至上海、泉州、厦门地区的商人也都纷纷参与对外贸易，他们中的一些人漂洋扬过海，在新加坡等东南亚国家生活、贸易，"广东潮州、广州府、嘉应州、福建漳州、泉州府，而人稠地狭，田园不足于耕，日食难度。故市井之穷民迁安南、暹罗、南海各洲地方，觅图生意"。

在《东西洋考每月统记传》的创刊号上，编撰者对其出版动机和理想进行了阐述，为我们理解这份刊物的创办背景提供了契机。在创刊号的《序》中，编撰者写道："人之才不同，国之知分别，合诸人之知识，致知在格物，此之谓也。"又说："子曰，四海之内皆兄弟也。是圣人之言不可弃之言者也。结其中外之绸缪，倘子视外国与中国人当兄弟也，请善读者仰体焉，不轻忽远人之文矣。"这是刊物为中国读者撰写的出版说明，显示出其对中国文化的亲近与友好态度，强调中外文化的互补性。《东西洋考每月统记传》"其出版是为了使中国人获知我们的技艺、科学与准则""编者偏向于用展示事实的手法，使中国人相信，他们仍有许多东西要学。又，悉知外国人与地方当局关系的意义，编撰者已致力于赢得他们的友谊，并且希望最终取得成功"。《东西洋考每月统记传》在对待西方国家向中国输入鸦片的问题上也表现出了这种身份上的微妙差异。鸦片战争时，郭士立更是成为英国海军司令的向导，协助其指挥作战。在参与签订《南京条约》的过程中，郭士立也起到了重要的作用，并在后来担任港英政府的中文秘书。在鸦片战争前，虽然新教传教士们在对华战争问题上多持赞同态度，但在如何处理鸦片问题上则多是反对立场。他们基于普遍的人道主义精神，反对西方国家向中国大量运输鸦片。

肇始于鸦片战争前夕的南中国地区的中英文报刊开始了中国社会在思想、文化上从封建趋于近代的一个重要的新的历史舞台，它见证了中国近代历史的转捩与曲折，为中国近代先进文化的萌芽提供了思想温室。东南亚所出的《察世俗每月统记传》《特选撮要每月纪传》《天下新闻》《东西洋考每月统记传》等报刊，在香港、广州等地创办的《遐迩贯珍》《香港新闻》《中外新闻七日录》等报刊，以及许多南中国海地区的报刊，如《特选撮要每月纪传》《依泾杂说》《天下新闻》《东西洋考每月统记传》《各国消息》《中国丛报》《广州记录报》《广州周报》《遐迩贯珍》《香港新闻》等，都展示了传教士创办报纸的目的及方式。从历史发展的轨迹来看，传教士在南中国海地区创办中文报刊至少有 76 种，成为其在华活动的重要组成部分。这些刊物展示了"米怜与《察世俗每月统记传》中的史学篇章""麦都思与最早的比较历史编年体史书《东西史记和合》""'外国史'与'万国史'——马礼逊父子的《外国史略》和郭实猎的《古今万国纲鉴》"等内容。"西学从南洋漂来"，内容涉及政治、经济、社会、文化等各个方面，清末民初中国政治与社会的转型过程中，南中国地区的报刊扮演了大众传媒的角色。在 1872 年的《香港华字日报》的缩微胶卷中，发现了 1901—1923 年的孙中山轶文 31 则，这些材料此前均未收入已出版的各种资料。

《东西洋考每月统记传》对于鸦片战争前夕的南中国海地区文化景观的勾勒，并不是完全符合现实情形中的南中国海地区的历史和文化，而是经过了其文化过滤和精神筛选之后，精心建构起来的一个文化他者的形象，这个形象很显然是经过了传教士们的宗教、立场、思想、情感等多重需要净化之后的图景。如果说在《东西洋考每月统记传》的创刊号上，编撰者们对于刊物宗旨的强调主要为宣扬中外友好、文化共通的话，那么郭士立在英文报纸《中国丛报》（*Chinese Repository*）撰写的文章中，则在传教士同行面前直接透露了创办《东西洋考每月统记传》的深层目的："当文明几乎在地球各处取得迅速进步并越无知与谬误之时，——即使排斥异见的印度人也已开始用他们自己的语言出版若干期刊，——唯独中国人却一如既往，依然故我。虽然我们与他们长久交往，他们仍自称为天下诸民之至尊，并视所有其他民族为'蛮夷'。如此妄自尊大严重影响到广州的外国居民的利益，以及他们与中国人的交往"，《东西洋考每月统记传》"其出版是为了使中国人获知我们的技艺、科学与准则""编者偏向于用展示事实的手法，使中国人相信，他们仍有许多东西要学。又，悉知外国人与地方当局关系的意义，编撰者已致力于赢得他们的友谊，并且希望最终取得成功"。

520 册大型历史文献丛书《广州大典》收录 4064 种文献典籍，完整而系统地记录了广州这一海上丝绸之路重要发祥地的变迁和发展，其中大量篇幅翔实记载海上丝绸之路的历史原貌。清朝于 1757 年实行"一口通商"政策，广州成为此时唯一的对外通商口岸，鸦片战争后又列为"五口通商"的重镇。《广州大典》展示了鸦片战争后，广州等沿海城市的开放，虽然客观上促进了城市近代化的发展与经济的繁荣，但这种不正常的开放方式使得城市消费处于畸形发展状态。近代广州城市消费方式的多样化，表现为近代意义上的城市经济崛起，烟馆、茶楼、戏院、妓院成为随处可见的场所。来华西人经常开设私塾学堂，免费或以低廉学分招收中外学生，教他们同时学习英文、中文、地理、物理等知识，使他们能够较早地具有较为宽广的视野。许多报刊还通过介绍刊物来宣传西方传教士及其文化价值观念。在近代岭南报刊中，来华西人中的光辉形象系列中除了牧师、教师、编辑外，最为成功的当属医生系列报道。伴随西方文化的逐步传播，各类翻译自西方的书籍在广州城中有了销售渠道与读者，各种关于机械、天文、地理、历史、人物等著作都可以买到。外出经商、游历或者学习、工作的中国民众越来越多，身处海外的中国人不断通过游记、书信等描摹着自己的异域见闻。清人赵光编撰的《赵文恪（光）年谱》中这样记载当时广州城的繁华盛况："是时粤省殷富甲天下，洋盐巨商及茶贾丝商资本丰厚，外籍通商者十余处，洋行十三家。夷楼海船，云集城外，由清波门至十八甫，街市繁华，十倍苏、杭。中日宴集往来，古刹名园，游迹殆遍。"① 一批常年居住于新加坡的广东人，成为第一次鸦片战争前勇于闯荡海外的先行者，为近代以来浩浩荡荡的出国潮拉开了序幕。在异域文化的刺激下，广府文化迅速彰显其宽容并蓄、开放多元、实干重商的特性。

广州之外，澳门在中西文化交流中地位特殊。《东西洋考每月统记传》（*Eastern Western Monthly Magazine*）中的其《葡萄牙国志略》记述："明嘉靖三十二年，西洋船趋濠镜者，言舟触风，涛水渍湿贡物，愿暂借濠镜海地晾晒，海道副使汪柏许之。时仅草舍数十间，后商人谋利者，渐运砖瓦木石为屋，西洋人居澳自汪始。"② 又记述："通常情况下，中国人不能与西方人做买卖，同样也不准给外国人当老师、走访外国人、与外国人同宿一处或崇敬他们。只有澳门港不受这一排外政策的限制。澳门是一个长期由中、葡政府联合治理的定居点，地貌狭长多山，是一个很秀美的半岛，由中国南部沿海珠江三角洲上最大的一个岛屿向西南方向伸展出来。19 世纪 30 年代，澳门人口 35000，其中绝大多数是中国人。在中国和葡国官方批准下，那里的外国人生活比较安稳。从 6 月中旬至 9 月间，澳门常受台风威胁，除此之外的其他

---

① （清）赵光：《赵文恪年谱》，台北成文出版社 1968 年版，第 269 页。
② ［美］爱德华·V. 吉利克：《伯驾与中国的开放》，董少新译，广西师范大学出版社 2008 年版，第 22—23 页。

时候澳门的天气温和清爽，给人很舒适的感觉，而在其炎热的季节中，人们便养成了午睡的习惯。傍晚的时候，人们从家里或花园的阴凉处出来散散步，英国人和美国人喜欢在他们自己的区域溜达，葡国人则喜欢在迤逦的港湾附近闲逛。在这里，人们不仅可以学习中文，而且天主教和基督教的传教士也可以谨慎地劝人入教。由于这两类行为在中国的其他地方均是被明令禁止的，所以澳门在中国传教史上发挥了非同寻常的作用。天主教在远东的传教总部在澳门存在已久。美部会广州传教驻地的开辟者裨治文（Elijah Coleman Brigman）1830 年报道说，澳门有 12—15 座教堂，但前往的人并不多；天主教小区共有 40—50 名神职人员。澳门同样也是新教的天堂。马礼逊（Robert Morrison）博士在这里生活了 25 年多，首部《华英字典》的编撰和《圣经》的中译本都是他在这里完成的。"① 俄罗斯航海家笔下，澳门呈现出一种没落的辉煌态势："澳门呈现出没落的辉煌。那些占地很大、带大院落和花园的高大建筑大部分是空的，住在这里的葡萄牙人大大减少了。最好的私人府邸都是荷兰和英国洋行的大班们的。他们在这里一般要待 15—18 年，因此不仅想要好房子，而且要按照自己的风格修造它们。生活在这里的英国人有可观的收入，这让他们有足够的资金来满足自己奢华又享受的生活需求，使他们显得与富裕的葡萄牙人完全不同。"（第 132 页）1857 年，俄罗斯航海家对于澳门的城市描述显然更为漂亮和热闹："我们在澳门待了 12 天。我上了四次岸。城市很大，也曾修造得非常好。葡萄牙人的贸易尽管并不繁荣，但城内居民很多。在广州做生意的阔老爷们、那里的中国商人和手艺人都搬迁到澳门和香港去了。现在这两个城市挤满了中国人。"

医病施药也是基督教的传教手段之一，马礼逊在来华传教之前就曾接受过短期的医药训练，当他到达澳门后也曾经在澳门开办过诊所。麦都思、戴尔等人，也曾经借助医药辅助传教，从而达到医治病人肉体、对其灵魂进行宣道、拯救，以扩大基督教在中国、东南亚的影响的目的。美国医生伯驾的特殊之处在于，"专注对华人进行医药传教士从美部会派遣的伯驾开始，兼具

---

① 伍宇星编译：《19 世纪俄国人笔下的广州》，大象出版社 2011 年版，第 6 页。

医生与传教士资格的他在 1834 年到中国后，翌年在广州十三行创办眼科医院，是所有基督教在华医院的第一家，他又是 1838 年成立的'在华医药传教会'（Medical Missionary Society in China）主要发起人之一，因此可说是引介近代西方医药到中国的先驱之一"①。美国名医伯驾在广州十三行中设立医院，救死扶伤，同情病患，免收诊费。中国第一位华人牧师梁发，因伯驾的妙手回春解除了病痛，也来到医院帮助伯驾向病友宣教。医院、医术对于传播西方文化、解除汉人的偏见和妄自尊大的实践，在鸦片战争前后取得了较为广泛的影响。"广州在 1843 年 7 月 27 日开埠以后，虽然广州人民一再抵制'番鬼'入城，但传教士还是加速了活动。设在十三行的博济医院，即新豆栏医局，在鸦片战争进行之际，一度中止活动，广州辟为通商口岸以后，这里很快便门庭若市。"②

四　20 世纪前期"五卅""沙基""万县事件"中民族主义的崛起

冷川系统地梳理了 20 世纪前中期的大量报刊，从不同的角度考察了当时的民间信仰和启蒙思潮。他写了《历史语境与文学文本中的民族主义》一文，以鲁迅的一张书单和读图示例，揭示了《朝花夕拾》的后记其实是一个非常有层次的文本。鲁迅首先引野史笔记来校正自己回忆散文中的疏漏；其次引入图像和民俗俚谈来讨论孝文化在民众心理中的变态；最后通过广泛比较不同地域、不同版本的图像，辅之以迎神赛会的鲜活图景，来确认民间信仰的粗陋与生气勃勃。在谈古人的胡须、谈女人的缠足、谈孔夫子的形象等文章中，鲁迅皆援引汉画像及出土文物为参照，1934 年致许寿裳等人的信中，亦强调自己计划"印汉至唐画像，但唯取其可见当时风俗者"。《朝花夕拾·后记》与《魏晋风度及文章与药及酒之关系》完成于同一时期，后者往往被我们视为鲁迅学术思路独特性的代表作，但如果我们将其纳入 20 世纪 20 年代中后期的学术转折中，注意到顾颉刚、傅斯年等人在民俗学、考古学等领域

---

① 苏精：《基督教与新加坡华人 1819—1846)》，台湾国立清华大学出版社 2010 年版，第 131 页。
② 熊月之：《西学东渐与晚清社会》（修订版），中国人民大学出版社 2011 年版，第 123 页。

的突破，《魏晋风度》一文反倒更贴近于时代主流。

随之，其考察了万县案与《怒吼吧，中国!》。苏联诗人特里查可夫于1924年来华，创作了题为《怒吼吧，中国!》的诗歌。其后，他在中国南部游历，并以当时四川万县境内长江上英国军舰和当地驻军居民之间的冲突为背景，写出了一部九幕剧。1926年1月，该剧在莫斯科的国家剧院上演。该剧引起了国际左翼文化力量的重视，1928—1931年，这个结构宏大的作品先后在柏林、法兰克福、东京、纽约和英国的曼彻斯特等地上演。曾经在1907年加入东京春柳社、1926年加入南国社、1929年创办广东戏剧研究所的欧阳予倩1930年在《演"怒吼吧，中国!"谈到民众剧》中说："这个戏是用万县事件作背景的……《怒吼吧，中国!》剧中，只说杀了两个船夫，但是当时的事实，的确不止杀两个，而且都是砍头的。船夫杀了，英国兵舰为美国溺死的人报仇，还要用大炮轰击一个没有抵抗的城；在这个炮火底下所毁灭的生命财产，更是难于计算。"1926年，正是中国革命运动的高潮，1925年5月中旬，日本纱厂在镇压罢工过程中枪杀工人顾正红。之后，在中共的领导下，上海工人举行了进一步的示威活动，并在5月30日，由工人和学生在公共租界组织了联合游行。但在南京路的老闸捕房前，英国巡捕向示威者开枪，造成了10人死亡、50人受伤的惨剧，引发了五卅运动。5月31日的《申报》对南京路冲突的五卅惨案做了1/2版的报道；另外的1/2则给了共和路上发生的军官格斗双双身亡一案。其后，1925年6月23日，英国海军陆战队在广东朝沙面租界河对岸的沙基游行中的中国老百姓突然开枪、开炮，当场打死59人，重伤172人，轻伤者无数。沙基惨案后，1926年9月5日，又发生了万县事件。欧阳予倩的广东戏剧研究所为纪念沙基惨案排演该剧，使用粤语提倡民众剧运动。欧阳予倩最早将《怒吼吧，中国!》和万县案联系在一起，与南中国海历史文化联系在一起。

对于1930年代的民族主义文学，冷川称之为"收束的民族主义"，他以此探讨《真美善》与《前锋周报》的争论和曾虚白的文艺思想体系。在万方多艰的时代中，民族主义的兴起是一个国家抵御内忧外患的本能选择。曾虚白强调民族意识的自然生成过程对于作家个人的重要意义。在具体的实现方式上表现为文艺家"运用着意志之力，外边跟着环境斗，内在跟着自己斗，结果，造成自己所认为最完备的灵魂。从这种灵魂所发出来的文学，是健全的艺术，是力的表现"。他为此发表了《民族主义文艺宣言》。清末民初以《孽海花》享重名的东亚病夫曾孟朴于民国十六年在上海开办真美善书店，同年发行《真美善月刊》。创刊号有他一篇《编者的一点小意见》，阐发真、美、善这三字的意义："真美善"三个字，是很广泛的名辞，差不多有许多学科可以适用。但是我选这三个字来做我杂志的名，是专一取做文学的标准。真指的是文学的体质；美指的是文学的组织；善指的是文学的目的。在《真美善》后期，曾虚白在文艺领域所持有的民族主义立场似乎达到了一个顶点。曾虚白从未像日后的《宣言》那样给民族以明确的定义，认为"民族是一种人种的集团。这种人种的集团的形成，决定于文化的、历史的、体质的及心理的共同点，过去的共同奋斗，是民族形成唯一的先决条件；继续的共同奋斗，是民族生存进化的唯一的先觉条件"，他在讨论英国、美国、法国文学时所使用到的主要是"民族性"一词。曾虚白以条顿性和拉丁性的消长起伏来描述英国文学史。前者是英国文学的根性，后者则是外来的因子。美国文学则"只是英国文学的一个支派"，是"英国文学的老根上浇上了法国浪漫运动的肥料"的产物。在曾虚白看来，不同的民族性对应的民族性格不同，如条顿性就使得"（英国文学）前进的脚踝上永远缚着礼教的观念"和"教训的意味"。同时，不同的民族性所倾向的文学类型也不一致：法国民族，拉丁民族中最开花的一支，素来倾向在古典诗一方面，注重在模仿西罗（希腊）。英国民族，日耳曼民族中最兴盛的一支，爱好浪漫与骑士的诗歌，两者"风味的不同不是一时触机的变化，是从想象和诗性原始的根源上就分别开来的"。"民族性"这一概念被用来指代各个民族在性格、气质、思想特征、历史记忆，以及文化传统上的共识。曾虚白在对中国新旧社会转型中，向我们展现出他思想中最为激进的一面——从平民立场出发，对于一切精英话语都表示怀疑。从总体上说，曾虚白带有平民意识的自我定位、在政治领域对国民政府的支持态度和文艺上强调作家"修养"与自主性的做法构成了一种奇妙的组合。在二三十年代复杂的社会格局中，他所代表在这类知识分子可能会成为现行政权最有效的支持者。

冷川还从历史地理的角度，考察了校园、纸张与民国时期北平文坛的沉浮。在考察了抗战前北平校园在文学活动中扮演的角色之后，着重剖析了教会大学的文学刊物。1937 年抗战全面爆发后，北平迅速沦陷。国立大学纷纷南迁，大批作家亦随之离去。燕京、辅仁等教会大学成为抗拒殖民教育的学生的首选，招生人数不断扩展，入学考试亦趋于激烈。如果说沦陷前的 20 年中，北平校园对文坛的支持是面向社会敞开以获取资源的话，沦陷后的学校更愿意成为独立于社会之外的"孤岛"。《辅仁文苑》1939 年创刊，《燕京文学》1940 年年底创刊。孙道临正是在燕大期间出演了曹禺的《雷雨》《镀金》等戏后，才走上专业演剧之路的。《燕京文学》的发刊词说："这些日子来，我们一直沉默着。我们沉默了很久，很久，而现在我们再也忍受不了这沉默，我们要说话，我们要歌唱。……在这长长的，严冷的冬里，我们带不来'春天'。我们没有这能力，也没有这野心。我们要说话，我们要歌唱，可是我们的'歌声'也许会很低，很轻，轻得别人连听都听不见，更不用说能使别人的心'异样的快乐'。但，假如这歌唱不是为别人，它至少是为我们自己。我们至少能听见自己的歌声。一个人不见得是他自己最好的欣赏或批评者，可是在这种情形下，欣赏和批评并不是最重要的。我们要的是一点自信，一点凭借。况且一切并不如我们所想的那样坏，我们一定可以得到反响，也许我们的歌声能在这片空旷的'庄园'里引起一阵回声，引起一点搅动。"《燕京文学》各期的头篇的文章自成体系，每期开篇选择一个话题——美术、文学、宗教、生活态度、身体与灵魂等——和读者进行交流，叙述中充满了成长过程中的人生感喟。仅从文学角度而言，抗战时期的西南联大和北平沦陷区的校园都达到了民国时期校园文学的最高峰，它与教会校园的文学的区别显而易见，前者用现代的方式谈论政治，后者用现代的方式回避政治。恰是因为如此，后者才显得弥足珍贵，它向我们展示了一种可能——屏蔽掉政治激情后，中国文学可能是一种怎样的形态。抗战胜利后，"文艺复兴"一度成为文坛主调，承续 30 年代文坛中如《文学》《文学季刊》等"纯文艺"风格的刊物和由左翼人士创办的、有着明晰的政治批判倾向的刊物大量出现于华北文坛。《文艺时代》由南星主编，它的作者团队实力强劲：战前主持《文学杂志》的朱光潜是该刊物的主要撰稿人之一；徐祖正等 30 年代京津地区的重要作家亦给此刊物供稿。吴兴华、林榕、南星、沈宝基等，则代表了沦陷期间华北校园文学的中坚力量。1948 年年底，欧阳山主编的《华北文艺》在石家庄附近的冶河镇创刊，从第 4 期开始迁往北平出版，至第 6 期终刊。萧三、秦兆阳、赵树理、孙犁、贺敬之、康濯等人是该刊物的撰稿主力，从第 4 期开始，宋之的、马彦祥、欧阳予倩、俞平伯、叶圣陶、钟敬文等人陆续出现——有限度地容纳部分党外作家，主要是为了配合文代会的召开。1949 年10 月创刊的《人民文学》是一个例外，用纸的考究、铜版插图的精美，都达到了抗战前出版业黄金时代的水平——这是行政力量的结果，也意味着刊物等级的建立。《大众文艺丛刊第一辑：文艺的新方向》是由大众文艺丛刊社于1948 年 3 月在香港出版的。郭沫若《斥反动文艺》一文，以严厉的语气斥责了"红黄蓝白黑"五色"反动文艺"，掀起了批判沈从文、朱光潜和萧乾等人的浪潮。这是人民文学在南中国海翻起的浊浪。

　　南中国海实在是一汪神奇的海洋。中国由此成为陆海兼并的大国，在海岸线上面向世界、面向未来，又由于海岸线上存在着不同的国家体制，使文化产生了多元共构的无限活力。人们可以在这里品尝西洋文化的禁脔，可以在这里发表不同的政见，还可以在这里发表激进的狂言。它具备改革开放的辽阔视野，引领中国"摸着石头过河"，有石头可摸，有河流可渡，不断开拓中华民族的新纪元。

2018 年 8—9 月

目　　录

第三编　历史语境与文学文本中的民族主义

第一编　新教来华早期粤澳地区的人物与文学

李思清

新教早期译名之争背后的英美竞争

——以差会档案为线索

围绕圣经中"God"的中文译名问题，在基督教新教来华传教士之间曾发生过几次著名的争论。发生于 1807—1877 年的争论，被称为"新教早期的译名争论"①。相对于之后的译名讨论，早期的争论表现得更为激烈，双方出现了不可调和的尖锐对峙。本文所谈，即是早期争论，尤其是 1843—1862 年的争论。其实争论的内容并不复杂，无非是一方主张以"上帝"来译"God"，另一方坚持用"神"来译。前者称"上帝派"，后者为"神派"。争论的缘由固然在于双方对 God 的译名各有主张，但最终酿成僵局却另有原因。后来《教务杂志》重新发起的译名讨论，是以"促使传教士在译名问题上互相容忍"为基调的，传教士们大多希望本着克制和谦卑的精神，尝试寻求某种妥协方案。② 何以在早期译名之争时代，形成妥协的局面如此困难？这正是本文的关注重心所在。

美北长老会、美部会档案中，留有娄礼华（Walter M. Lowrie，1819—1847）、克陛存（Michael S. Culbertson，1819—1962）、麦嘉缔（Divie Bethune McCartee，1820—1900）、裨治文（Elijah Coleman Bridgman，1801—1861）、卫三畏（Samuel Wells Williams，1812—1884）、理雅各（James Legge，1815—

---

① 程小娟：《God 的汉译史——争论、接受与启示》，社会科学文献出版社 2013 年版，第 20—24 页。有关论争双方的观点，亦参见吴义雄《译名之争与早期的〈圣经〉中译》，《近代史研究》2000 年第 2 期。

② 程小娟：《God 的汉译史——争论、接受与启示》，第 86 页。

1897）等人就译经经过及译名问题写给母会秘书或其他相关人士的信件。这些信件，较为真切地展现了每位传教士的个性，以及他们在涉及译名之争的关键节点时所采取的立场及其来由。很多人的立场几乎是给定的，这是一种先入为主的立场。双方都努力捍卫自己所属阵营、族群的主张（英国人捍卫"上帝"译名，美国人则捍卫"神"），就连英、美两国的圣经公会，也都不约而同地站在本国传教士一边。双方在相互敬重、体谅和求同的善意等方面，的确有所欠缺。① 事实上，伦敦会方面曾一度要求麦都思（Walter Henry Medhurst，1796—1857）等人妥协，麦都思本人也同意妥协，但终因种种因素而致双方分道扬镳。"翻译意图"与"论争意图"错位，使译名之争在取得可贵的学理深度之外，也带有较浓厚的意气色彩。

本文结合差会档案中的有关史料，介绍译名之争过程中的若干细节。差会档案不只是史料，也是一种生动、立体的情境。一旦进入当时的历史语境，便可以更细微地观察传教士之间、传教士个人与差会集体之间的联系和关系。

一

裨治文在给母会秘书安德森（Rufus Anderson，1796—1880）的信中坦承，从1835年到1843年，他对"上帝"和"神"这两个译名的态度并不确定。他说他在很长一段时间内不得不用"上帝"这个译名，尽管他对"上帝"的译法不满意；他也没有用过"神"的译名，这很遗憾。他一直在与"资深"的传教士保持一致。裨治文在谈到"资深"的传教士时，用的是"senior brethren"。裨治文指的应是麦都思和郭实猎（Karl Friedlich Gutzlaff，1803—1851）两位，他在信中也特别提到这两位的观点。而这两位均是"上帝派"。裨治文接着说，"不断呈现的证据推动着我，令我开始相信相反的观点。就我所知，其他人的观点，也都是以这样的方式发生变化的。大家不约

---

① 后来《教务杂志》发起的新讨论，即不再执优执劣的争论，如程小娟所言，"就译名本身的讨论减少了，就如何解决问题的讨论增加了"。见程小娟《God的汉译史——争论、接受与启示》，第85页。

而同地认为，可以作为 Theos 和 Elohim 译名的，是'神'，也只有'神'字可以"①。

变化开始于 1843 年 8 月 22 日召开的香港会议。这次会议，拉开了圣经修订工作的帷幕。② 从 1843 年到 1847 年，是"神"派言论大放光彩的时代。娄礼华的表现异常出色。到 1847 年 6 月第一次票决时，"神派"三票，"上帝派"两票，"神派"胜出。同年 11 月 22 日，译经委员会在上海再次投票，有投票权的仅四人：麦都思、文惠廉（William Jones Boone，1811—1864）、施敦力约翰（John Stronach，1810—1888）和裨治文。这时娄礼华已去世，美英之间三比二的格局变为二比二的平局，结果"上帝"和"神"二词各两人赞成。双方势均力敌，只好提请英、美两国的圣经公会决定，他们也是出版费用的赞助方。两家圣经公会做出了完全相反的决定，即英国圣经公会主张用"上帝"，美国圣经公会赞成用"神"。1850 年 2 月 19 日，麦都思、施敦力约翰、美魏茶（William Charles Milne，1815—1863）三人宣布退出译经委员会。裨治文埋怨道："他们退出委员会，仅在一天前有过一个声明。这是奇怪的举动，他们没有给出理由和解释。之后很快地，他们和他们差会的其他在华传教士，跟参与译经的全体传教士和圣经协会宣告正式决裂。"③ 裨治文的不满是显而易见的。

美部会、长老会、圣公会的三强联手，使得伦敦会在译名之争中完全处于守势，到最后几乎落到被动挨打的地步。三强联手并不只是体现在人员的数量上，也体现在他们的结构和格局上。译经委员会的议事原则是票决，而译经代表又由在华各差会、各传道站推选。美国来华差会在数量上多于英国，所以在译经委员会中，美国代表的数量多于英国。这是其一。其二，在论争过程中，《中国丛报》（*Chinese Repository*）是最重要的发表园地，而这个园地

---

① 裨治文致安德森及美部会咨询委员会信，上海，1851 年 10 月 1 日。此信共 16 页，1852 年 1 月 6 日寄达美部会。美部会档案，中国国家图书馆藏缩微胶卷（下同），Reel 259。
② Minutes, *Chinese Repository*, Vol. XII, No. 10, 1843.
③ 裨治文致安德森及美部会咨询委员会信，上海，1851 年 10 月 1 日。美部会档案，Reel 259。

是美部会的裨治文、卫三畏主持的。^①娄礼华针对伦敦会的"上帝派"主张展开连续批判，其文字不仅数量多，篇幅也堪称冗长。《中国丛报》为娄礼华提供了充分的发表空间，这种慷慨也表现着同人之间的默契照应。

娄礼华不幸遇害后，美魏茶被选出接替娄礼华的职务。1848年1月5日，译经会议在上海举行，美魏茶正式接手译经事务，直到1850年7月完成新约的翻译工作。在随即开始的旧约翻译工作中，美魏茶又当选担任同一职务。1851年2月12日委员会发生变化，当时《利未记》（Leviticus）已译至一半。此后，美魏茶仍与麦都思、施敦力约翰合作翻译旧约，终在1852年完成。^②上海译经委员会1851年发生的所谓"变化"，指的是伦敦会单方宣布退出，这在当时被视为失态之举。然而，最为资深的伦敦会传教士麦都思何以如此失态？这正是一个间接的证明，证明麦都思个人所经受的压力超过了承受的限度，到了不得不发作的地步。以资历论，英方的麦都思是仅次于马礼逊（Robert Morrison，1782—1834）、米怜（William Milne，1785—1822）的资深传教士，在译名之争发生时，马礼逊、米怜早已谢世，麦都思在来华传教士中年辈最高。但美国人似乎并不敬重和理会他的年资。雄辩的娄礼华已使麦都思颇难招架，娄礼华辞世后，麦都思的压力并未减轻。因为连自己的母会也不再支持自己，建议他跟美国方面妥协。

双方关系的最终恶化，与票决这一操作方法过于简单机械不无关系，而票决又十分容易将原本含糊的阵营界线明晰化。卫三畏曾在致威廉斯牧师的信中说：

---

① 《中国丛报》编者也曾声明："鉴于（译名）问题重大，且目前已深陷困境，我们一再呼吁各位的关注，邀请各位加入讨论，我们的版面会向争论的双方开放。"（Chinese Repository，Vol. XVII，No. 1，1848.）尽管如此，美国方面赞成"神"这一译名的裨治文、娄礼华、文惠廉都有文章发表，英国方面的麦都思单枪匹马，双方阵营的比例并不协调。

② ［英］伟烈亚力（Alexander Wylie，1815—1887）著，赵康英译：《基督教新教传教士在华名录》（Memorials of Protestant Missionaries to the Chinese：Giving a List of Their Publications，and Obituary Notices of the Deceased，Shanghae：American Presbyterian Mission Press，1867），天津人民出版社2013年版，第150页。伟烈亚力此书另有倪文君译本（《1867年以前来华传教士列传及著作目录》，广西师范大学出版社2011年版），可参。

60 个在华传教士当中，赞成用"上帝"的有 16 个。不过不巧的是，在我们这里的 4 个人当中，正好是两人赞成用"上帝"，两人赞成用"神"。在这一问题上的分歧造成了一些传教士之间的疏远和冷漠，影响了正常的工作。非常巧的是，赞成用"上帝"的英国人都属于伦敦传道会，而赞成用"神"的美国人则都是美部会的成员。①

卫三畏在这儿只提到了他自己所属的美部会，而漏掉了"神派"的其他重要力量，例如美北长老会，以及同样来自美国的圣公会和美以美会。票决是译经委员会解决争议的唯一办法，采取这一办法处理难题，常常只是治标难治本。最大的问题在于，各次投票结果总因译经委员会人员组成的变化而变化。这种不确定性，使问题不能以舒缓、渐进的方式展开。

同时，票决方式也使得伦敦会自马礼逊时代以来所倡导的"资浅服从资深"原则被打破。早在 1815 年，马礼逊鉴于本会传教士米怜的到来，为协调本差会同工之间的不同意见，他主张伦敦会应当推行资浅传教士对于资深传教士的"顺从"（subordination）原则。② 同年 3 月，马礼逊再度给伦敦会写信，提出：

> 我们必须让站上的资深传教士委员会（Committee of Senior Missionaries）拥有相当大的权力，以便指导其他传教士的目标和工作。顺从将是这布道站发展上绝对必要的，资深原则是最不会令人不快的差别待遇。资深不是指年纪上的而是传教工作上的。……一个没有经验的人以平等的地位参与布道站的经营管理，只会将一切事务变得混乱……③

英美竞争的格局，使得原本资深的英国传教士面临美国传教士的严峻挑

---

① ［英］卫斐列：《卫三畏生平及书信——一位美国来华传教士的心路历程》，顾钧、江莉译，广西师范大学出版社 2004 年版，第 101 页。

② 苏精：《中国，开门！——马礼逊及相关人物研究》，香港基督教中国宗教文化研究社 2005 年版，第 142 页。

③ 同上书，第 142—143 页。

战，"资浅服从资深"的原则和传统难以为继。马礼逊早年所担忧的"混乱"，在他去世后不久果然接踵而至。

二

卫三畏说赞成用"神"的美国人"都是美部会的成员"，这话并不准确。圣公会的文惠廉和长老会的娄礼华、克陛存等人都是"神派"。如前所述，裨治文曾向安德森说起，他在 1835 年到 1843 年间对译名的态度也不确定。促使裨治文坚定地成为"神派"的，是长老会的娄礼华。雷孜智称娄礼华为"美国传教团"中一名"积极而出色的辩手"。①

娄礼华是美北长老会秘书娄瑞（Walter Lowrie，1784—1868）的儿子。裨治文在 1854 年 4 月 20 日给娄瑞的信中，特地提到娄礼华。裨治文说，圣经的新译已在上海进行了十二年，"我和娄礼华一起参与了这件事情的启动"②。娄礼华的大哥娄约翰（John C. Lowrie）也是一位传教士，曾赴印度传教。娄礼华受父、兄影响，很早就立志到印度或西非传教，但最终被派到了中国。娄礼华是首位前往上海参与译经的美北长老会传教士，也是长老会上海传道站的先驱者，尽管他在上海的时间不长。

娄礼华到上海参与译经时年方二十八岁是个年轻人，在译经委员会中资历最浅，但他的角色至为关键。伦敦会传教士麦都思和施敦力约翰是赞成以"上帝"译"God"的；而美国圣公会的文惠廉和美部会的裨治文是主张用"神"的。据范约翰（J. M. W. Farnham，1829—1917）的分析，当时译经委员会共五名委员，在著名的译名之争中，年轻的长老会代表娄礼华掌握着决定性的一票——范约翰为此自豪地说："本会代表左右着胜负"（"Our represent-

---

① ［美］雷孜智：《千禧年的感召——美国第一位来华新教传教士裨治文传》，尹文涓译，广西师范大学出版社 2008 年版，第 231 页。

② 美北长老会档案，Calendar 4，China，Vol. 5，No. 99，Reel 3。

ative held the balance of power")。① 娄礼华深知自己这一票的关键性，他对此也十分谨慎。他就译名问题撰写了多篇长文，发表在裨治文主编的《中国丛报》上。这些论文充分展现了娄礼华的研究能力和才华。娄礼华的选择是"神"。投票的结果，是裨治文、娄礼华一方胜出。美国人的三票对英国人的两票，赞成"神"的一方赢得胜利。

但是，英国伦敦会是在华传教的开拓者、先驱者。英国传教士对这样的投票结果很不服气。如范约翰所说的，"两位英国人岂能屈服三位美国佬！任何东西只要它出自美国，英国人一概视之'外省的'（provincial）、'殖民地的'（colonial）"②。麦都思、施敦力约翰等自然不甘示弱，译名之争自此愈演愈烈。美国传教士则认为，基督教信仰与"异教思想"存在根本区别，从中国传统思想中寻找神性概念是有限度的。越过这一限度而在中国文化中寻找与"God"相当的概念是荒谬的，"他们的这种倾向，与美国带有民族特征的宗教思想是有内在联系的。当时，美国教俗各界均认为，他们年轻的民族受到了'特别的神佑'，是上帝的'选民'，他们的宗教、道德和精神生活要远远高于'异教徒'，也高于旧大陆"③。神学命题的讨论，无形中掺入了地域和族群的因素。连医学传教士雒魏林（William Lockhart，1811—1896）也间接地加入了这场争论。麦都思曾一度有所动摇，打算弃"上帝"而倾向于"神"的译法。同属伦敦会的雒魏林对他说，"你不能那么干，你不能用'美国人的译名'（American term）"④。

娄礼华初到香港，即参加了1843年8月28日召开的有关翻译圣经的新教传教士全体大会，因为长老会的传道站设在宁波，故娄礼华被选任为上海译经委员会的宁波代表。1843年10月26日，娄礼华应他父亲的要求，专门写

---

① J. M. W. Farnham, "Historical Sketch of the Shanghai Station", *Jubilee Papers of the Central China Presbyterian Mission*, 1844—1894. Ed. J. C. Garritt. Shanghai: American Presbyterian Mission Press, 1895, p. 36.

② Ibid. , p. 37.

③ 吴义雄：《译名之争与早期的〈圣经〉中译》，《近代史研究》2000年第2期。

④ J. M. W. Farnham, "Historical Sketch of the Shanghai Station", *Jubilee Papers of the Central China Presbyterian Mission*, 1844—1894. Ed. J. C. Garritt. p. 37.

信报告他对马礼逊圣经译本的看法，此信首页上方冠以标题"Remarks on Chinese translations of the Scriptures and tracts"，即"对圣经及圣书小册中译本的意见"。娄礼华说，我在此前给您的信中就曾说过马礼逊博士的译本很不完善，中国人读不懂。父亲您曾说，既然马礼逊的译本如此不完善，我们何时能有更好的译本？娄礼华遂分析马礼逊当初遇到的各种实际困难，认为马礼逊是第一个开始学习中文的新教传教士，他学中文时缺少帮助，不得不自己动手去编语法和字典。马礼逊又在东印度公司担任翻译，这使他难有充裕的时间翻译圣经。他担任翻译一职时平常接触、使用的语言，无非是钱来钱往、讨价还价，翻译圣经可不宜用这些语言。尤为重要的是，他在翻译圣经的时候尚未完全通晓中文，是边学边译的。娄礼华充分肯定马礼逊的开创之功。认为马礼逊的声名将赖其《华英字典》而非中译圣经以传。①

当选翻译代表的娄礼华于 1847 年 6 月初来到上海。8 月 19 日由上海返回宁波途中遭遇海盗打劫，不幸被扔到水中溺亡，连遗体也没有找到。② 此时距他由宁波来沪，仅两月有余。非常之不幸！这个噩耗令宁波、上海等地的传教士们痛感惋惜，档案中有几位传教士就此写给娄瑞的报告信。从中可以读出大家对娄礼华的真情悼念和敬重。

娄礼华与麦都思在《中国丛报》上的辩论可谓势均力敌、旷日持久。从学理及舆论上看，娄礼华一方最后略占上风。美北长老会传教士甘路德（Joshua Crowel Garritt）在其所编《华中长老会一八四四至一八九四年五十周年纪念集》（*Jubilee Papers of the Central China Presbyterian Mission*，1844—1894）中，对娄礼华作为长老会代表参与译经工作给予很高的评价，因为在他之前没有人在这方面展现出如他那样出色的才华："娄礼华先生对中国文学的研究比他所有的同事都更深入，他的能力十分全面，是从事译经工作的出

---

① 美北长老会档案，Calendar 4，China vol. 1，No. 472. Reel 1。
② ［英］伟烈亚力著，赵康英译：《基督教新教传教士在华名录》，天津人民出版社 2013 年版，第 157—160 页。

色人选。"① 伟烈亚力也对娄礼华有相似的评价："他认真从事新约圣经中译本的修订工作。他完全胜任此事，因为他的博学多识、长于辨析以及凡事力求精确的精神。"② 娄礼华逝世七年后，1854 年，他的弟弟、时年二十七岁的娄理仁（Reuben Lowrie，一译楼乐宾，1827—1860）携新婚的妻子踏上中国的土地，以继承哥哥未竟的事业。娄理仁在中国只待了六年，于 1860 年去世。③

三

后来由在华传教士组织的问卷调查表明，中国本土基督教信众更为认同"上帝"这一译名。④ 可是在 1840 年—50 年代的论争中，以伦敦会的麦都思为代表的"上帝派"在面对美国传教士们的攻讦时，颇显弱势，一度难以招架。且看美部会、长老会、圣公会这三个差会在译名之争过程中的角色分工：（1）美部会的裨治文居于幕后，通过自己编纂的《中国丛报》宣传"神派"主张的合理性，为美国阵营赢得舆论优势；（2）长老会的娄礼华作为出色辩手，从学理层面为"神派"主张进行多方阐述；⑤（3）娄礼华命丧中国海盗之手后，圣公会的文惠廉及时补缺，自 1848 年 1 月起，文惠廉在《中国丛报》发表多篇文章，集中批判麦都思《论中国人之神学观》一文的观点；（4）文惠廉对"神派"主张的建树是理论层面的，长老会的克陛存则与裨治文合作，坚持译完圣经，使美国阵营所主张的"神版"圣经得以蒇事。

文惠廉、克陛存都很尽力，效果却不尽相同。文惠廉的风格颇近娄礼华，

---

① J. C. Garritt, "Historical Sketch of the Ningpo Station", *Jubilee Papers of the Central China Presbyterian Mission*, 1844—1894. Ed. J. C. Garritt. p. 13.

② *Memoirs of the Rev. Walter M. Lowrie*: *Missionary to China*, Ed. Walter Lowrie. Philadelphia: Presbyterian Board of Publication, p. 401.

③ 美北长老会档案，Calendar 4，China vol. 5，No. 181，上海传道站致娄瑞信。Reel 3。

④ 程小娟：《God 的汉译史——争论、接受与启示》，第 85—94 页。

⑤ 雷孜智指出，"《中国丛报》上第一篇声援裨治文的重要文章是娄礼华所写的……几乎可以断定他的大部分观点是出于裨治文授意。作为《中国丛报》的主编，裨治文显然希望在这场争辩中置身幕后，即便实质上他是主张'神'这一译法的主要鼓吹者"。[美] 雷孜智著：《千禧年的感召——美国第一位来华新教传教士裨治文传》，尹文涓译，第 226 页。引按：娄礼华与裨治文观点趋同、意在为裨治文辩护属实，出于"裨治文授意"则未必。

雄辩而固执，甚至比娄礼华表现得更为偏激和激烈。麦都思等人宣告决裂，原因是娄礼华的尖锐挑战，近因则是文惠廉在《中国丛报》上刊发匿名文章，指责麦都思的观点为"渎神"。但是结果事与愿违，"这一关于渎神的粗暴指控只能使两派的关系雪上加霜。而且，麦都思及其支持者当然清楚谁是这一匿名指控的始作俑者，他们立即写信要求文惠廉公开道歉"①。

相形之下，克陛存的做法更具建设性。克陛存未赴华之前，娄礼华就在致卢壹（John Lloyd）的信中诚恳劝说卢壹、克陛存等人来华传教。② 结果如娄礼华所愿，1844 年 6 月 22 日，卢壹、克陛存夫妇、哈巴安德、露密士等长老会传教士乘坐"科霍塔号"离开美国，同年 10 月 22 日抵达澳门。克陛存夫妇在澳门逗留三月余，之后前往香港。又从香港乘船前往宁波。1845 年 5 月 18 日长老会宁波传道站组建时，克陛存当选本堂牧师。③ 上海的译经委员会于 1850 年 7 月完成了新约的翻译工作。在娄礼华辞世之后，其角色由伦敦会传教士美魏茶接替，故新约修订完成之时，委员会中并无长老会传教士。在此之前，长老会对新约翻译的贡献均来自娄礼华。新约完工后，译经委员会决定随即开始旧约的翻译工作。人事方面，伦敦会的美魏茶留任，长老会的克陛存加入。在宁波工作五年之后，克陛存于 1850 年 7 月奉命调往上海传道站。次年 1 月，克陛存作为宁波传道站指派的译经代表，成为上海译经委员会的成员。翻译进行到《利未记》的中间部分时，委员会里的人员结构发生变化。④ 1851 年 2 月 12 日，译经委员会因人事变动而中止。之后，英、美两国传教士分道扬镳，进入各自为阵、自行译纂的阶段。

克陛存从事圣经翻译之初，便遭遇了以上的人事动荡。据同为长老会传教士的歌德（Moses S. Coulter，1824—1852）致娄瑞信中所述，克陛存一家于

---

① ［美］雷孜智著，尹文涓译：《千禧年的感召——美国第一位来华新教传教士神治文传》，第 235—236 页。

② *Memoirs of the Rev. Walter M. Lowrie：Missionary to China*，Ed. Walter Lowrie. Philadelphia：Presbyterian Board of Publication，p. 401.

③ ［美］伟烈亚力著：《基督教新教传教士在华名录》，赵康英译，天津人民出版社 2013 年版，第 178—179 页；J. C. Garritt，*Jubilee Papers of the Central China Presbyterian Mission*，1844 - 1894. p. 15。

④ 同上。

2月27日前往上海。由于所带行李书籍较多，船长索费200元，否则拒绝托运，行前颇费周折。歌德介绍了克陛存前往上海的有关背景，即几位伦敦会传教士因为译名问题赌气撤出了译经委员会。歌德还提到，麦都思等号召伦敦会在华的全部传教士都加入他们的行列，支持他们，其中包括时在香港的理雅各。旧的翻译委员会也希望工作不致中断，坚持完成翻译。歌德信中还介绍说，他手上有一本汉译圣经是采取了错误的译名，即以"上帝"译"God"的。克陛存此次前往上海，还带去了一位叫 Ming Geen① 的中国人，克陛存指导他，帮他学习英文和神学。② 克陛存到上海后，即与裨治文合作着手圣经旧约的翻译。

克陛存赴沪前也有一封信专谈此事，信的开头只写"My Dear Sir"，但在最后一页的末端注明收信人是长老会的秘书娄瑞。写信时间为1851年1月7日。③ 克陛存在信中说，有关自己前往上海一事，宁波传道站并不乐意。此议题曾搁置一段时间，最终讨论的结果是多数同人还是决定让他去，仅剩一人反对。他本人乐意接受译经的使命。克陛存对圣经新约的翻译表示失望，当然这只是他的总体印象，此前的翻译内情他因未参与，所知很少。他希望经过努力，能够产生一部较完善的译本。有关译文的风格，他认为应该更平实（plain）、更简洁（concise）。他又说，当然目前所采取的译文风格也自有其优点。这封信主要是表达他对译经的积极态度，认为在译经的事业中，长老会理应发挥影响、做出贡献。

此后，克陛存与裨治文开始了亲密无间的合作。当然，二人均曾因故返美，短期中断过译经的工作。先是裨治文因健康不佳，于1852年2月3日偕夫人返回美国，当然很快（次年5月3日）即复返上海；克陛存则约有两年零八个月的时间不在上海（1855年10月动身返美，④ 1858年6月回到上海）。

---

① 中文名不详。
② 美北长老会档案，Calendar 4，China，Vol. 3，No. 178. Reel 2。
③ 同上。
④ 克陛存于1856年1月返抵纽约。在返美期间，参加了传教士大会（General Assembly），他和哈巴安德在会上均有演讲。美北长老会档案，Reel 31，Vol. 61，No. 42，Walter Lowrie to Shanghai Mission，Jan. 18，1856；No. 43，Walter Lowrie to Shanghai Mission，May 20，1856。

此外的时间，二人一直合作译经，直到 1861 年 11 月 2 日裨治文逝世。① 裨治文逝世后，克陛存独自坚持。克陛存于 1854 年 10 月、11 月连续两次致信娄瑞，报告了译经委员会成员在译名选择问题上的困境。② 经过不懈努力，译经工作终在 1862 年 8 月 25 日克陛存临终前不久告竣。同年 5 月 3 日，克陛存致娄瑞的信中也曾报告译经情况。③ 裨治文、克陛存合作译经的成果，出版信息如下：（1）《新约全书》，共 254 页，上海，1863 年版。（2）《旧约全书》，共 1002 页，上海，1863 年版。前者是代表委员会译本的修订本，裨治文、克陛存二人自 1851 年起合作翻译。该译本的部分内容曾提前在不同时期出版，如 1854 年就出版了《罗马书》的单行译本。④ 克陛存被美国一所大学授予神学博士学位，可是这个消息没能在他生前传到上海。⑤

克陛存、裨治文等美国传教士坚持译经到底的精神令人钦佩。英国传教士也体现了同样的敬业精神。译经委员会解散之后，麦都思、施敦力约翰和美魏茶等在伦敦会的支持下，于 1853 年完成了旧约的翻译工作，形成了伦敦传道会版的旧约译本。⑥ 1854 年至 1855 年，麦都思、施敦力约翰还合作完成了新约的官话译本。⑦

概括言之，1860 年代之前美北长老会的译经工作，由于人选的变换，可划为两个阶段，即"娄礼华阶段"和"克陛存阶段"。这两个阶段中，美部会与长老会这两大在华差会一直有密切的合作。娄礼华逝世之后、克陛存递补之前，长老会在译经委员会中是缺席的。这对长老会而言，是一段尴尬的

---

① ［英］伟烈亚力：《基督教新教传教士在华名录》，赵康英译，天津人民出版社 2013 年版，第 84—85 页。

② 美北长老会档案，Reel 31，Vol. 61，No. 39，Walter Lowrie to Shanghai Mission，Feb. 13，1855。

③ 美北长老会档案，Calendar 4，China，Vol. 5，No. 245. Reel 4。

④ ［英］伟烈亚力：《基督教新教传教士在华名录》，赵康英译，天津人民出版社 2013 年版，第 86—87 页。

⑤ 同上书，第 177—178 页。

⑥ 1855 年在上海出版的《旧约全书》，是由文惠廉主教、牧师麦都思及裨治文博士、牧师施敦力约翰、美魏茶和淑所组成的代表委员会翻译五六篇，后由伦敦传道会的传教士牧师麦都思、牧师施敦力约翰和美魏茶继续翻译直至结尾。伟烈亚力强调说，"这本书主要归功于麦都思博士的努力和付出"。［英］伟烈亚力：《基督教新教传教士在华名录》，赵康英译，第 42 页。

⑦ ［英］伟烈亚力：《基督教新教传教士在华名录》，赵康英译，天津人民出版社 2013 年版，第 127—129 页。

空窗期。尴尬既在于本差会在译经委员会中的缺席，也在于找不到合适的译经人选。在当时，克陛存并不是唯一的人选，同在宁波的同会传教士麦嘉缔也很出色。克陛存得以进入译经委员会，既非本会传教士推选，也非母会任命，颇有些因缘际会的成分。克陛存在 1851 年 3 月写给母会秘书娄瑞的信中提到，母会的执委会此前曾来信要求他就自己参与译经一事提交详细一些的情况说明。母会对他不声不响、自作主张地跑去上海参与译经，感到意外。克陛存坦承：

有关我目前的状况，我难以尽述，只能扼要地描述一下我参与此事（译经）的过程。自去年 1 月以来，我们传道站的成员一直惦念着一件事，就是从一开始我们就认为译经委员会须有一位长老会的代表。然而同时，不管让谁这么长时间地离开宁波传道站都是一件严肃的事。让我离开宁波这个传教工场，我自己是不情愿的。不过，只要有可能，我们就得派出一位代表前往（上海），这是我的强烈主张。因此，当 1850 年 7 月我有了能以较少的开支访问上海的机会时，我就去了。……我出席了 8 月 1 日的委员会会议，这事很凑巧，我也没想到。直到我抵达上海，我才得知（母会的）执委会做出的决定，就是要在上海建一个传道站。我得离开上海，原因像是已向您汇报过。宁波弟兄强烈敦促我速返宁波，因为宁波的教堂正在筹建，还有一些别的事。我回上海的事，就这样一直搁置下来。搁置的原因，部分是弟兄们认为我最好等教堂完工再走，部分也是希望得到（母会）执委会的明确指示。最后，到了必须尽快做出决定的时候（意思是来不及等候母会的指示了——引者注），译经委员会的代表也督促我快点去。奥立芬先生（Olyphant）也强烈荐举我去上海，说是既为译经，也为新传道站的筹建。在（宁波）传道站的会上，这件事得到慎重的推敲，决定由我履行译经代表的职责。①

---

① 美北长老会档案，Calendar 4，China Vol. 5，No. 13。克陛存致娄瑞信，March14，1851. Reel 3。

写这封信的时候，克陛存已经在上海了。他给娄瑞的信件表明，成为译经代表确实事出仓促，没有来得及等到母会的指示，但也事出有因。克陛存的出发点，是竭力保住长老会在译经委员会中的一个代表席位。他的苦心，也最终得到了母会的谅解和支持。克陛存在上海是因感染霍乱不幸辞世的，他是使整个译事得以完美告竣的一大功臣。美国方面的圣经新译工作，至此整整持续了二十年（1843—1862 年）。

四

美国阵营人多势众，又有《中国丛报》这一舆论园地，但是，他们的优势地位并不持久，最后甚至陷入颇为尴尬的境地。造成尴尬的原因有二：一是美国传教士因"伪耆英《祝文》事件"而声名受损；二是在麦都思愿意妥协时，理雅各却横生枝节，发表长篇大论支持麦都思的"上帝"译名。

耆英在鸦片战争时代表清廷主持中英交涉，他对待外国人一向开明、友善，故在居留中国的西人社群中颇负声望。据称是耆英所撰的《祝文》内容如下：

祷天神祝文并序
两广总督耆英撰

按康熙字典云。耶稣西国称救世主也。西人翻译之本。述其行迹甚详。其教以礼神悔罪为主。意谓世间独此一位造化天神。能主宰万有。无所不在。无所不知。因鉴观下土。悯念群生。命帝子耶稣。降生尘网。捐躯救世。死而复生。诸多奇迹。但凡信之者。惟勿拜诸偶像。或公处。或暗室中。洗心悔过。向空中造化之神。跪拜谢罪。祈福而已。余自招抚各外洋。因查究西人所习教是否邪正。及前后观察。知其所传实无不善。自宜具奏闻。请免驱除。以示柔远。适幕友李公。自述其前冬得病。鬼神医卜。一切罔效。偶闻西人所传祈福之事。遂向空中叩请。称天神。并耶稣名。翌日病愈。此后有求辄遂。因属余作祝文。志其灵感之异。以备广记拾遗之一考云。

惟神无私。开天辟宇。万象蚌幪。群灵鼓舞。悯念群黎。鉴观下土。无所不闻。无所不睹。巍乎神功。聿昭万古。嗟尔众生。罔知神主。饱食暖衣。弗感神赐。奸诈贪嗔。甘遭神怒。辗转死期。冥刑痛楚。我愿世人。悔心自处。作善降祥。千秋格语。从此礼神。有求辄许。拔尔永刑。救尔罪苦。神之格思。万福临汝。尚飨。[1]

这份《祝文》被裨治文等人视为珍宝，在《中国丛报》上大加宣传，并配发了《祝文》的全文英译本以及文惠廉的评述。[2] 美部会档案中除了收藏有这份《祝文》，还有理雅各致大英圣书公会编辑委员会秘书梅勒（E. Mellor）的信件。理雅各在信中对"伪《祝文》事件"的来龙去脉有十分详尽的介绍，较为珍贵。理雅各的信写于香港，时间为 1851 年 5 月 13 日，卫三畏将这封信转寄给了美部会秘书安德森，为的是让远在美国的母会了解内情——尽管这内情含有对美部会在华传教士十分不利的信息。

理雅各指证说，耆英的《祝文》是伪造的（spurious），非耆英所撰。理雅各在信中回忆，大约十天前，美以美会的传教士柯林（Judson Dwight Collins，1823—1852）从福州传道站来到香港，他带了套名为《榕园全集》（The Collection of the Garden of Banyans）的书。柯林把其中的七卷交给了同属美以美会的怀德（Moses Clark White，1819—1900），其中就有包含《祝文》的那一卷，而《祝文》署名耆英。柯林还对理雅各说，他也曾怀疑《祝文》有假。过了一些日子，柯林给理雅各送来《榕园全集》一书中的八卷。根据理雅各的观察，《榕园全集》的题名页并无耆英的名字。在序文之前的空白页，有"两广总督耆英"（Composed by Ke‑ying, Governor of the two Kwang）字样，但这几个字是手写的，并不是印刷的。读完序文之后可知，《榕园全集》刊于道光十二年，作者叫李彦章（Le Yen‑chang），是二十年前福州本地一位官员，刚刚于去年（道光三十年）二月去世。福州的传教士所购买的这套

---

① 美部会档案，Reel 258，No. 54。此信又刊于 Baptist Magazine and Literary Review，Chinese Repository 等杂志，以及圣书公会的年报（Bible Society's Annual Report）中，可见各界关注之殷。

② Testimony to the truth of Christianity, given by Kiying. The Chinese Repository, Vol. XX, 1851.

二十卷的书，是上了福建当地书商的当了。理雅各解释说，我戳破这个骗局并非出于对福州传教士的不敬，而是怀着对真理和正义的追求之心。这份《祝文》在指称"God"时固然是用的"神"字，但这与耆英无关。① 理雅各的意思是说，想拿这份伪造的《祝文》来证明耆英用了"神"字，"神"字的译名优于"上帝"，这是靠不住的。

理雅各的这封信在传教士中间广为传播，英美各差会的总部应也通过各种渠道读到此信。安德森作为美部会的秘书，对本会派赴中国的传教士裨治文和印刷工卫三畏及其编印的《中国丛报》早有不满，② 如今更是大失所望。理雅各的博学和雄辩，在很大程度上为伦敦会挽回了面子，但也使得双方调和的可能性再度失去，形成二度僵局。传教士们承认理雅各的学识，但并不赞赏他的做法。"实际上，自 1843 年香港会议以来，理雅各在该问题上的立场已经发生变化，他由此前赞同'神'，改为提倡使用中文典籍中的'上帝'来作为'God'的译名——而这时麦都思及代表委员会中的英国传教士们恰恰已经开始考虑放弃将'上帝'作为译名。"③

"伪耆英《祝文》事件"对美国阵营是一次严重的打击。一度处于弱势的英国传教士开始大力反击。继早前宣布退出译经委员会之后，又发表公开信批判裨治文和文惠廉。麦都思等人宣布退出译经委员会后，裨治文对新的局面颇为乐观。可惜的是，他和文惠廉得理不饶人，在《中国丛报》上继续发表文章或委婉或直露地批评英国同行。尤其是文惠廉在文章中指控麦都思等"渎神"，这再度激怒了麦都思等人。美部会档案中有麦都思、施敦力约翰、美魏茶三人联署的一封公开信，指责裨治文等美国同行将译经委员的解

---

① 美部会档案，Reel 258，No. 57。
② 安德森多次公开反对裨治文、卫三畏等在中国从事医务、教育之类的"世俗工作"。裨治文则认为，传教站所从事的所有活动都是相互联系的，"他对安德森认为传教士们忽视了他们的最终目标的说法愤愤不平"。美部会曾一度责令裨治文退出《中国丛报》的编辑工作，让他将所有时间用于"宣讲福音"。参见［美］雷孜智《千禧年的感召——美国第一位来华新教传教士裨治文传》，尹文涓译，第 169 页。
③ ［美］雷孜智：《千禧年的感召——美国第一位来华新教传教士裨治文传》，尹文涓译，第 237 页。

体一概归罪于伦敦会。信中指出，在华传教士同人有关译名的态度，是多元的，甚至是模棱两可的。并非票决所呈现出来的那种你死我活的尖锐对立。信中对文惠廉在参与译经期间的作为表示不满，猜测裨治文或者文惠廉就是匿名信的执笔者。又说，裨治文等主持的《中国丛报》在言论上形成了对伦敦会的打压，"不给我们质疑的机会"。公开信强调说，"你们必须允许我们表达意见"，以免读者们受到《中国丛报》的误导，认为是伦敦会传教士造成了上海译经团队的分裂。此信写于上海，时间是 1851 年 8 月 1 日，标题是《关于圣经的中文版》（*On The Chinese Version of the Scriptures*）。①

当然，除了直接的言论交锋，伦敦会也在竭力争取外部力量的支援。理雅各及时向大英圣书公会写信说明情况即是一例。事实上，卫三畏将有关资料转寄给母会秘书安德森，主观上是为让母会知情，却在客观上帮助了伦敦会。因为安德森更加坚决地反对裨治文、卫三畏等人编印《中国丛报》及开办印刷所，要求他们集中精力开展核心传教事务，尽量少做些世俗的工作。这引起了卫三畏的不满。而安德森在收到卫三畏的抗议信后，给出的评价是卫三畏过于"civil"。大约是批评卫三畏分心于杂务，不能将全部身心投入于福音的传播。②

五

娄礼华、理雅各使双方的对立尖锐化，译名之争因此呈现出较为浓烈的意气因素。而票决的处理方式过于生硬，又导致麦嘉缔和卫三畏等人所代表的第三种声音被忽视。因为麦嘉缔、卫三畏并非译经委员会的代表，没有投票权。第三种声音的存在，不仅在今天的研究中不被重视，即使在当时，这样的声音也被忽略了。

在美国阵营中，有几位传教士对"神"的译名持保留意见。麦嘉缔是

---

① 美部会档案，Reel 258，No. 58 - 1。
② 卫三畏 1850 年 11 月 1 日致安德森信，广州。此信共 24 页，手写件。首页有收信人批注："Mr. Williams feels more civil that he appears to write." 这行字当是安德森所写。美部会档案，Reel 259，No. 307。

其中之一。麦嘉缔是在 1844 年 6 月 21 日到的宁波。① 这时他的手上带有一些中文印刷的基督教书籍和布道小册，为的是向当地居民分发。由于生活条件太差，他不得不移居舟山，在那儿开办了一个诊所。8 月 1 日，祎理哲（Richard Quarterman Way，1819—1895）夫妇也来到了舟山。11 月，他们一起回到宁波。次月，麦嘉缔在佑圣观觅得居处，此观位于福州城的北门内，居住条件大为改善。从 1845 年 4 月起，在宁波的长老会传教士才有了定期开会的传统。从此时起至 1858 年的会议记录保留了下来。② 相关记录显示，有七个人参与了宁波传道站的初期创建：麦嘉缔，克陛存夫人，祎理哲夫人，奥尔德西（M. Aldersey）小姐，两位随奥尔德西小姐从爪哇来的女孩，以及一位仆人（名叫 Hung A - poo，祎理哲雇用，随祎理哲从新加坡来宁波，于 1844 年受洗于宁波）。奥尔德西带来的两个女孩，其中一个后来嫁给了曾兰生（Laisun，1826—1895）。③ 长老会在宁波创办了寄宿学校（Boarding - school），此校后于 1867 年迁往杭州。1845 年 8 月 19 日，柯理（Richard Cole）夫妇携印刷设备从澳门来到宁波，这标志着长老会印刷及翻译事业的真正起步。

作为宁波传道站的主要创始人，麦嘉缔是一位事务型的传教士，有多方面的才干。唯在译经方面，他早期较少介入。直到 1871 年，他由宁波迁往上海，负责管理宗教书册的翻译和印刷，算是与圣经的译印事务有了一些联系。不过，他两年之后即辞返美国。④ 当然，印刷事务有时也会涉及翻译问题，例如著名的译名之争。麦嘉缔也曾在写给娄瑞的信中明确过自己对"God"译名选择的态度：

---

① J. C. Garritt, *Jubilee Papers of the Central China Presbyterian Mission*, 1844—1894, Shanghai: American Presbyterian Mission Press, 1895, p. 1.

② Ibid., p. 4.

③ Ibid., pp. 4 - 5. 此"Lai Sun"应即"Chan Lai Sun"（曾兰生），参见庄钦永《Chan Lai Sun 之中文姓名考》，《新呷华人史新考》，新加坡南洋学会 1990 年版，第 76—80 页。

④ J. C. Garritt, *Jubilee Papers of the Central China Presbyterian Mission*, 1844—1894, Shanghai: American Presbyterian Mission Press, 1895, pp. 15 - 16.

关于另一个问题，即印刷以"上帝"作为"God"译名的书——我
从内心来说，对这样的译法是反对更多一点。……从事物的本性来看，
只有一位"上帝"（Shangte）或"至高无上的主"（Supreme Ruler）。众
所周知，中国人崇拜的偶像很多，……但是只有一位"至高无上的主"
（Supreme Ruler）或"God"，中国人称之"上帝"。然而他们把自己所祭
拜的许多神灵（Spirits）、许多偶像（Idolatrous objects）都称为"神"
（Shin）。[1]

从麦嘉缔的措辞来看，他似乎倾向于"神"的译法，但内心是有犹豫的。
他在很多事情上有不同意见：

我很抱歉，对于本会弟兄们的处理方式，我不得不表示我的反对和
抗议。我慎重地请求执委会给我以自由，不让我为整个传道站的事务承
担责任，仅仅视我为一位传教士，一位医学传教士就行了。在最初的六
年中，我在传道站的会议上从未发过一句刻薄之词，也从不发表个人的
见解——除了对可怜的柯理先生说过。为的是行动一致，和谐共处。近
来，我们传道站的会议像极了学院里的辩论会，一派人执着地执行自己
的计划，不顾另一派人的感受，其实反对的声音很大。[2]

这是一封长达八页的信。麦嘉缔还提到了郭士立的译法，郭的意见是
"上帝"（Shangte）指的是真神（True God），而"神"（Shin）之所指众多
（Gods），所以"上帝"更适合。麦嘉缔在信的末尾流露了十分悲观的态度，
认为他自己没有能力协调和团结众弟兄一道前行，也不认为大家能够真的和
谐相处。麦嘉缔只是为了行动一致，才没有公开发表跟本会弟兄不一样的观
点，他在译名问题上大约也是这样。

麦嘉缔在长老会是有威望的，尽管他在译名问题上与本会的其他传教士有

---

① 美北长老会档案，Calendar 4，China，Vol. 4，No. 24. Reel 4。
② 同上。

出入，但他的意见是埋在心里的，并没有公开表达。在麦嘉缔写下此信的一周后（1854 年 10 月 12 日），丁韪良（W. A. P. Martin，1827—1916）也写信给娄瑞，呼吁在本会的印刷物使用"上帝"的译名。只是他的意见比麦嘉缔要更为中立，他讲了七点理由，第六点是这样说的："选择译名不妨自由，这样我们就可以使用其他差会的出版物，也能拿我们所印的回赠。这样可以促进各差会的联合，方便我们的工作，我们的印刷所也更能派上用场。"① 圣公会的代表支持丁韪良，蓝亨利（Henry Van Vleck Rankin，1825—1863）则反对丁韪良的意见。② 在 1869 年之前，丁韪良一直是长老会传道站的成员，但他的贡献更多地发生在他脱离长老会之后。当然，后来的丁韪良是主张用"神"译"God"的。就在丁韪良上一封建议自由选择译名的信寄出不久，他又写了一封信解释自己的立场。他称，他之建议用"上帝"来指称"God"，只是将它作为"一个合适的称呼"（A suitable appellation），而非"一个译名"（A translation）。③

卫三畏则注意到"神派"意见的不周延之处。当娄礼华强调"god"在英文中是类名，所以中文译名也应选择"神"，因为"神"也是一种类名时，他回避了如下的重要事实："god"虽是类名，但当它用来指代作为最高存在的"神"时，是首字母大写，写作"God"的；指代一般的"神"甚至邪神时，则写作"god""gods"。中文中的"神"字却没有这样一分为二的语法手段。卫三畏说，"我认为，如果汉语有单复数之分的话，那么'神'这种译法就能被广泛接受了。但实际情况是，'神'这个名词本身包含了复数意义，这有悖于我们传播的一神论。而'上帝'又是中国本土神话中一位神的名称，那么很可能在我们自以为正在传播真理的时候却助长了一种盲目的偶像崇拜。我个人认为，'真神'的名称也许能帮助中国人更好地理解我们的信仰……"④

除了意气因素，我们还要充分注意到译名之争背后的差会因素。这至

---

① 美北长老会档案，Calendar 4，China，Vol. 4，No. 26，丁韪良致娄瑞信。Reel 4。
② 美北长老会档案，Calendar 4，China，Vol. 4，No. 27，28。Reel 4。
③ 美北长老会档案，Calendar 4，China，Vol. 4，No. 56。Reel 4。
④ ［美］卫斐列：《卫三畏生平及书信——一位美国来华传教士的心路历程》，顾钧、江莉译，广西师范大学出版社 2004 年版，第 101 页。

少表现在三个方面。一是几乎所有的在华传教士都本能地支持自己所属差会的观点，就连麦嘉缔、卫三畏这样对本会的译名主张持有异议的人，也只是在私信中偶有透露，并没有公开地发表不同意见。二是长老会传教士的加入使译名之争中的英美格局发生改变。在理论和翻译实践两个层面做出巨大贡献的两位传教士娄礼华、克陛存，就出自长老会。三是母会秘书的引领和干预，在很大程度上影响着传教士的心境和姿态。娄瑞作为长老会秘书，不仅先后派出两位爱子来华传教，他还是长老会在华传教事业的卓越组织者。他在 1852 年 8 月 2 日写给上海传道站的信中，鼓励克陛存等坚持翻译下去：

> 有关译经的问题……裨治文博士想回去继续译经。他自己在信里说到了这事，你可以看他的信。我的意见是，倘若委员会集体翻译行不通了，我们要继续译。我强烈主张这样。可交由克陛存弟兄经手去完成，我们两个传道站（指宁波、上海两处——引者注）里的其他众弟兄都是他的后盾。孟加拉语的最佳译本已经在加尔各答圣经协会印成，是浸信会的 Yates 博士译的。……这些话，我也写给宁波传道站了。①

1853 年 4 月 28 日，娄瑞再次致函上海传道站，建议克陛存留在上海："我们依然认为，一旦裨治文博士回到上海，新约的翻译应当重新启动。只有译完新约，我们才能更好地决定是否继续进行旧约的翻译。"② 同年 9 月 27 日，娄瑞给上海传道站的克陛存等人写信，仍不忘译经之事：

> （您在信中③）全未提及的另一件事是翻译。我们对裨治文博士的返华有很大的兴趣，希望译经的工作持续进行，直到摩西五经（Penta-teuch）译毕，最终完成新约的修订。有关这方面的动静，我们不能寄望于您来通报。我们也不能要求裨治文博士给我们写信报告。不过我确实

---

① 美北长老会档案，Vol. 61，No. 15，Walter Lowrie to Shanghai Mission. Reel 31。
② 美北长老会档案，Vol. 61，No. 21，Walter Lowrie to Shanghai Mission. Reel 31。
③ 指克陛存此前写给娄瑞的汇报信。

希望接到他的音讯，我们之前在一起的时候，曾就翻译一事有频繁的交流。①

娄瑞此间十分关心太平天国在上海的动向。这时，他的另一个儿子，娄礼华的弟弟刚被长老会任命为传教士，即将来上海传道站。1854 年 5 月，娄瑞致信上海传道站，建议先把摩西五经印出来：

> 我们希望能先把新约译好付印，但由于诸多原因尚未做好准备。可为何摩西五经即使译好了也不能立即付印，这实在没有办法解释。我们在宁波有两个印刷工人，我们在印刷时不能用留白的办法印新约。……我也写信给宁波的弟兄表示可以动用印刷所的全部经费，以便印大点的版本。我们在这边没办法解释印刷过程中的留白。在教会这个社区内，人们会认为美国传教士理应完成的却没有完成——这很重要。你们所译印的圣经，是提供给中国人使用的。如果新约已完成待印，我们将会欣慰。但是没有什么比摩西五经更重要。可能你们认为最好先印一个小点的版本给中国人使用，但我不认为这多么重要。即使需要修订的地方很多，这个（印出的）版本也是在供人使用着。等你们修订完毕，我们可再印大点的版本。②

信中所谓"小点的版本"，指单印新约中的摩西五经；"大点的版本"，指最终修订完成的整本新约。由娄瑞的相关信件可知，娄瑞对长老会传教士在上海参加的译经工作十分重视，多次提出颇为中肯的意见与建议。更重要的是，作为掌握人事权和财权的母会秘书，他对本会从事翻译工作的传教士给予了难得的理解、尊重与支持。

相形之下，美部会秘书安德森与本会在华传教士的关系就不是那么融洽。以至卫三畏曾愤愤不平地批评安德森，认为安德森对传道站的责难应

---

① 美北长老会档案，Vol. 61，No. 24，Walter Lowrie to Culbertson and Wight. Reel 31。
② 美北长老会档案，Calendar 8，Vol. 61，No. 29. Walter Lowrie to Shanghai Mission，May1，1854. Reel 31。

是"经过深思熟虑的"："得知我们这个印刷所需要'辩护'，我确信我们不会感到愉快。就我而言，没有一件事是不需要辩护的，没有一件事是不必解释的。"卫三畏说，"我所希望的是，不要让这些罪名不明就里地抛掷出来。这是因为，尽管我努力用尽可能低微的薪水养活自己，我也不愿意仰赖你们的雇用，以至于我的所作所为都笼罩在怀疑的阴影中。"① 安德森与娄瑞的行事风格形成鲜明对照。母会的态度变化对传教士的工作造成了诸多影响和牵制。

由上可见，整个译经工作及译名之争所反映的，是一个立体的人事网络的交织。过程性的史料可从编年史的意义上重现整个事件的链条。五人小组中，娄礼华掌握着至关重要的一票，这个年轻人为了投出慎重、理性的一票，付出了艰辛的努力。他的不幸早逝，使得长老会传教士的译经事业由娄礼华时代的重理论、重思辨，过渡到克陛存时代的以理论指导实践、以时间赢得实践。而克陛存与裨治文的合作译经，又得到了娄瑞的全力支持。娄瑞对译经工作的关照，在某种程度上也是表达对爱子娄礼华的缅怀。研究来华传教士在福音传播、文化教育、医疗卫生、印刷出版及翻译等领域的贡献，理应考虑到其中包含的差会因素，将长老会及其秘书娄瑞、美部会及其秘书安德森等纳入考察视野。至于本文之所以强调第三种声音的存在，是为了说明在译名之争闹到不可开交的时候，传教士当中并非没有理性、客观的声音。票决使双方形成二元对立的格局，求胜心态导致意气用事。如果双方重视第三种声音的存在，即使妥协的方案难以达成，但分裂的局面还是可以避免的。早期译名之争留下的难题，在之后的很长一段时间内，仍然持续困扰着英美两国的来华传教士以及中国教士。②

---

① 美部会档案，Reel 259，No. 307。

② 1877—1878 年，《万国公报》重提这一话题，共发表论争文章六十余篇。李炽昌将相关文献编为《圣号论衡——晚清〈万国公报〉基督教"圣号论争"文献汇编》一书（上海古籍出版社 2008 年版），可参。《万国公报》"圣号论争"的一大特点，是有中国教士的深度参与。中国教士的观点也是"选择性"的，即通常与所属差会的外国传教士保持一致，继续着英、美对立竞争的格局。值得注意的是，中国教士与外国传教士观点虽然一致，论证角度却不尽相同。赵稀方对此有深入分析。参见赵稀方《1877—1888 年〈万国公报〉的"圣号之争"》，《现代中文学刊》2010 年第 6 期。

边缘人物与新文化职业的兴起

——19 世纪前期华南海岸上的印刷工

将一个人或群体放回到他所身处的社会结构中来观察，同时又将这一个人或群体与同时代的其他人或群体区别开来以彰显其独特性，这是认识社会结构变迁的有效方式。对此，美国学者乔纳森·德瓦尔德曾有尝试。① 乔纳森·德瓦尔德在分析"欧洲贵族"这一群体时指出，在 1400 年到 1800 年长达四个世纪的漫长岁月中，欧洲人第一次与新大陆相遇，接下来欧洲对新大陆"实施了日益有利可图的统治""从长远来看，这一相遇使欧洲人的观念和价值取向发生了根本变化。"② 德瓦尔德使用了诸如"地方贵族阶层"及"近代早期"等概念以界定他的研究范畴。

就中国而言，由于"近代"特指 1840—1919 年这一时段，梁发与马礼逊等人的相遇从 1810 年代就已开始，因此并不是"近代早期"，而是"近代"之前。这一时期的中西相遇，为中国的南方海岸造就了一些特殊的文化职业。在中国文人普遍心存"天朝上国"的文化傲慢、敌视西人、轻视西学的年代，作为印刷工人的梁发等人能有机会从事这些文化职业，这多少有些偶然。梁发与马礼逊的相遇，是一位中国边缘人物与西方主流文化的相遇。梁发冒着

---

① 乔纳森·德瓦尔德（Jonathan Dewald）写有《一个地方贵族阶层的形成：1499—1610 年鲁昂法院的法官们》《1398—1789 年的篷－圣皮埃尔：近代早期法国的贵族领地、共同体和资本主义》《贵族的经历和近代文化的起源：1570—1715 年的法国》《欧洲贵族，1400—1800》等论著。

② ［美］乔纳森·德瓦尔德：《欧洲贵族，1400—1800》，姜德福译，商务印书馆 2008 年版，第 1 页。

生命危险从事马礼逊提供的"新文化职业"，对清代中国而言，既是民间对官方的挑战，也是边缘对主流的突破。梁发对马礼逊、对基督教的接受模式，体现了清朝境内边缘人群与主流文人的分野，也见证了近代中国社会结构变迁的过程。

一

刻工也叫刻字匠，有男有女，在中国社会内部属于地位低下的普通手工业者。古籍刻本的成书过程大致有定稿、校勘、书写、刻版、印刷、装订六个环节，其中最后四个环节均由刻书工人完成。刻工对雕版印刷技术的发明和发展，对学术文化的流播有无可替代的贡献。从谋生的层面来说，19 世纪前期中国南方海岸线上的"印刷工"与明清时代以及更早时代就已存在的、传统意义上的"刻工"并无本质不同。他们处于文化与文明生产线的低端，即使在所刻印的文籍上留下姓名，也得不到后世的重视，只是作为一个劳动群体而存在。

在古代中国，刻工只是"匠人"，不论是官署刻工还是民间刻工。李国庆《明代刊工姓名索引》著录明版书一千一百余种，刻工五千七百余人。明代刻书数万种，刻工总数当在数万人。这些刻工大都集中在苏州、新安、北京、南京、杭州、建阳等刻书中心地区。苏州、新安更是刻工荟萃之地。清人承袭明代风气，刻书亦盛。湖南、广东等地的农民甚至把刻书当作家庭手工业，一边种田，一边刻书。《清稗类钞·工艺》载：

> 湖南永州人民，类以剞劂为业，妇孺且有从事者。牧牛郊野，辄手握铅椠，倚树根镌之。广东顺德县之手民，率系十余岁稚女，价廉工速，而鲁鱼亥豕之讹误，则尤甚于湖南。①

道光以前，广东刻书业不发达，书籍多贩自江浙。似乎在乾隆年间，

---

① 徐珂：《清稗类钞》第五册"工艺类"，中华书局 2010 年版，第 2397 页。

广东地区的刻书业开始兴起。乾隆四十三年（1778 年），广东巡抚李质颖在奉旨追查沈德潜《国朝诗别裁集》翻刻案后奏称："乾隆二十五年（1760年）曾有江宁怀德堂书客周学先来粤卖书，以粤省书板刻工较江南价廉，曾将《国朝诗别裁》初刻本翻刻板片，带回江南刷卖⋯⋯"① 嘉庆、道光年间阮元督粤后，广东书板刊刻更加繁荣。

19 世纪初期，梁发、阿才、屈亚昂等人所刻印的书籍有了变化，印刷工的构成也有了变化。越来越多的外国人出现在这一文化生产的流水线上。在英国东印度公司澳门印刷所成立之前，许多中文著译都以木刻印刷。梁发受马礼逊之雇为其刻印中译本《圣经》中的《使徒行传》是在嘉庆十五年（1810 年）。到了嘉庆二十年（1815 年），梁发又被马礼逊和米怜等雇用前往马六甲，继续从事刻印宗教宣传品的工作。与米怜、梁发一同前往马六甲的，还有其他几个雕刻印刷工人。他们在马六甲筹建了英华书院及印刷所，并创办了《察世俗每月统记传》。对此，清廷一无所察。② 直到二十年后的道光十五年（1835 年），在得到两广总督卢坤的奏报后，道光皇帝才朱批"务要访获代刊之人，不准松懈"③。即在此时，官方奏报中的称谓仍是"刻工"而非"印刷工"。

中文出版印刷经常受到地方官府的干涉，而中国刻工、印工的职业操守也不能让外国人信赖，加之木刻板印无法承印中英文夹排的书刊，因此，铸造中文铅活字才是解决之道。1814 年 9 月，东印度公司为排印马礼逊的《华英字典》特派汤姆斯（P. P. Thomas）来澳门建立印刷所，从事中文铅活字的研制。他们雇用中国刻工在铝合金铸成的刻坯上刻汉字。④ 经过七年的时间，终于用这批汉文铅活字将整部《华英字典》印刷出版。这是中国最早用铅活

---

① 中国第一历史档案馆编：《纂修四库全书档案》（上），上海古籍出版社 1997 年版，第 153、574 页。

② 梁发刻印：《救世录撮要略解》曾遭人告发，时在 1819 年，但也只是惊动了地方政府（县）。参见［新西兰］麦沾恩《中华最早的布道者梁发》，胡簪云译，上海广学会 1931 年版，第 26—27 页。

③ 《两广总督卢坤等奏报遵旨密查代英船刊刻书本之铺户情形折》，中国第一历史档案馆《鸦片战争档案史料》第 1 册，上海人民出版社 1987 年版，第 184 页。

④ ［英］艾莉莎·马礼逊编：《马礼逊回忆录》（1），大象出版社 2008 年影印版，第 203 页。

字机械化印刷的出版物，标志着凸版机械化印刷术传入中国。1823 年，马礼逊返英期间，呼吁为增进英国对中国的了解，英国应成为欧洲第一个造出中文活字的国家。① 他的呼吁并未引起英国造字工厂的重视，却吸引了伦敦传教会教士戴尔（Samuel Dyer）② 研制中文活字的浓厚兴趣，"他将一生中的许多时间，都花在刻制和改善中文金属合金活字上"③。

　　1835 年，戴尔从槟榔屿抵达马六甲，负责为印刷所铸造活字。他雇用中国工匠，依照欧洲活字印刷术的原理，采用钢冲压技术铸造出一批中文活字。卫三畏说："他（戴尔）多年来为全副中文活字制备钢冲床，通过他的耐心劳作，已经克服了全过程的主要困难……他做好两套活字的许多金属字模已可以使用。"④ 这批中文活字从 1850 年年初起成为中文印刷市场上最主要的活字；他采取的逐字打造中文字范字模的做法，为后来的活字铸造提供了借鉴，又由柯理和姜别利推陈出新，铸造出美观、实用的中文活字。除铅活字印刷术外，马礼逊也是将石印术引介到中国的第一人。⑤

　　梁发曾被出版史学者称为"中国早期的编辑出版家"，马礼逊等人筹办的基督教印刷所被视为"中国早期的一批现代概念的出版社"。从出版史的角度看，早期基督教印刷所之所以被称为"现代概念的出版社"，当然是因为"它的出现引来了现代化出版印刷技术的传入中国"，也因为它"输入了出版自由、天赋人权和开发民智的观念"⑥。也就是说，马礼逊、梁发等人的基督教印刷事业之现代意义，体现在技术的更新（活字排版及机械化印刷）和新思想的输入两方面。而这两个方面的拓展，均与他们两人所处的特殊的地缘环境有关。马礼逊、梁发等人所从事的"新文化职业"之所以为"新"，更多地体现在地缘环境的新变上。这种特殊的地缘环境又可区分为政治、宗教、商业、文化等不同的层面。

----

① Robert Morrison, *Chinese Miscellany*, London, 1825, p. 52.
② 戴尔（Samuel Dyer）是中国内地会创办人戴德生的岳父。
③ Samuel Couling, *The Encyclopaedia Sinica*, Shanghai：Kelly and Walsh, 1917, p. 151.
④ ［美］卫三畏：《中国总论》，陈俱译，陈绛校，上海古籍出版社 2005 年版，第 811 页。
⑤ 参见谭树林《英国东印度公司与澳门》，广东人民出版社 2010 年版，第 191 页。
⑥ 叶再生：《中国近代现代出版通史》，华文出版社 2002 年版，第 47—48 页。

首先，从政治、政府、政策层面来看，他们的行为不受既有文化秩序的欢迎，且对旧秩序构成挑战。据卢坤年谱载，当卢坤于道光八年受命出任广东巡抚后，当年十二月初一日由山西起程，十六日到京后与道光皇帝就广东军政晤谈多次。道光帝问他，广东秋审火器伤人之案太多，何以人皆有鸟枪？卢坤对曰："潮州滨海，前明时倭寇侵掠，是以村民多有枪炮，相沿已久。其风气好斗，强凌弱，众暴寡，重利轻生，不知礼义。"道光帝又问："阅《实录》十几年上有夷人抢劫炮台之事。成何事体？关系外夷，不可一味从宽。有当示以兵威者，不妨示之以威。"卢坤对曰："澳门租与夷人，本是弊政。"道光问：起自何时？卢坤对曰："起自前明中官。"道光曰：由来已久。明朝弊政甚多，可恨可悯可伤。① 可见清朝官方及广东地方官员不仅对西方了解甚少，且对居留澳门等地的"夷人"依然秉持防范态度。

其次，从社会关系层面来看，他们充分利用文化以外的因素来培育或启动文化。来自西方的宗教文化及科学知识之传播，毫无疑问受益于文化之外的力量。比如东印度公司的经费赞助。我们知道，马礼逊是1809年接到东印度公司的聘书，担任广州商馆的中文译员，② 自此开始了与东印度公司长达二十多年的合作关系。这使他拥有了居留澳门的合法身份，也有了长期稳定的经济来源。他的传教事业，是以商业身份做掩护的。同样，许多后来成为林则徐"睁眼看世界"的重要助手的译员们，也都在文化以外的岗位上领取薪水、谋求生路。当林则徐把曾在外国商馆中服役的两个中国厨师和在外国人开设的医院里工作的一些中国人招入衙署以备咨询时，也就意味着，外国商馆和传教士医院里的中国工人或学徒也有可备咨询的意义与价值。正是在商业、宗教、政治、军事等诸多层面的经济保障及利益促动下，一群新的职业文化人在南海岸上蔚然兴起。

再次，从精神、价值层面来看，他们注重文化、教育的持久力量，且所

---

① 卢端黼编：《厚山府君年谱》，刻本，涿州卢氏，清道光间刻本。中国国家图书馆古籍馆藏。
② 东印度公司支付马礼逊的年薪是500镑。见［英］艾莉莎·马礼逊编著《马礼逊回忆录》(1)，大象出版社2008年影印版，第130页。

催生的是兼具新质与异质的思想文化新形态。印刷工梁发之所以走向更大的舞台，就是因为他除了掌握印刷技术，还在接受并汲取基督教思想文化以后，开始著书立说，并通过自己的印刷出版行为广为散播。当然这种文化、教育力量不可理解得过于狭隘，尤其不必将梁发等人的印刷行为局限于宗教的层面上来认识。梁发散发的布道印刷品，事实上并无立竿见影的效力。1819 年，梁发回到故乡高明以后，"一心要拯救他的本乡人，因此就做了一本布道小书"，此书名为《救世录撮要略解》，不幸遭人告发。县官对他的印刷布道行为不以为意，并不理会，称，"你的书胡说乱道，并无意义，不足计较，但我因你的离国出洋而罚你"①。这也反映了地方官员的自信，即不认为梁发所宣扬的基督教教义会对中国造成实质性的威胁。事实上，梁发的"胡说乱道"使他成为中国文化内部的"异类"及沟通儒耶、化洽中西的桥梁纽带。

最后，从个人价值的实现来看，他们的成功带有相当的流动性与偶然性。1804 年，当年仅十五岁的小梁发前往省城广州自谋生计时，他一贫如洗、两手空空。他初学制笔，不久改学雕版印刷，经过四年的勤学苦练，终于成为熟练的印刷工人。与马礼逊的相遇是他一生的重要转折点。显然，这样的转折带有相当大的偶然性。马礼逊与一位中国印刷工人的相遇是必然的，但梁发与马礼逊的相遇则是偶然的。并不是所有的印刷工人都有著书立说的潜质，梁发的个人才干使他充分展示了边缘人物的思想活力。当然，"匠人们的新角色"是以传教士东来为历史前提的。

二

洋人的事业当然不只是印刷，因此，中国助手们的服务领域也涉及商业、宗教、医疗等诸多行业。在 19 世纪前中期，广州十三行商馆里的通事们，通常并无很高的外语水平和文化水平。亨特甚至称："可以这样说，当时广州的

---

① ［新西兰］麦沾恩：《中华最早的布道者梁发》，胡簪云译、上海广学会重译，《近代史资料》总第 39 号，中华书局 1979 年版，第 155—156 页。

中国人，没有一个是能够读或写英文的。"① 亨特的说法不免夸张，懂英语的中国人早已悄然出现，梁发、梁进德父子是其中较为典型的两个。新的文化群体通常需要某种特定的历史契机才能走上历史的前台。就梁氏父子而论，作为雇主的马礼逊和林则徐便是两次契机的创造者。

梁发父子的人生转机，是以梁发的刻工、印刷工角色肇端的。与商馆里的通事及医院里的学徒相比，印刷工的角色更加特殊。也就是说，马礼逊、马儒翰父子的印刷事业，得到了他们的中国助手梁发、阿才、屈亚昂们的得力襄助。反过来说，几位中国助手的人生道路也由于马氏父子提供的历史契机而得以彻底改变。因为后来被视为英语最好的译员之一的梁进德，乃是印刷工梁发的儿子。与父亲梁发一直服务于基督教的传教事业有所不同的是，梁进德的人生道路更典型地反映出中国文人在儒教与基督教两种文化之间抉择取舍的矛盾。

梁进德生于道光元年（1821 年），1823 年，梁发将梁进德带到澳门，请马礼逊为之施洗。1830 年春，经马礼逊介绍，梁发与美国传教士裨治文等相见，十岁的梁进德从此开始到裨治文家中读书。裨氏于 1830 年 2 月来中国，不久，开始收留中国穷苦少年，兴办教会学校，以发展基督徒和培育传播福音的人才。1830 年 10 月，他收留了第一个少年名叫阿产（Achan），接着又收留了梁进德。裨治文十分喜爱梁进德，精心教他英文单词、句法，指导他阅读英文圣经，不久又开始教他希伯来文和希腊文。到 1833 年 4 月，梁进德已经练习翻译了全部新约书卷。② 梁进德后来的人生道路表明，外语给予他的帮助并不限于宗教，更有世俗的一面。

通事、翻译一类角色，在 19 世纪前期未曾引起官方的重视。以至到了官方需要使用这方面的人才时，才将目光投向民间，到洋行里搜罗"野生"的翻译人才。这正是林则徐在 1839 年遇到的困难。林则徐到广州就任后，"日

---

① ［美］亨特：《广州番鬼录》，冯树铁、沈正邦译，广东人民出版社 2009 年版，第 53 页。
② 苏精先生撰有《林则徐的翻译梁进德》，见苏精《中国，开门！——马礼逊及相关人物研究》，基督教中国宗教文化研究社 2005 年版。

日使人刺探西事，翻译西书，又购其新闻纸"，但清廷并无相关人才储备。当时在广州为外国商人担任通事的中国人普遍外文水平不高，难以胜任报刊翻译的工作。林则徐不得不起用一批身份卑微、地位不高的通事、引水等通晓外文的当地人担任译员。

梁进德最初应林则徐之召担任译员，时为 1839 年，待遇颇为优厚，月薪为十元至二十元，足以养家糊口。林则徐曾在行辕设立一个专事翻译工作的特殊机构。对此，林则徐本人日记、书信及奏稿并无记载，而是见载于《中国丛报》。1839 年 6 月（道光十九年五月），该刊第八卷第二期刊登裨治文文章《鸦片贸易的危机：纪事及官方文件等（续）》（*Crisis in Opium Traffic*），文末交代道：

> 钦差大臣手下有四个中国翻译，全都学到了一些英语。第一位是个青年人，在槟榔屿和马六甲受到教育，曾受北京政府聘用了好几年。第二位是个老年人，受教育于塞兰普尔。第三位也是年轻人，曾就读于美国康涅狄格州康沃尔的学校。第四位是个小伙子，学就于中国，能准确、娴熟地阅读和翻译普通题材的英文文件。①

这是较为简略的记载，并没有提到四位译员的姓名。1839 年 7 月 4 日，美部会的伯驾（Peter Parker）代表该会中国（广州）布道站撰写的上半年报告中也谈及此事，透露了更多信息：

> 钦差大臣林则徐正十分积极地以各种方式，搜集世界其他国家的兵力、财富、领土、风俗习惯、法律和商业等等；确切地说，他雇有四名熟悉英文的中国人：阿曼（Âmân），曾在雪兰坡（Serampore）的马煦曼（Joshua Marshman）博士处；小德（Shaou Tih），曾在马六甲接受教育，此后在北京的俄罗斯代表团担任拉丁文翻译；阿伦（Alum），曾在美国康乃迪克州（Connecticut）的康沃尔（Cornwall）；最后一位但不是最差

---

① 季压西、陈伟民：《中国近代通事》，学苑出版社 2007 年版，第 315 页。

的一位是梁发的儿子与裨治文的学生阿德（Atih），他肯定是当前中国英文最好的一名学生。①

这个"阿德"，即是梁发的儿子梁进德；而"小德"的名字叫袁德辉。林则徐延聘梁进德直至离任。稍后梁进德又服务于新任两广总督耆英。1846年时，已有两个子女的梁进德离开了耆英，回到传教士裨治文的身边继续读书，1847年6月陪同裨治文前往上海参与修订中文《圣经》的工作。裨治文的版本是由梁进德先从英文本圣经译出初稿，由裨治文以希腊文本校对正误后，交由他的中文老师邱泰仁（Keu Taijen）润饰文字，最后再由裨治文、梁进德和邱泰仁共同以前人翻译的版本和注释逐字逐节地考校而成。②

梁进德有机会先后服务于钦差大臣林则徐、两广总督耆英，表明中国人梁发及美国人裨治文共同培育的年轻人开始走上中国社会政治文化的舞台。教育背景及知识结构的优势使梁进德受到官方的关注，这与他的父亲梁发以印刷工及宣教师身份终老有所不同。梁氏父子在中国社会结构中的角色位移，是中西文化交流不断深化的结果。③

除了边缘人物中心化，19世纪前中期粤澳地区另外一个值得关注的文化现象是"普通文人专业化"。近年已有学者肯定袁德辉在法学史上的特殊地位，因袁曾与伯驾为林则徐合译瓦泰尔《万民法》（《万国律例》）。魏源《海国图志》1847年版中收录了伯驾和袁德辉的译文。袁德辉之译介国际法原则和用语，"构成了早期'夷识'之译介的意义深远的渊源""这表明中国不仅日益关注西学之用，在1840年代以后也日益关注西学之体"。④ 对瓦泰尔法学

---

① 苏精：《〈澳门新闻纸〉的版本、底本、译者与翻译》，见苏精辑著《林则徐看见的世界：〈澳门新闻纸〉的原文与译文》之《导论》，广西师范大学出版社2017年版，第21页。

② 苏精：《林则徐的翻译梁进德》，见苏精《中国，开门！——马礼逊及相关人物研究》，基督教中国宗教文化研究社2005年版，第234—236页。

③ 施其乐牧师（Carl T. Smith）曾指出，教会学校为中国培养出了一批"新式的中国海岸中间人"（A New Type of China Coast Middleman），这些受过英语教育的"中间人"成为香港的精英（Élite）。参见Carl T. Smith：Chinese Christians：Élites, Middlemen, and the Church in Hong Kong, Oxford University Press, 1985。

④ ［挪威］鲁纳（Rune Svarverud）：《万民法在中国——〈国际法〉的最初汉译及〈海国图志〉的编纂》，王笑红译，载《中外法学》2000年第3期。

著作的译介，使袁德辉在法学史上得有一席之地。

而英国画家乔治·钱纳利（George Chinnery）于1825年五十岁出头时定居澳门并在此终老，使中国青年关乔昌（Lam Qua，以琳呱闻名）有机会得以领略并掌握西洋画的精髓；关乔昌的弟弟关联昌（Tin Qua）作为钱纳利的弟子和助手，也成为著名的商业画家；关乔昌的侄子关韬（Kuan A - To，即关亚杜）则随伯驾学习西医。关家叔侄三人因此分别成为中国近代第一批西洋画家、西医医士。①

梁进德、袁德辉及关氏叔侄因此与传统的"八股文人"拉开了距离。他们由"普通知识人"成为学有专攻的"专业知识人"，显然是以西人来华及粤澳地区社会结构变迁为前提的。

三

除了梁进德、袁德辉，其他如亚孟、亚林等另外一些为林则徐所聘的译员，以及裨治文的中文老师邱泰仁，还有外国机构里形形色色的中国雇员们，是他们保障并见证了中西交往的日常运行。

当时参加林则徐翻译团队的译员，除上述四人外，可能还有陈耀祖。林则徐道光二十年（1840年）十月初一致怡良函称，"闻有陈耀祖者，闽人而家于粤，现在京中，厦门事即其译"②。此外，还有不少传教士、外国商人、医务人员也曾协助林则徐审定译稿、译介资料，例如美国旗昌洋行商人威廉·亨特（William C. Hunter）、美国传教士医生伯驾（James Parker）、英华书院校长布朗（Samuel Robbins Brown）、"杉达"（Sunda，又译"巽他"）号轮船医生喜尔（Dr. Hill）等。此外，林则徐还把曾在外国商馆中服役的两个中国厨师和在外国人开设的医院里工作的一些中国人招入衙署，以备咨询。

南海岸上的饮食业、商贸业与医疗卫生业同时为中国培育着新的一代知识群体。1837年，伯驾在一封信中说，"现在有两个很有前途的年轻人跟我学

---

① 刘泽生：《中国近代第一位西医生——关韬》，《中华医史杂志》2000年第2期。

② 来新夏：《林则徐年谱》，上海人民出版社1985年版，第214页。

英语，他们希望自己将来能做医生。还有几个申请医院的差事。这些年轻人中有一个是钱纳利（George Chinery 画家）的学生兰官（Lam Qua）的兄弟，他对医术如醉如痴"①。这个人就是关韬（关亚杜）。除关韬外，伯驾在1842年后一直招收一些中国青年作为助手，并向他们传授医术，名额保持在四五名左右。其他传教医生如雒魏林和合信也都招收一些中国学生作为助手。

中国人并不总是担任洋人的助手与合作者，也曾担任他们的老师，哪怕只是简单的语言老师。这是另一层面及微观意义上的"中学西渐"，与西洋人来华传教实质相同，属于对等的文化交流。马礼逊的第一位中文教师是容三德（Yong Sam – Tak），广东人，住在距广州不远的乡下，因渴望学习英文，经伦敦一位华人介绍，于1804年征得英国东印度公司一位船长威尔森（Captain H. Wilson）同意，搭乘便船到伦敦。威尔森通过朋友，将容三德免费安置于伦敦近郊的一所非洲青年学校住宿和学习英文。② 1805年，容三德接受伦敦传教会及马礼逊本人的要求教授马礼逊学习英文。容三德在马礼逊来华后也给予诸多帮助。③ 马礼逊意识到容三德所教的广东话局限性较大，他想学习当时中国通用的官话。1807年11月，时在英国东印度公司广州商馆担任中文译员的斯当东给马礼逊请来了来自北京的殷坤明（Abel Yun Kowin – ming，又译"云官明"）。殷是山西人，自幼父母双亡，由天主教传教士带到北京培育成人。殷的拉丁文也很流利。据说马礼逊支付殷坤明的月薪为10元，殷坤明要求每月30元，后因马礼逊无力负担而作罢。除了容三德和殷坤明，马礼逊还在广州的十三行商馆区结识了李先生（Le Seen – sang）、高先生（Ko Seen sang）等。④ 还有一位朱先生（Choo Seen – sang），是马礼逊的最后一任中文

---

① George B. Stevens ed. The Life, Letters and Journals of the Rev. and Hon. Peter Parker, pp. 132 – 133. 又参见吴义雄《在宗教与世俗之间：基督教新教传教士在华南沿海的早期活动研究》，广东教育出版社2000年版，第312页。

② 苏精：《马礼逊与中文印刷出版》，学生书局2000年版，第57—58页。

③ E. A. Morrison, Memoirs of the Life and Labours of Robert Morrison, London, 1839, Vol. 1, p. 217. 又见［英］艾莉莎·马礼逊编著《马礼逊回忆录》（1），大象出版社2008年影印版，第217页。

④ 马楚坚：《广东十三行与中西文化发展之关系》，《故宫学刊》2010年总第六辑，紫禁城出版社2010年版。

教师。他曾在马礼逊创办的英华书院教官话课程，1832 年回国后由马礼逊施洗皈依基督教，并成为马礼逊的中文教师，其薪水由英国东印度公司支付。①

梁发在澳门、广州、江门、高明、高州等地极力传教期间，又有十多位西方传教士来到澳门和广东。美国的美部会于 1830 年 2 月派遣传教士裨治文（Elijah Coleman Bridgman）到达广州，1832 年创办《中国丛报》；1834 年来澳门，并于 1839 年 5 月将《中国丛报》迁至澳门出版。在此期间，卫三畏、伯驾、叔未士、罗孝全也先后来到澳门。1831 年年底，荷兰教会也派德国籍传教士郭实猎（Charles Gutzlaff）抵达澳门传教，加入马礼逊的行列。郭实猎的英国籍妻子温施蒂（Wanstall）在澳门寓所办起一间女塾，招收贫困子女入学。1834 年 8 月 1 日，马礼逊去世后，1836 年 9 月 28 日在英国鸦片商查顿（William Jardine）和颠地（Laneelot Dent）等人倡议、组织下，成立了"马礼逊教育会"，从英美等国募捐资金，每月向温施蒂提供 15 英镑的资助，在其女塾中附设男塾，作为马礼逊学校的预备。生于与澳门一水之隔的南屏乡的容闳，就是这所男塾的学生。1839 年 11 月 4 日，应邀前来的美国传教士、耶鲁大学毕业生塞缪尔·布朗（Samuel Robbins Brown）在澳门办起了中国第一所西式学堂——马礼逊学堂。作为一所洋学堂，该校的学制是三至四年，课程有《四书》《五经》等中文课程，也有英语、代数、几何、物理等语言及科学课程。最初招收 6 名学生。②

洋人们的中文教师或中国助手有正式的，也有相对松散的。马礼逊在其日记及向伦敦会报告中提及的中文教师及助手有葛先生、严先生、蔡轩、亚才、曾品、亚英、黄金、蔡运、亚三、亚盼、董永、蔡轲、容三德等十数人。③ 另外，到梁发去世时的 1855 年，广东受洗入教者应已有二十多人，其中有姓名者是蔡高（1788—1818）、梁发、蔡卢兴、蔡亚尘、梁进德、黎氏（Le – she，梁发妻）、古天青、屈亚昂（Keuh Agang）、梁冲能（梁发父）、何

---

① 谭树林：《英国东印度公司与澳门》，广东人民出版社 2010 年版，第 284 页。
② 黄启臣：《澳门通史》，广东教育出版社 1999 年版，第 273 页。
③ ［英］艾莉莎·马礼逊编著：《马礼逊回忆录》（1），大象出版社 2008 年影印版，第 181—189 页。

福堂、周学、林某、刘蔗泉（Lew Tse – chuen）、李新、刘泽春、朱阿山（Choo Asan）、阿凯（Akae）、吴阿昌（Woo Achang）、梁阿寿（Leang Ataow）、梁阿荪（Leang Asun）、朱靖（Choo Tsing）等。这些信徒中，除梁发亲属以及几位与梁发密切者外，其他人均不太集中精力传教。① 其中，梁阿寿（Leang Ataow）、梁阿荪（Leang Asun）是梁发的亲戚，被梁发聘来印刷及散发所印书籍。李新（Le Asin）则是一位砌砖瓦的泥水匠。②

传教士周边的这些普通中国人，既是接受布道的平凡的民间信众，也是接受异质文化熏陶的"中国新人"。遗憾的是，我们仅知道这些中国助手的名字（或仅知其英文名而不知汉名），却不甚了解他们的事迹。他们的眼睛看到了世界，但世界不容易看得到他们。

四

社会结构的变化，使印刷技术有可能突破官方的管束而形成真正的文化张力。印刷术的应用，在客观上有赖于印刷商的实践。更重要的，是当时印刷工或印刷商的特殊身份。在讨论印刷工的特殊身份之前，有必要介绍一下与梁发同时代的刻工们。

顺德桂洲马冈的刻工，尤其是女刻工在清代非常有名。马冈刻工的兴盛，始于清代嘉庆、道光年间。此间阮元以督学身份南下广东，他首倡刻书，先后组织刻印了《学海堂初集》《皇清经解》等书，产生广泛影响，于是木刻印刷之风渐盛。"省城广州更是书坊林立，佛山、南海、顺德也逐渐风行起来，而顺德的刻工则在桂洲马冈村。马冈人将这新兴行业按商业模式操作，以利润盈亏为标准，世代相承，逐渐开拓出一个利润丰厚的特色产业。"据说当时马冈村从事木刻书板工作的有数百人之多，年轻女孩子较多。"这些少女大多目不识丁，但凭着灵巧的双手，按线样描摹，精雕细刻，将繁简的笔画

---

① W. H. Medhurst, *China, Its state and Prospects*, pp. 294 – 300. E. A. Morrison, *Memoirs of the Life and Labours of Morrison*, Vol. II, p. 472.

② W. H. Medhurst, *China, Its state and Prospects*, pp. 297 – 298.

刻得毫厘不爽，使印出来的书籍墨亮字清，令人爱不释手。"① 据咸丰三年（1853 年）《顺德县志》记载，"今日马冈镂刻书版，几遍艺林，妇孺皆能为之，男子但依墨迹刻画界线，余并女工，故价廉而行远。近日苏州书贾往往携坊入粤，售于坊肆，得值，则就马冈刻所欲刻之板，刻成，未下墨印刷，即携旋江南，以江纸印装，分售海内，见者以为苏板矣。"②

称顺德刻书女子"大多目不识丁"未必准确，似应以多数粗通笔墨较为近真。《艺文丛谈·清代女子刻书》亦称："自明清以来，广州刻书铺皆集中于药洲附近，盖其地与当时督学使署相迩，而刻字工厂则在顺德县马江乡。顺邑号称富庶，女子多读书识字，辄守独身，以缫丝及刻字自食其力，故粤中所刻书若《皇清经解》《广雅丛书》《粤雅堂丛书》等大部头，以至零星小种，无不为马江女子所刻者，即江浙之版本学者如黄丕烈之《士礼居丛书》，亦有一二种称为刻于药洲者，当出马江女子之手，盖广州刻工虽稍逊于江浙，而刻字之费较廉也。自对日抗战起后，马江刻字工人已星散久矣，此亦粤东掌故，并记之云尔。"③ 故金武祥《粟香随笔》称："书板之多，以江西、广东两省为最。江西刻工，在金溪县之许湾；广东刻工，［在顺德县］之马冈，均以书版多者为富。嫁女常以书版为奁资。惟字每草率讹误，以女工耳。"④ 这标志着广东已经跃居全国一大刻书中心。

但是，顺德刻书的思想文化意义并不能因此而高估。除了质优价廉，它与江南、江西刻工并没有什么不同。在清廷执行的思想钳制政策下，对儒家及主流意识构成威胁的书籍均难有刻印流传机会。正是在这样的前提下，马礼逊、梁发以宗教为目的、以海外为遁避之所的"游击刻书"就显得非同寻常。不同于顺德马冈的刻字女工之目不识丁，双语文人的印刷事业带有更多的文化拓展色彩。

在马冈女工那里，知识生产与技术生产是截然分开的；而在马礼逊、梁

---

① 张欣明：《桂洲马冈雕版印刷》，见《名镇容桂》，广东人民出版社 2009 年版，第 33—35 页。
② 顺德市地方志编纂委员会编：《顺德县志》，中华书局 1996 年版，第 473 页。
③ 汪宗衍：《艺文丛谈·清代女子刻书》，中华书局香港分局 1978 年版，第 106 页。
④ 金武祥：《粟香三笔》卷四，上海扫叶山房民国间石印本，中国国家图书馆古籍馆藏。

发这里，技术生产的巨大张力，根源于生产者本人的思想与知识含量。那是异质的知识生产，启蒙色彩的知识生产大多如此。"在 17 世纪，许多学者和知识分子与印刷所和印刷商的关系非常密切，比印刷术工业化导致新的劳动分工以后双方之间的关系要密切得多。在整个启蒙时代，高雅的出版人和机械的印刷商还没有走到分手的岔路口""17 世纪初，开普勒这样的学界名流在印刷所里常常一待就是几个小时"。①

既然马礼逊的印刷技术及设备来自西方，何以 19 世纪初叶的印刷技术仍不能做到写作者与印刷工的职业分工，文人仍然不得不待在印刷所里，一如17 世纪初期的开普勒那样劳碌不堪？就马礼逊、梁发而言，出版人与印刷商之所以不能"分手"，并非因为印刷术的工业化程度不够，而是由他们的知识生产在中国社会结构中的独特地位决定的。清廷继续以八股文取士，推崇儒学及程朱理学，严禁各种"异端邪说"出现，对洋人的刻书行为是绝对禁止的。社会结构变迁的重要性由此彰显，正是这种变迁为新文化职业的生成提供了可能性。当梁发于嘉庆九年（1804 年）离家到省城广州自谋生计时，作为一位熟练的雕版印刷工，如果不是六年后加入于马礼逊的中译圣经刻印事业，他的人生道路与顺德马冈的刻字女工们并无区别。

不妨对 19 世纪前期中国粤澳地区的社会结构尤其是文化结构的新变做一个归结：（1）人们通过掌握特定的文化技能得以进入新兴的文化职业。比如懂外语、会刻字等都是进入这些新兴职业的基本前提；（2）这些的新的职业依赖于特定的地缘结构，包括宗教网络、商贸系统和交通优势。既然新的文化职业"新"在对既有秩序的挑战上，那么当清廷通过国家机器进行压制时，梁发、屈亚昂等人有无遁避、逃生机制就显得极其重要。而马礼逊之来华，是先由英国前往美国，又搭乘美国商舶始得入境。海路的畅通既为他们提供了方便的"来路"，也预留了"退路"；（3）新的文化职业通常关联着新的经济形态。他们从事的工作从性质上来讲是文化的，但他们的雇主总是以文化

---

① ［美］伊丽莎白·爱森斯坦：《作为变革动因的印刷机：早期近代欧洲的传播与文化变革》，何道宽译，北京大学出版社 2010 年版，第 11 页。

以外的目的和利益向他们支付劳动报酬。东印度公司聘马礼逊是出于商业目的，马礼逊聘梁发是出于宗教目的，林则徐聘请四名译员则出于政治军事目的。

社会结构层面的新变，应当说是粤澳地区特有的现象。商贸的繁荣加速了城市的现代化及人口的密集化，从而催生了形形色色的新兴文化职业。这不但为梁发之类读书无多、粗通文墨的贫寒子弟提供了新的职业可能；对那些焚膏继晷、兀兀穷年，但屡试不售、困厄科场的乡野文人也预备了更多机会。例如前面提到的刘蔗泉，他是一位秀才，在文学方面很有根底，梁发所作的小书也请他润色过。他是在梁发手上受洗的。刘蔗泉的选择带有一定的象征意义，因为他是怀着怀疑和批判的理性姿态接受基督教的。[①]马礼逊的中文老师之一葛先生，1812年时45岁，"他的祖父担任过一定的官职。他性情温和，平易近人，心地善良，一生都以教书为业""葛先生帮我润色修改译文"，说明葛先生应有较高的文学素养。马礼逊的另一位助手蔡轩，"也写得一手漂亮的汉字，对出版中文书帮助很大"[②]。传教士的到来，确实改变了不少地方文人的人生道路。而在钱纳利作于19世纪20—40年代的写生小品中曾多次出现"替人写信的人"，[③]澳门街头的这一场景，也表明传统文人的谋生之路正变得多元。

事实上，即使当事人也未能对他们自身的作为有充分的自信。或者说，是自信当中夹杂着悲观。无论是中国人，还是外国人，他们不清楚未来历史的走向，以及他们的选择所蕴含的历史意义。卫三畏称，当时研究中国的外国人很少，"我记得在林则徐担任钦差的时期实际上只有五位——不算在澳门的葡萄牙人，就是他们当中也很少有人认识汉字。五个人当中的一位是罗伯聘（Robert Thom）先生，后来成为英国驻宁波的领事；另外一位是马儒翰

　　①　［新西兰］麦沾恩：《中华最早的布道者梁发》，胡簪云译，上海广学会重译，《近代史资料》总第39号，中华书局1979年版，第194—195页；W. H. Medhurst, *China, Its state and Prospects*, pp. 294 – 297.

　　②　［英］艾莉莎·马礼逊编著：《马礼逊回忆录》（1），大象出版社2008年影印版，第182页。

　　③　《乔治·钱纳利：十九世纪的澳门》（澳门综艺馆展览图册），纪念葡萄牙发现事业澳门地区委员会1997年版，第129页。

（John Robert Morrison）先生，马礼逊的儿子；第三位是郭实猎（Charles Gut-zlaff）博士。这三个人是英国政府 1834 年后能聘为翻译的仅有的选择。""广州政府多年以来有效地阻挠了外国人的中文学习。那些可怜的人确实非常害怕与我们有一点点关系。"①

支撑马礼逊等人在华工作的力量，除了来自商业及宗教团体的经济资助及内心深处的传教热诚，也来自他们身边的普通中国人的点滴帮助。

五

如上所述，作为普通中国人的梁发和梁进德父子早在 19 世纪前期即已"睁眼"看到了"世界"。当林则徐迫于中英对峙情势不得不放眼看世界时，他借助的是梁进德、袁德辉等人的眼睛。

在中国近代史上，林则徐、魏源、梁廷枏、徐继畬等都曾被赞誉为"睁眼看世界的第一人"。梁廷枏道光十五年受聘任《广东海防汇览》总纂，三年后又受聘任《粤海关志》总纂，此间始得以浏览中西经贸及文化交往史料；徐继畬于 1842 年晋京，道光皇帝向他咨询海外形势及世界各国风土人情，这触发了他编纂《瀛环志略》的决心，也正是这部书为他赢得了"中国近代睁眼看世界之第一人"的美誉；林则徐开眼看世界始于 1839 年以钦差大臣来到广州以后；魏源则是 1841 年与林则徐在京口（今江苏镇江）相见之后，次年方撰成《海国图志》。

以上诸人之"看世界"，均晚于梁氏父子。"魏源的《海国图志》，是以《四洲志》为蓝本，而徐继畬的《瀛寰志略》、汪文泰的《红毛番英吉利考略》、梁廷枏的《海国四说》以及后来介绍西学和向西方寻求真理等活动都以林则徐的止足点为自己的起步处，继承了林则徐探索新知的思想传统……"② 现在看来，正是在梁进德、袁德辉等人的帮助下，林则徐的"眼

---

① ［美］卫斐列：《卫三畏生平及书信——一位美国来华传教士的心路历程》，顾钧、江莉译，广西师范大学出版社 2004 年版，第 20 页。

② 来新夏：《林则徐年谱》，上海人民出版社 1985 年版，第 216 页。

睛"才开始看到了"世界"。林、魏、梁、徐等或是名公巨卿或是耆宿老儒，因政声显赫或文名远播而广为人知。然而，梁发、梁进德先于他们看到了外面的世界，并且是用自己的眼睛真正地"看"——看得懂外国的文字、听得懂洋人的声音，且与洋人有长期的、平等的密切交往。在"睁眼看世界"座次表上，梁发、梁进德父子及袁德辉等译员们的缺席，表明我们通常不重视底层及民间的意义。

　　当然，这样的疏忽还有不少。例如，梁发常被认为是基督教新教在中国的第一位信徒，"但是马礼逊和米怜的来往函件中清清楚楚表明其不然。中国第一个信徒是蔡亚高"，即马礼逊的中国助手、同是印刷工的蔡卢兴之幼弟，"一八一二年九月八日，亚高请求马礼逊先生为之施洗……一八一四年七月十六日，他在澳门海滨某小山山侧的泉水中受洗"[1]。梁发受洗是在两年之后（1816年）的十一月三日。蔡亚高死于1819年，与梁发桕比，他的影响小得多。

　　中国文化经常沿着由俗入雅、自下而上的轨迹运行，即便在明清两代海禁最严的时期，闽、粤商贾也不曾中断与外部世界的海路联系。当朝廷一声令下密闭大门、封关锁国的时候，华南沿岸的商贾及刻工们却不露声色地凿开了难以计数的"左道旁门"。[2] 中国官方、民间与西方的多元互动，共同促成了中国文化由古典到近代再到现代的嬗变转型。在印刷工身上，我们看到的是民间的文化活力及普通中国人拥抱异质文明的积极性与韧性。马礼逊与梁发的相遇，创造了中西化洽的民间模式，这比中、英两国政府在鸦片战争中的军事碰撞要远为文明和人性。民间力量的活力正在于此。

----

　　① ［新西兰］麦沾恩：《中华最早的布道者梁发》，胡簪云译，上海广学会重译，《近代史资料》总第39号，中华书局1979年版，第148页。
　　② 在《南京条约》允许五口通商之前，清政府严禁中国人与外国人接触。美国传教士卫三畏（Samuel Wells Williams）在家信中提到，他找到了一位文化教养颇深的中文教师，为免遭告发，该教师每次来时总要带着一只外国女人的鞋并将它放在桌子上，这样一旦有他害怕或不认识的人进来，他就可以假装自己是一个给外国人做鞋的中国师傅。据说马礼逊的老师常常带着毒药，如果一旦有人向官府告发，他就可以自杀以免受折磨。见卫斐列《卫三畏生平及书信——一位美国来华传教士的心路历程》，顾钧、江莉译，广西师范大学出版社2004年版，第20页。

在传统的论述框架内，从 1800 年开始的一百五十余年，"东亚一直是一场革命的舞台，这场革命的广度与深度很可能是史无前例的。它包括两个伟大的运动。第一个运动是西方文化生气勃勃地向中亚与东亚的古老传统社会全面扩展，这个运动从 19 世纪初开始，通称'西方之冲击'"。然后就是亚洲对西方冲击的响应，这被视为第二个运动。不过，梁发、阿才、屈亚昂等人的职业选择，却既是对"外来冲击"的回应，也是"内部因素"交织的结果。（例如柯文就认为，冲击—响应模式的缺陷正在于它像一个棱镜，以之来观察中国历史，将难以充分阐释中国历史的复杂含义，"有些事件本来在相当大程度上是对内部因素作出的回应，却被更多地说成是对外来冲击作出的回应。"①）只有突破正史思维及尊卑界限，肯定边缘人物的建构活力及其历史地位，才可以重建中国历史人物的思想主体。例如，当中国病人蜂拥而来时，主持教会医院的传教士医生们会理解为传教事业的阶段性成果。然而，中国病人对教会医院的好感与依赖，这在本质上应该视为病人对医生的热诚，而不应不加辨析地视为中国人对基督教的热诚。直到今天，中国人对西医与中医的看法仍然未能完全"西化"，这反映了"西方生物医学进入中国一百多年后，中国社会并没有全盘'接受'西方观念。两种截然不同的医疗文化、身体疾病观在中国土地相遇之下的不断磨合，产生了各种'混合体'概念，……"可以说，中国文人的思想主体性在相当程度上被忽略了。

当人们强调外来冲击的意义时，梁发的雇主们（传教士）才是真正的主角。梁发常被视为无关紧要的"传声筒"，他不是有思想主体性的个人，他身上的中国元素被视而不见。要知道，梁发时代的中西碰撞是民间的、自主的，也是对等的。因为在当时，儒学的骄傲与基督教的骄傲在程度上是大体相同的；基督教传教士之看待中国文化，与中国人之看待西方文化，在态度上是同样地充满着好感与拒斥、傲慢与偏见。当梁发在澳门的印刷所里排印宗教小册子，或在伯驾开办的眼科医院里向自己的同胞"毫无忌惮地宣讲福音"

---

① 参见［美］柯文《在中国发现历史——中国中心观在美国的兴起》（增订本），林同奇译，中华书局 2002 年版，第 2—3 页。

时，除了出于对基督的好感与敬意，他的心中必定萦绕着劝世与劝善的初衷。那显然也是中国文化自身的悠久传统之一。那时候，鸦片战争还没有发生，中国还没有沦落为世界舞台上的"失败者"。梁发在心态上并没有屈辱，也不认为自己是洋人的"工具"与"学徒"。

梁发皈依基督，既是马礼逊等人传教的成果，也是梁发本人的文化选择。不管他出于何种目的，① 他的选择都应该被理解为一位普通中国人对其个人文化主体性的自由支配。这是特定时代、特定文化结构赋予他的机遇。19 世纪前期这群在南海岸上从事"新文化职业"的边缘人物及其历史意义，也不妨在这样的层面上来认识理解。②

---

① 作为思想主体，梁发信教有多重因由，不能单从宗教的层面来理解。针对梁发自述其皈依基督是因"自觉是罪人"，"如不赖耶稣功德，上帝又焉能赦我"等语，麦沾恩曾言，"梁发之悔改信主，自然还有别种原因，有些原因也许连他自己都不知道。还有些原因他虽然知道而未在他的自述中提及"。[新西兰]麦沾恩：《中华最早的布道者梁发》，胡簪云译，上海广学会重译，《近代史资料》总第 39 号，中华书局 1979 年版，第 150 页。

② 麦沾恩即注意到梁发的宣道文字"只讨论那些最受人注意的问题和与他自己及他的国人休戚相关的问题"，"圣经中所讲的东西有许多是与中国的情形相似的"；麦沾恩也提到刘蔗泉在未受洗之前曾经研究《圣经》一年余，"所以他的受洗是他的理知和信仰所指挥的，并非是盲从"。[新西兰]麦沾恩：《中华最早的布道者梁发》，胡簪云译、上海广学会重译，《近代史资料》总第 39 号，第 192、194 页。

海隅嗟道穷，山远疑无树：
《岭南群雅》中的岭海与夷洋

    岭南文人对岭海、夷洋的认知与书写，貌似互不连属，分处不同的话题范畴。但在 19 世纪初，这些话题其实也有共通性。在中国文化结构中，"岭"并不具备异质性，而"海"却总是关联着丰富的联想和无尽的传奇。前者将岭南与中原区别开来，后者则将岭南与一个更广阔的异质世界连接起来。"岭"的意义主要是隔绝，它使岭南成为所谓的"边隅""蛮瘴"之地；而"海"一方面意味着隔绝，另一方面意味着自然地理的延伸，它使岭南的人文地理空间更加开阔。在近代中国，"西洋"之进入中国也主要是经由海路。"岭"在北，"海"在南，同是大自然的造化，却带给岭南不一样的意义。历史学界颇重视从近世诗文中提取"跨文化传通"的观念。潘有度《西洋杂咏》二十首，就被用以探寻广州行商心目中的"西洋观"；①阮元《望远镜中望月歌》，也呈现了西洋文明对中国士绅阶层的影响。② 至于岭南历代涉及西洋的诗文作品，学界已有梳理。③ 岭南文人之岭海书写，由于牵涉岭南与中原、与外洋商务的关系，不乏关注者。李越选注的《中国古代海洋诗歌选》

---

    ① 蔡鸿生：《清代广州行商的西洋观——潘有度〈西洋杂咏〉评说》，《广东社会科学》2003 年第 1 期。

    ② 阮元以西洋望远镜观察月球后颇有感慨，他在诗中对中国传统的月亮神话有所质疑。参见王川《西洋望远镜与阮元望月歌》，《学术研究》2000 年第 4 期。

    ③ 参见广州市委宣传部、广州市文化局编《海上丝绸之路·广州文化遗产·文献辑要卷》，文物出版社 2008 年版。

选录了清代 111 位诗人吟诵海洋的诗词；① 张松才认为广东诗人在吟咏大海时，很多海洋意象仍属传统，他更关心"近代海上丝路给海洋意象带来的新变化"，即由于步出国门、环游世界而产生的"文化新质"。② 只有当人们的目光不再只停留于"茫茫大海"的"茫茫"，而是意识到那"茫茫"之外有"彼岸"、有异质文明的存在，方可佐证中华文化在西洋文明的影响下渐生新枝。

《岭南群雅》是清中叶广东诗歌总集的代表之一，成书于 1813 年，与温汝能编《粤东诗海》（1813 年成书），凌扬藻编《国朝岭海诗钞》（1826 年成书），梁九图、吴炳南编《岭表国朝诗传》（1843 年成书），伍崇曜编《楚庭耆旧遗诗》（1850 年成书）等，一同被视为广东清诗总集编纂成熟期的代表。《岭南群雅》"以精华取胜"，而《粤东诗海》和《国朝岭南诗钞》则"以浩博见长"。③《岭南群雅》编者刘彬华（1771—1829），乾隆五十一年（1786年）中举，嘉庆六年（1801 年）中进士，选庶吉士；散馆后，授翰林院编修。后绝意仕进，先后讲席越华、端溪两书院凡二十余年。曾参与道光《广东通志》的纂修。约在《岭南群雅》成书前一年，行商潘有度写下了著名的《西洋杂咏》二十首。刘彬华比潘有度（1755—1820）年轻十六岁，比马礼逊（1782—1834）和梁发（1789—1855）年长十数岁。在《岭南群雅》成书的时代，广东实已进入中西文化交会的新阶段。

卫三畏在谈到"在华实用知识传播会"的组建宗旨及成绩时也曾对中国人的域外知识之贫乏深有感慨，"在知识欠缺的人口中间，人们到学校尝到知识的滋味之前，这些工作不那么重要；但是对虚伪学问的自负，对文学成就的自豪，造成只看重自己的书而蔑视别人的心理，中国社会正是这样……"卫三畏所说的中国人的"知识欠缺"，所指向的并不是中国的文盲阶层，而恰恰是中国的知识阶层。卫三畏认为中国的知识阶层所掌握的那些知识只是些

---

① 李越选注：《中国古代海洋诗歌选》，海洋出版社 2006 年版。

② 张松才：《广东近代海洋诗歌与海上丝路》，《湛江海洋大学学报》2002 年第 5 期。

③ 陈凯玲：《广东清诗总集综论——以存世 13 种省域总集为线索》，《学术研究》2014 年第 5 期。

"虚伪的学问",他主张"应当以生动的形式"向中国人讲述"别的国土和人民"。① 卫三畏对中国知识阶层的评价是否客观?

一

在《岭南群雅》中,颇多"海隅嗟道穷"之类感慨。大意谓岭南地处边隅,在历史上是中原文士的流放、贬谪之地。例如黄培芳就曾有感于虞翻之迁谪,发出过"青蝇作吊终已矣,海隅长此嗟道穷"的感喟:"陀城西北功曹宅,旧植诃林有遗迹。自从花木换禅房,风烟又阅年千百。铁塔涂残南汉金,菩提飞尽萧梁碧。游人到此礼空王,久无尺土祠迁客。南城曾公今如伯,百政具修兴力役。粤会河渠浚广深,扶胥庙道筑山石。吊古花宫溯仲翔,重营栋宇捐金帛。我衡割据思江东,仲谋降魏非英雄。子瑜公瑾窥大意,其余器识多凡庸。谁呵于禁芳被斥,独伸大节生英风。梦天三爻善治易,经义亦折少府融。青蝇作吊终已矣,海隅长此嗟道穷。天风忽见吹灵旗,巍巍共快瞻新祠。大厂华筵集宾客,肃将祀事陈牲牺。群材相与咏其事,鸿文公自为之碑。岂徒盛举慰沦落,振刷颓靡当在斯。得一知己可不恨,千载以下非公谁。"②

此诗所咏,系曾燠重修虞翻祠一事。诗题中"曾宾谷方伯"及诗中"南城曾公"即曾燠(1760—1831,江南南城人),乾隆四十六年(1781年)进士,选翰林院庶吉士,改户部主事,曾先后任两淮盐运使、湖南按察史等职。嘉庆十五年(1810年),升任广东布政使。作为遭迁谪的昔贤之一,虞翻远徙交州十九年之久,逝世后始归葬故乡会稽。黄培芳嗟叹海隅道穷,他的文化参照系是中原。在中原—岭南的对立结构中,岭南处于"边缘",因此在狭义的华夷界分中处于"蛮夷"的一端。中原文人也一直视岭南为"蛮夷"之地。当然,岭南之于中国,是内部"蛮夷";而西洋之于中国,是外部"蛮

---

① [美]卫三畏:《中国总论》,陈俱译、陈绛校,上海古籍出版社2005年12月第1版,第823页。
② 黄培芳:《曾宾谷方伯建虞仲翔祠于诃林旧址敬赋》,刘彬华辑《岭南群雅》二集二,册第六。中国国家图书馆古籍馆藏,索书号81335。

夷"。中原文人习称的九夷、八狄、七戎、六蛮均指本邦蛮夷。《论语·子罕》："子欲居九夷。"皇疏："东有九夷：一玄菟、二乐浪、三高丽、四满饰、五凫更、六索家、七东屠、八倭人、九天鄙，皆在海中之夷。"[①]《后汉书·东夷传》云："夷有九种，曰畎夷、于夷、方夷、黄夷、白夷、赤夷、玄夷、风夷、阳夷。"《墨子》《春秋左氏传》《战国策》等书中也均提及九夷。"九"并非具体数目，只表示众多之义，如《尔雅·释地》中有"九夷、八狄、七戎、六蛮，谓之四海"之说。郭璞《尔雅注》云："九夷在东，八狄在北，七戎在西，六蛮在南"[②]，泛指比"四荒"更远的"晦冥无识、不可教诲"之人，是为"四海"。岭南人属"本邦蛮夷"，而西洋蛮夷人则属"外邦蛮夷"。

　　尽管岭南地处边隅，但其在文化层面上的中原认同却显而易见。一方面，岭南诗人每每与中原贬谪文人产生情感共鸣，将自己的故乡岭南置于他者目光的审视之下，强调岭南的"蛮""瘴"。对中原话语的自觉套用，表明岭南文人对官方话语、主流话语持接受的态度，并已内化为不露痕迹的主体自觉。另一方面，岭南文人处于中华文化与西方文化对峙的前沿，他们得风气之先，文化心态上也就多了一份"杂糅"：一边是西洋宝物的琳琅满目，另一边是"道德胜夷宝物之千万"及"惟善以为宝"的儒家教化。在这一时期，中国文人脑海中传统的华夷尊卑观开始受到冲击。当然，人们对西洋的认知仍然停留在混沌状态，那是一种夹杂着好奇、新异的粗略认知。

　　岭南向来被视为"粤海繁华地"[③]。似乎，大多数岭南文人对此并无敏锐的知觉，亦无充分的理论准备。岭南文人并不热衷于彰显自身的独特性。在岭南诗人笔下探求岭海书写的异质内涵实非易事。首先，岭南诗人笔下的"海"，大致不出传统意象的范畴。广东嘉应人颜崇衡《仙城寒食歌四章》有"尘寰万事东流水，石烂海枯情不死"诸句[④]，这里的"海枯石烂"，与广东

---

①　刘宝楠：《论语正义》，《诸子集成》（一），中华书局1954年版，第186页。
②　郝懿行：《尔雅义疏》中之五，中国书店1982年版，第21页。
③　佚名：《英夷入粤纪略》，中国国家图书馆古籍馆藏复制本（据燕京大学图书馆藏本复制）。
④　刘彬华辑《岭南群雅》二集三，册第七。

增城人徐震《凌贞女歌》一诗中的"山海"用意相同——凌氏贞女"未笄许字屈家儿，不及结褵夫已死"，其母劝其另觅夫婿，凌氏女称："以身许人贵从一，诋以见面论婚姻。矧夫尚有高堂母，奉侍无人须借妇。"徐震以"殷懃为谢神明宰，阐发幽潜动山海。天荒地老无穷期，贞女芳名播千载"① 的诗句来表彰凌氏贞女的忠洁。番禺诗人陈昙也在《春日遣怀柬里中诸子》诗中以"世事方金甲，吾侪尚褐衣。高歌卧沧海，十载素心违"② 诸句抒怀。以上提到的"海枯石烂"及"高歌卧沧海"等词句，均是在比喻的意义上使用"海"字。

岭南文人的岭海书写，常与中原文人对岭南的想象相呼应。南海常被中原士夫视为边鄙之地，在岭南文人笔下，岭南在很多时候正是流放之地、贬谪之所。陈昙诗云："贵隅入桂林，俯瞰大海水。其上回日月，其下荫兰芷。奈何潦凡材，弃置蛮烟里。一朝匠石来，环顾为之喜。小材宗杙备，大材楹桷峙。虽免拳曲讥，尚待绳墨使。况当发柯条，雨露滋溉始。养到凌云时，高高去天咫。感兹树木心，岁寒真有恃。"③ 陈昙自称被弃置"蛮烟"的"潦凡"之材。彭泰来游于广东布政使曾燠之门④，其诗作本身即带有某种"对话"或"化洽"的性质。曾燠是江西人，彭泰来身为岭南文士，屡以诗就正于曾燠。彭泰来在《灵洲山谒苏文忠公像》一诗中，将"中原"与"南国"对举，认为"南国开风骚"是中原词客南下"长吟"的结果："孤峰楼阁开云关，晴江下绕如碧环。海上仙人偶游戏，笑移浮玉来鳌背。骑鲸一去百千春，幻影依然鸿爪寄。侧身西望岷岷高，长吟大海生波涛。中原地狭留不得，天教南国开风骚。当日何人临贺送，作意迟回道山鞿。东西南北此身存，四万八千尘劫弄。故将谰语托前生，误为痴人说清梦。君不见，玉带曾将换衲

---

① 刘彬华辑《岭南群雅》二集二，册第六。
② 刘彬华辑《岭南群雅》二集三，册第七。
③ 同上。
④ 《玉壶山房诗话》："比宾谷前辈（按即曾燠）来藩吾粤，一时操奇觚者咸以诗就正。宾谷前辈虚怀折节，多所许可。如彭春州（按即彭泰来）者，皆其所心赏也。余久耳春洲名，而四至端州未获一把臂。其诗集亦未得见。兹从方伯署斋借得两小帙，录而存之。天才隽雅，吐属不凡，以此知青萍结绿，长价于薛卞之门，良不虚也。"见刘彬华辑《岭南群雅》二集三，册第七，彭泰来条。

衣，悟根明示箭锋机。妙高台上一长啸，蓬莱水浅公其归。"① 他有意无意地将"岭南"置于"中原"的低一层级。黄培芳也以同样的方式歌咏韩愈："刺史迁除日，韩山俎豆时。一生攻佛勇，八代起文衰。瘴海曾驱鳄，扶胥永勒碑。赵区多造就，儒雅总堪师。"② 谦称岭南曰"瘴海"。

当然，岭南文人对岭南的认识与想象自有其深刻处。有着北方生活经历的"倦客"诗人、番禺人潘正亨即不如此"自卑"，他在谈及苏轼在岭南的经历时，不再仅仅强调中原对岭南的贡献，而是同时彰显岭南之于苏轼的反哺："先生穷谪来炎方，前居惠州后儋耳。深思五十九年非，广州买得旃檀始。濂泉参破祖师禅，榕阴书牓华严纸。经旬笠屐洗秋光，鸿爪东飞一弹指。惠人祀公合江楼，万家春酒樽浮蚁。"③ 潘正亨是潘有为的侄子。潘有为，字毅堂，龙溪人，生于1744年，清乾隆进士，内阁中书，校《四库全书》，后因碍权贵，不得升调，乘父丁忧，致仕南归，不复出仕。潘正亨曾官候补刑部员外郎，后四方游历，足迹遍及河北、河南、安徽、江西等地，写有《过董子故里》《渡黄河》《雨中过马回岭》《舟中望藤王阁》诸诗，曾有"十载江湖倦客心，白苹红蓼息沙禽"及"万里天门通浩瀚，暂时人海困蹄涔"之句。④潘正亨与秦瀛（小岘，1743—1821）、张维屏、法式善（时帆）、吴嵩梁（兰雪）、陶章沩（季寿）等人均有交往，⑤ 可谓见多识广。正因有了中原文化的参照及内地游历的切身体验，潘正亨笔下的中原文士与岭南之关系显得更为正常。

张维屏《都门秋思》诗中有"昆仑中脉远峥嵘，翼翼山河拱帝京"之句，这自然是中原心态的产物；然而，张维屏又说："百年六合一邮亭，多少

---

　　① 刘彬华辑《岭南群雅》二集三，册第七。

　　② 黄培芳：《咏古六首》之三。刘彬华辑《岭南群雅》二集二，册第六。

　　③ 潘正亨：《腊月十九日集叶农部云谷风满楼设像拜东坡先生生日，以山高月小、水落石出八字分韵赋诗，得水字》，刘彬华辑《岭南群雅》二集三，册第七。

　　④ 潘正亨：《谢澧浦夫子招集越华书院池上观鱼得金字》，刘彬华辑《岭南群雅》二集三，册第七。

　　⑤ 张维屏诗中曾谈及与潘正亨等人在秦瀛寓斋拜秦观像事。参见张维屏《秦小岘少司寇招同法时帆宫庶、吴兰雪博士、陶季寿大令章沩、潘伯临比部集寓斋拜淮海先生像》，见刘彬华辑《岭南群雅》二集二，册第六，张维屏条。

飞蓬与断萍。南海月华今夜白，西山云气古时青。"可见，在张维屏笔下，"南海月华"与"西山云气"有着完全相同的意义，都可以触发游子思乡、士子怀古的幽情。正因有了"丘壑高深随处有"的见地，张维屏不再过分强调南海或岭南的"蛮烟瘴雨"。相反，张维屏盛赞"岭海人文"的重要性，他在咏张九龄的诗中写道："岭海人文辟，开元相业隆。安危一言系，风度几人同。学道侔伊吕，论功迈璟崇。词华冠侪辈，謇谔耿孤忠。"张维屏将张九龄比作"皎皎天中月，冥冥海上鸿"。① 岭南先贤毫不逊色于中原士人。

事实上，南方（岭南、交州）"鄙"于北方（中原）的思维定式，在很大程度上是中原文化建构的结果，至少是朝廷对付"罪臣"的惩戒之策。在这种惩戒的意义上，"岭南"与"塞北"具有相同的属性，只是边疆的代名词而已。陈昙《光孝寺新建虞仲翔先生祠为宾谷夫子作》一诗云："昔贤直谏遭迁谪，指点江山有遗迹。种树曾居建德园，立祠今就功曹宅。自贬交州作寓公，遂使青蝇为吊客。曲针腐芥语空奇，石晕兰芬才可惜。注易功深折孔融，谈兵识绝惊孙策。一人知己意堪伤，千秋论定曾方伯。旧苑离离事久湮，梵宫凝睇感前尘。塞北共垂苏武泪（仲翔徙交州十九年），江南谁省祢衡坟（仲翔徙于交州，其丧归吴）。红云一片宾筵敞，诃子成林庙貌新。贾谊屈原真伯仲，高文典册烛星辰（师自制文、立碑）。如何地老天荒后。始识鸾飘凤泊人。敢将怀古苍凉意，写入迎神复送神。"② 虞仲翔即虞翻。在陈昙看来，虞翻之迁谪交州，与苏武远奔塞北、祢衡之遭遣江南（荆州、江夏）可相比拟，所以诗中有"塞北共垂苏武泪，江南谁省祢衡坟"一语。

陈昙的《感事》诗则是又一个典型例子。陈昙写道："海上今充斥，澄清可待人。父兄如仆射，盗贼本王臣。处处烽烟数，家家涕泪新。建牙吹角地，告急一何频。"（其二）"临海楼船壮，登坛节钺雄。出师原有律，议抚久无功。不解甘宁缆，空遗却至弓。将军最儒雅，相见肯兵戎。"（其三）③ 诗中

---

① 张维屏：《谒文献公祠》，刘彬华辑《岭南群雅》二集二，册第六。
② 刘彬华辑：《岭南群雅》二集三，册第七。
③ 同上。

"海上今充斥"及"临海楼船壮"，两"海"字与其说是诗人的自我书写，不如视为官方话语的投射。视"海"为盗贼之渊薮，乃是朝廷的一贯立场。文人有建功立业的雄心壮志，这种凌云壮志，意在"澄清"海上那些不务正业的扰乱分子。这种视角，与柳宗元《招海贾文》中轻视商贾及海上流民的心态并无二致。①

岭南文人屡屡以"边鄙"或"蛮瘴"喻岭南，但在岭南文人心目中，这种"边鄙"和"蛮瘴"并非耻辱。他们之所以能够光明正大地将基书写于翰墨之中，实是因为这种"边鄙"并不具备唯一性。因为，在岭南文士看来，塞北、江南也各有其"边鄙"之处。番禺诗人黄乔松即对楚地的"闹鱼"风俗不以为然，称之"贪残最苦苛诛求"，并以"一江腥气恶风作"及"忍教淫毒流荒陬"讽喻之：

　　一江腥气恶风作，修鳞赪尾翻沉浮。大鱼昂头类哀泣，小鱼闪目随奔流。篮筐在手纷攫取，呕哑曼曲争相酬。初疑猺洞趁夜市，又疑海国张俳优。灯光渐散人影乱，青磷熠熠虫啾啾。我闻不网圣垂训，贪残最苦苛诛求。②

有着"闹鱼"之俗的楚地，也被黄乔松视为"荒陬"，并且以之与"猺洞"及"海国"相拟。而其笔下的岭南，既有"蛮烟蛋雨"的一面，也不失其"南国繁华"的"霸气"一面。黄氏所作《木棉十首并序》分咏南海神庙、镇海楼、海珠寺、粤王台、伏波营、安期炼丹井、朱明洞、小金山、鼎湖半山亭及三大忠祠。其中《粤王台》云："珊瑚成阵郁琳琅，陆贾城余劫火光。南国繁华偏霸气，东风藻缋大文章。蛮烟蛋雨红桥外，瑞日祥云翠道傍。碧草一抔空汉土，丹心千古照斜阳。"③可见，岭南的"边鄙"之义，与其地文化水平的高低、生活质量的优劣并无必然关系。在中国传统文化的意义结

① 柳宗元：《招海贾文》，《柳宗元集》，中华书局1979年版，第二册，第508—511页。
② 黄乔松：《观闹鱼歌并序》，刘彬华辑《岭南群雅》二集三，册第七。
③ 黄乔松：《木棉十首并序》，刘彬华辑《岭南群雅》二集三，册第七。

构中，离帝都越远，越是意味着更深重的惩罚，而"蛮荒"的想象也正是在这样的语境下产生的。

　　除了繁华的京城，任何"外省"和"边地"都多少带有"蛮荒"的属性，这样的意义结构也被套用在"蛮荒"内部。同样是在岭南，广州与澳门，也被岭南文人涂上二元对立的色调。即使无关中西、边缘，单是一"客"字，就足以引发文人的无限离愁。在粤东（广东南海）人蔡廷榕眼中，友人客居西粤（广西）也令自己伤怀不已："故人客西粤，归计尚蹉跎。夜梦漓江雨，春愁珠海波。孤鸿不可托，相望竟如何。自别知音者，素琴尘凝多。"① 同是南海人的吴俶致友人陈青崖的送别诗也是如此："如何岁云暮，偏欲客高州。别酒不成醉，潮声生远愁。"② 一省之内，城与村、华与夷，均在相似的模式中被文人们所吟咏。

　　另外，文人的自谦，也是"蛮荒话语"建构过程中的重要一环。陈昙《答刘孝廉华东》诗中自称："昙也东闽贱男子，十载狂名满人耳。文章一任谤群儿，意气终然感知己。"③ 陈昙另一诗则自称："奈何涸凡材，弃置蛮烟里。一朝匠石来，环顾为之喜。"（《敬酬宾谷夫子宠赠之作》）这种以"贱"自视、以"蛮烟"自处的自谦话语，也在相当程度上呼应、放大了中原士人对岭南的"蛮荒想象"。这种"不由分说"的刻板想象其实也很"野蛮"。岭南文人对这种以岭南为"蛮荒"的成见，其实早有警惕。位于南海之畔的罗浮山本应称"南岳"，然而"南岳"这一"嘉名"却被授予了位于中国中部（黄培芳诗中称之"诸夏半"）的衡山："旷观五岳镇中原，衡山乃在诸夏半。罗浮徒以佐命名，杰出空负炎州冠。北岳既临北地隅，南岳合居南海畔。"④ 黄培芳在此诗中又以"蛮烟蜑雨忆坡老"之句代岭南自谦。

　　岭南文人对"岭海"的想象大同小异。那么，居留岭南的外省文人对"岭海"的想象又有什么特点呢？多数外省文人没有机会来到岭南，他们对岭

---

① 蔡廷榕：《寄颜素亭镇安》，刘彬华辑《岭南群雅》二集三，册第七。
② 吴俶：《送别陈青崖》，刘彬华辑《岭南群雅》二集三，册第七。
③ 刘彬华辑《岭南群雅》二集三，册第七。
④ 黄培芳：《罗浮放歌》，刘彬华辑《岭南群雅》二集二，册第六。

南的认识是通过阅读获得的"刻板印象"。外省文人的岭南想象，其知识来源
是有限的，也是被历代文人通过吟咏唱酬建构起来的，大体上以"蛮荒""瘴
疠""海国"等语汇为其特征。江苏吴江人郭麐即是一例。郭麐在浙江嘉善居
住多年，与嘉善人黄安涛父子有交。郭麐科举不第，绝意仕途，以文人终老。
当他闻知黄安涛受命出任高州知府时，赠以诗曰：

> 邸报见除目，知君得南邦。治所乃僻远，迢遥瑜珠江。当今天子圣，
> 豁达开四窗。蛮蜑皆在宥，鲸鳄咸受降。岂复有梗化，洲岛相搪撞。国
> 势重九鼎，亦借群力扛。勿谓科目贵，他途不足双。计君或过家，当作
> 上塚庞。尔时吾亦归，风霜衣凉厖。相见须极论，瀹茗对酒缸。①

　　其实，在未到广东之前，黄安涛对岭南的想象与郭麐并无二致。道光甲
申（1824 年）年初，黄安涛在由家乡浙江嘉善前往广东赴任途中，曾专程拜
访旧友狄尚纲。曾于嘉庆四年署广东化州知州，又曾摄香山县令的狄尚纲向黄
安涛介绍岭南风土人情。黄安涛即称狄氏热情讲述岭南人情掌故之举为"为
我异闻传海国"②。

　　也就是说，在尚未到达岭南的黄安涛看来，狄尚纲所述岭南掌故均属
"海国异闻"。黄安涛脑海中的主导印象依然是"海"与"异"，狄尚纲反复
强调的，恐怕也正是这"海"与"异"。当然，强调岭南风土之"异"、人情
之"悍"，不等于彻底否认岭南文化。黄安涛即曾盛称两位广东文人何太清
（佛山人）、张青选（顺德人）为"岭南从政信多才"③。在当时，人们对岭南
的印象大体相似。如《清史稿·狄尚纲传》中也称广东化州为"濒海犷悍"。
来到岭南为官，黄安涛的感受如何呢？黄安涛到广东，先是出任高州知府，
再移潮州知府。"过岭阅三年，当官底事谙。语怜梅雀细，味觉蔗虫甘。异俗

---

① 《十月六日知霁青太守有高州之除，用坡谷邦字倡和韵奉寄》，收入黄安涛《诗娱室诗集》卷
十二《三上春明集》，第 14 页。
② 《与狄湘圃丈尚纲别三年矣，比由南康移守吉安，顺道奉访，即席赋呈》，《诗娱室诗集》卷
十三《登舻集》，第 6 页。
③ 黄安涛：《诗娱室诗集》卷六《选竹集》，第 4 页。

凭诗采，奇闻比酒耽。迁疏难自讳，回照尚知惭。"① 黄安涛初典高州，尚怀期待在心："高州为古南交地，高凉之名，始于汉。尝读《晋书》杨方传，不乐居京求外补。欲闲居著述，竟得典此郡，心焉慕之。今幸尘忝遗封，踵步前轨。"② 等到移守潮州，则更多强调当地民风之悍："潮州负山濒海，界联汀、漳、惠、嘉，民俗悍憨，狱讼滋多。古称易治，今则风气迥殊矣。"③ 字里行间，颇多苦衷。

　　黄安涛在诗文中对岭南的关注主要体现在如下几个方面。一是民生。高州蛋户、潮州采薪女均成为他吟咏的对象："雁户胥蛮蛋，生涯半水居"（《黄泥湾》），"山田苦瘠碻，农力艰可念。沙砾漏泽多，池塘潴水欠。所仰膏雨施，毋曰恒旸僭。今兹入春来，湿年占喜验。新秧绿攒塍，浊流浩盈堑。虾蟆无官私，阁阁我不厌"④。"采薪女，多辛苦，三朝入门便卸妆，短衣结束持樵斧。上山朝采薪，山头雾雨淋满身。下山暮负薪，山脚虎郎惊煞人。那得避雾雨，亦莫怕狼虎。只愁道傍恶少年，牵衣草寮争数钱。"诗题下注曰："嘉应民俗，男逸女劳。采薪之役，非止健妇。深闺弱质，惧有强暴之辱焉。诗以警为藁砧者。"⑤二是政务。会匪是黄安涛遇到的难题之一。在移守潮州、作别高州时，他在给高州僚友士民的诗中写道："遭逢有幸聊供职，抚驭无方但矢勤。溪洞鹑居祅道息，海天龙户圣谟闻。"句中有云，"信宜县向有会匪，自前年文武协拿惩办后，近俱屏迹"⑥。感慨其中的艰辛。三是异俗。黄安涛对岭南的物产及民俗很感兴趣。他写缅茄："似果不食核不生，非茄乃以茄为名。考之土宜实荚物，一树独占高州城。其形大过乌犀子，其蒂窃黄其色紫。"然而此树虽令人新奇，却并非异物，实来自云南："种自滇云尽处

① 黄安涛：《漫兴》，《诗娱室诗集》卷十四《潮州集一》，第13页。
② 黄安涛：《高州集》小序，《诗娱室诗集》，卷十三。
③ 黄安涛：《潮州集》小序，《诗娱室诗集》，卷十四。
④ 黄安涛：《郡斋杂诗十首》之二，《诗娱室诗集》卷十三《高州集》，第20页。
⑤ 黄安涛：《采薪女》，《诗娱室诗集》卷十四《潮州集一》，第8页。
⑥ 黄安涛：《量移潮州留别高州僚友士民七律六首》之一，《诗娱室诗集》卷十三《高州集》，第26页。

来，明珠一颗携仙李。"句下自注道，"明李太仆邦直自云南携归。"① 潮州风
物如藤枕、竹床、葵衣、木屐、酒垆、茶竈、药臼、蔬篮、渔灯、樵担、秧
鼓、牧笛等均成为黄安涛兴味盎然的吟咏对象。② 他也写过海鹤："客鸟春深
至，呼鸣引类多。轩轩凌海峤，闪闪集庭柯。意绪雅羣乱，光仪鹭序讹。鱼
腥殊可厌，鹰隼待如何。"③ 除了山川风物之异，气候的不同也被写入诗中：
"南荒寒暑错相推，腊尽犹闻虺虺雷。说与吴儿应不信，木槿香里碧桃开。"④
此外，黄安涛对岭南的文教也有很高的评价，"高凉山翼翼，潘江水洋洋。昔
为迁谪地，今为游宦乡。长卿贬南巴，以诗鸣遐荒。江亭旧题咏，遗迹久渺
茫。瘴疠幸已去，抚字诚何方？ 遭际迈古哲，退思殊皇皇。"⑤ 离别高州时，
其更是对该郡声教之隆表示欣慰："声教而今畅海隅，高文赏晰得吾徒。鳣堂
旧仰谭经席，鹿洞新悬讲学图。已见众材搜杞梓，尚怜一士守菇庐。诸生倘
有从游愿，有向韩江载酒无？"⑥ 黄安涛曾选取试业诸生的试艺文字付梓为
《高凉课士录》，就中识拔者有朱伟时、郑继楷、陈撝邦，乙酉乡试均中式。
然而，韩愈等贬谪文人更易引起宦粤北人的共鸣。到潮州以后，黄安涛写下
《潮州神弦曲四首》，第一首即咏韩愈，"一夕投荒八千里，瘴乡几合推排死。
谁知不死竟为神，凛凛至今唐刺史。光焰万丈君之文，金刚百炼君之身。韩
潮直与苏海接，碑版照耀蛮荒春。讲学延师经术正，海淀邹鲁儒风盛。鳄鱼
屏迹橡木枯，留得江山同著姓。"末句下注曰，"郡城韩江、韩山，俱以公得
名"⑦。

　　尽管宦粤或游粤文人的文学书写与本土文人的岭海书写略有差异，但
黄安涛的岭南认知仍然有其局限性，仍然未能从根本上摆脱对岭南的瘴、

　　① 黄安涛：《缅茄》，《诗娱室诗集》卷十三《高州集》，第 20 页。
　　② 黄安涛：《潮州府试咏物十二题拟作》，《诗娱室诗集》卷十八《潮州集五》。
　　③ 黄安涛：《海鹤》，《诗娱室诗集》卷十四《潮州集一》，第 2 页。
　　④ 黄安涛：《和子未腊日作家书后漫题八绝寄菽田半耕》之三，《诗娱室诗集》卷十三《高州
集》，第 16 页。
　　⑤ 黄安涛：《郡斋杂诗十首》之三，《诗娱室诗集》卷十三《高州集》，第 20 页。
　　⑥ 黄安涛：《量移潮州留别高州僚友士民七律六首》之六，《诗娱室诗集》卷十三《高州集》，
第 27 页。
　　⑦ 黄安涛：《韩公祠》之一，《诗娱室诗集》卷十四《潮州集一》，第 14 页。

蛮书写窠臼。文人学士们或自觉或不自觉地陷入传统诗学话语及意象模式的惯性。

二

岭南文人在吟咏中国历史上的贬谪人物留在岭南的史迹，或在与宦粤、游粤的中原文人酬唱赠答时，经常涉及"蛮""瘴"一类语汇。这是一种特定的对话情境，也是对历史上的一种约定俗成的诗文互动关系的承续，相关的意象早已成为吟诗作赋时起兴的由头。然而绝大多数岭南文人与中原文人尤其是其中来岭南赴任的官员们也有很大的不同，其中一点就是他们治生途径的多元化。与中原文人相较，他们有了足资谋生的新岗位；相应地，也就多了接触新鲜事物的机会。自清康熙二十四年（1685 年）粤海设关，广州成为中西通商的前哨。这里四方商贾辐辏，人文荟萃，成为时人治生或经商的首选地之一。

除了科举仕进或游幕四方以外，居留本乡的岭南文人的治生途径主要是出任塾师或讲席书院，也有不少人受雇为外国行商、来华传教士们做事。《岭南群雅》所收诗文，作者多为布衣文人。编者刘彬华虽曾中式，并授翰林院编修，但也绝意仕进，返粤出任越华、端溪两书院讲席。当时岭南文人多对仕途敬而远之，除科场失意不得不另觅他途的无奈，也有对宦海凶险的重重顾虑，更有对恬淡闲适生活的由衷向往。黄培芳曾分析道："吾粤人多踊跃于科名而恬淡于仕宦，凡士子非青一衿、登一科者，不能为乡中祭酒。既释褐后，或因祖尝饶裕，或因馆谷丰腴，遂谢脱朝衫，有终焉之志者比比皆是也。余尝考明代粤中士大夫多与中原士大夫往来而仕宦亦盛，故议礼、廷推诸举，皆有粤人厕其间。至于诗文亦狎主中原坛坫。嘉靖中之前后七子、五子，不乏粤人。即如国初之屈、梁、陈诸公，亦喜与外省人士缔交……不知何时而习俗一变，乃与中原声气绝不相通。观乾隆间词臣多以文章受特达之知，而粤中仅得一庄滋圃相国。其实相国原籍福建，非累代居粤也，至其时汉学盛行而粤人无解此者……。若诗文则冯鱼山、宋芷湾住京最久，与中原人酬唱

较多。黎二樵与冯周生、李南涧尚识面，王兰泉、黄仲则、翁覃溪辈则仅有
通函。此外张、黄、吕诸公自南涧外更无酬唱之人矣。或谓粤人操土音，不
甚能与外省人酬对。岂明及国初诸公皆不操土音耶？此理之不可解者。大抵
吾粤风气多笃实，不急急于表暴名声，不染时贤标榜习气，如倪秋槎、彭春
洲辈，往往有诗文绝工而名不出于岭外者。其好处在此，其受病处亦在此
也。"① 在当时的广州，有功名但不热衷仕进的除刘彬华外，还有何南钰、谢
兰生等，他们分别是粤秀书院、羊城书院的山长。著名诗人张维屏也在羊城
书院任职，为首任监院。他们的薪水颇为可观。嘉庆六年（1801 年）任粤秀
书院山长的冯敏昌年薪达 704. 4 两白银，另课席 17. 6 两。谢兰生年薪也有
400 两。② 第三个治生的途径大约是岭南文人所独有的，即出任外商或来华传
教士所提供的买办、家庭教师、中文助手、翻译、学徒、印刷工之类的职业。
例如唐荔园的主人、广东南海人邱熙（1773—1851）就因科场失意而出走澳
门，为东印度公司所聘出任买办，西人称其为 A. Heque。③ 此外，梁发受马礼
逊之聘为印刷工，罗森受卫三畏之聘随赴日本等均是。

　　刘彬华、谢兰生、张维屏们的人生选择是主动的，而邱熙、梁发、罗森
等人的选择则是相对被动的。前者仍处岭南社会结构之上层，后者却是地位
相对较低者。岭南文人也因此呈现出守成者愈守成、西化者更西化的两极分
化现象。在后来发生的鸦片战争中，上文提到的黄培芳、彭泰来、梁发等人
均以自己的方式表达关切，但背后的思想差异已然存在。④

　　即使岭南文人比内地文人有更多的机会接触洋商、洋人，但这些"洋行

---

①　黄培芳：《虎坊杂识》，"岭海楼黄氏家集"，清嘉庆间（1796—1820）刻本，中国国家图书馆
古籍馆藏。
②　参见李若晴《谢兰生〈常惺惺斋日记〉研究》，《中国国家博物馆馆刊》2014 年第 5 期。
③　同上。
④　彭泰来写有《辛丑感事》《辛丑广州纪事诗》，黄培芳写有《陈漱霞歌》等，均咏三元里抗英
事。参见广东省文史研究馆编《三元里人民抗英斗争史料》，中华书局 1978 年 1 版。当鸦片战争阴云笼
罩时，梁发预感中英即将开战，"这时的光景使他的心中悲痛异常，他的爱国热忱使他觉得一定要去
尽力阻止战事的实现。当下他就去访马儒翰先生，马氏这时做了广州领事，梁先生请他用他的能力来
避免战争。"参见麦沾恩《中华最早的布道者梁发》，胡簪云译（上海广学会重译），《近代史资料》
1979 年第 2 期，第 198 页。梁发的爱国热情与其他岭南文人如彭泰来、黄培芳等同样真挚。但在此时，
梁发与其他岭南文人的地位、角色、视野等均有了较大差异。

夷宝"对岭南文人的影响有可能是逆向。有好感，也有反感；有关切，也有漠然。李坛《澳门歌》云：

> 潭洲东下环巨洋，群仙奔赴迭郁苍。惟天设险界绝域，澳门岌嶪横中央。龙蟠虎踞势交会，天海一气通精光。日月之行若出里，鲸鲵上引星辰翔。东南际天国万数，背趾相望此握吭。红毛鬼子蜂屯集，毼舮大舰交风樯。殊方异物四面至，珠箔翠羽明月珰。古称裔夷不乱华，羁縻敢使窥边防。①

澳门地处岭南，粤人对澳门历史、风物并不陌生。但李坛诗中流露的，仍是敌卑我尊（称西人为"红毛鬼子"）及夷夏之大防（"裔夷不乱华"）的观念。

另一个值得注意的现象，是岭南文人有时尽量避免在自己的文字中提及西洋人事。李若晴在整理谢兰生《常惺惺斋日记》后就曾纳闷："《日记》中只字未曾提及一个洋人。按常理，谢兰生作为重要士绅，又与十三行洋商交往甚密，对此是应该有所耳闻的。而且更为重要的是，他经常前去游玩的花埭、海幢寺，已于嘉庆廿一年向洋人开放，成为洋人唯一可以上岸游玩的两处景点。然则他为何对这一切视而不见呢？或许只能说在强敌入侵前夕，广州正过着它最后的平静岁月，战争只是偶然发生的。更大的可能则是康乾盛世的虚名助长了中国上层精英的妄自尊大，他们以天朝自居，认为其他国家都是蕞尔小国，根本不值一提。"②

大概是出于与谢兰生类似的心境，岭南文人对身边与西洋有关的人事并无兴趣。例如，经常引起今人之"西洋想象"或"商贸想象"的珠江、羊城、妈祖阁等事物，在当时岭南文人笔下，却是平常物事。曾写有《安南使》的香山诗人李遐龄对边疆、海疆颇为留心，然而他笔下的妈祖阁却无关乎"海事"，所写仍是"尘世"与"俗世"之异趣："晚凉动佳兴，落日淡余景。

---

① 刘彬华辑《岭南群雅》册二、初集二。
② 李若晴：《谢兰生〈常惺惺斋日记〉研究》，《中国国家博物馆馆刊》2014年第5期。

小步信所如，忽到无人境。峭壁悬苍空，芳树接浓影。云关临水开，石室傍岩整。寂寞两佛趺，明灭一灯耿。小亭压殿角，细路纡延缏。登览顿披豁，使我旷怀骋。仰玩摩崖书，笔力惊特挺。侧足凭危阑，远翠出西岭。烟深疏磬迟，林暗独鹤警。玉钩挂纤痕，银波澄万顷。谡谡松风长，翛翛心骨冷。群象赴双眸，众妙得欣领。曲折下禅房，室虚几榻静。老僧含古姿，接待烦仪省。悠然生道心，默对意弥永。浮世苦倥偬，细想真疣瘿。何时摆尘缰，结托事幽屏。"李退龄另有一首《羊城苦雨》提及"海氛"："春光如梦过花时，朝暮沉沉雨脚垂。昨得乡音翔米价，早闻田父误秧期。昙华一现黄绵袄，旅鬓新添白雪丝。何限海氛鲵鼓浪，舞筵深处未曾知。"所写仍只是民间的"农事"，兼及对官吏沉缅舞筵、不问人间疾苦的不满。

早在丙寅年（1806，嘉庆十一年）中，屡试不中的布衣生员黄安涛就已关注过岭南。他在一首题咏伊秉绶重修苏轼侍妾朝云墓碑拓本的诗中写道："惠州太守人中仙，黄堂政简悬蒲鞭。暇日访古来栖禅，眼惜古碣沦荒烟。"[1]他用的词是"荒烟"。到岭南为官以后，黄安涛对"岭海"及"西洋"的印象又如何？

黄安涛有两首涉及西洋的诗。一是《海上杂诗》之八，诗中写道：

> 番泊鸡洋外，乘潮西复东。来从占宋国，去阻石尤风。啁哳能言鸟，苍茫贯月虹。野心殊叵测，屯守若为功。[2]

"啁哳"及"野心殊叵测"诸词句，均能见出黄安涛对西洋的敌意和轻蔑。另一首是写于道光三年（1823 年）的《兰石同年送西洋茶壶赋谢》。当时，郭尚先（号兰石）送给黄安涛一把西洋茶壶，二人是嘉庆十四年（1809 年）进士同年，交谊很深。黄安涛收到茶壶后赋诗酬谢，诗云：

> 郭侯岭海回星槎，越装寥寥不满车。贻我一壶供试茶，非青瓷亦非

---

①　黄安涛：《诗娱室诗集》卷十三《登舻集》（起甲申）。

②　黄安涛：《海上杂诗八首》之八，《诗娱室诗集》卷十三《高州集》，第13页。

紫沙。质理黝若点漆墨，形模矮如落蒂瓜。心疑抟埴此小异，云出泰西
欧罗巴。我朝声教迈隆古，占风揆海无津涯。遥奉正朔被冠带，岛夷琛
贶纷若麻。澳门雄镇一都会，侏儒啁哳禽言哗。

　　俯恤蕞尔免职贡，仍许通市投官牙。由来番舶尚蚩眩，器用错杂多
奇衺。俗情往往贵远物，不惜有用良可嗟。此壶朴樕未漓质，石铫竹垆
宜一家。梅炎经宿味不变，疑有清气升井华。因君重漱玉池咽，梦到风
帆天外斜。①

　　黄安涛仍以"遥奉正朔""岛夷""啁哳禽言""蕞尔""尚蚩眩"等词
描述外邦，他的"岭海想象"与"西洋想象"在内在逻辑上完全相同。区别
仅在于华夷之辨在黄安涛的岭海题材诗中是狭义的，而在西洋题材诗中则是
广义的。也就是说，"中原中心主义"与"中华中心主义"貌似有别，但其
中的"排异"特质却是一脉相通的。

　　如果说外省宦粤文人对岭南的全面书写是同一国族内部文化交流的结果，
那么，西洋旅华人士在中国期间的中国书写，则是国族之间文化交流的结果。
西人的对华认知之所以如此深入，正是"落地触摸"的结果。岭南文人对西
洋的认知进展之所以相对缓慢，正在于"落地触摸"机会的有限性。客观地
说，"番鬼"之来华，对"番鬼"自身的意义，远大于对中国的意义。当西
人与中国及中国文士晋接之后，西人的"中国观"之改变，远甚于中国文士
的"西洋观"之改变。

　　当然，除了不能"落地接触"西洋以尽快加深了解以外，阻碍中国文士
深化西洋认知的因素还有如下几条。一是岭南海寇的猖獗使地方有识之士对
海上来"寇"（客）深怀警惕。岭南文士对"西洋"的警惕、排斥，与他们
对"海"的警惕、排斥息息相关。19 世纪初期，岭南一带深受海盗骚扰。嘉
庆十四年（1809 年），"洋匪"张保、郑石氏等进入广东香山、东莞、新会各
县滨海村落，特别是顺德、番禺，烧杀抢掠一年，才由总督百龄亲自出马，

---

① 《兰石同年送西洋茶壶赋谢》，收入黄安涛《诗娱室诗集》卷十二《三上春明集》，第 8 页。

到香山芙蓉沙诱降起义者，"使洋盗回籍安插"。岭南文士对此有切肤之痛。谭敬昭、简厥良、张维屏等人诗中不约而同地写到海寇带给岭南沿海村落的祸害。海盗自海上来，意在劫掠财物，骚扰的是民生；传教士也自海上来，意在传播福音，挑战的是中国千年一贯的政教秩序——至少在岭南官员及儒生看来是如此。因此，海上来"寇"与西洋来客同时引起岭南文士的警惕。当然，二者似同而实异:"寇"与"客"均自海上来，均属异质、异类；但前者异而不新，后者才是新鲜的异质。二是中国文士西洋认知的最新进展，缺乏快速有效的传播渠道。三是西方来华人士的经济目的、宗教目的过于直露，不易引起中国士人的认同与好感。

<h2 style="text-align:center">三</h2>

岭南文人即使关心夷洋，也未必能够避免误读。文化上的隔膜依然存在。误读的表现之一，是夷、洋不能明确区分。乾隆五十五年（1790 年），适逢乾隆帝八十大寿。安南阮王闻讯来贺，这件事因为官方的广泛宣传而为普通民众所周知，所以触发了大量文人墨客的雅兴，成为吟诗的好材料。《岭南群雅》中有七首诗涉及此事，作者是番禺诗人崔弼，诗题《恭遇皇帝八旬万寿睹安南王入觐诗十首》，《岭南群雅》所录是十首中的七首。其中一首写道:

> 伞圆山下富良江，阿育王城筑受降。再稻八蚕今乐国，九真交趾古蛮邦。鸦头弱女裙无褶，跣足夷官语最咙。万里鲸波从此息，好寻勾漏泛轻艭。[1]

崔弼于嘉庆辛酉（1801 年）中举，与刘华东、丘应魁称"辛酉三怪":"嘉庆辛酉科有'三怪'之名，刘三山华东以文怪，丘君应魁以貌怪，崔鼎来弼以行怪，三君皆番禺人，同榜乡举。而鼎来应童子试时，郡守延仁和许小范先生学苑阅卷，阅至鼎来卷。诧曰:'此人当以文学显。'力言于郡守，遂

---

[1]　崔弼:《恭遇皇帝八旬万寿睹安南王入觐诗十首》（录七），刘彬华辑《岭南群雅》二集，第 3 页。

冠一军。当时已见赏于大匠如此。"① 刘彬华《玉壶山房诗话》称崔弼"家甚贫而日事著述",所著《波罗外纪》,此书分神变、庙境、法物、遗荫、年表、碑牒、文赋、诗歌八门,记述广州南海神庙历史。崔弼在前引诗中称安南为"古蛮邦",字里行间多是俯视的意味。

除崔弼外,还有一位云溪氏(即丁梦松)也写有《朝贡歌行》一诗吟咏此事。开篇写道:"盖谓中华雄大国,且道今清圣上福无疆。喜值乾隆大万寿,五十五年庚戌光。普天之下君臣民共庆,福大国雄寿鼇长。万寿无疆八月颂,一人有庆八旬芳。早报安南阮王来入觐,是年备贡敬遥杨。"这样几句诗至少透露给我们以下几点信息:一是此诗作于乾隆五十五年,适逢乾隆皇帝万寿;二是作者要借安南国王及其他诸多异邦的朝贡行为,赞颂中华帝国之"雄大";三是作者鲜明而又根深蒂固的华夷尊卑观洋溢于字里行间。安南阮王来贡,朝廷异常重视,命令沿途各地隆重迎接:"公爷吩咐民间事,城厢内外街道各修光。"街道要"修光",民居铺户也要粉饰一新("民居铺户鲜华多粉饰"),为的是"以壮阮王玩游富贵邦"。中华之为"富贵邦"是华夷尊卑观念的延续,依然陶醉于中华帝国的"中心幻觉";但是该诗在描述"富贵邦"的富贵情状时,炫耀的却是羊城的"洋行夷宝":

> 停语阮王回国去,复说中华祝上九如觞。羊城恭祝无双地,洋行夷宝迥超扬。各度衙门街道艳,龙殿花楼鼓乐彰。
>
> 僧道百坛沿接迹,祝上九如日月长。洋商湄州庙前摆祝盛,三层戏台锦彩舞霓裳。大佛长安华丽极,光孝同华庆自长。海幢锦赛华林盛,海珠灯火映波光。

洋行、洋商,这些纷呈的"异彩",本是西来的异域文化。这说明作者在尊华的同时,并不敌视西洋,甚至以西洋宝物纷纷涌入中土为乐事:

---

① 黄芝:《粤小记》卷一,林子雄点校《清代广东笔记五种》,广东人民出版社 2006 年版,第392 页。

入贡国，列标名。大西洋宝物六般呈。金丝宝带一围艳，华丽鸡翎
衮一领精。鸾犛珠一对多缥致，夔罗锦百端艳更精。紫金芙蓉冠一顶，
翡翠榻一张又并呈。又道小西洋贡六品，浑天仪一具正堪惊。……自鸣
钟一口无烦击，翡翠大小如意二张精。木偶人戏一班能舞蹈，解天鹦鹉
一对可言精。……观贡物，厚情存。殷勤万里到中原。八国贡来皆异宝，
一共四十九般屯。

然而，宝物虽好，却不能接受。这不只是历代帝王怀柔远人的治理理念
使然，而更有新的现实考量——"胡人非为无事贡"，洋人进贡乃是别怀心
机、有求而来：

皇上一般皆不受，受之情事恐难言。遣将各贡带回各国去，胡人移
港不情原。夷进贡来所因移港事，请上皇情移归旧港门。借问昔时泊港
地，浙省宁波旧港门。宁波因没关山港口制，胡人赊货账目及宵奔。故
移福建厦门港，厦门亦无港把所如樽。康熙年间移过广东港，关山几度
港口有牵屯。胡人非为无事贡，不同唐代无事贡朝尊。

作者意识到今日夷人之来华朝贡，在很大程度上已是对等的外交往来及
商贸斡旋，已不同于唐代的"无事贡"。中国与各国的关系也与唐代大不相
同。这样的认识是敏锐的、深刻的，然而作者仍难以摆脱中华中心主义的
优越：

今时八国贡来宝，内有奇形异色可生奔。异物奇形能造动，赢汉良
工妙手存。或生成处或巧造，恍如术幻妙难言。……道德胜夷宝物之千
万，夷宝工匠胜中原。

"道德胜夷宝物之千万"及"惟善以为宝"，这是在中国传统文人笔下屡
见不鲜的道德归结。

在丁梦松的笔下，夷人、洋人、胡人等词几乎混用，均指"非我族类"

的外人。可见，在朝贡体系的时代，普通中国人对前来进贡的"夷人"是分不清欧亚、更分不清其文明的类型及国力的大小强弱的。

中国文人以中心、大国自居的类似心态，到了道光年间并无根本变化。丁梦熊《新刻天地所有唱粤新书》中收有《粤东省记》一诗。诗中有"九五干皇登年惟六十，交登大宝嘉庆帝皇然。……今又新传皇嗣位，国号道光盛治然。皇上龙飞今逢初受命，承此永享高登万万年"诸句，据此可知此诗写于道光初年。此诗虽题"粤东省记"，并注明系"粤东各府州县事迹歌行"，其实所咏不止广东一省，还遍咏中华各省山川风物及中国各朝历史，甚至还谈到世界各国：

> 说罢中华山水土，中之外地再言传。昆仑金玉官阙楼台丽，天下华夷第一洞天。玉楼十二皆华艳，阆风苑耸翠悬天。……大昆仑仙居略见迹，小昆仑海上在西边。……白狼山在何方立，隔断阴山西北边。金山鞑靼何山抵，沙漠远离在外边。居胥山居西北外，丰狼山昔契丹栖托焉。艮哈山又离沙漠远，百时马孟高兀亦栖延。

> 西北罢，东南言。东海五山仙圣天，蓬莱居一瀛州二，方壶员峤岱舆三共传。蓬莱耸翠高幽千里上，麓围三千里广焉。五山亦是金莹官阙丽，非凡景象耀天渊。《广舆》说道五山动，随流上下恐延西极边。……又道东海朔山有桃树，此桃蟠屈三十里延。弱水蓬莱离几远，三千里隔岂虚传。东海石周围四万里，名为海眼混间传。四万里有四个中华大，此石之洪未知否与然。中外八方水所在，四海朝东派百川。……此数山在夷万国外，夷邦之外脉远相牵。

以上所咏夷地山水，在当时并不尽是异邦。因此，作者眼中的"夷"，既包括异邦之"远夷"，也包括本邦之"近夷"（相对于中原、汉族）。作者接下来专咏"外国"：

> 说罢华夷山水地，专言外国略标投。大琉球，小琉球，东土夷邦相广留。交趾属邦几月到，暹罗贡国半年投。万国唯有铣东离最远，三十

年长一到投。大西洋，小西洋，酉方戎国更雄彰。大东洋，小东洋，鸭绿江遥万里隔方。龙柰摆塞镇头非是国，乃是安南镇埠场。吉林朝鲜归中非远近，崇明个国亿程茫。西藏国居西极地，陆途万里到其方。此国繁华富贵地，西洋最是金银富贵方。赤巴蒙古马臣满洲离万里，丹邱更隔罗施亿里长。安南渡日本何多路，港口风帆二百四十更长。柬埔塞，占城墙，东土九夷九种方。

所谓"九种"之"九夷"，指的是畎夷、于夷、方夷、黄夷、白夷、赤夷、玄夷、风夷、阳夷；又曰玄菟、乐浪、高丽、满饰、凫更、索家、东屠、倭人。[①] 原刻本此处多有疏误，比如"满饰"写成"满节"，"凫更"写成"凫吏"，"倭人"后漏掉"天鄙"。

该诗在相继咏罢匈奴、高丽、吕宋等国之后，接着到了嘤啰遮、三佛齐等国。诗中有这样的批注：

今清嘉庆年间，红毛有书《寄白头鬼到上行书》，交行商看。云某月某日入港后，红毛来迟约个月，误人［入］高长国。偶上山取水，遇几高长鬼，捉几个红毛鬼，如中华人拿蛤在身。这样绑在树中，藤未固，动手藤脱而走。到船，而上船。长人即追，……高长即回。后来入港，报关部院。督抚云不合来书之期，夷人失信，有罪求恕之话。上宪笑奇，方知高长鬼约二丈。

作者问道："穿胸矮仔，矮、穿非是否？""长臂知长长几尺？"翻译来的西洋国名也引起作者的惊奇，在谈到"苏门荅剌"时，作者在"西南苏门荅剌风犹美"句下自注："番国名或二字一名，或三字一名，或四字一名，或五字一名，或六字一名。今西至剌六字一名。"[②] 将"西南苏门荅剌"视为六字国名，显误。

---

①　刘宝楠：《论语正义》，《诸子集成》（一），中华书局1954年版，第186页。
②　丁梦熊：《粤东省记》，页十。收入《天地所有唱粤新书》，咸丰六年新刻，中国国家图书馆藏。

与《朝贡歌行》归结到道德相似，此诗最终写的是中外大同："中外虽然风俗异，雪月风花亦各属情。山水云烟同景色，水天一色渺茫呈。大抵鸡鸣犬吠皆如是，到处鸟叫童呱一样声。理气相同人物差无远，雨露风云岂异呈。"至于"中国外，万邦边，万邦之外远牵连。人迹尽中犹有八表，八表之外八寅牵。八寅之外八绒远，八绒之外八极延。八极之外八荒尽，虽云尽者尚无边。八荒一派水天气，不能人到要飞仙"，揣测和想象的成分更多了。甚至将外部世界引入古代神话体系："天倾西北娲皇补，地陷东南不周山坠渊。禹疏九河治水土，然后人得平土以居然。天地方员幺黄清浊辨，天下八山为柱以柱天。地底八柱以承地，天半度地地藏天。"

根据传教士高葆真的观察，不少中国人直到 19 世纪末叶仍据《山海经》的记载来理解和想象外国及外国人。例如，因《山海经》中有"贯胸国"的记载，高葆真在跟武汉当地人的交谈中发现，有中国人仍然坚信外国人的胸口处是有窟窿的。① 即使像潘有度这样出身行商世家的人，日夕与洋人打交道，熟谙洋务，其《西洋杂咏》二十首专咏洋人、洋风、洋事，但也免不了对西洋的误读。蔡鸿生认为之所以如此，是因为"《西洋杂咏》的创作时代，还不是中国人'开眼看世界'自觉时代""'以夏释夷'的思维倾向，不能不导致他对客体文化的'误读'。"② 潘有度尚且如此，其他岭南文人误读西洋就更是难免了。

因此，从总体上对比 19 世纪以来西洋人士的中国讲述和中国人的西洋书写，的确会发现中国文人的西洋书写显得较为薄弱。欧西人士来华由于有宗教背景（教会派遣）或利益驱动（如鸦片贸易），在数量上更具规模。其中，既有商人、传教士、官员，也有探险家、学者、文人，更包括大量的普通游客。欧西人士的中国书写，"观察范围之广、层次之多、内容之细致深入，总

---

① William Arthur Cornaby: A String of Chinese Peach - Stones, Cambridge University Press, 2010 (The edition first published in1895), p. 14.

② 蔡鸿生：《清代广州行商的西洋观——潘有度〈西洋杂咏〉评说》，《广东社会科学》2003 年第 1 期。

体来说均远非同时期观察西方的中国人及其有关著作可比"①。

　　岭南文士之夷洋书写，即使显得薄弱，但相较于同时期西洋人士对中国的讲述，在认知的积极性上并无不同。有限的认知仍然体现了岭南世界的文化新变及中国文人"开眼看世界"的愿望。这与西方旅华人士之了解中国的愿望在性质上是相同的，也是对等的。当然这指的是 19 世纪初叶。

---

　　① 黄兴涛、杨念群：《美国的中国形象》之"主编前言"，见哈罗德·伊萨克斯著，于殿利、陆日宇译《美国的中国形象》，时事出版社 1999 年版，第 6 页。

宗教·翻译·文学：近代以来
理解梁发的不同思路

梁发通常并不会被认为是一个文学人物，但他在教会系统内外产生影响的方式，在很大程度上有赖于他的布道演说和写作。① 从本质上讲，演说和写作是一种文学的方式。梁发略懂英文，却程度有限，并不能娴熟使用。这似乎意味着，他在翻译方面不可能有所作为。然而实际上，他仍然通过一些特殊的方式进行"翻译"——本文称之为"间接性翻译"。一个并未受过良好教育的中国印刷工人，在有幸进入跨文化、跨国界的"异度空间"以后，究竟在何种程度上改变了"文化自我"？梁发的道路，与近代以来中国文化的演进轨迹有何交织，意义如何？

伟烈亚力曾经尽可能翔详实地罗列过梁发的中文著译，但仍然不出差传史、教会史的范畴。② 近年来，近代基督教新教来华传教士与白话文学的关系问题颇受关注，但学者们的研究重心仍是马礼逊、米怜等人而很少及于梁发。③ 费南山在探讨19世纪中国的"新学"问题时，认为过去的研究普遍聚焦于"精英成员"，而忽略了早期从事知识传播的非职业者。费南山以李善

---

① 教界人士亦这样认为："以上所列梁君之著作，容有未尽，只证其尔日之善用时机，卑［俾］真道借文字以风行当世耳。"《中华基督会第一宣教师梁发先生传略》，香港教会机关《大光报》刊印，1923年版，第5页。

② Alexander Wylie：Memorials of Protestant Missionaries to the Chinese：Giving a List of Their Publications，and Obituary Notices of the Deceased. Shanghae：American Presbyterian Mission Press，1867，pp. 21 – 15.

③ 韩南在《中国19世纪的传教士小说》一文中讨论了"基督教新教传教士及其助手用中文写的叙述文本"，并强调这些叙述文本是"以小说的形式"出现的。韩南提到了米怜、郭实猎、理雅各、叶纳清、李提摩太、傅兰雅等人，但并没有注意到梁发的写作。［美］韩南著，徐侠译：《中国近代小说的兴起》，上海教育出版社2010年版。

兰为例，强调这些早期口岸知识分子"生活在一个混杂的社会环境中"，于是他们不得不"穿越不同职业、社会和民族群体的界限"，费南山称他们为"19世纪中国新学领域的社会活动家"。① 潘光哲从"知识仓库""地理想象""读书秩序"等层面讨论"晚清士人的西学阅读"，② 注意到传教士出版的福音书刊也是中国士人追求"世界知识"的窗口。白话文学、翻译文学、"新学活动家""知识仓库"等思路或提法，为我们提供了观察传教士和口岸文人的新视野，不过他们都没有将梁发作为讨论的重点。③

一

梁发约从 1811 年起从事马礼逊中译圣经的印刷工作，稍后随米怜前往马六甲。④ 梁发比王韬、李善兰等人更早地进入了一个跨越民族、国家、语言界限的"混杂的社会环境"。梁发没有受过良好的教育，也没有科举功名，因此他后来的作为也就更值得重视。与后来的王韬、李善兰等人不同，梁发的"环境"不只"混杂"，而且危险。他两次被地方政府逮捕，挨过官府的大板，被痛打到出血⑤——19 世纪上半叶的中西碰撞，在他身上留下过真实的"血痕"。

---

①　［德］朗密榭、［德］费南山主编，李永胜、李增田译，王宪明校：《呈现意义：晚清中国新学领域》，天津人民出版社 2014 年版，第 113 页。

②　潘光哲：《晚清士人的西学阅读（一八三三——一八九八）》，中研院近代史研究所 2014 年版，第 17 页。

③　司佳最近发表了专论梁发的论文。她以伦敦会档案中的梁发《日记言行》手稿为中心，对梁发的宗教观念加以探讨，但未涉及翻译及文学方面。司佳：《从〈日记言行〉手稿看梁发的宗教观念》，《近代史研究》2017 年第 6 期。

④　关于马礼逊、米怜、梁发等人在印刷领域的贡献，参见苏精《铸以代刻：传教士与中文印刷变局》，台湾大学出版中心 2014 年版；《中国，开门！——马礼逊及相关人物研究》，基督教中国宗教文化研究社 2005 年版；《马礼逊与中文印刷出版》，台湾学生书局 2000 年版；等等。

⑤　1819 年，梁发因在广州印刷自己撰写的布道书籍《救世录撮要略解》而遭人告发，被县署差人捉拿归案："梁发被衙役用竹片在腿上毒打三十大板，血从两足流下。……最后梁发出了罚金，并且具结以后永远不在广州工作，然后始蒙释放。"［新西兰］麦沾恩著，胡簪云译：《中华最早的布道者梁发》，上海广学会 1931 年版，第 26—27 页。《劝世良言》中记此事甚详，见梁发《劝世良言》九卷本（据 1832 年刻本之影印本排印，王戎笙校点、王庆成校订），《近代史资料》1979 年第 2 期，第 83 页。亦见于 Alexander Wylie, *Memorials of Protestant Missionaries to the Chinese: Giving a List of Their Publications, and Obituary Notices of the Deceased.* Shanghae: American Presbyterian Mission Press, 1867, p. 21。

1930 年，麦沾恩在为《梁发传》所写的《自序》中说，"虽然中外人士们，现在只有很少数能明白这个人为什么受了这么隆重的纪念，然而他死的时候（一八五五年），梁发这个名字，已洋溢于英美的教会了"①。麦沾恩没有低估梁发的意义，却把他产生影响的时间定得太迟。早在 1834 年，裨治文就在英文的《传教先驱》杂志发表长篇文章，介绍梁发的生平和事迹了。②那一年，四十七岁的梁发已备受关注。

美国费城的长老会出版部曾于 1842 年出版一本名为《传教士的故事》的书，是专为教会内的儿童读者编写的读物。此书共讲述了十五个故事，涉及各大洲多个国家的传教先驱人物。其中第七个故事共 12 页，主人公就是中国的梁发，并且提到了他的儿子梁进德。③ 伯驾医生在广州眼科医局的年报中，也多次提到梁发。④

梁发的影响并不仅限于教会。1841 年 1 月 31 日，伯驾在华盛顿向参、众议员演说时曾引用过梁发的话，并说："梁发甚愿在此医院中服务，因为他曾患险症，中国医生都以为无救，可是竟在此医院中医愈。我一生之中即使未做过其他善功，只恢复了这个为上帝所爱的仆人的康健，我也已经不枉为一世的人了。"麦沾恩为此感叹："梁（发）先生在美国历史上也有位置。"⑤

到了洪秀全领导的太平天国运动爆发，洪秀全与梁发所著《劝世良言》的关系，更是成为英美教会内外普遍关注的热点。麦都思为此在 1853 年的英文《北华捷报》上连载长文，讨论梁发对洪秀全的影响及梁发的传教贡献。洪仁玕口述、瑞典传教士韩山文笔录的 *The Visions of Hung - Siu - tsuen and Origin of the Kwang - Si Insurrection* 一书于 1854 年出版于香港。书中颇为生动地

---

① Geo. H. McNeur, Leung Faat, the First Chinese Protestant Evangelist, Church of Christ in China, Kwangtung Synod, Canton, China, 1930, p. 1.
② 美档会档案中收藏有这篇文章。中国国家图书馆藏缩微胶卷，Reel 256, No. 240, pp. 0812 - 0822。
③ M. A. S. Barber, Missionary Tales for Little Listeners, Philadelphia: Presbyterian Board of Publication, 1842, pp. 74 - 85.
④ Peter Parker, *The Fourteenth Report of the Opthalmic Hospital*, Canton, *The Chinese Repository*, Mar. 1, 1848.
⑤ ［新西兰］麦沾恩著，胡簪云译：《中华最早的布道者梁发》，上海广学会 1931 年版，第 103 页。

讲述了洪秀全与梁发的相遇及赠书情形：

> 翌日，秀全在龙藏街又遇见二人。二人中，其一手持小书一部共九本，名《劝世良言》。其人将全书赠与秀全。秀全考毕即携之回乡间，稍一涉猎其目录，即便置之书柜中；其时并不重视之。
>
> ……
>
> 一八四三年秀全教馆于离本乡约三十里之莲花村（Water – Lily）之李姓家。时在五月，其中表李某一日观于其书柜，偶于其藏书中抽出《劝世良言》，随问秀全其书之内容。秀全答以不大知得，此书为曩时到广州赴考时人所赠送者。……《劝世良言》一书，对于秀全之思想及行动影响至大。吾人试研究其内容，著者自署名为"学善"，而其本名实为梁发，其人则米怜博士（Dr. Milne）所指引入基督教之中国教徒也。①

以上有关梁发的报道及讨论发生时，梁发本人尚健在。这些郑重其事的描绘，大约会以各种渠道（如英美差会通过在华传教士转达、梁发之子梁进德在阅读英文报刊之后转述，等等）反馈给梁发，这对梁发无疑是一种激励和鼓舞。梁发确是基督教新教第一批中国信徒中最有成就、最具影响的一位。

基督教新教的传入是与近代以来的西学东渐交织在一起的。对于传教士引介的西学，中国士人表现出了足够的敬重和兴趣。世俗层面的西学虽被中国士人所接受，然而传教士与基督教在近、现代中国却是命途多舛。梁发的身后命运，是与基督教的中国命运交织在一起的。一方面是民国知识分子的反教思潮勃兴；另一方面是不断壮大、不断本土化的教会系统对先驱人物的感念与追怀。当然，不少世俗知识分子虽然反教，却对近代以来的西学东渐不无好感。这两股力量共同促成了民国时代对梁发的二度发掘。梁发原先只受到英美教会的重视，到"中华教会之自立"形成一定气候和规模之后，作为中国教会之"先进者"重又受到国人的重视。教会系统在回顾新教在中国

---

① ［瑞典］韩山文著，简又文译：《太平天国起义记》，"近代中国史料丛刊续编'第二十九辑。文海出版社1976年版，第4、7页。

传播的历史时，再次发现梁发是一个无法回避的角色。与此同时，太平天国史研究界在追溯太平天国的宗教思想之来源时，也一再地述及《劝世良言》的影响，梁发的重要性在中华民国时代再次得到凸显。1923 年，香港教会机关《大光报》刊印《中华基督会第一宣教师梁发先生传略》，作为"全国青年会第九次大会赠送纪念品"分发。此《传略》由皮尧士、张祝龄二人合译。

土肥步称这一现象为"19 世纪的中国传教士梁发"在 20 世纪的"被'发现'"，① 在这个过程中，麦沾恩所写的《梁发传》起了推波助澜的作用。麦沾恩说，"梁发现在已经不只是属于中国的教会，并且简直是属于全世界的教会了"②。麦沾恩的话自有道理，只是他未免把逻辑顺序说反了。梁发先是属于英国的伦敦会，之后才属于"中国的教会"。因为梁发所依托的是广州及港澳地区的西人社区。梁发两度遭到官方的逮捕，"中国"对他而言亲切而又可怖。梁发虽是中国人，但在文化、宗教和职业上，他已经越出"清朝"的体系之外。"清朝"自然也不以他为荣。

二

皮尧士、张祝龄二人合译的《梁发传略》称梁发所写《救世录撮要略解》为"基督教汉文小书之一破天荒第一册也"；③ 在谈到梁发的著述时，皮尧士、张祝龄感慨道："译者考梁君先生著述及多种印制品，莫不佳妙。惜其书目尚能考据，惟欲觅其原书，恐不可得矣。"④

梁发因为与英美传教士接触更早，所以他不光写下"基督教汉文小书之破天荒第一册"，还是较早翻译西方农学著作的人：

一八三七年，梁发先生从事一种新工作，他襄助美国公理会的杜里

---

① ［日］土肥步著，潘柏均译：《从中国基督教史看辛亥革命——"发现"梁发与太平天国史叙述的再解释》，《社会科学研究》2014 年第 1 期。
② ［新西兰］麦沾恩：《梁发传·自序》，Church of Christ in China, Kwangtung Synod, Canton, China. 1930, p. 1。
③ 《中华基督会第一宣教师梁发先生传略》，香港教会机关《大光报》刊印，1923 年版，第 2 页。
④ 同上书，第 3 页。

时（Tracy）牧师翻译一本小书，名叫《新加坡栽种会敬告中国务农之人》。梁发熟谙农事，他从小对于农事已经很有兴趣，这时杜里时请他襄助翻译一部对于农人有切实供献的书，自然是他所极愿为的了。非但如此，他还做了《鸦片速改文》一书，劝人戒除吸食鸦片的恶习，语极痛切。①

引文中提到的这本名为《新加坡栽种会敬告中国务农之人》的书，是梁发协助帝礼士译成中文的。但这个书名，是胡簪云据麦沾恩的英文梁发传记回译为中文的。据伟烈亚力所记，书名为《新嘉坡栽种会告诉中国做产之人》，这应该是帝礼士、梁发的原译书名。② 梁发襄助帝礼士翻译农学著作，这是非常重要的一条线索。因为以往很少注意到梁发在翻译方面的贡献，这本书足以证明梁发在农学、翻译等领域也曾有所作为。

梁发的翻译，是一种特殊形式的翻译。他的英文听说读写能力大约有限，但他长期生活在由英美传教士组成的社群中。这个社群的交际语言是中、英双语混杂的。传教士们的中文读写能力参差不齐，梁发在与他们交往的过程中，必然需要适应这种双语交织的环境。传教士也会有意识的教给他一些基本的英语概念。梁发 1820 年 1 月至 1821 年 5 月曾在米怜主持的英华书院修习神学。据米怜致马礼逊信中的描述，梁发在英华书院的"高班"；米怜说，"从去年（1819 年）开始，我给就读的学生一些英文概念。我每天教两三句，希望一俟他们学会一百个单字左右，就可以跟着教他们这种语文了"。米怜又说，"一周五天，我给阿发（即梁发）逐章讲解马太福音，为时二十到三十分钟，俾增进他的学识"③。

① ［新西兰］麦沾恩著，胡簪云译：《中华最早的布道者梁发》，上海广学会 1931 年版，第 97 页。

② Alexander Wylie, *Memorials of Protestant Missionaries to the Chinese*: *Giving a List of Their Publications*, *and Obituary Notices of the Deceased*, Shanghae: American Presbyterian Mission Press, 1867, p. 80.

③ ［英］马礼逊夫人编，邓肇明译：《马礼逊回忆录——他的生平与事工》，基督教文艺出版社 2008 年版，第 309 页。

1813—1814 年，马礼逊印出 2000 本新约圣经。^①麦沾恩曾经提到，梁发故宅里的文件和书籍由于 1915 年的水灾而散失无存，但在梁发身后的遗物中，"幸而还留存了这大宣教士的一幅画像和他所用的那部一八一三年在广州地方出版的马太福音"^②。米怜为梁发逐章讲解马太福音的时候，梁发手上当是持有一本马礼逊的马太福音中译本的。这个时候，梁发手中的马礼逊译本差不多只是一个"道具"，米怜大概要越过马礼逊的译文（马礼逊本人也不满意他经手出版的译本^③），依据英语原文向梁发进行口头讲解。米怜的讲解过程，既是基督教知识的传授，也是两种语言的研习。后来梁发回国，又长期和马礼逊交往。比如说 1833 年这一年，梁发和马礼逊朝夕相处："梁阿发、朱先生和屈阿昂，加上李先生，今年的大部分时间都和马博士住在一起，每天听他的教诲，扩阔自己对上帝真理的认识，增强自己的信心。这样，他们便可以因自己已有得救的智慧而去教导别人。"^④不知道梁发究竟掌握了多少英文概念和单字。退一步讲，即使梁发不能熟练掌握米怜教给他的英文概念和单字，至少他对英文是有所了解的。也正是在 1833 年，马礼逊和梁发都开始决心为中国创造一种有别于中国传统文学的"宗教文学"：

> 上述列举这五个用中文的国家（马礼逊指的是中国、高丽、日本、琉球、交趾支那——引按）很有可能占全球人口三分之一以上，他们早就知道使用文字，有文学作品，懂得印刷术最少有七百年。不过他们的文学作品要么是神仙佛道，要么是不信鬼神，或是诲淫放荡。严肃作品除了反对宗教或庸俗的迷信外，没有甚么东西可以教人；而轻松文学除了荒唐之事或酒色财气外，亦没有什么东西可以教人。从人的角度来看，

---

① ［英］马礼逊夫人编，邓肇明译：《马礼逊回忆录——他的生平与事工》，基督教文艺出版社 2008 年版，第 207 页。

② ［新西兰］麦沾恩著，胡簪云译：《中华最早的布道者梁发》，上海广学会 1931 年版，第 4 页。

③ 马礼逊自己说过，"我给世人的这个译本并不是完美无缺的。有些句子含糊不清，有些也许还要译得好一点。这都是外国人翻译所免不了的事……"［英］马礼逊夫人编，邓肇明译：《马礼逊回忆录——他的生平与事工》，基督教文艺出版社 2008 年版，第 207 页。

④ ［英］马礼逊夫人编、邓肇明译：《马礼逊回忆录——他的生平与事工》，基督教文艺出版社 2008 年版，第 529 页。

要振兴中国，最不可少的，首先是培养大批的基督徒中国学生，俾可从中产生优秀的作家（good writers），为中国创造有启发性的宗教文学（religious literature）。①

此处所说的"宗教文学"（Religious Literature），排除了基督徒所谓的"异教文学"，所以并非广义上的"宗教文学"，而是特指"Christian Literature"，即体现着基督教精神的那种"文学"。"literature"固然也有广义、狭义之别，不过马礼逊心目中的"优秀作家"及"有启发性的宗教文学"，还是颇为接近或属于严格意义上的"文学"的。

马礼逊对中国文学的批评当然并不只是偏见，他将中国文学分为"严肃作品"和"轻松文学"。他的评价标准不只出于基督教的标准，也有"从人的角度"出发的标准。马礼逊认为，"佛和道不够重视伦理，孔子则忽视宗教，而耶稣却把这两样连结起来，臻于至境"②。马礼逊心目中的理想文学应当重视伦理、重视宗教、关心来世、追求个人道德的完善。他说，"基督教的通则是要提升人的气质和尊严"；他批评中国不如英国，因为英国人"有较多的脑力活动，可以高谈阔论国家的福祉，筹组慈善团体、文社和学会，此外又有报纸、月刊等""这多少都会启动、锻炼及强化智能"，而中国"则完全禁止讨论国家的施政，人民任何形式的结社都不受欢迎；对科学的研究没有兴趣，也不关心人类的一般事务；有财有闲的人毋须工作，通常（我不愿说永远）只好抽大烟虚度时光，或者纵情于最堕落的肉欲"③。马礼逊的中英比较观，涉及宗教、政体、道德、文明、文学等诸多层面。一言以蔽之，马礼逊希望创造一种有信仰的文学，他心目中的理想信仰是基督教；他所欣赏的"有信仰的文学"自然也就是基督教文学、新教文学。马礼逊的中译圣经、梁

①　Memoirs of the Life and Labors of Robert Morrison，D. D. Compiled by His Widow. Vol. Ⅱ，London，1839，p. 496. 中译参见［英］马礼逊夫人编，邓肇明译《马礼逊回忆录——他的生平与事工》，基督教文艺出版社2008年版，第536页。
②　［英］马礼逊夫人编，邓肇明译：《马礼逊回忆录——他的生平与事工》，基督教文艺出版社2008年版，第127页。
③　同上书，第231—232页。

发的宗教写作，是可以视为一种"有信仰的文学"的。

梁发能够成为一位"基督教新教文学"（Christian Literature）的"优秀作家"（good writers），肇端于他与马礼逊的相遇，在时间上要追溯到 1811 年，这是马礼逊到中国的第五年。前一年 9 月，"马礼逊先生的圣经译本已经达到可以付印的程度。他预备先印《使徒行传》一千部。……此书印刷由马礼逊先生的华人助手蔡卢兴先生经手"。这次印刷，梁发并没有参与。到 1811 年、1812 年，"两年中，马礼逊先生把《路加福音》和《新约》书信之大半付印，而此等书籍之雕刻及印刷多出自梁发之手"①。

通常认为，梁发之受洗入教与他从事圣经印刷的经历相关。但这不是全部原因。据梁发自述，他之信教并不全然归因于他所阅读的基督教书籍，也与佛教经书的阅读以及与佛教僧徒的接触有关。

梁发由不信教到信教，在思想上经历过几次变化。（1）梁发的造笔、雕版及印刷技能，使他获得了从事相关职业的机会，从而有了阅读基督教书籍的可能性。1815 年 4 月 17 日，梁发随米怜起航前往马六甲，次年 11 月 3 日在米怜处受洗。麦沾恩就认为，梁发在马六甲成为"热心慕道"之人非属"偶然"："他以前与马礼逊先生所发生的接触和他雕《新约》书板中所认识的真理都对于他的心灵有着影响。"② （2）由浑浑噩噩到"自知有罪"。如麦沾恩所言，这个过程当与他跟基督教书籍的接触有关。梁发说，"我未信救主之前，虽然自知有罪，但不知如何而能获救。"见神就拜是梁发这一阶段的思想特点："我每逢朔望，必往庙内参神，求神保佑，但我身虽拜神，而心则仍怀恶念，说谎及欺骗别人之念永不能离我之心"③。这是在他随米怜前往马六甲之前的思想状态。这意味着，虽然他已接触马礼逊、经手了新约圣经的印刷，但他也只是开始意识到自己有罪。所以到处拜神，拜各式各样的神。（3）佛僧启迪梁发探寻救赎之道。梁发对佛教的了解，以及对佛教书籍的阅

---

① ［新西兰］麦沾恩著，胡簪云译：《中华最早的布道者梁发》，上海广学会 1931 年版，第 9—10 页。

② 同上书，第 14 页。

③ ［新西兰］麦沾恩著，胡簪云译：《中华最早的布道者梁发》，上海广学会 1931 年版，第 14 页。

读，是他归向信仰之路的一大契机——尽管他后来在《劝世良言》中毫不留情地批判佛教。梁发在马六甲固然常听米怜宣讲经义，但并无兴趣："我虽然参与彼之叙会，然我之心实不在此也。有时我看彼等之圣经，且听彼解释，但我却不能完全了悟其意义。"直到几个月后，有位佛教徒从中国来到马六甲，住在离梁发不远的观音庙中。该僧与梁发经常见面，梁发问他："我要如何，罪方得赦？"僧答："每日背诵真言，则彼在西天之佛将赦尔全家之罪矣。"梁发听罢，"一心想做一个佛教徒。此僧赠我佛经一卷，嘱我每日读一回，说如我能念至一千遍，则以前一生罪过都可以抹除。此后我遂每日背诵此经……"①（4）求赦愿望促使梁发对佛经、圣经发生浓厚兴趣，在对比阅读两教经书后改信基督教。梁发说，"同时，我又闻传教士等由耶稣而得赦罪之说，在闲暇之时我又自己查察圣经，见经中严禁不洁，欺骗，拜偶等罪过，于是我想：'此是一部劝人离恶之好书。……'此后我遂留心听人解释圣经，而安息日读经时亦更为注意，而且求传教士为我解释。"不久之后，梁发愈信基督，"我自念我是一个大罪人，如不赖耶稣功德，上帝又焉能赦我？于是我遂决志为耶稣之门徒而求受洗矣。"②

　　佛教、基督教共有的求神赦罪观，启迪梁发省思自身过往经历，兼及信仰与道德问题，他由此确信自己有罪。而在对照阅读两教经书的过程中，梁发对基督教的兴趣日增，对佛教的好感日减，并最终摒弃佛教。梁发之受洗入教史，实是一部中国最底层平民读者对佛经、圣经的对照阅读史。

三

　　基督教新教早期来华传教士如马礼逊、米怜、麦都思等人都曾为中文圣经译本的"文体"（style）问题所困扰。马礼逊来华不久，即着手翻译新约圣经，同时编纂字典。"在安息日，除了积极从事公务外，另一个重要的话题盘

---

① ［新西兰］麦沾恩著，胡簪云译：《中华最早的布道者梁发》，上海广学会1931年版，第15页。
② 同上书，第15—16页。

据在他的心中多时，即翻译圣经为中文，用甚么文体才最为合适的问题。"①
马礼逊把思考的结果告诉了米怜，米怜记道：

> 在中国的经典中，像大多数其他国家一样，文体有三种：深奥、浅
> 白和中间路线。《四书》《五经》所采用的文字非常简洁，被认为是经典
> 式的。大多数较为轻松的作品，像小说，是完全用通俗的文字写成。备
> 受推崇的《三国演义》，就文体而论，介乎这两者之间。他（指马礼
> 逊——引按）起初倾向于中间路线；但后来他看了《圣谕》之后，就决
> 定加以模仿。圣谕在各省的公众大堂一个月宣读两次，旨在教导百姓人
> 伦关系及政治责任，读时用极为通俗浅白的文字加以解释，因此：第一，
> 更易为老百姓明白。第二，在大众面前宣读，浅显易懂，而深奥的经典
> 文体则否。中间文体在大众面前朗读也清晰易懂，但却不如浅白文体那
> 么容易。第三，讲道时可以一字不变地加以引用，且毋须任何解述百姓
> 也听得明白。然而，经过再三考虑，他决定了中间文体，因为无论在哪
> 一方面，这才最适合一本为一般读者而设的书。②

这段话表明马礼逊在浅白文体、中间文体间的徘徊。虽然据米怜所记马
礼逊的最终选择是中间文体，但事实上马礼逊一直强调翻译圣经要采用"浅
白文体"，这证明他的选择是"Low Style"，并非米怜所说的中间文体（"Mid-
dle Style"）。

1819 年，与米怜合作译完新圣经旧约的马礼逊给伦敦会董事会写信，表
达了他对"俗话"或"白话"（"Sǔh – hwa, or vulgar talk"）的偏爱：

> 中国人的"俗话"一向为文人所轻视。俗话并不意味"粗俗下贱"，

---

① ［英］马礼逊夫人编，邓肇明译：《马礼逊回忆录——他的生平与事工》，基督教文艺出版社
2008 年版，第 175 页。

② William Milne, *A Retrospect of the First Ten Years of the Protestant Mission to China*, pp. 89 – 90. 这
段话为马礼逊夫人所编《马礼逊回忆录》所征引。中译参见马礼逊夫人编，邓肇明译《马礼逊回忆
录——他的生平与事工》，基督教文艺出版社 2008 年版，第 175 页。

乃是百姓的用语，有别于只有博学之士才看得懂的那种高贵、古雅、深奥的文体。

正如欧洲的学者在过往较为蒙昧的日子里，认为一本体面的书多少都要用拉丁文著作一样，中国的学人亦认为正经的书不可用白话。朱夫子写他的理学确实是打破了传统，因为要传达新思想，不能不用最浅白的文字。……

若是为了取悦有识之士，或炫耀一己的满腹经纶，而采用这样深奥的文体翻译圣经，就似乎是在重复埃及祭司的做法。据说他们以象形文字书写教理，好叫除了他们自己或一小群受戒者外，就没有别人看得懂。……这样的贬斥也许是过于严厉了，但翻译圣经当用浅白及简洁文字为原则，却非充分肯定不可。①

马礼逊这番话，与后来倡导"白话文运动"的胡适见地相同。

胡适说："欧洲中古时，各国皆有俚语，而以拉丁文为文言。凡著作书籍皆用之，如吾国之以文言著书也。……今世通用之英文新（旧）约，乃一六一一年译本，距今才三百年耳。故今日欧洲诸国之文学，在当日皆为俚语。迨诸文豪兴，始以'活文学'代拉丁之死文学。有活文学而后有言文合一之国语也。"② 虽不能说马礼逊的白话译经是胡适等人提倡"白话文运动"的"先声"，但至少可以说，胡适所提倡的著述宜用白话及"言文合一"，马礼逊早在一百年之前就已在中国的广州、通过中文译经的方式付诸实践。

马礼逊的主张是采取浅白的文体翻译圣经，但他并未能很好地实践自己的主张，因为他的中文能力有限。1843 年 10 月 26 日，美北长老会来华传教士娄礼华应他父亲娄瑞（美北长老会秘书）的要求，写信报告他本人对马礼逊圣经译本的看法。娄礼华说，我在此前给您的信中就曾说过马礼逊博士的

---

① *Memoirs of the Life and Labors of Robert Morrison*，D. D. Compiled by His Widow. Vol. Ⅱ，London，1839，p. 7. 中译参见马礼逊夫人编，邓肇明译《马礼逊回忆录——他的生平与事工》，基督教文艺出版社 2008 年版，第 285 页。

② 胡适：《文学改良刍议》，《新青年》第二卷第五号，1917 年 1 月 1 日。

译本很不完善，中国人读不懂。父亲您曾说，既然马礼逊的译本如此不完善，我们何时能有更好的译本？娄礼华遂分析马礼逊当初遇到的各种实际困难，认为马礼逊是第一个开始学习中文的新教传教士，他学中文时缺少帮助，不得不自己动手去编语法书和字典。马礼逊又在东印度公司担任翻译，这使他难有充裕的时间翻译圣经。他担任翻译一职时平常接触、使用的语言，无非是钱来钱往、讨价还价，翻译圣经可不宜用这些语言。尤为重要的是，他在翻译圣经的时候尚未完全通晓中文，是边学边译的。娄礼华充分肯定马礼逊的开创之功。认为马礼逊的声名将赖其《华英字典》而非中译圣经以传。①

梁发并非饱读诗书、才思横溢之人，却在这个历史关口赢得了机遇和舞台。伟烈亚力所记的梁发著述有：（1）《救世录撮要略解》，共 37 页，广州，1819 年版；（2）《熟学真理略论》，共 9 页，广州，1828 年版；（3）《真道浅解问答》，共 14 页，马六甲，1829 年版；（4）《圣书日课初学便用》，共 3 卷，广州，1831 年版；（5）《劝世良言》，9 份小册子的合集，经马礼逊修订后在广州出版，1832 年；（6）《祈祷文赞神诗》，共 60 页，澳门，1833 年；（7）《论偶像的虚无》，宗教传单，摘自《以赛亚书》第 44 章。伟烈亚力称，"这些仅仅是我们所记录下来的阿发出版发行的作品，并非他在传教过程中所出版的全部著作"②。

上面提到的梁发著述中，《圣书日课初学便用》是英国海外学校协会（The British and Foreign School Society）的圣经教程的中译本，第 1 版问世于 1831 年，第 2 版则由该协会出资，于 1832 年出版。《祈祷文赞神诗》共 60 页，其中赞美诗为马礼逊等人所写，而"祈祷文"共 44 页，则是梁发创作的。③ 这些著述，中国国内的图书馆鲜有收藏，足见梁发之不被国人看重由来已久。

---

①　美北长老会档案，Calendar 4，China vol. 1，No. 472。国国家图书馆藏缩微胶卷，Reel 1。

②　［英］伟烈亚力著，赵康英译：《基督教新教传教士在华名录》（*Memorials of Protestant Missionaries to the Chinese：Giving a List of Their Publications，and Obituary Notices of the Deceased*，Shanghae：American Presbyterian Mission Press，1867），天津人民出版社 2013 年版，第 25—30 页。伟烈亚力此书另有倪文君译本（《1867 年以前来华传教士列传及著作目录》，广西师范大学出版社 2011 年版），可参。

③　［英］伟烈亚力著，赵康英译：《基督教新教传教士在华名录》，天津人民出版社 2013 年版，第 27—30 页。

　　另外，米怜在马六甲出版的第一份中文期刊《察世俗每月统记传》中也有梁发撰写的稿件。① 梁发应也参与了这份中文杂志的编纂。② 《鸦片速改文》《新嘉坡栽种会致中国农学家》这两篇挂在帝礼士名下的作品，也是梁发协助创作或翻译的。③ 所幸的是，梁发的不少著作如《劝世良言》《拣选劝世要言》《鸦片速改文》等，在美国哈佛大学哈佛燕京图书馆均有收藏；④ 该馆还藏有《察世俗每月统记传》和《求福免祸要论》，前者是梁发参与编纂及撰稿；后者署名"学善居士纂"，或亦出梁发之手。⑤

　　"在中国，想要劝导他人，最好的办法不是说（speaking）而是写（writing），这是他们的习惯（custom）。所以梁发用中文写了一本小书，讨论灵魂获救的方式问题，并且印了出来。"⑥ 这表明，梁发自己撰写布道读物的做法，也令西方人认识到了中国人根深蒂固的阅读与写作传统。

四

　　关于梁发的"文体"，密迪乐和麦沾恩有不同的评价。密迪乐认为："梁发的文体反映着热诚和牺牲的精神"，这是肯定的一面；紧接着他又否定梁发说，"他的文体大部分是建立于那与当地言语不合的圣经译文和他的外国雇主所作的神学论文之上的，因此，他的作品很是晦涩，令人不堪卒读"。⑦ 麦沾恩所引密迪乐对梁发的评价，胡簪云的中译本没有注明出处。麦沾恩的英文原著在正文中是提到出处的，那就是密迪乐所写的 The Chinese

---

　　① ［英］伟烈亚力著，赵康英译：《基督教新教传教士在华名录》，天津人民出版社 2013 年版，第 23—24 页。

　　② 黎尚健：《关于〈东西洋考每月统记传〉若干问题的探索》，《广州大学学报》（社会科学版）2009 年第 8 期。

　　③ ［英］伟烈亚力著，赵康英译：《基督教新教传教士在华名录》，天津人民出版社 2013 年版，第 97 页。

　　④ 张兰兰编：《美国哈佛大学哈佛燕京图书馆晚清民国间新教传教士中文译著目录提要》，广西师范大学出版社 2013 年版，第 378、378、485 页。

　　⑤ 同上书，第 15—19、378 页。

　　⑥ M. A. S. Barber, *Missionary Tales for Little Listeners*, Philadelphia: Presbyterian Board of Publication, 1842, p. 82.

　　⑦ ［新西兰］麦沾恩著，胡簪云译：《中华最早的布道者梁发》，上海广学会 1931 年版，第 90 页。

and Their Rebellions 一书。

这本书出版于 1856 年，作者是 Thomas Taylor Meadows（麦沾恩译为"美都司"，时任广州英国驻华领事馆翻译，本文称密迪乐）。① 其实，密迪乐对梁发的评价并非出自他本人，而是借鉴了伦敦会传教士麦都思的话。密迪乐谈到梁发时，重点讲了三点：（1）梁发没有受过良好的教育（having had little previous education）；（2）梁发的文体深受传教士中译圣经的影响（formed his style in a great measure on the unidiomatic biblical translations and theological tracts of his foreign employers）；（3）晦涩（somewhat unclear），令人不堪卒读（repulsive）。②

麦都思在三年前的《北华捷报》（*The North - China Herald*）上已发表过相似的观点。麦都思的主要观点也是三个：（1）（那本书）的总名是《劝世良言》。……看不出梁发曾受过完整的教育（"The general title is 劝世良言 Keuen - she - leang - yen, Good words exhorting the age. …It does not appear that Leang - afa ever had the advantage of a thorough education"）；（2）梁发时常受雇刻书，这让他多识了不少字。然而并没有提高他的中文能力。他受雇刻印的书是翻译过来的，带着外国人的腔调。（"His having been constantly employed about books somewhat increased his acquaintance with letters. It has not, however, tended to the improvement of his style in Chinese, that the book which he was employed to print, was a translation from a foreign tongue" ... ）；（3）遣词造句不符合中文的习惯（"phrases drawn up in unidiomatic Chinese"）。③

麦都思的这些观点，完全为密迪乐所照搬。但是，麦都思、密迪乐对梁发的上述评价是有问题的。麦沾恩不同意密迪乐的评价："这种批评未免太苛

① George Hunter McNeur, *China's First Preacher Liang A - Fa*, 1785 - 1855, Shanghae: Kwang Hsueh Publishing House, Oxford University Press China Agency, 1934, p. 79.
② Thomas Taylor Meadows, *The Chinese and Their Rebellions*, London: Smith, Elder & Co. 65, Cornhill, 1856, p. 79.
③ Walter Henry Medhurst, *Connection Between Foreign Missionaries and The Kwang - Se Insurrection* (Concluded from No. 160), *The North - China Herald*, Aug. 27, 1853.

刻了些。"① 麦都思批评梁发在《劝世良言》中喜欢征引圣经的段落，有时甚至是整章征引，这些都是对马礼逊、米怜译本的逐字逐句的照搬；他又批评梁发，"附在后面的解经文字，跟他手上的教科书在文体风格上没有两样，像极了他在教堂里听惯了的面向大众的散乱的布道演讲。这些原因，造成了他文体上的极端散乱、冗长乏味及词藻的纷杂"②。

麦都思对梁发的批评着眼于两个层面：一是他的教育及中文写作水平；二是他的"文体"，包括文风及遣词造句等。梁发的受教育程度较低，这是个事实，不过，这个问题如果反过来看，正可以表明梁发的可贵。这是他的特殊性。一个并未受到过良好教育的中国人，仍能写作和出版自己著译的作品，这不正是梁发的意义吗？麦都思从"文体"角度对梁发展开的批评，恰恰是梁发有所建树之处。

关于梁发《劝世良言》一书的文体，以及该文体与传教士圣经中译本的关系，麦沾恩说，"梁发引用那与当地言语不合的圣经译文，乃是出于不得已，他深知这译文的不善"③。梁发本人早已发现马礼逊圣经译本在文体及表达上的问题：

　　他（梁发）曾经论及此事说："现在圣经译文所采用之文体与本土方言相差太远，译者有时用字太多，有时用倒装之句法及不通用之词语，以致意义晦暗不明。圣经教训之本身已属深奥神秘，如再加以文体之晦涩，则人自更难明了其意义矣。我为中国人，我知何种文体最适合于中国人之心境。吾人须先努力将译文修正，使其切近中国方言，然后将其印行。虽然读者信仰圣经或反对圣经系另一个问题，初与文体之晦明无关；但吾人总应竭吾人之力使圣经之文字易于通晓耳。"于此可见梁发实

---

　　① ［新西兰］麦沾恩著，胡簪云译：《中华最早的布道者梁发》，上海广学会 1931 年版，第 90 页。

　　② Walter Henry Medhurst, *Connection Between Foreign Missionaries and The Kwang – Se Insurrection* (Concluded from No. 160), *The North – China Herald*, Aug. 27, 1853.

　　③ ［新西兰］麦沾恩著，胡簪云译：《中华最早的布道者梁发》，上海广学会 1931 年版，第 90 页。

在是深知圣经译文之不完善的。①

梁发的话表明，马礼逊圣经译本的"意义晦暗不明"，原因是用字太多、倒装句法及生僻语词的使用。

梁发为此做了三方面的努力：一是向伦敦会或身边的传教士表达他的意见。他曾写信给伦敦会的秘书（由他的儿子梁进德译为英文），批评伦敦会总是派出中年的传教士来华，这些人口舌僵硬，无法适应中国口语的特性，而且他们总是太过于着急写书。他们所写的书，中国人很难读懂。不如派些七、八岁的孩子，他们有充分的时间学好中国的书面语（written language）。② 二是着手对圣经译文进行一些必要的修正。他曾将新约全书中应该修改的地方"列成一表献示米魏茶牧师"③。三是在自己的撰述中对马礼逊的译文进行详尽的解释。《劝世良言》中的不少章节就是先引马礼逊的圣经译文，然后加上他自己的解说和评述。麦沾恩赞曰："他著作小书的主要目的就是要用切近的譬喻和通俗的文字来解释圣经，使人们明白圣经的真意。这些小书的文字并不如美都司所说那样的缺乏文学意味，我们只要看当时的学者都很注意他的书，就可以知道他的书做得不坏了。"④

即使那些不信奉基督教的读者，也能从梁发所写的宣道读物中读出一种对待人生、世界、天地万物的虔诚与敬畏之心，这便是密迪乐所说的"热诚和牺牲的精神"。这种虔诚与敬畏，是对中国文学精神、文化精神的补益。马礼逊、梁发之于中国文学的意义还有另外的层面，即他们对于中文书写的白话性、平民性的强调。这是他们在中译圣经的过程中遭遇并力图解决的命题。这一命题初衷在于传教，不过也产生了文学上的意义。至于如何从"文学"

---

① ［新西兰］麦沾恩著，胡簪云译：《中华最早的布道者梁发》，上海广学会1931年版，第90—91页。

② George Hunter McNeur, *China's First Preacher Liang A－Fa*, 1785－1855, Shanghae：Kwang Hsueh Publishing House, Oxford University Press China Agency, 1934, p. 111. 此句仅麦沾恩英文原著有，胡簪云中译本调整较大，已无此句。

③ ［新西兰］麦沾恩著，胡簪云译：《中华最早的布道者梁发》，上海广学会1931年版，第92页。

④ 同上书，第90—91页。

或"近代"的意义上界定、评判梁发所写下的文字，取决于我们对"文学"或"近代"概念的认识，以及我们所取的标准。无论是否认可这些文字为"文学"，它作为 19 世纪中国的一种"Christian Literature"，都已然是一种客观的文学存在。无论梁发本人是否被认可为"文人"，他的作品都已产生了客观的历史反响，启发我们重新思考"近代文学"的作者、文体、边界与起源等问题。

善书、功过格与梁发《劝世良言》的文体问题

　　梁发所写的《劝世良言》一书，是太平天国史、基督教史研究领域的重要文献。① 以《劝世良言》为代表的基督教布道读物，受到了劝世文、功过格等中国传统善书的影响。马礼逊曾收藏并阅读《全人矩矱》和功过格之类的善书，《劝世良言》中也不乏对"阴骘经文""高王观音经"等佛、道劝善书籍的批判。这都表明马礼逊、梁发确实接触过这类文本。

　　《劝世良言》从书名到文体再到内容、主旨，都体现了劝世、劝善的思路，即《全人矩矱》所说的："遇上等人说性理，遇下等人说因果，多刻善书，多讲善行。"② 在形形色色的"劝世文""训世文""警世文"流行之时，《劝世良言》以"言"而不以"文"做书名，说明梁发对文体及写法是有慎重考虑的，即采取通俗易懂的白话文。从文体归属上看，《劝世良言》不仅属于"基督教文学"（Christian Literature），而且也是中国近世较早的白话文学。它留下了文体嬗变和中西思想文化碰撞的印迹。这本布道读物也促使我们重新思考中国近世文学的文体边界问题。

---

　　① 本文作者使用的梁发《劝世良言》版本，系哈佛大学哈佛燕京图书馆藏 1832 年刻本，以及《近代史资料》1979 年第 2 期排印本（系据 1832 年刻本之影印本排印，王戎笙校点、王庆成校订）。
　　② 《蕉窗十则》第十《广教化》。胡道静、陈耀庭、段文桂、林万清主编：《藏外道书》第二十八册《全人矩矱》，巴蜀书社 1992 年版，第 381 页。

一　《全人矩矱》、功过格与劝善传统

二十四史中，"劝善""惩恶"为常用词，并不少见。这也是儒家的传统："大学十章，首重明新至善。论语廿篇，群贤记述善言。劝世归真，但愿人人同归善路，救出苦海而衽席之也。"① 到了明代，劝善书更是受到了官方的重视和有意识的提倡。据《明史》记载，明成祖徐皇后尝采《女宪》《女诫》，作《内训》二十篇，又类编古人嘉言善行，作《劝善书》颁行天下。徐皇后的《劝善书》是列入"子类"之下的"杂家类"的（《明史》卷一百十三《后妃一》）。《明史》又载，永乐年间，日本使者来朝，曾索要此书。②

《明史·艺文志》"小学类"之下的"女学类"，列有著述八种，多是善书或广义上的善书：（1）《女诫》一卷（洪武中，命儒臣编）；（2）高皇后《内训》一卷；（3）文皇后《劝善书》二十卷；（4）章圣太后《女训》一卷（献宗为序，世宗为后序）；（5）慈圣太后《女鉴》一卷、《内则诗》一卷（嘉靖中，命方献夫等撰）；（6）黄佐《姆训》一卷；（7）王敬臣《妇训》一卷；（8）王直《女教续编》一卷（《明史》卷九十六《艺文一》）。另外，《为善阴骘》一书甚至是明成祖亲自主持编订的。明万历中，宗室子十岁以上俱入宗学。在宗学中，《皇明祖训》《孝顺事实》《为善阴骘》诸书是与《四书》《五经》《通鉴》同等重要的必读书（《明史》卷六十九《选举一》）。日本学者酒井忠夫认为："在历代王朝中，敕撰以宣讲劝善惩恶的教化为意图的训谕或训诫书，在明朝是最为显著的，清朝也继承了这一方面""明代这种为了教化的敕撰书，以《劝善书》为首，内容、体裁上多以民间容易接受的方式而作成，因此对民间教化具有相当大的影响。"③

---

① 张宗贵等：《劝世归真序》，胡道静、陈耀庭、段文桂、林万清主编《藏外道书》第二十八册《劝世归真》，巴蜀书社1992年版，第1页。

② 永乐五年、六年，日本"频入贡，且献所获海寇"。有次来朝之后，临回国时，"请赐仁孝皇后所制《劝善》《内训》二书"，于是各给一百本。见《明史》卷三百二十二《外国三·日本》。

③ ［日］酒井忠夫著，刘岳兵、何英莺译：《中国善书研究》（增补本），上卷，江苏人民出版社2010年版，第35、23、46页。

除了朝廷的有意提倡，普通读书人也对善书较有热忱。士人阶层参与了各类善书文献的整理编纂，《敬信录》《全人矩矱》和《暗室灯》等都是以类书的形式将各种善书汇编出版的。参与善书撰写和刊刻的不止儒学士子，很多善书是作为道教典籍在社会上流通的。明清道教的道义典籍、规戒典籍都注重融贯儒、释，顺应和倡导一种良善的社会道德风气。明清及近代广为流传的道书有《吕祖全书》《关帝明圣经全集》、刘一明《道书十二种》及傅金铨《济一子道书》等。①

梁发与马礼逊、米怜交往的嘉庆、道光时期，善书刊刻十分盛行。如《除欲究本》刊行于嘉庆十八年，作者是河南邓州董清奇，号"乞化道人"②。编印善书，或为刻印善书捐资也被视为善行。早在 1814 年，马礼逊就在写给伦敦会秘书伯度（George Burder）的信中提到劝世文：

> 中国人用随意乐助的方法印好书。有几个人捐款，就可以用木版印，真的，甚至是铅版印。然后他们印几本，说明书放在哪里。好心的人应邀印一些赠送，以教化人心。乐捐者的名字刻在书上。如果有人特意要印五十或一百本，他的名字也会加入乐捐者的名单中。前些日子，一个人刚收到三十本劝世文，里面包括所有宗教的伦理教训；他给了我五本。他们为人的准则是：凡识字的，都应该教导妇女和青年正直之道。③

在英文原文中，马礼逊用的并不是"劝世文"的音译，而是"A Collection of Moral Essays"。1823 年年初，马礼逊又在答复赫尔中尉的信中提及中国的"道德家"，他用的词是"Chinese moral writers"，指的是擅写道德劝

---

① 胡道静、陈耀庭、段文桂、林万清：《藏外道书·序》。《藏外道书》第一册，巴蜀书社 1992 年版，第 4 页。

② 董清奇：《除欲究本》，胡道静、陈耀庭、段文桂、林万清主编《藏外道书》第二十八册，巴蜀书社 1992 年版。

③ Eliza Morrison，*Memoirs of the Life and Labours of Robert Morrison*，London，1839. Vol. I，p. 404. 影印本由张西平、彭仁贤、吴志良主编，大象出版社 2008 年版。中译参见马礼逊夫人编，邓肇明译《马礼逊回忆录》，基督教文艺出版社 2008 年初版，第 211 页。

诚书的作家们。①

　　"劝世文"这三个汉字明确出现，是在马礼逊所编的《传道者与中国杂报》第二号（1833 年 5 月 21 日）上。该期杂报有篇文章专门讨论一种叫"Chinese Sheet Tract"的印刷物，分别用汉字、音译、意译的方式介绍这种印刷物的名字叫作"劝世文""*Kewen She Wan*""Admonitions to the Age"。文章提到，当时有个从福建来的人向天祷告，这人发誓说，上天如果保佑他活着回家，与妻儿团聚，"他愿印一万本《劝世文》来感恩还愿"。②

　　这表明，马礼逊至迟在 1813—1814 年就已接触到劝世文。1822 年 10 月，马礼逊以"在华首位新教宣教师"的名义领衔，向全体在华的西方基督教信徒们发出呼吁，要求大家多多"行善"。③ 在马礼逊的笔记中，也有他认真阅读《全人矩矱》一书的记录，这应是马礼逊 1824 年前后的笔记。④《全人矩矱》刊于乾隆五十七年，道光年间又重刻。《全人矩矱》被视为道家的"戒律善书"，该书各卷内容为：卷首"经训必读"，卷一"劝孝集说"，卷二"戒淫集说"，卷三"劝戒汇抄"，卷四"功过格汇编"（另有序说、凡例），最后一卷为"卷末"，包括《不费钱功德例》《劝世诗歌》等。⑤ 从文体角度看，善书不仅包括"文"（散文），也包括诗（韵文）。

　　在《全人矩矱》中，"文"占绝大多数，如《文昌帝君阴骘文》及各种以"觉世文""觉世经""警士文""劝世文""训世文""戒士子文"为标题的都是。这些标题也表明了它们的宗旨是劝世、劝善。除"文"以外，《全人矩矱》还收有诗。《全人矩矱》在丙辰续刻本中加入了一卷，称"卷末"，该卷的内容为"劝世诗歌"。标题丰富多彩，有"述怀诗""自勉诗""醒世诗"

　　① Eliza Morrison, *Memoirs of the Life and Labours of Robert Morrison*, London, 1839. Vol. II, p. 198.

　　② *The Evangelist: and Miscellanea Sinica*, May 21. 1833. 伦敦会档案（缩微胶片），中国国家图书馆藏。

　　③ Eliza Morrison. *Memoirs of the Life and Labours of Robert Morrison*, London, 1839. Vol. II, pp. 165 – 167. 影印本由张西平、彭仁贤、吴志良主编，大象出版社 2008 年版。中译参见马礼逊夫人编，邓肇明译《马礼逊回忆录》，基督教文艺出版社 2008 年初版，第 365 页。

　　④ Robert Morrison, *Chinese Miscellany*. 此手稿藏于伦敦会档案中，中国国家图书馆藏缩微胶片。

　　⑤ 胡道静、陈耀庭、段文桂、林万清主编：《藏外道书》第二十八册《全人矩矱》，巴蜀书社 1992 年版，第 318—319 页。

"醒迷诗""劝孝戒淫诗""训子歌""择配珍言""朋友箴""我箴""他箴""本箴""忍箴""让箴""守约箴""读书箴""交财箴""戒杀箴""戒酒箴""戒财箴""戒游箴""摄生铭""改过铭""坐忘铭""百字铭""聪明阴骘歌""富贵贫贱歌""得半歌""知足歌""勿失时"等。这些"诗歌",应称"韵文",因为从题名来看,涉及"诗""歌""箴""铭"等多种类型。还有一篇名为"祝",即石天基《十能祝》,以"十能"说"十祝",表达劝祝之意。前两句为:"能知足,受享人生千万福;能读书,荣显科名成大儒"。之后是"能孝亲""能教子""能勤俭""能谦和""能节欲""能安分""能忍耐""能谨言"。① 采用的是韵文体式。

《全人矩矱》中还有一类文字,叫"功过格"。马礼逊 1825 年所编的 *Chinese Miscellany* 一书手稿中,有对"功过格"的解释:"A standard of *virtures & vices*"。马礼逊对"格"的解释是:"A mark; a limit; a rule; to scrutinize by a correct standard."至于"格言",马礼逊释为"Excellent sayings"。马礼逊举了一个"功过格"的例子,是关于"友谊"(Friendship)的,即"朋友过格":

> 善友以心相待,而我欺心图利,只以口交,万过。②

"朋友过格",马礼逊译为"Standard of errors between friends",③ 指的是朋友相处过程中的一种错误做法,"standard"强调的是一种"标准",即如何判断某种行为的对与错、功与过,它带有劝善与鉴戒的意味。不光"功过格"内专门有一种"格"叫"劝化格",就是"功过格"本身也是劝善的。两者不同的是,"劝善"通常指向劝化他人,而"功过格"是帮助个人修善、行善的。

至于马礼逊对中国各类善书的态度,其实比较复杂。梁发的态度亦如

---

① 胡道静、陈耀庭、段文桂、林万清主编:《藏外道书》第二十八册《全人矩矱》,成都:巴蜀书社 1992 年版,第 457 页。

② Robert Morrison, *Chinese Miscellany*. 伦敦会档案(缩微胶片),中国国家图书馆藏。

③ 同上。

此，有重视的一面，更有批判的一面；当然批判也是一种重视。梁发以"劝世良言"作为书名，显然受到了传统善书的影响。不过，梁发对善书的接受，更多地是以批判的方式呈现出来的。《劝世良言》对"劝世之书"言辞激烈：

> 又买些劝世之书，阴骘经文，高王观音经等，送至各处寺庙，分送与来往之人，劝人念诵观音真经，学习阴骘文好意而行。则自以为善德之功，可以补赎平生之罪过，到了死后之时，则安乐无忧，必定转轮投胎复入富贵之家，做富贵人家的儿女矣。因为怀了各样鬼胎在心，故此不肯信从真道。①

这说明，梁发之"劝善"与释道之"劝善"在目标上是不同的，但是他也强调善恶果报，劝善的语气和手段也与传统的劝善活动十分相似。

二　编·译·写：《劝世良言》的文本再生产

《劝世良言》在形式上是一本善书，在文本的生产方式上则是汇编、翻译、创作相结合。《劝世良言》较多地引用了马礼逊、米怜所译的中文圣经。梁发的引用并不是全盘照搬，而是进行了适当的增删、润色和调整。除了文本层面的改动，梁发还针对译文进行了较大篇幅的阐释。这种阐释性的翻译，使《劝世良言》与传统善书大异其趣，有了完全不同的宗教属性。

《救世录撮要略解》事件导致梁发被官府逮捕，被释放后他再度出奔马六甲，与米怜会合。这次回来，梁发于写书、刻书有了更大热情。哈佛燕京图书馆所藏《察世俗每月统记传》第一、二、三卷分别出版于 1815 年、1816 年、1817 年，第四卷则出版于 1821—1822 年。为何第四卷与第三卷相隔数年才出版？恐与梁发有关。梁发 1819 年离开马六甲返回广东高明，1820 年复返

---

① 梁发：《劝世良言》，《近代史资料》1979 年第 2 期。

马六甲。大约因梁发回归，米怜得其襄助，《察世俗每月统记传》才得以继续出刊。《察世俗每月统记传》道光壬午年（1822）卷以《圣书卷分论》开篇，刊物封面署"博爱者纂"。从时间、情理上推断，《圣书卷分论》应该是米怜、梁发合作撰写的。

1820 年 1 月至 1821 年 5 月，梁发也在米怜主持的英华书院修习神学，兼习英文。1823 年英华书院报告中的学生名册中仍有 Leang A－fah（梁阿发）的名字，并记"来自中国广东，35 岁，1820 年 1 月开始学习，至 1821 年 5 月。在神学课程方面取得了巨大的进步，学费部分由校董基金会负担"①。米怜曾为梁发逐章讲解马太福音，每周五天，每天讲二十到三十分钟。② 米怜为梁发逐章讲解马太福音的时候，梁发手上当是持有一本马礼逊的马太福音中译本的。人们在梁发身后的遗物中，也发现他所用的一本马太福音中译本是"一八一三年在广州地方出版的"③，马礼逊正是在 1813—1814 年中印出了 2000 本包括马太福音在内的新约圣经。④ 四福音书中，梁发在《劝世良言》中引用较多的首推马太福音，次为约翰福音。

关于《救世录撮要略解》一书的大意，梁发自己概括为：（1）"劝人不要拜各样神佛之像，独要敬拜原造化天地人万物之大主为神"；（2）"劝人知耶稣救世主自天降地，代世人受了天之义怒刑罚而死，已经赎了世人之罪。致使凡悔罪改恶信从者，领受洗礼，皆得诸罪之赦，其灵魂亦可获救。乃不肯信从者，其灵魂则受永远之苦。"⑤ 如麦沾恩所言，梁发这本书旨在"拯救他的本乡人"。不幸的是，他由于印刷这本布道小书而被官方逮捕。梁发自己写道："忽一日被人诬告，却遭官府差衙役捕捉，连小书二百本，连刻字

---

① Robert Morrison, *To the Public*, *Concerting the Anglo－Chinese College*（Malacca, 1823）, p. 6. 参见司佳《从〈日记言行〉手稿看梁发的宗教观念》，《近代史研究》2017 年 6 期。
② ［英］马礼逊夫人编，邓肇明译《马礼逊回忆录——他的生平与事工》，基督教文艺出版社 2008 年版，第 309 页。
③ ［新西兰］麦沾恩著，胡簪云译：《中华最早的布道者梁发》，上海广学会 1931 年版，第 4 页。
④ 同上书，第 207 页。
⑤ 梁发：《劝世良言》卷六《熟学真理论》，《近代史资料》1979 年第 2 期。

木板一并拿到官府面前审讯。"① 在县衙里，梁发"力证他所印的小书不但并无教人为恶之处，而且是劝人为善的。"②梁发的辩白表明，"劝善"在当时的广州是合法而安全的，所以梁发竭力将他的写书、印书行为纳入"劝善"的行列中。

梁发《劝世良言》对马太福音的重要征引有七处，这七处征引所在的小节标题如下：

1. 圣经·马窦第五章至六章七章（录原文）

2. 论富人难得天堂永远之福（圣经马窦篇十九章二十三、二十四节，录原文，疏释句意）

3. 论灵魂生命贵于珍宝美物（马窦篇十六章二十六节，原原文，疏释句意）

4. 论救世真经福道之言必应验不废（马窦篇二十四章三十五节，录原文，疏释句意）

5. 论人勿独挂虑衣食乃敬信天父作善义为先（马窦篇六章三十一、三十二节，录原文，疏释段落）

6. 论人不可诱惑敬信救世主真经圣道福音之人（马窦篇十八章六节，录原文，疏释句意）

7. 论善人至来生灾难尽息真福齐来（马窦篇十章二十八节，引用）

括号内所说的"录原文"，指的是节录马礼逊、米怜译本原文。但梁发并非原样照搬，他做了很多润色和调整。

以上述第 1 处征引为例。这一处，《劝世良言》引的是马太福音第六章24—34 节（凡与马礼逊、米怜所译《神天新遗诏书》有异处，均加下划线，方括号内为马、米译文）：

---

① 梁发：《劝世良言》卷六《熟学真理论》，《近代史资料》1979 年第 2 期。
② ［新西兰］麦沾恩著，胡簪云译：《中国最早的布道者梁发》，《近代史资料》1979 年第 2 期。

无人能服事两主，盖其或爱一恨一，或重一轻一，<u>尔等</u>［尔］不能服事神连财帛也。故此我语<u>尔等</u>［尔］：勿为生命挂虑，<u>何可饮，何可食</u>［何可食，何可饮］，并勿为身何可穿。生命<u>其</u>［岂］非大于粮，并身<u>不大</u>［大于］衣乎？视天空之鸟，<u>其</u>［伊］不播种，并不收获，不放于仓，惟尔等［尔］天上之父<u>养</u>①<u>各鸟</u>［养伊等］。<u>尔等</u>［尔］岂非贵于<u>天空各鸟乎</u>［伊等］？又谁可能以挂虑而加<u>其</u>［厥］生命一尺乎？<u>尔等</u>［尔］因何挂虑及衣，视想其岑藐之花如何生，<u>其</u>［伊等］弗劳，<u>勿</u>［弗］织。且我确语<u>尔等</u>［尔］知：<u>国王所罗门以其诸荣华之美，不能修饰似其花一样之娇艳也</u>［以所罗们厥诸荣之间不修饰似其之一也］。故神若修饰今在田而明日所逐入炉之<u>草花</u>［草］，岂非更肯衣尔等少有<u>信辈者</u>［信者辈］乎？<u>故此更</u>［故］勿挂虑，云我将何吃，将何饮，我将<u>何以</u>［以何］得穿？此诸物为各国所寻，惟<u>尔等天父</u>［尔父］在天者，识<u>尔等</u>［尔］需此诸物也。乃<u>尔等</u>［尔］先寻神之国，并厥义，且此诸物必加与<u>尔等</u>［尔］。故此勿挂明日之事。明日可挂虑及其<u>本分之事</u>［本事］，各日之劳，足与其本日也。②

可以看出，梁发确实对马礼逊、米怜的原译有所调整。对于个别难解的句子，如"以所罗们厥诸荣之间不修饰似其之一也"这句，梁发改为"国王所罗门以其诸荣华之美，不能修饰似其花一样之娇艳也"，这番改动，使得文意更加明晰。同是这句话，阳玛诺译为："撒落满袜裤虽丽，碍花鲜，不肖距甚。"白日升译作："撒落蒙，其荣光之衣，弗及伊众之一。"贺清泰译作："王撒落孟，就是他庆落日，穿的上等华服，不能比一玉簪花。"（见下表）相比较而言，还是梁发的译法最优。

---

① "养"，原作"善"。形近而误。
② 梁发：《劝世良言》，《近代史资料》1979 年第 2 期；马礼逊、米怜译：《神天新遗诏书第一本·马窦书》，Issued From the Anglo - Chinese College, 1823。

马太福音第六章24—34节译文对照表

译　者	译　文
阳玛诺	维时耶稣谓门徒曰："一人弗克兼役两主，盖必恶一爱一，就一离一。"尔等弗克事天主兼事玛满。予语汝，勿特急食饮养命，勿特急衣盖体。命，勿贵于食乎，躯弗重于衣乎。视空中羽，无劳庄家无藏稟气，在天汝父养之，尔拒弗贵于羽。尔辈虽殚虑，乌能增躯以尺。尔何于衣特勤，盍思野花，无劳纺绩成章，确语尔，撒落满袾裰虽丽，碍花鲜，不肖距甚。野草今日暂留，翌朝付于窑。天主犹勤厥衣，乃弗勤于尔劣信者。果尔，毋急营营云："何食何衣，斯皆识天主人者之之急营。"尔父早辨斯品不免之物，悉遗于尔。则斯诸物类，咸益于尔。①
白日升	无人克役两主者。益又恶一好一。当一欺一。尔等弗克事神。无神财。因余语尔。毋虑何食养命。何衣益体。命弗贵于食乎。体弗重于衣乎。视天之羽。无稼穑。无仓廪。而在天汝父养之。尔抑弗贵于羽乎。且尔毕谁能以思虑增厥躯一尺。又尔毕何虑衣。且观田之玉簪之长。无劳纺缉。余确语尔。撒落蒙。其荣光之衣。弗及伊众之一。且野草。今日在。而翌日委之于窑者。神如是衣之。何况尔毕小信者乎。且汝毕。毋虑去何食。何衣。何饮。夫此。皆异教者所图营也。尔父已知尔需之。且尔等先图神国。与厥义。则斯诸物类。感盖加于尔。且毋虑翌日。盖翌日为已。必虑。②
贺清泰	无人能事二主，或恶此爱彼，或顺一逆一、你们不能兼奉天主，莽莫那。故此，我语你们：勿急营怎得吃，怎得穿，性命必饮食不高么？身比衣不重么？看空中鸟，不种不收，也无仓廪，在天你们父养他们，他岂不贵重你们比那么么？你们内谁虽尽力筹谋，能与本身增长一尺五寸么？何必着急为衣呢？细看玉簪花怎长呢？不做工，不捻线；我望你们说，王撒落孟，就是他庆（荣）日穿的上等华服，不能比一玉簪花。那是庸草，今日在地，明日抛窑。天主还如此美饰，何况你们？你们信德小哦！故此勿筹虑说吃甚？饮甚？穿甚？异族人太过求此，你们父深知你们不能少这物。如此先求天主的国，及他义，这些物都赏给你们，勿虑为明日，明日还有明日事。③

① 王硕丰：《早期汉语〈圣经〉对勘研究》，社会科学文献出版社2017年版，第242页。
② 同上。
③ 同上书，第243页。贺清泰译文参见《古新圣经残稿》（贺清泰译注、李奭学、郑海娟主编），中华书局2014年版，第2659—2660页。

另一句，马礼逊、米怜译作："勿挂明日之事。明日可挂虑及其本事，各日之劳，足与其本日也。"这句话，阳玛诺没有译出，白日升所译不知所云；贺清泰译为"勿虑为明日，明日还有明日事"。贺清泰此译最佳，胜过马礼逊、米怜。和合本此句译作："不要为明天忧虑；因为明天自有明天的忧虑；一天的难处一天当就够了。"梁发将"本事"改作"本分之事"，表明梁发对原文文意是理解的，但"本分"二字仍不能达意，所以不如贺清泰的译法更畅达。

《论人不可诱惑敬信救世主真经圣道福音之人》这篇长论，是梁发对马太福音第十八章第六节耶稣的一段话展开的。这段话，和合本译作："凡使这信我的一个小子跌倒的，倒不如把大磨石拴在这人的颈项上，沉在深海里。"马礼逊、米怜译作：

> 惟凡诱惑此信于我婴孩之一者，宁可被磨米石缒颈而投入海为好也。①

梁发仍是照引马礼逊、米怜的译本，略有改动：

> 凡诱惑信于我婴孩之一者，宁可被磨米石堕颈，投入海而死，更为好也。②

阳玛诺、白日升、贺清泰分别译作：

> 阳：若诱信予孩童之一，使陷于尤，宜紧磨石厥颈，沉诸海。
> 白：矶斯众信我孩之一者。宁击驴石厥颈。沉海底也。
> 贺：谁或言行陷一信我的孩于罪恶，不如将驴拉的磨，挂他脖上，沉海底。③

---

① ［英］马礼逊、米怜译：《神天新遗诏书第一本·马窦书》，Issued From the Anglo‑Chinese College，1823。
② 梁发：《劝世良言》卷七"安危获福篇"，《近代史资料》1979 年第 2 期。
③ 王硕丰：《早期汉语〈圣经〉对勘研究》，社会科学文献出版社 2017 年版，第 268—269 页。

以上诸译中，除和合本外，以贺清泰的译法最优，优在"不如"这个词用得准确。马礼逊、米怜、白日升用的是"宁可"或"宁"，不能把原文的语气呈现出来；阳玛诺用的"宜"字稍好。

原文是说以"磨石拴颈沉海"的方式，惩罚那些对耶稣信徒施加诱惑的坏人。梁发意识到"宁可"一词达意有所不逮，所以他将马礼逊、米怜所译"投入海为好也"改为"投入海而死，更为好也"。这说明梁发意识到马礼逊、米怜译文的不完善。他试图修正，但成效不明显。好在梁发并未就此止步，他的阐释远比翻译精彩。梁发说：

> "信于我"三字，言凡信于救世主真经圣道福音之义理也。
>
> "婴孩"二字，有两样解法：一，言初敬信真经圣道福音之人，如婴孩子之心，智识未开，志向未定，初习真经圣道，未得尽能领略奥秘之旨，不过略知数条大义之意，尚要用工进学，才能深知其隐秘之旨意也。二，言婴孩子之心，纯一不二，无诈伪之心，没丝毫之欲，真实无妄之志也。故凡敬信救世主真经圣道福音之人，亦必如婴孩子之心，才可能得灵魂之救也。
>
> "磨米石堕颈"者，言宁受这样刑法而死，乃算最重之刑，譬喻之词甚言之至也。……
>
> 那些初敬信真道福音之人，听了这些言语，一时真假邪正难分，受此诱惑之言，胸内必怀疑狐之意，把信德之心，变了欲从不从之志。缘此以妄言诱惑人信德之心者，其罪真无穷之至也。
>
> 故救世主曰：凡有人自己不肯从信福音，反以乱言诱惑信于我之真经圣道者，其人宁可受磨米石堕住颈投入海而死，更为好，免得伊在世上复诱惑人不信真经圣道。①

梁发的解释长达 2400 字，以上是摘选。梁发为这节文字所拟的标题是

---

① 按：引文段落系笔者所分，原文未分。梁发：《劝世良言》卷七"安危获福篇"，《近代史资料》1979 年第 2 期。

"论人不可诱惑敬信救世主真经圣道福音之人",表明他对原文的理解相当深入、准确。当然其中也有马礼逊的功劳。梁发自己提到过,"我遂写成此书(按:即《救世录撮要略解》),尤恐不合本文之旨,故此送与马老先生参订改正,然后刊刻……"①

除了马太福音,梁发还在《劝世良言》中较多地引用了约翰福音。《劝世良言》卷二"崇真辟邪论"第一节题为"论救世主耶稣降世之意",这节是对约翰福音第三章十七节经文的讲解。马礼逊、米怜译本原作:"盖神遣厥子降世,非为审定罪世,乃致世因之而可得救也。"②梁发征引时改作:

> 盖神天上帝,遣厥子降世,非为审定世人之罪,乃欲世人因之而可得救也。③

这句话,阳玛诺、白日升、贺清泰译作:

> 阳:天主命子于世,莫因判世,惟因救世。
> 白:盖神遣厥子来世,非为审世,乃为救世。
> 贺:天不不差亲子降包为罚世人,但为救他们。④

马礼逊、米怜的译法与白日升近似。到梁发这儿,又有进一步的润色调整,以梁发的文字最为通畅明晰。

三 "俗"与"言":《劝世良言》的文体自觉与梁发的意义

《东西洋考每月统记传》的编者曾借笔下人物之口称赞该刊的宗旨为"推德行、广知识"⑤,这样的宗旨说到底是偏重文章的应用功能,并不强调辞

---

① 梁发:《劝世良言》卷六《熟学真理论》,《近代史资料》1979 年第 2 期。
② 〔英〕马礼逊、米怜译:《神天新遗诏书第四本·若翰书》,Issued From the Anglo – Chinese College,1823。
③ 梁发:《劝世良言》,《近代史资料》1979 年第 2 期。
④ 王硕丰:《早期汉语〈圣经〉对勘研究》,社会科学文献出版社 2017 年版,第 227 页。
⑤ 爱汉者纂:《东西洋考每月统记传》,道光癸巳年六月,"新闻"。黄时鉴整理本,中华书局 1997 年影印版,第 8 页。

章之美。这一宗旨有别于自《文选》以来形成的"事出于沉思，义归乎翰藻"的中国古典文学传统。光绪丙戌张宗贵等《劝世归真序》说，"劝化世人，使之返本还原，复其天性"，这便是"劝世"之意旨。张宗贵等对善书的文风也有评价："语多粗疏，字句未工，原为劝俗，而未免令明儒大雅见哂。诗词俗浅，令人易晓善报恶报之理。"①"粗疏""未工""俗浅"，这是大多数善书留给人们的印象。梁发的《劝世良言》留给麦都思的印象也是这样的。

麦都思从 1834 年起开始重译圣经。在给差会的信中，麦都思说：他期望既译出"圣经思想之原意"，又使"纯粹的中文风格"得以保留；他期望找到合适的中国人，协助他将圣经译成高质量的中国文章，以更适合"中国人的阅读习惯"。② 麦都思希望将圣经译成"a standard of Chinese prose"，即译成标准的、典范的"中国散文"。麦都思后来又说："现如今一个中国人要写一封信，或一篇文论，或一篇公文，一定会借用古人或中世纪的理学家们那种简洁、精练与综合的风格。"③ 哪类文章可以代表典范的中国散文？不同的传教士有不同的理解，恐怕会有主观性、个体性的差异。麦都思所推崇的，是中国古人或中世纪的理学家的文章风格。

梁发的圣经译释文字表明，梁发只是以俗、浅、易懂为目标，但他的文字仍是文言的底子，他并未放弃对"文""雅"的追求。在这一点上，梁发与麦都思的思路其实是一致的。麦都思就是外国传教士中的梁发，梁发就是中国传教士中的麦都思。二人的出发点相同，殊途而同归。但是颇为尴尬的是，麦都思对梁发这个同道的耕耘者所写的东西非常不满。麦都思对梁发的批评着眼于两个层面：一是他的教育及中文写作水平；二是他的"文体"，包括文风及遣词造句等。言下之意是，梁发的中文水平不行，所以才写得如此

---

① 张宗贵等：《劝世归真序》，胡道静、陈耀庭、段文桂、林万清主编《藏外道书》第二十八册《劝世归真》，巴蜀书社 1992 年版，第 1 页。
② ［美］韩南著，段怀清译：《作为中国文学之〈圣经〉：麦都思、王韬与"〈圣经〉委办本"》，《浙江大学学报》2010 年第 2 期。
③ 同上。

糟糕。梁发本应写得更为典雅，但是他没受过良好教育，所以他做不到。这里出现了一个评价上的两难。传教士们到底希望梁发更文雅，还是希望他更通俗？这是两个不同的方向，不可兼得。理解了梁发面对的客观困难，我们才能更公正、慎重地评价梁发的文体贡献。

梁发为何不称他的书为"劝世文"或"劝世良文"，而是取名"劝世良言"？这说明梁发的主观想法是写得更通俗易懂。而且，梁发的这一选择，恐怕是他与马礼逊、米怜之间达成的共识。1819年，梁发在广州印出《救世录撮要略解》一书。这本书共39页，包括序言（介绍上帝为造物主、为何崇奉神，并附有十诫的内容）及圣经部分章节的节录（主要是新约）。伟烈亚力说：

> 这部作品出于一位中国基督徒之手，他是一个技术工人，六年前对福音全然不晓。不能奢望从这本小册子中看到作者对神学的深邃认识，但是整体而言，这是一本严肃的、有用的福音书。这本书先是拿给马礼逊博士看过，得到他的认可后，梁发印了200部以供分发。这件事导致他被捕入狱，官府收缴了他印的书，烧毁了他的书版。①

可见，梁发所写的书，多是先拿给马礼逊看。马礼逊认可之后，才会付梓印行。梁发本人也希望布道读物能够切近中国人的本土方言，梁发认为：

> 现在圣经译文所采用之文体与本土方言相差太远，译者有时用字太多，有时用倒装之句法及不通用之词语，以致意义晦暗不明。圣经教训之本身已属深奥神秘，如再加以文体之晦涩，则人自更难明了其意义矣。我为中国人，我知何种文体最适合于中国人之心境。吾人须先努力将译文修正，使其切近中国方言，然后将其印行。虽然读者信仰圣经或反对

---

① Alexander Wylie, *Memorials of Protestant Missionaries to the Chinese：Giving a List of Their Publications, and Obituary Notices of the Deceased*, *Shanghae*, American Presbyterian Mission Press, 1867, p. 22.

圣经系另一个问题，初与文体之晦明无关；但吾人总应竭吾人之力使圣经之文字易于通晓耳。[①]

梁发与马礼逊还编印过两份"杂报"。从这两份杂报刊载的内容可以发现，马礼逊、梁发特别关注中国民间流传的谚语、俗语，以及四书五经中的劝善语句。《传教者与中国杂报》是马礼逊所编印的不定期英文杂志，内有少量的中文内容。[②]该报被葡澳当局查禁后，马礼逊改而出版中文杂志《杂闻篇》以及其他中文小册。笔者在中国国家图书馆所藏伦敦会档案的缩微胶片中，见到三期《杂闻篇》，即第一号、第二号、第三号。其中，第二号有两份，一份印制清晰，另一份字迹模糊。每期杂志首页的下方，均有马礼逊手写的英文说明，介绍当期杂志的出版者、出版年份及印数。《杂闻篇》第二号上有一篇介绍"新闻纸"的短文，疑是梁发所写：

> 友罗巴之各国，皆印书篇，多用活字板。要印书时，则聚集各字，后刷完数百或数千数万本，就撤散其字，各归其类，而再可用聚合刷他书。如是不必存下许多板。且暂时用之书篇，不必刻板之使费。故此在友罗巴各国，每月多出宜时之小书，论当下之各事理。又有日日出的伊所名"新闻纸"三个字，是篇无所不论。有诗书、六艺、天文、地理、士、农、工之各业，国政、官衙、词讼、人命之各案，本国各省吉凶，新出之事，及通天下万国所风闻之论，真奇其"新闻纸"无所不讲也。[③]

上文中提到"新闻纸"时，所用的措辞是"伊所名'新闻纸'""真奇其'新闻纸'无所不讲"等，"伊""其"均指欧洲（"友罗巴"），是以中

---

① ［新西兰］麦沾恩著，胡簪云译：《中华最早的布道者梁发》，上海广学会1931年版，第90—91页。

② 《传教者与中国杂报》，伦敦会档案（缩微胶片），中国国家图书馆藏。该报报名为英文（*The Evangelist: and Miscellanea Sinica.*），中文译名参见苏精《马礼逊与中文印刷出版》，台湾学生书局2000年初版，第178页。

③ 《杂闻篇》一号，癸巳年八月二十九日，即1833年10月12日。伦敦会档案（缩微胶片），中国国家图书馆藏。

国人的眼睛观察他者，并非马礼逊、马儒翰等"友罗巴人"的口吻。故这段文字似应为中国人所写，疑出梁发手笔。

《杂闻篇》一共四期，皆于1833年由马礼逊、马儒翰的马家英式印刷所（Morrisons' Albion Press）出版。这个时候，马氏父子身边最活跃、最得力的中国人便是梁发。根据苏精的研究，从1830年起，由于梁发、屈亚昂以及马礼逊之子马儒翰都在身边，马礼逊将原来主要在马六甲进行的印刷出版事务改在了澳门。马儒翰时任英商的中文秘书，业余则操作自家的英式印刷机和督工雕刻或铸造中文活字，梁发则"主要撰写传教小册，送往马港的印坊付刻，如果篇幅不多或单张便自行刻印，屈亚昂则协助缝线装订与出外分发"①。可见，此时的梁发确实一门心思致力于传教写作。梁发对欧洲"宜时小书"及"新闻纸"的了解，使他更关注语言文字及书刊读物的可读性及普及性。

美国学者韩南曾将麦都思、王韬等人的圣经中译本纳入中国文学（Chinese Literature）的范畴内加以讨论，认为他们都希望"译出一种标准的中国散文体"。② 故从"Christian"这一系统内部来看，《劝世良言》属于其中的"Literature"一门。但要阐述《劝世良言》作为一种"Literature"其特点何在，仅从"Christian"这一方面展开是远远不够的。

《劝世良言》是对中国传统善书的继承与发展。梁发在因果报应、劝善惩恶的思想基础上，将佛、道两家所描述的来生世界，转换为基督教的天国。为了不违背基督教的一神信仰，梁发激烈批判佛、道两家所奉各类偶像的虚幻性，强调基督真神的唯一性、排他性。这当然只是理论层面的互斥，在现实中，接受基督教信仰的早期中国信徒其实很难彻底将自己的上

---

① 苏精：《马礼逊与中文印刷出版》，台湾学生书局2000年初版，第27页。

② 韩南认为，麦都思等人的圣经委办本旨在"译成一种标准的中国散文体，令受过良好教育的中国人亦能赞赏"（"Attempted to achieve a standard of Chinese prose that even well - educated people would appreciate"）. Patrick Hanan, The Bible as Chinese Literature：Medhurst, Wang Tao, and the Delegate's Version, *Harvard Journal of Asiatic Studies*, Vol. 63, No. 1（June, 2003）, p. 221. 中译本参见［美］韩南著，段怀清译《作为中国文学之〈圣经〉：麦都思、王韬与"〈圣经〉委办本"》，《浙江大学学报》2010年第2期。

帝信仰与未受洗前所受到的儒、释、道三家的影响隔离开来。他们可以承认上帝作为真神的唯一性，但仍然视释、道两家为合理存在，对儒家思想尤为敬重。释、道两教固然各有自己的天国或来世想象，但它们有着相近、相通的善恶标准和惩戒体系。这就意味着，儒、释、道三家在道德规范层面有大面积的交集，这个交集可视为超越教派的一般性道德规范。这些一般性道德规范，正是《劝世良言》所着力吸收，并试图纳入基督教的教义框架下加以阐释和宣扬的。梁发将佛、道两教的"神道"替换为基督教的"神道"，又以影响深远的儒家"圣道"为辅，目的是增强基督教的竞争优势。

在梁发这儿，无论他如何宣扬基督教的一神教义，都无法彻底消除儒、释、道三家的底子。在这方面，梁发是先驱，但并不是个例。后来的郭子符在其时新小说《驱魔传》中，也将圣经的叙事世界融入中国小说传统中的神魔世界中，对抗上帝的撒旦以"混世魔王"之名登场，其麾下有魅精，也有分成"酒、色、财、气"四队的妖魔，像"大烟鬼""缠足鬼"等皆是败坏人心的妖魔。学者黎子鹏称这种写法为"以本土文学和宗教资源提供关于'撒旦'的本土理解"。①

不过，"劝善"只是《救世录撮要略解》和《劝世良言》的表象，"劝信"和布道才是其实质与内核。所谓"劝善"，不过是梁发借自传统中国的一个文体躯壳而已。梁发熟悉"劝善"传统并有意识地调用，但是此"劝善"已非彼"劝善"——梁发据以"劝善"的精神资源与之前中国社会上久已流行的各种劝善小书已有很大的不同。

马礼逊、梁发在他们所编的《传道者与中国杂报》上曾对《全人矩矱》中的某些思想表示异议。例如《全人矩矱》卷一"劝教集说"的"先儒语录"部分在谈到女子教育时，首先引张广澄"教妇在初来""多方教导不愁不改"等语，其次分别解释其含义。对前者的解释是："此语最确。做丈夫

---

① 黎子鹏编：《道德队害传：清末基督徒时新小说选》，橄榄出版有限公司 2015 年版，"导论"，第XVV页。

的，初时待妇严肃，终身必定相安。初时溺爱，千依百顺，纵坏了他性子，后来必定不听。不是爱他，实是害他。"对于后者，则如此解释：

> 女子不曾读书，识字多不能明理，且性气偏执者居多。为丈夫者须要多方教导，不愁不改。彼猴子且教能做戏，狗子教能踏碓，老鼠教能跳圈，八哥教能吟诗。可见禽兽且能教通人事，何况他是个人。①

这些话，大约是孙念劬的发挥。马礼逊、梁发对这些话极为不满：

> 这位圣贤这样辩护他的观点，是多么的污辱女性啊！这位异教的哲人劝说丈夫们把妻子当人待，但是看他们的论证，他们又把女人视为比猴子、狗、老鼠、鹦鹉还要低级。其哲学就是这种水平！基督教哲人保罗也讨论过相同的话题。保罗说："你们做妻子的，当顺服自己的丈夫，如同顺服主。你们做丈夫的，要爱你们的妻子；正如基督爱教会，为教会舍己。"所以做丈夫的在必要时应当为妻子舍弃自己的生命。仅就基督教的教育而言，有一点也是经常作为伟大的真理加以强调的，那就是把妇女在社会生活中的地位提升到与她们的身份相称的程度。②

在这篇文章之后，还有一篇短文批评了中国人的"孝道"。③

伦敦会档案中还藏有名为《西域古经格言》《功过格之谬》《真福之由》的三件传教单张。苏精先生曾经提及这些传教单张，称它们是由梁发"撰文并手写""屈昂石印的大幅传教单张"，并认为"这些应是现存中国人最早的石印作品。"④ 苏精此论，系从印刷史角度判断其价值，并未从内容与文体角

---

① 胡道静、陈耀庭、段文桂、林万清主编：《藏外道书》第二十八册《全人矩矱》，巴蜀书社1992年版。第331页。

② 引按：此为笔者所译，原文为英文。Female Education, *The Evangelist: and Miscellanea Sinica*, May21. 1833。伦敦会档案（缩微胶片），中国国家图书馆藏。

③ Infidelity, *The Evangelist: and Miscellanea Sinica*, May 21. 1833. 同上。

④ 苏精：《马礼逊与中文印刷出版》，台湾学生书局2000年版，第177页。

度展开分析。这三幅传教单张不仅在中国石印史上有其地位，也是考察梁发其人思想脉络的重要线索。第一份传教单张为《西域古经格言》。标题占 1 行，正文 25 行，每行 30 字，不计空格全文共 694 字，分三个段落。页面上方有马礼逊手写的说明，马礼逊称传教单张为 "Scripture Sheet & Tract"，并注明 "Written on stone by Leang Afa，Printed by Agung. Two native Xns①"，② 意思是该份单张系由梁发刻写上石，屈亚昂负责石印，这两位都是中国基督徒。《功过格之谬》是批评以功过格为代表的善书的：

> 夫所称，固然多为善行。且所称过多为恶，但以善可抵恶行。大谬矣。盖神天上帝生人在世，以行善全为本分，并无格外善行之理。……神天上帝那里降以功过格哉！都是世人臆见。……况且所谓善、恶、功、过，多为事，并无善恶之性。

文章认为，敬惜纸墨是对的，但不必强行与善恶挂钩。像溺女这样的行为才是真正的大恶。功过格将秽溺字纸与溺婴这样的大恶放在一起说，像是视二者为"同类之事"，是不对的，"岂不谬哉"！

梁发写刻的这些文字，对不少中国人歧视妇女、溺杀女婴以及将行善作为与上天进行利益交换方式的愚昧自私行为（即李文斯敦医生致马礼逊信中所说的"慈善行为可取悦于天，可以消灾免祸③"），给以尖锐激烈的批判，表现出与中国传统善书作者不一样的思想高度和视野。"当作家从一种语言到另一种时，并不是抹去他原初的参照体系，而是双重丰富了另一种体系，两种参照体系的并列，两个主义世界是一种文学类型的特殊元素。"④ 梁发接触基督教思想后，在旧的"主义世界"之外又多了一重世界，他怀揣两个"主义世界"在自己的故国、故乡二度扎根。他要接受一个新的符

---

① 按："Xns"，即 "Christians"。
② 《西域古经格言》，伦敦会档案（缩微胶片），中国国家图书馆藏。
③ Eilza Morrison，*Memoirs of the Life and Labors of Robert Morrison*，Vol. II，London，1839，p.17. 中译参见《马礼逊回忆录——他的生平与事工》（邓肇明译），基督教文艺出版社 2008 年版，第 290 页。
④ ［法］米歇尔·艾斯巴涅：《文学史与边界》，萧盈盈译，《南京师范大学学报》2017 年第 3 期。

号系统和思想系统，再以新系统替换旧的、改变旧的。替换虽不彻底，但改变确实发生了。《劝世良言》的书名、文体、写作出版过程及阅读接受史，是两个"主义世界"碰撞的载体和见证，其意义既是宗教的，也是思想的、文学的。①

① 后来有其他传教士也受善书及梁发《劝世良言》等的影响，出版了类似著述。如卢公明（Justus Doolittle，1824—1880）1850 年代在福州以当地方言出版的《劝善良言》（亚比丝喜美总会镌，1856，哈佛大学哈佛燕京图书馆藏）、《醒世良规》（亚比丝喜美总会镌，1856 或 1857，哈佛大学哈佛燕京图书馆藏）；北京灯市口美华书院 1870 年代印制的传教单张（哈佛大学哈佛燕京图书馆藏）中，也有"救世要言"之类内容。这些读物与梁发《劝世良言》一样，都兼具劝善、劝信之旨，是中国传统善书和基督教布道书的混合体。卢公明两书更是以福州平话写成，在白话的道路上比梁发走得更远。

第二编　南中国海历史文化研究的报刊视角

龙其林

他者想象与自我认同：鸦片战争前夕
传教士笔下的南中国海地区报道

——以《东西洋考每月统纪传》为中心

《东西洋考每月统纪传》（*Eastern Western Monthly Magazine*）1833 年 8 月 1 日创刊于广州。这份报纸在中国的报刊史、新闻史和出版史上具有十分重要的意义，它不仅是我国本土出版的第一份中文近代报刊，其所反映的传教士笔下的鸦片战争前夕南中国海地区中西交流报道，为我们理解这一时期西学东渐的程度与中国本土文化对于西方文化的接受途径、态度也有了更直接的认识。在鸦片战争前，外国人在广州的活动受到十分严格的限制，在这种情形下，《东西洋考每月统纪传》在广州的创办更具有重要的文化传播意义，它面向中国人尤其是广州的民众宣传西方宗教思想、科技观念和新闻报道，形成了对于鸦片战争前夕中国社会、文化的生动描述。黄时鉴、罗大正、姚远、郭秀文、赵少峰等学者已对《东西洋考每月统纪传》进行了较为详细的研究，他们从这份刊物的创办社会历史背景、宗旨及编辑特色、宣传策略、在中国新闻传播史乃至对近代中国社会的影响，以及刊物在近代中西文化交流所呈现出的过渡形态等角度出发进行探究。在此基础上，我们将这份刊物置于南中国海历史文化的大格局下进行审视，拟考察编撰者对这一地区的经济贸易、文化交流等所作的报道及其传达的文化信息，分析鸦片战争前夕传教士在刊物报道中所呈现出的对于南中国海地区的认识和想象。需要说明的是，我们谈论的南中国海地区，主要是指南海及其周边国家、地区，包括中国南部沿海地区、香港和澳门特别行政区以及东南亚、越南等国家、地区。从明朝后期开始，南中国海地区即成为西学东渐的主要通道，西方思想、文化和科技经由南海及其周边地区向中国内陆传播，在中国近代化发展过程中具有十分特殊的意义。

一 关于贸易问题的主张

《东西洋考每月统纪传》力图向中国读者介绍近代西方的科学技术和西方文化，希望通过这些科学、技术、思想的输入，改变中国人固有的蛮夷观念和自我中心主义意识。正是出于对中国人自视为世界中心观念的解构，该刊将重点放在对于西方科学文化的介绍上。刊物既有对西方历史文化的宏观介绍，如《东西史记和合》《地理》等栏目，又有对西方科技、事件的介绍，如《天文》《新闻》等栏目。在这些内容当中，能够直接反映出鸦片战争前夕南中国海地区中西文化碰撞、交流景观的则是有关中西商业贸易的介绍。对于中西商业贸易情形的描述，多半出现在《论》《贸易》等栏目之中，这些文章的内容有时从中外贸易中的坚守诚信、遵从商业道德等角度入手，劝戒中国人应诚恳对待外国远客：

> 奈何德行之道，人皆知之，但守之者鲜矣。故此必诠解劝四方君子，尽力以仁义为重，以利益为轻，实是生意公平之状。欲以哄骗谎言利其业，呜呼，远哉其错乎？譬如开盐糖油之铺，杂其货以卑物，特意增价。固积米谷者，待顶价未敢发卖。于此时际，贫民饥死，怎船斢作行甚可恨。莫说取人之憎，还上帝令祸灾坏该人也。匪徒用鬼巧在秤杆索上，莫非是可恶的动举乎？①

该刊力图拓展中国民众知识、展现中西贸易的益处，因此对于如何用中国民众最喜闻乐见的方式宣传对外贸易的重要性上下了许多功夫。《东西洋考

---

① 爱汉者等编：《东西洋考每月统纪传》，黄时鉴整理，中华书局1997年版，第43页。

每月统纪传》在宣传对外贸易重要性的时候，最喜欢通过《通商》《贸易》等栏目加以立论，详细论述对外通商不仅对于中国百姓获取生活物资有利，更能够增加国家税收，实现中国的民富国强。为此，编撰者不遗余力地进行强调：

> 禁止通商，如水底捞月矣。故明君治国必竭力尽心，以务广其通商也。诚以国无通商，民人穷乏；交易隆盛，邦家兴旺。且国禁其买卖，民成蛮狄矣。使有愿治之君，教化庶民，而不开其通商之道，以广其财源之路，欲其国之攸宁者，是犹缘木以求鱼者也。[1]

如果说上述文章还只是编撰者对于海外贸易重要性的强调，希望能够从理性的角度启发中国人的商业意识、对外友好态度的话，那么该刊的其他报道则根据中国民众的习惯，编辑了一些颇富小说意味的文章阐述中西贸易的价值。这类文章通常以两人对话为主，编撰者将其设置为两个中国人，他们居住于广州府，对于西洋事物颇感兴趣，因此他们经常在对话中涉及西方文化、科技、商业等问题的讨论。这其中，商业内容较为常见。刊物中讨论的两人，一为思想开放、亲近西方文化者，二为观念保守，对西方科技、文化持犹疑态度者。随着此两人对话的进行，最后多以思想开放者说服观念保守者为结局，从而印证着西方文化较之中国文化的优越性和先进性。例如，在道光戊戌年三月的《东西洋考每月统纪传》中，编撰者以辛、曾二人的辩论为线索，以主张对外贸易利国者的胜利，反映出在鸦片战争前夕中国社会关于对外贸易优劣的长期争执：

> 话说自五月至于十月，各国之甲板，陆续进广州口。事物殷繁，俗务纷纭，洋舶交易，流通出入，生理十分兴盛。艇来艇去，出载，装载不绝矣。且说在珠江边，有两个同僚一姓辛，名铁能，一姓曾，名植产。两人虽攻书，勤读史书，然识世务，一分明白。每年亲眼看见各国通商，

---

① 爱汉者等编：《东西洋考每月统纪传》，黄时鉴整理，中华书局 1997 年版，第 301 页。

易正项货物，就莫不四路巡查问访与外国贸易裨益否。但两朋友意见迥不相侔，辛只说，此样贸易损国，害民。而曾话，易正项货物，为民生之大利，于国家关系綦重。①

这对朋友经过了长时间的争论还没有达成共识，一次他们又偶然相遇在河边，彼此又谈论起对外贸易的利弊，从而将这场为时持久的争论进行到了更深的层面。辛铁能代表的是传统士大夫对于海外贸易的态度，认为海外贸易将中国物产载出国门，将导致民众无法满足自己的各类需要："如今停泊互市之船只云集辐辏，诚恐载出我中国之嘉物，令庶民乏需矣。但床头如洗，巧妇无米难炊。"② 而在他的朋友曾植产看来，对待海外贸易不能只看到其载出货物的一面，更应该看到外商载入货物、互通有无的意义："各船只入口，不空来，而载货物，或各项洋布、呢羽，或棉花、铁、药材等货，以此易买回国货物，如此无损而有益矣。设使无益，我商伶俐，不肯卖也。如此贸易不损而裨益，所载出之物件，不是罕有之货，价昂之物，远客买这项只折本，连草野之夫不敢作此。"③ 接下来，编者又借辛相公之口，传达出一般百姓对于海外贸易过程中将国之金银载出海外的担忧："所纳饷几百万银，亦不打紧，但所载出十百万纹银，甚为害也。十年以后，我库项空，日锁愁眉，只为床头金尽。"④ 曾植产则运用商品生产和交换的基本价值规律予以反驳，认为海外贸易不仅不会导致国库空虚，而且还会带来丰富的收益："我中国滨海港汊，各国花银，居民用为通行国宝，谁载入之，莫非远客乎？至于纹银载出，载入，不可管束。设使银起价，所载入者繁多；落价，所载出者不胜数，此乃自然之理，则不可查禁也。倘载出银者，亦取其价值之货，何谓之损哉？"⑤

在这段文章中，编撰者就对外贸易之于民用、国库的影响进行了辩论。

---

① 爱汉者等编：《东西洋考每月统纪传》，黄时鉴整理，中华书局1997年版，第344页。
② 同上。
③ 同上。
④ 同上。
⑤ 同上。

刊物借曾相公对于商品经济价值规律的模糊感知，以及认识到的海外贸易的有利影响，实质上表现的是鸦片战争前夕西方传教士向中国民众传达的对于海外贸易重要性认识的诉求。刊物的编撰者很清醒地意识到海外贸易对于民众生活物资和国家赋税所具有的重要意义，因此不断地在各期报刊中反复强调这一主题，试图从思想角度转变国人的华夷观念，将西方国家视为贸易上的伙伴。事实上，仅以中国茶叶的对英贸易而言，在鸦片战争前夕中国已然从这项海外贸易中获得了丰富的收入。"茶叶大量输入英国，英国输华物资在铅、锡、棉花之外，却无相应的货物输出，为求贸易上的平衡，英国只得支付白银，每年从本国和印度流入中国的白银在 100 万两以上，最高年度（1820—1821）达到 556 万两以上。"①

同时，对于海外贸易中的盈亏、盛衰，刊物的编撰者也能抱着理性、乐观的态度。如对于广州地区的海外贸易，刊物对其阶段性的兴衰有过多次描述，如：

> 世事不定，或兴或废，或盛或衰矣。近省城之贸易渐盛，英商船数只载货出口，尚有四五只贸易买回国货物。而财帛未多，本钱缺乏，生意难作。花旗船三只载银，来买绸缎各项也。米粟平价，庶民满用，而未缺汤饼之需矣。②

> 茶叶湖丝等货载于外国起价，及省城之生意繁盛，洋舟俱载货返棹，经商远地跋涉劳顿，或火速发重财，或率然损重财，这也常理不改。今年之贸易始亏乏，终于盛矣。③

由于海外贸易条件经常变化，因此相关的商品价格也会发生相应的涨跌。"1834 年东印度公司解散后，怡和公司立即起而接替，继续经营茶叶贸易。1834 年 4 月后，英国商船改从新加坡输入大批华茶，不但质量和广州一样，

---

① 沈伟福：《中西文化交流史（第 2 版）》，上海人民出版社 2006 年版，第 439 页。
② 爱汉者等编：《东西洋考每月统纪传》，黄时鉴整理，中华书局 1997 年版，第 334 页。
③ 同上书，第 373 页。

而且节省时间，免得在广州交纳重税，因此茶价反而有所降低。"① 不仅如此，由于西方国家民众商品消费习惯的变化，也导致一些产品在中国形成截然不同的销路。"英国东印度公司初期运输茶叶，到1760年以后，由于绿茶在伦敦市场上掺假严重，信誉扫地，改运红茶，多属武夷茶、工夫茶、小种茶、恭熙茶。英国人因此嗜饮福建红茶，红茶在英国畅销。1792年东印度公司运到英国的红茶有15.6万但，值3413054银两，而绿茶仅1500但，值624640银两，只占极小部分。"② 这种现象，在《东西洋考每月统纪传》中也留下了烙印。在道光戊戌年六月（1838年）的刊物中，编撰者记录下了这样一段细节，反映了中国国内的茶叶种植者因无法获知海外消费习惯的变迁，依然生产大量绿茶，导致茶叶价格低廉，无法获利；与之形成鲜明对照的，却是属于红茶之一种的武夷茶十分畅销：

> 年纪之贸易已完焉。若论绿茶叶之客，失本无利矣。武夷茶庶乎尽发卖了。湖丝之价无高无低，却载出外国之者少也。③

俄罗斯航海家伊·费·克鲁森什特恩曾对19世纪早期所见到的广州茶叶市场的销售情况进行过一段描述，从另一个角度验证了《东西洋考每月统纪传》中所记载的不同茶叶销路迥异的情形，反映了不同的消费群体及其消费习惯对于茶叶输出国产业的影响：

> 美国人和英国人很少购买各种优质茶叶。前者主要购买绿茶"贡熙"，广州商人称之为"新贡熙"，那里一担卖36—40两银子，即60—70戈比一磅。英国人和美国人在广州买得最多的茶叶品种是"功夫"茶和"武夷"茶，后一种是最差的，但在英国很多普通人喝它，茶叶对他们来说也是必需品。在英国常常把"功夫"茶和"武夷"茶混在一起，这样卖得最多。"武夷"茶的价格在广州低到不值一提，10—12两银子

---

① 沈伟福：《中西文化交流史（第2版）》，上海人民出版社2006年版，第438页。
② 同上。
③ 爱汉者等编：《东西洋考每月统纪传》，黄时鉴整理，中华书局1997年版，第384—385页。

一担，也就是 18—20 戈比一磅。①

在道光甲午年正月的刊物上，曾经刊登了一则《省城洋商与各国远商相交买卖各货现时市价》②，其中所列举的"出口的货"中，工夫茶、小种茶的价格要高于其他茶种，甚至安溪小种茶还处于缺货状态，供不应求。《东西洋考每月统纪传》所撰写的商品市价报道，反映了当时的商业贸易信息和价格行情，是我国中文报刊刊登物价广告的肇始，蕴含着丰富的市场信息和历史背景。

二　南中国海地区的早期移民者和商贾

随着南中国海地区中西交往的不断增多，越来越多的中国人开始通过海外贸易获取利益。在这个过程当中，有人从不愿出洋到后来在南海从事贸易获利后思想观念发生了巨大转变，表明了安土重迁的农业文明观念在南中国海地区得到了一定程度的修正。还有的人则直接出国居住，长期淹留国外，这既是早期南中国海地区移民者生活的反映，也产生了诸如户籍等相关问题。

在《东西洋考每月统纪传》中，曾经描写了一位来自厦门的商人林兴到新加坡一带从事海外贸易，最后赚取了丰富的利润，解决了家庭生活的窘困。这则报道说的是道光八年的时候，厦门有一富家子弟叫林兴，本来是家中"堆金积玉，财帛盈箱，到处扬名"③，但是后来事业浮沉，船只遭大风沉没，导致损失惨重，负债累累，店铺关闭。正在他因家事萧条忍饥挨饿时，忽然收到江苏上海寄来的书信一封，原来是他的一位朋友请林兴赴新嘉坡买胡椒、燕窝、豆蔻、丁香等货，并寄来银三千两。林兴读完书信，心理颇费踌躇。他"自知经商远地，只为蝇头微利，汲海凌山，马背风霜，舟车劳顿，耐不

---

① 〔俄〕伊·费·克鲁森什特恩：《俄船首航广州》，伍宇星编译《19 世纪俄国人笔下的广州》，大象出版社 2011 年版，第 33 页。

② 爱汉者等编：《东西洋考每月统纪传》，黄时鉴整理，中华书局 1997 年版，第 81 页。

③ 同上书，第 331 页。

住矣"①，最后由于经济压力"无奈何而乘洋舶到新加坡"②。但是出乎意料的是，当林兴来到新加坡却发现是另外一种情形。"当是之时，经营纷纭，闹热，商贾奔驰，如影及西方，人云集矣。三月期，林兴置买各货，恨不能插翅飞归家庭，就反棹而旋。到港发卖洋货，除盘费船租银外，获利八百两。"③

南中国海地区的贸易固然使沿海的人们通过海外经商攫取了利润，但更深远的影响则在于通过这种对外交往方式，沿海人们的思想观念发生了巨大的转变，他们不再以农耕文化的保守观念看待海外贸易，不再将其视为洪水猛兽，而是较为客观地指出了中外贸易过程中的货币流通现象及感觉到的内在规律，这对于拓展当时中国民众的海外视野、经济知识具有重要的意义。在该刊中，编撰者传达了林兴回国之后的态度转变和思想认识的进步，揭示了海外贸易对于纠正人们保守思想观念所具有的影响。当朋友闻知林兴从海外贸易获利回来后，都来庆贺。其中一人姓梁，是一个孤陋寡闻的迂腐书生，他对林兴从事海外贸易颇为不屑，认为南洋人们此举不过是"或卖船与人，或载来接济"④，并不损害国家利益，倒是中国沿海地区人们的海外贸易对国家构成了威胁："异域所运出金银财帛，损内，利外，大关于国家者。设使晚生权在掌握之中，立示禁止其舶出洋，以省盗案。"⑤ 林兴对这种谬论进行了分析和驳斥，他首先从南洋人们的友好入手，认为他们并不怀有恶念："自尧舜之时，至于今日，南方土人恒怀友心，莫不厚待唐人，连一次也未结衅隙。况贸易彼此获益，甚推雅谊殷情。莫说结仇，就睚眦之怨亦未有。"⑥ 在此基础上，林兴从不同地域的人口数量、物产差异、价值等入手，指出与海外贸易对于中国的诸多益处："又其南方之山林深密，材木比内地更坚固，且无昂价。商人每购买而用之，如鼎冞桅一条，在外国不过十几两，至内地则值千金。我中国人每年造许多船只，便是洋商与外客不造卖船，而尚买其材木也。

---

① 爱汉者等编：《东西洋考每月统纪传》，黄时鉴整理，中华书局 1997 年版，第 331 页。
② 同上。
③ 同上。
④ 同上。
⑤ 同上。
⑥ 同上书，第 332 页。

至于米粟，南方丰盛，每石二员有余。中国人烟稠密，户口繁滋，五谷自然价昂。然买贵、卖低，虽至愚者不为也。反载南方之穀，运入我国，大关于国家民生矣。又其沿海各省，不生银矿，皆需外国花银，每年所载入者，几十万，而船所运出者，数万而已。由是观之，与南洋贸易有利而无害。"① 林兴更进一步指出了海外贸易对于提高国家税收、满足物资需求以及提高人们生活水平所具有的重要意义："外通货财，内消奸宄，百万生灵，仰事俯畜之有资。各处钞关，且可多征税课，以足民裕国，其利甚大。"② 值得注意的是，林兴已经意识到国内由于人口众多，就业不足，容易导致游手好闲群体的出现，主张通过向海外输送劳动力来解决本省劳动力过剩的问题："夫本省之民繁多不胜数，其游手无赖，若不出外国经营，就诚恐滋事。但移南方，铢积寸累，稍有微积，或回国以济亲戚，或寄银两以着人子之孝心，岂不美哉？自是言之，民人与海外贸易，载其国之余物，以补内地之用，甚广黎民之营生。设使营生无计，何异鼠入牛角哉。"③ 最后，人们在林兴的高谈阔论中意识到海外贸易的诸多好处，都"赞誉外海贸易经营，而不住口欣仰矣"④。

在这段论述中，有几个细节值得注意：第一，朋友们得知林兴海外贸易获利后都在庆贺，并且赞誉海外贸易，"欣仰"不已，这是人们商业意识的萌生，也暗示着生活在沿海的人们的思想观念已经发生了微妙的转变；第二，林兴在海外贸易中通过买低、卖贵来赚取中间差价，认为商船运入和运出货物的价值呈贸易顺差状态，表明了南中国海地区的人们对于经济现象具有了一定深度的认识；第三，报道对海外贸易的优势进行了确认，认为海外贸易不仅可以解决本国民众的就业问题，而且可以载他国之物补内地之用，足民裕国，具有十分重要的意义。

不仅是南中国海地区的中国商人，甚至上海、泉州、厦门地区的商人也都纷纷参与对外贸易，他们中的一些人漂洋过海，在新加坡等东南亚国家生

---

① 爱汉者等编：《东西洋考每月统纪传》，黄时鉴整理，中华书局1997年版，第332页。
② 同上。
③ 同上。
④ 同上。

活、贸易。刊物中对于这类商人有过描述：

> 此小岛，是大英国之宪所管。叫名新甲埔，虽然极小，其埔头之生理，在南海至盛。莫说西洋甲板继续往来，武吉兼马莱酉船无数进出，就是安南、暹罗各国船至彼。盖大英国之官不纳饷税，准各人任意买卖贸易，无防范，无勒索，安然秩序发财。虽然其正饷不足为意，但因商贾辐辏，国家莫不沾润国币。上海县、泉州府、厦门、湖州府、广州府并琼州府之船，都往新埔头做生理，并几千福建与广东人住此为商匠士农，各悦兴头。英吉利有营汛建炮台。①

随着南中国海地区的中国人与海外交往的日益增多，他们中的一些人开始谋求在海外定居。《东西洋考每月统纪传》中专门撰有一文《迁外国之民》对于这种现象进行描述。在谈到中国早期的海外移民时，刊物认为主要是南中国海地区的人们为生活所迫，不得不为之：

> 广东潮州、广州府、嘉应州、福建漳州、泉州府，而人稠地狭，田园不足于耕，日食难度。故市井之穷民迁安南、暹罗、南海各洲地方，觅图生意。②

由于南中国海地区外出谋生的人越来越多，持续的时间也越来越长，相应地也产生了许多问题，其中对于是否允许这些人返回原籍便成为当时地方官员关注的问题。两广总督、广东抚院上折皇帝，希望能够允许这些出洋之人返回原籍：

> 据称出洋贸易之人皆挟赀求利，素非为匪。且内地各有妻孥产业，原未有肯轻弃家乡，只因海洋商贾通信靡常，账目取讨非易，又或疾病难归，棲身番地，或在船充当舵水，遭风流落，凡此皆系欲归不得，初

---

① 爱汉者等编：《东西洋考每月统纪传》，黄时鉴整理，中华书局1997年版，第46页。
② 同上书，第392页。

非有意淹留。①

由于康熙五十六年清政府曾禁贩南洋，而雍正五年又复开洋禁，因此如何处理那些长期滞留海外的人们则成为较为复杂的问题。报道指出地方官员主张在确定欲回籍者并无为匪经历后，可以准其回国，家室子女也可一并带回。对于本国居民的遗孀，也准其自愿回中国，并规定地方官员不得借故敲诈钱财：

> 责成船户查明，实系内地良民，在番并无为匪，果因欠账疾病诸事逗遛及遭风避难淹滞者，出具切实保结，无论例前例后，一概准其附载回籍。所娶家室生有子女，准其随带。若本人已故，所遗家属情愿附搭亲友熟识，便船回籍者，一体准其带回，交与各亲属安插宁居。其携有赀财货物，地方官不得借端索扰。②

对于情况不同的出洋滞留者，奏折中认为应该区别对待，对那些品行不端者严行查禁，而对于良民则应查明缘由，出具保结，准予回籍。

> 洋贩概不禁止，则办理亦需权衡。其中如游惰私渡，及水手人等逗留在番，哄诱外洋妇女娶有家室，迫无以为生，复图就食内地者，自应严行查禁，不准回籍。并船户在洋逾限，亦请照例将舵水人等不许再行出洋外。其余实系贸易良民，因欠债疾病遭风等事致逾三年定限者，应仍令船户查明缘由，出具保结，准其搭船回籍。如此则内地良民均得陆续还乡，不致终沦落异域等语。③

南中国海地区人们逐步参与到各类贸易过程之中，有机会与不同民族、文化的人们互通有无，增长见识，并以自身经历现身说法，打破了儒家农

---

① 爱汉者等编：《东西洋考每月统纪传》，黄时鉴整理，中华书局1997年版，第392页。
② 同上。
③ 同上。

耕文化观念的束缚。其间虽然也因为早期沿海居民的出洋滞留引发了户籍留存与否的争议，但这并不能遏制人们对于与外国贸易、出洋觅求发展机会的渴望，诚如当时两广总督、广东巡抚在奏折中所言，"现在开洋贸易之民源源不绝"①。

三 他者想象抑或自我需要

应该看到，《东西洋考每月统纪传》对于鸦片战争前夕的南中国海地区文化景观的勾勒在某种意义上是传教士们自身文化的投影，他们在刊物中所表现的也正是他们对于中国文化的期待。换言之，编撰者着力通过《东西洋考每月统纪传》试图展现的并不是完全符合现实情形的南中国海地区的历史和文化，而是经过了其文化过滤和精神筛选之后精心建构起来的一个文化他者的形象，这个形象很显然是经过了传教士们的宗教、立场、思想、情感等多重需要净化之后的图景。因此，在传教士们以自身文化为中心的坐标体系中，南中国海地区的那些符合其需要的文化景观、社会现象、人物观念，被刊物加以记录、赞同；而一旦与刊物编撰者的立场、价值观念相差较远甚至背道而驰的文化景观和人物、现象，则容易被刊物忽略、遗忘或指责。

在《东西洋考每月统纪传》的创刊号上，编撰者对其出版动机和理想进行了阐述，为我们理解这份刊物的创办背景提供了材料。在创刊号的《序》中，编撰者写道："人之才不同，国之知分别，合诸人之知识，致知在格物，此之谓也。"② 又说："子曰，四海之内皆兄弟也。是圣人之言不可弃之言者也。结其中外之绸缪，倘子视外国与中国人当兄弟也，请善读者仰体焉，不轻忽远人之文矣。"③ 这是刊物为中国读者撰写的出版说明，显示出其对中国文化的亲近与友好态度，强调中外文化的互补性。"郭士立不

---

① 爱汉者等编：《东西洋考每月统纪传》，黄时鉴整理，中华书局1997年版，第393页。
② 同上书，第3页。
③ 同上。

似那些谨慎的传教士，他向来认为应该尽可能去了解中国人，好让他们皈依基督教：'须从彼等之口，知其偏见，目睹其恶行，听其辩解，方能知彼……吾人应完全顺应中国人之所好。'"① 由于《东西洋考每月统纪传》面对的是华人读者，因此该刊在表述办刊方针、目标以及用语时都极为注意读者的感受，编撰者在涉及办刊目的、价值态度时往往非常谨慎，避免将自己的内在动机和心理呈现在华人读者面前。于是，刊物的编撰者在《东西洋考每月统纪传》和同时期的外文报刊上表述办刊的动机和目标时，就存在着很大的差异。如果说在《东西洋考每月统纪传》的创刊号上，编撰者们对于刊物的宗旨主要强调为宣扬中外友好、文化共通的话，那么郭士立在英文报纸《中国丛报》（Chinese Repository）撰写的文章中，则在传教士同行面前直接透露了创办《东西洋考每月统纪传》的深层目的："当文明几乎在地球各处取得迅速进步并超越无知与谬误之时，——即使排斥异见的印度人也已开始用他们自己的语言出版若干期刊，——唯独中国人却一如既往，依然故我。虽然我们与他们长久交往，他们仍自称为天下诸民之至尊，并视所有其他民族为'蛮夷'。如此妄自尊大严重影响到广州的外国居民的利益，以及他们与中国人的交往"，《东西洋考每月统纪传》"其出版是为了使中国人获知我们的技艺、科学与准则""编者偏向于用展示事实的手法，使中国人相信，他们仍有许多东西要学。又，悉知外国人与地方当局关系的意义，编撰者已致力于赢得他们的友谊，并且希望最终取得成功。"② 不难看出，《东西洋考每月统纪传》的编撰者出于对中国人盲目自信、妄自尊大心理的反拨，以及对"华夷"观的不满，因而表现出纠正华人印象、展示西方文明优越性的强烈愿望。从本质上来说，刊物编撰者的目的还是在于维护在广州及其他地区的外国居民的利益，以便他们能够与中国人较为顺利地交往。事实上，郭士立从 1831 年起就在中国沿海许多地区进行游

---

① ［美］史景迁：《太平天国》，朱庆葆等译，广西师范大学出版社 2011 年版，第 121 页。

② Charles Gutzlaff, A Monthly Periodical in the Chinese Language, The Chinese Repository, Vol. 2, p. 187（Aug. 1833）.

历，他对中国社会和文化较为熟悉，通过创办《东西洋考每月统纪传》使华人以此为渠道了解西方的科学技术、文化艺术，展现西方文化的价值和特点，促进了中国民众对于西方的了解、接受和认同，进而为西方传教士及西方商业、文化的输入创造条件。

同样地，《东西洋考每月统纪传》在对待西方国家向中国输入鸦片的问题上也表现出了这种身份上的微妙差异。1835 年 2 月，郭士立被英国商务监督律劳卑聘为翻译，他曾先后十次游历中国沿海，搜集了大量的沿海政治、经济、军事资料，这对其日后参与鸦片战争和起草《南京条约》积累了条件。而在鸦片战争时，郭士立更是成为英国海军司令的向导，协助其指挥作战。在参与签订《南京条约》的过程中，郭士立也起到了重要的作用，并在后来担任港英政府的中文秘书。在鸦片战争前，虽然新教传教士们在对华战争问题上多持赞同态度，但在如何处理鸦片问题上则多是反对立场。他们基于普遍的人道主义精神，反对西方国家向中国大量运输鸦片。在《中国丛报》上，西方传教士们撰写了许多文章，纷纷对鸦片贸易的合法性和合理性提出了强烈的质疑和批评。① 在这种情形下，作为《东西洋考每月统纪传》主要编撰者的郭士立的态度和行为就显得尤为引人瞩目。"1840 年前，传教士中与鸦片贸易有直接关系的，只有鼓吹迫使中国'开放'的郭士立。郭士立参与鸦片贸易的主要活动，就是跟随鸦片贩子在中国沿海售卖鸦片，充当鸦片贩子的助手和翻译。他充当这种角色一方面可以说是由于情势所迫，另一方面也是心甘情愿。大鸦片贩子查顿在邀请郭士立为'气精号'飞剪船带路并做翻译时坦率地说：'我们主要依靠的东西是鸦片……很多人认为这是不道德的交易，但这种交易是绝对必要的，它可以给任何船只提供合情合理的、可以赚取其所支出的费用的机会，我们相信您在每一个需要您提供服务的场合，都不会拒绝充当翻译。……这次冒险越是利润丰厚，我们拨

---

① 当时的许多传教士都撰写文章表达对于吸食鸦片的危害的分析，如合信刚、裨治文、雅裨理、卫三畏等。其中，英国伦敦会传教医生合信刚在《中国丛报》上曾发表了一篇文章《一个瘾君子的自白，以及吸食鸦片的后果》，通过一个鸦片吸食者的感受分析了吸毒成瘾的为害。

给您支配的、可供您今后用于推进传教事业的（金钱）数目就越大。'查顿还答应负责郭士立将要创办的《东西洋考每月统纪传》（月刊）6 个月的费用。渴望经济来源以支持其野心勃勃的传教活动的郭士立，无疑为查顿开出的条件所吸引。"①

值得说明的是，郭士立在对待鸦片问题上，不仅充当鸦片贩子的助手和翻译，而且还在《东西洋考每月统纪传》中为鸦片贸易进行了辩护。在该刊中，曾多次刊登了名为《奏为鸦片》的文章，内容均为引用中国官员对于鸦片贸易意见的奏折。在太常寺少卿许乃济的《奏为鸦片》一折中，《东西洋考每月统纪传》引述其奏折内容，先是对鸦片贸易带来的经济损失进行了计算："嘉庆年间每岁约来数百箱，近竟多至二万余箱，每箱百斤。计算耗银，总在一千万两，其恶弊日增月益，贻害将不忍言，银有偷漏原易尽矣。"② 该奏折分析其中的原因，认为禁烟愈严反而流弊愈多，"烟例愈严，流弊愈大，请变通办理，仰祈圣鉴密饬，确查事。虽鸦片恶毒，然其性能提神，止泻辟瘴，惟吸食愈久，愈害矣。"③ 奏折提到了鸦片能够提神、止泻辟瘴的积极作用，并针对鸦片大量流入中国提出了对策，即 "莫若仍用旧例，准远客商将鸦片照药材纳税入关，交行后，只准以货易货，不得用银购买。纹银，禁其出洋"④。奏折虽为中国官员所写，但《东西洋考每月统纪传》对此全文转引，无疑是持一种赞同的立场。而奏折看似道理充分，实则隐藏着郭士立对于鸦片贸易的支持态度，他借助中国官员的奏折，间接地传达出试图将鸦片贸易合法化的企图。而其后，刊物又引用了内阁学士兼礼部侍郎朱嶟的奏折，对于当时饱受西方新教传教士批评的鸦片贸易及其危害的解决提出了如此主张："立志绝鸦片，莫若定例云，汝食鸦片不可进考，不可为士，不可为官，良民咸宜与食鸦片之徒绝交，避之如瘟疫，逃之如贼盗。事情如此，谁肯食鸦片

---

① 吴义雄：《在宗教与世俗之间：基督教新教传教士在华南沿海的早期活动研究》，广东教育出版社 2000 年版，第 234—235 页。

② 爱汉者等编：《东西洋考每月统纪传》，黄时鉴整理，中华书局 1997 年版，第 227 页。

③ 同上。

④ 同上。

哉？倘行此，不禁用，而自止矣。辗转行查，试此方法，就诸匪徒化向。"①
"其货罕，价起；丰，价落，此不可易之通商之法。禁其货，却民用之价钱高
昂，漏税获益不胜，或给贿赂私人入关焉，此天下之通理。由是观之，武力
不可绝弊，而民必弃之，若愿民弃必教化之。故教化民为绝食鸦片之真法，
不然不可也。"② 也就是说，在其他传教士纷纷对鸦片输入中国后造成的危
害进行揭示时，《东西洋考每月统纪传》则站在外国商人的角度，为鸦片贸
易进行辩护。在后一则奏折中，编撰者用商品的价值规律现象，劝说当时
的中国人放弃武力禁烟的主张，转而代之以向鸦片贸易收税。在《东西洋
考每月统纪传》对于这些奏折的全文转载中，我们可以看出编撰者将自身
的身份、立场和观点进行了遮掩，试图借助他人的观点来传递自身的思想、
情感。

出于宣传效果的考虑，《东西洋考每月统纪传》在报道一些人物、事件或
现象时，会有意地过滤掉其中的宗教、利益因素，而只保留能够较为有效地
展现西方文明优越性和中外文化友好性的内容。著名的美国医药传教士伯驾，
在《东西洋考每月统纪传》中被描述为医术精湛、道德高尚的伟大人物，尤
其是伯驾所体现出的不分华夷、一视同仁的态度以及分施药物、接济贫穷的
行为，在刊物中更是被推到了一个至高无上的地位。在刊物中，编撰者借助
汉人感谢伯驾的赋诗，对伯驾的神妙医术和无私医德进行了的描绘。首先，
刊物对伯驾医疗技术的新奇性进行了描绘，这是鸦片战争前夕的广州民众对
于西医的较早接触："我居重楼越兼旬，所闻疗治皆奇新。治法迥与中国异，
三份药石七分针。"③ 接下来，编撰者具体描写了不同患者的症状，诗中的有
些病症至今读来还让人颇为震动："痛疽聋瞽杂焉坐，先生周历如车轮。有女
眉生斗大瘤，血筋萦络光轮囷。自言七岁遭此疾，今又七年半等身。先生抚
视曰可治，但须稍稍受苦辛。乃与刀圭日一服，五日再视局楼门。缚女于塌

---

① 爱汉者等编：《东西洋考每月统纪传》，黄时鉴整理，中华书局 1997 年版，第 237 页。
② 同上书，第 248 页。
③ 同上。

戒弗惧，霜鑱雪刃烂若银。且挑且割约炊许，脱然瓜落如逃鹑。遏以瓶药日洗换，旬余肤合如常人。"① 另外还有耳疾患者求医，也在伯驾的高超医术下得以痊愈："有儿生无两耳窍，坦然轮廓皆平湮。先生为之凿混沌，实以银管香水歕。塗膏抹药频改换，轮廓隐起耳有闻。"② 更让人啧啧称奇的是，有的看似病入膏肓的患者，也在伯驾的治疗下起死回生，颇富传奇色彩："有妇患臌腹如鼓，肢体黄肿死已滨。银锥三寸入脐下，黑血涌注盈双盆。须臾肌肉倏瘦皱，精神渐复回阳春。"③ 在编者的笔下，精通医术的伯驾最擅长的还是治疗眼疾：至如治目尤专技，挑剪钩割无虚长。治愈奚啻百十计，奇巧神妙难具陈。"④ 难能可贵的是，伯驾不仅医术高超，而且设身处地为病患着想，医德高尚："得效忻然无德色，不治泫然悲前因。呜呼先生心何苦，噫嘻先生术何神。神术不嫌狠毒手，毒手乃出菩提心。是法平等无贵贱，物我浑一无疎亲。"⑤

应该承认，报道中伯驾面对疑难杂症的冷静、治疗给人留下了很深的印象，尤其对他医治病人不果后所显出的悲悯的描写，显示出他作为一名传教医生所具有的人道主义精神。但是如果与伯驾的医药传教实际情形相对照，我们发现该刊的报道只保留了对于伯驾医治中国病人场面的描写，却对他借此机会传播新教的目的和方式进行了回避。从根本上看，"伯驾是合格的医生，也是按立过的传教士。对他和美部会而言，医药毕竟只是传播基督教福音的手段或工具，他的目的不仅是通过医药治疗华人的肉体，更在于拯救他们的灵魂，希望华人能因此而接受基督教信仰，因此伯驾十分在意随时传播福音的机会。"⑥ 其实，伯驾在广州行医期间的完整的工作场景是，他一边为华人患者治病施药，一边借助治愈病人、得其感激之际进行宗教传播活动。"伯驾白天的医务工作十分繁忙，只能抽出零星时间进行福音传播工作，为使

---

① 爱汉者等编：《东西洋考每月统纪传》，黄时鉴整理，中华书局1997年版，第248页。
② 同上书，第405页。
③ 同上。
④ 同上。
⑤ 同上。
⑥ 苏精：《基督教与新加坡华人1819—1846》，国立清华大学出版社2010年版，第139页。

传教工作能够得到有效补充，他做了一个很成功的安排。他安排了当地一个有名的中国皈依者——梁阿发（Liang A - fa）在医院中充当传教士，让他每周一在病人入院以前对他们进行演说。梁阿发向每个病人散发小册子和手写的传单，绝大多数病人都会以'认真而崇敬'的态度接受小册子。考虑到当时广州传教区域的隔离状态，以及到那时为止传教活动尚无甚进展的状况，伯驾通过建立医院使他突然可以接触数以千计满怀感激之情的中国人，其对传教工作的巨大促进作用是显而易见的。"① 伯驾借助行医而进行的宣教工作，在《东西洋考每月统纪传》中被过滤了，原因或许是刊物的编撰者们不希望华人读者对于伯驾的医药传教活动引起不必要的警惕，而只希望借此传达出西方人对于中国人民的友好、慈爱，以及西方文明的先进性。在刊物的报道中只提伯驾的仁心仁术，而忽略其宗教背景和目的，在当时传教活动受到严格限制的情形下，很显然是一个理性的选择。伯驾的医药传教，让广州及周边地区的中国人对近代西方医药有了新鲜的、深刻的体验，并帮助中国人形成了对于西方医疗技术、宗教及文明先进性的局部认知，这也有助于《东西洋考每月统纪传》的读者由此形成对于西方近代文明的感知和西人形象的良好印象。而这，恰恰是刊物的重要创办目标之一。

　　《东西洋考每月统纪传》对于南中国海地区历史文化景观的描述，虽然不可避免地沾染上了编撰者的立场、情感和态度，但是它仍然为我们提供了鸦片战争前夕这一地区的社会、文化风貌，对于我们了解南中国海地区人们的生活、宗教、习俗等有着极为重要的参考价值。人们习惯以鸦片战争为限，将此后的阶段视为中西文化深入交流的时期，却忽略了在鸦片战争之前中国人尤其是南中国海地区的人们，已经较多地参与中外经济、文化交流的事实。他们一方面接触、了解西方的器物文明，另一方面出洋贸易、移居海外，成为中西文化交流的践行者。《东西洋考每月统纪传》中所勾勒的南中国海地区文化景观，虽然遮蔽了一些背景和史实，但却在一定程度上真实地描绘出中

---

① ［美］爱德华·V. 吉利克：《伯驾与中国的开放》，董少新译，广西师范大学出版社 2008 年版，第 54 页。

国民众对于西方文化的接受和认识程度。对于刊物文本进行细致的解读，并结合其他的史料、著述及当事人的文章，我们才可能看到在中西文化碰撞与交流并存的时期，西方传教士在中文与英文报纸中表现出的看待中西文化的微妙态度差异，并在此过程中基于不同主体思想、观念、立场而导致的叙述视野的迥异、对于事物不同侧重点的呈现，以及充满文化隐喻意味的、惊心动魄的精神细节。

广府场域下的中西文化碰撞

——国内近代南中国海地区中英文报刊研究述评

　　自明末以来，西方文化伴随列强一同进入南中国海地区，并由此引发持续数百年之久的西学东渐历程。其中晚清时期又是中国历史和社会发展中的剧变时期，中国传统社会及文化格局在近代化进程中出现变化，南中国海地区历史文化进入了一个新的时代。对于这一时期西学东渐的研究已取得了丰硕的成果，历史事件、社会现象、代表人物、书信日记、奏折档案等不断地被学者加以研究。然而，持续记录南中国海地区历史文化变迁，蕴含着重要思想、文化价值的南中国海地区的中英文报刊却未引起学界足够的重视。从西学东渐的发展概况来看，中国近代报刊的兴起虽不及传教士在中国的渗透与影响范围不断扩大那么明显，也不像一系列历史事件给予时人以政治、军事般具有震慑力，却能够以为人喜闻乐见的新闻报道开拓读者视野，倡导近代文明，从而启迪民众思想、引导社会逐渐理解及接受西方近代文明。这其中，由西方传教士创办、编辑的中英文报刊更是对于推动中国思想文化的近代化起到了重要的作用。西方传教士"不可能像对某些所谓'蛮族'那样，面对文化空洞高傲地大肆传教，他面对的是一个丰足而儒雅的民族，必须使自己也变得儒雅而不鄙陋，才能在这个古老深厚的文化体制中获得受人尊重的身份。他想对中国文化施以压力，中国文化也对他施以反压力，相互之间都有一个文化辨析、认知和选择对话方式的过程"①。可以说，肇始于鸦片战

---

① 杨义：《西学东渐四百年祭》，《光明日报》2010 年 5 月 20 日第 10 版。

争前夕的南中国海地区的中英文报刊开启了中国社会在思想、文化上从封建趋于近代的一个重要的时期，它们见证了中国近代历史的转捩与曲折，也为中国近代先进文化的萌芽提供了思想温室。毋庸讳言，中国近代化进程之产生受制于诸多因素，政治、军事、经济之变革无疑具有奠定性作用。但同时由于社会思想文化的进化并不完全符合政治、军事、经济的近代化，呈现出自身独特的阶段性，而传统中国社会思想文化内部结构版块的松动很大程度上受益于西学的冲击，因此南中国海地区的中英文报刊所构成的引导力量又成为了不可或缺的重要因素。某种意义上，南中国海地区近代报刊的崛起是近代中国思想文化迅速进化的重要推动力，它不同于早期西学东渐局限于较为狭小的士大夫阶层和文人圈子，而是将近代文明介绍给普通民众，所引发的社会思想结构、文化观念的变异，使其呈现出与以往明显不同的特点。国内外学者对于近代以来南中国海地区的报刊逐渐进行研究，涉及一系列中国近代思想文化史上的重要领域。20 世纪后期，随着南中国海地区战略和资源重要性的日益凸显，学术界关于这一地区的研究形成了一股热潮，涌现出了一批重要的学术成果。

一　南中国海地区报刊史研究

戈公振的《中国报学史》初版于 1927 年，是最早论述我国新闻历史的著作，虽然只是一部泛论新闻学的专著，却开创了系统研究中国新闻发展史的先河，成为研究中国近现代报刊史的重要文献。《中国报学史》中涉及的近代以来报刊为数众多，范围覆盖全国各地，其中的《外报创始时期》《外报之种类》等文章主要介绍了近代以来在南中国海地区编辑、发行的报纸，包括在东南亚所出的《察世俗每月统记传》《特选撮要每月纪传》《天下新闻》《东西洋考每月统纪传》等报刊，以及在香港、广州等地创办的《遐迩贯珍》《香港新闻》《中外新闻七日录》等报刊。不仅如此，该书还以《当时国人对外报之态度》《外报对于中国文化之影响》等文章，勾勒出人们对于报刊尤其是对西人所办报刊所持的犹疑态度，但也引述了时人对于西人报刊积极意义的肯定:"各出使大臣及参赞译员等,于外洋各报馆之主笔访事,广为接纳,并许以宝星之奖,俾作隐援而联声气,则于交涉事件实大有裨益也。"① 随后的十余年间,张静庐的《中国的新闻纸》、赵敏恒的《外人在华新闻事业》、蒋国珍的《中国新闻发达史》、黄天鹏的《中国新闻事业》、赵君豪的《中国近代之报业》、章丹枫的《近百年来中国报纸之发展及其趋势》等陆续出版,其中对于南中国海地区的报纸多有涉及。

在此之后,对于近代中国报刊的研究长期没有大的进展,直到1981年方汉奇的《中国近代报刊史》出版。在这部五十余万字的著作中,作者在对唐代以来的新闻事业进行简略阐述的基础上,对1815年至1919年我国报刊业发展进行了整体描述,是戈公振《中国报学史》之后最具有影响的新闻史专著。其中涉及南中国海地区报刊的内容主要在该书的第二章"外国人在中国的办报活动"以及第三章"中国资产阶级报刊的萌芽和资产阶级改良派的班报活动",其中介绍了许多南中国海地区的报刊,如《特选撮要每月纪传》《依泾杂说》《天下新闻》《东西洋考每月统纪传》《各国消息》《中国丛报》《广州记录报》《广州周报》《遐迩贯珍》《香港新闻》等,并着重介绍了传教士创办报纸的目的及方式。这些内容一方面承认"这些刊物上也刊载了一些介绍科学技术知识即当时称之为'新学'或'西学'的文字"②,但同时又认为"介绍科学知识是传教士手里的另一张王牌,是披在他们身上的另一张画皮,是他们诱使中国人民特别是广大知识分子入彀的一项重要手段"③。由于受当时政治氛围和思想观念的限制,该书在谈及南中国海地区的外文报刊或有传教士背景的中文报刊时始终抱有高度的对立心态,虽然也在客观上承认这些报刊并不是完全一无是处,但始终坚持认为"外国侵略者在中国办报,是他们文化侵略政策的实施。其目的和他们在中国传教、设立学校、医院和吸引留学生一样,都是为了'麻醉中国人民的精神','造就服从它们的知识

---

① 戈公振:《中国报学史》,上海古籍出版社2003年版,第133页。
② 同上书,第21页。
③ 同上。

干部和愚弄广大的中国人民'（毛泽东：《中国革命和中国共产党》)"①。此后随着政治意识形态的逐渐宽松，国内的报刊史研究得以跳出中外对抗、阶级对立的态度，而从新闻史、文化的方面进行新的探究。在 1992 年由方汉奇主编的《中国新闻事业通史》第一卷中，作者采用了较为客观的立场来叙述外国人在华早期办报活动，分别从 19 世纪初外国人来华办报的背景、马礼逊来华活动与宣传出版基地的筹建、《察世俗每月统记传》的创办和米怜的编辑活动、在澳门出版的葡文报纸和其他报刊、鸦片战争后香港报业的兴起、外报在广州的复起等角度加以阐释，其中的态度转变是较为明显的。值得注意的是，该书将早期外报对中国的影响分别从政治和中外关系方面、经济方面、科学文化思想方面进行介绍，认为这些南中国海地区的报刊"除行情版外，各类外报还常发表新闻报道和文章，介绍各地贸易动态与销售情况，分析市场形势，估量中外贸易趋向，等等。比起一般的货价行情单，它们所提供的信息要广泛得多，所揭示的问题要深刻得多，已带有明显的市场导向性质了"②。卓南生的《中国近代报业发展史》、叶再生的《中国近代现代出版通史》、陈玉申的《晚清报业史》、李焱胜的《中国报刊图史》等从近代报业的发展、近现代出版业、晚清的出版状况以及结合报刊图像等角度勾勒了近代以后包括南中国海地区报刊在内的中国近现代报刊出版的基本发展态势和轨迹。

与此同时，学者们还从不同的视角对具体地区或城市的报刊发展历史进行了钩稽，涌现了一批著作。钟紫主编的《香港报业春秋》一书对晚清以来的香港报业历史进行了回顾，其中的"战前香港新闻传播业概况"对 1841 年至 1936 年的香港报刊进行的有针对性的研究。该章辑录了不同学者对于《遐迩贯珍》《中国日报》《循环日报》《华字日报》等报刊的专门介绍和研究，将这些香港报刊的创办历史、创刊日期、主要编撰人员等进行考订，丰富了南中国海区域报刊的研究。杨力的《海外华文报业研究》针

---

①　方汉奇：《中国近代报刊史》（上册），山西人民出版社 1981 年版，第 10 页。
②　方汉奇主编：《中国新闻事业通史》（第一卷），中国人民大学出版社 1992 年版，第 435 页。

对中国本土以外创办的中文报纸和刊物为研究对象，按照国家的不同分别介绍其华文报刊的创始和发展历程，并结合有代表性的报刊进行具体说明。其中既有对于最早的华文刊物《察世俗每月统记传》的专节介绍，也有对于新加坡、马来西亚、印度尼西亚、菲律宾等属于南中国海地区的东南亚国家的华文报刊进行了历时性的梳理。但该书的华文报刊界定似过于狭小，并未将外国人创办的华文报纸囊括在内，其理由是"早期外国人（主要是传教士）创办的华文报刊，就起本质而论，无非是为了向华侨宣传教义，宣扬西方文明，以便更顺利地从精神上奴役广大华工和劳动者。严格来说，这些刊物只不过是由教会主办的，用来广为散发的一种宗教宣传品，尚未具备近代报刊的基本要素，因此，不宜单独列为华文报业史上的一个历史时期"①，此观点似可商榷。梁群球主编的《广州报业（1827—1990）》是针对广州地区报刊历史研究的著作，其中的第一章"广州早期报业（1827—1911）"概括了早期广州报业发展的三个历史时期，即分别为鸦片战争前后至《羊城采新实录》的创办（1827—1872）、《羊城采新实录》创刊至戊戌维新（1872—1898）以及从《中国日报》的创办至辛亥革命（1900—1911）三个阶段。该书对于南中国海地区的中英文报刊的介绍较为简略，但基本上梳理出了近代广州报刊史上有影响的刊物。值得说明的是，该书还附录了一份中华人民共和国成立前广州地区报纸一览表（1827—1938），其中包括报名、主办人、创刊日期、停刊日期、刊期及备注，便于研究者以此为线索进行阅读、研究。蒋建国的《报界旧闻——旧广州的报纸与新闻》一书注意到了近代报刊史上的广州叙事现象："西方报人与广州受众之间，存在着许多隔膜。在报刊'兴奋点'上的巨大差异，迫使西方人不得不调整宗教布道的策略，在办报理念上开始注意广州受众的诉求。19世纪中后期，大量广州新闻出现在当地报刊上，为我们探究这个充满生活情趣的城市，提供了大量的一手资料。"② 著者以"粤报纵览"为总述，

---

① 杨力：《海外华文报业研究》，北京燕山出版社1991年版，第3页。
② 蒋建国：《报界旧闻——旧广州的报纸与新闻》，南方日报出版社2007年版，第3页。

根据广州报业的起伏及时代语境的转变，将广州报业中的广州叙事与近现代中国的历史事件、市民生活结合起来分析，具有相当的新意。此外，邓毅、李祖勃的《岭南近代报刊史》、李谷城的《香港中文报业发展史》等亦是此一领域内的著作。

值得一提的是，张天星的《报刊与晚清文学现代化的发生》一书是对晚清报刊与文学关系进行研究的专著。作者从晚清报刊与域外文学的译介、晚清报刊与文学批评文体的拓展等层面钩稽了不少报刊史料，其中在谈及晚清报载伊索寓言及研究概况、报刊论说栏目与文学批评专论的兴起时，以南中国海地区的一些报刊如《察世俗每月统记传》《东西洋考每月统纪传》《广东报》《遐迩贯珍》等为样本，认为"近代中文报刊传播域外文学最初是从寓言开始的"①"报刊论说栏目的确立为文学批评专论准备了版面基础"②。赵建国的《分解与重构：清季民初的报界团体》关注报界的结社和参与社会政治活动史料，重现 1905 年至 1921 年报界群体活动的面貌，其中也涉及对于《镜海丛报》《广州总商会报》等南中国海地区报刊资料的研究。

综括来看，既往的研究从整体上对南中国海地区的中英文报刊进行了历时性的考察，基本勾勒了从鸦片战争前夕到清末之间该地区的报刊创办、编辑、发行与影响实景。但我们也应该注意，由于研究者所处的历史时代和文化氛围的限制，一些研究在研究方法上仍然显得较为简单，甚至还受到极左思想的影响，一味夸大南中国海地区外文报刊的侵略性，而无视其对于近代中国思想、文化、科技传播所起到的推动作用。在研究的结构上，不少研究成果侧重于资料介绍和历史描述，而对于这些报刊中的内容及文化旨趣、报道立场、叙事背景等缺乏深入的分析。在此情形下，如何运用新的方法、寻找新的材料、拓展更为宽阔的视野，重新审视中国南部的思想文化变局，以便使近代岭南报刊呈现出立体、清晰的面貌，仍是值得关注的问题。

---

① 张天星：《报刊与晚清文学现代化的发生》，凤凰出版社 2011 年版，第 203 页。
② 同上书，第 452 页。

二　南中国海地区报刊与中国社会近代化发展研究

在中国近代的报刊发展历史中，传教士起到了重要的实践和引导作用。西方报刊进入中国，首先与传教士借助报刊进行宣教有着直接的关系。18 世纪末的基督教新教教会积极参与海外传教，他们通过布道、译经以及创办报刊等方式从事宗教传播事业。报刊成为沟通中国和西方国家的重要渠道，中国获取近代西方文化的方式发生了历史性变化，这与传统封建社会依靠朝贡获取信息有着根本性的差异。从历史发展的轨迹来看，传教士在南中国海地区创办报刊成为其在华活动的重要组成部分。因此，围绕传教士与南中国海地区报刊关系的研究，在学术界引发了持久的关注。

早在 1890 年，美国传教士范约翰就曾作《中文报刊目录》，其中"记载了 1815—1890 年间出版的 76 种中文报刊的名称以及主编、出版地、创刊年月、发行份数、性质、售价、形制和其他有关内容"①，这是迄今为止对于传教士中文报刊最早的记录。1920 年中华续行委办会调查特委会编撰了《中华归主——1901—1920 年中国基督教调查材料》，对包括南中国海地区在内的新教报刊进行了简单的介绍。燕京大学宗教学院出版的杂志《真理与生命》曾刊载了古廷昌、汤因的文章，对近代以来出版于中国的新教传教士中文报刊进行了归纳。此外，不少中国报刊史著作，如曾虚白的《中国新闻史》、赖光临的《中国近代报人与报业》等都对传教士的办报历史与活动进行了分析。进入 20 世纪 90 年代之后，传教士在南中国海地区的历史活动尤其是办刊活动逐渐引起了学界的重视，相继出现了一批颇有分量的著述和论文。吴义雄的《在宗教与世俗之间——基督新教传教士在华南沿海的早期研究活动》一书聚焦 19 世纪前期新教传教士在华南沿海的活动，勾勒传教士在中外关系中的作用，分析他们从事的医疗和教育活动、传教士与西学的传播、传教士与近代西方的中国学等诸多问题，是一本用力精深的著作。该书重点分析了马

---

① 周振鹤：《新闻史上未被发现与利用的一份重要资料——评介范约翰的〈中文报刊目录〉》，《复旦学报（社会科学版）》1992 年第 1 期。

礼逊及美部会在华南地区活动、传教和创办报刊的经过，其中涉及不少在南中国海地区具有重要影响力的报刊，如《察世俗每月统记传》《中国丛报》等。赵晓兰、吴潮的《传教士中文报刊史》则对近代以来具有代表性的传教士报刊进行专章研究，其中专章分析创办于南中国海地区的报刊如《察世俗每月统记传》《东西洋考每月统纪传》《遐迩贯珍》《天下新闻》《各国消息》等，并对传教士中文报刊的发展进行了概述，指出传教士中文报刊发展的特点，包括对新闻报道的改进、报刊评论的发展以及这些刊物中的广告等。作者在仔细分析了近代传教士中文报刊的发展演变之后，发现了这样一个发展规律："尽管 19 世纪六七十年代以后，出现世俗报刊与宗教报刊并存的局面，但并不意味着这两类报刊在当时是势均力敌的。事实上，19 世纪末以前，世俗报刊占有很大的优势""20 世纪以后的传教士中文报刊，多数宣称不卷入政治，也不对中国政治发表评论，它们专心于宣传宗教、传播教义。……这样，20 世纪上半叶的传教士中文报刊回到了原来的起点，即 1815 年第一份中文报刊《察世俗每月统记传》'以阐发基督教义为根本要务'的起点，经历了从传播西教到传播西学再回到传播西教的演变轨迹。"① 何大进的《外国侨民与广州近代报刊的肇端》认为，广州之所以在中国近代报刊的发展史上占有重要地位，原因在于广州的特殊区域优势和长期对外开放的人文环境，这为广州近代报刊的产生与发展提供了必要的土壤，成为中国近代报刊的发源地，对中国近代社会所产生了深远影响。

　　以南中国海地区的中英文报刊为载体，所进行的有关人文、社会、科学的研究也出现了一些值得注意的研究成果。邹振环的《西方传教士与晚清西史东渐——以 1815 年至 1900 年西方历史译著的传播与影响为中心》一书中，选择了"西史东渐"进行历史的寻绎和价值重估，并结合晚清南中国海地区的报刊进行开掘，揭示了西方史学著作的传播对于晚清史学界所产生的革命性的影响。该书以《察世俗每月统记传》《天下新闻》《东西洋考每月统纪传》《广州记事报》《中国丛报》《广州新闻》《广州杂记》等刊物为载体，

---

① 赵晓兰、吴潮：《传教士中文报刊史》，复旦大学出版社 2011 年版，第 396 页。

分析了"米怜与《察世俗每月统记传》中的史学篇章""麦都思与最早的比较历史编年体史书《东西史记和合》""'外国史'与'万国史'——马礼逊父子的《外国史略》和郭实猎的《古今万国纲鉴》"等内容，视角新颖，屡有创建。邹振环的《晚清西方地理学在中国的传播与影响——以1815年至1911年西方地理学译著为中心》与前书相似，亦在其中研究了慕维廉、裨治文、傅兰雅、艾约瑟等活跃在晚清文化界的一些著名的传教士的翻译活动，也涉及了一些南中国海地区的报刊。熊月之的《西学东渐与晚清社会》是一部囊括范围广泛、史料扎实的力作，它以晚清时期的西学影响为聚焦点，内容涉及政治、经济、社会、文化等各个方面。其中"西学从南洋漂来"一章，以马六甲、新加坡和巴达维亚的报刊为对象，重点介绍了《察世俗每月统记传》《特选撮要每月纪传》《天下新闻》和《东西洋考每月统纪传》四个中文报刊，并对其中所记录的传教士在南洋一带的活动进行了研究。

南中国海地区报刊的发展推动了中国社会近代化的速度，中国传统的社会格局、思想态势和文化观念产生了一系列重要的转变。作为近代思想、文化观念的产物，近代报刊与西方先进文明有着必然的内在联系，西方近代化的政治、经济、文化等借助报刊这种传播媒介，迅速地渗透至中国社会与知识群体中间。在此方面，中国学者进行了多方面有益的研究。刘圣宜的《〈循环日报〉的创办与西学在岭南的传播》依据1874年在香港创刊的中文报纸《循环日报》的早期存报，对其创办背景、办报宗旨、内容和社会影响进行了分析，指出了这一时期西学在岭南传播的情况和特点。作者认为，岭南地区由于其独特的地理人文环境以及商业的发展，文化形态不是单一而是复杂的，官方封闭的意识阻止不住商业经济发展所带来的西方文化的冲击。就民间而言，鸦片战争后西学在岭南的传播并未停止，而是潜滋暗长，经过港澳报刊及其他途径输入的西方文化的直接熏陶，岭南终于成为维新和革命领袖辈出之地。王天根的《国家与社会语境下的中国近代报刊分析》指出近代中国与世界关系的发展，是两者凭借以报刊为核心的传媒为途径，经过沟通、了解之后逐渐形成的。在此过程中，中国通过近代尤其是南中国海地区的报刊看待世界，其结果往往取决于报刊开放的广度和深度、读者心态及其社会地位，也与报刊编撰者的媒介素养等密不可分。在清末民初中国政治与社会的转型过程中，南中国海地区的报刊扮演了大众传媒的角色，对于当时社会架构的形成具有重大影响。邱捷的《近代报刊与中国社会经济研究——以研究清末民初的广东为例》认为近代广东报刊是研究中国近代史的重要资料来源，对研究近代中国社会经济有特别重要的价值。文章以研究清末民初广东社会经济为例，指出有关利用报刊的问题，指出近代报刊既是中国早期现代化的产物，又是对这个过程的比较全面和客观的记录。同时，文章也指出研究应该从开放的意义上理解报刊的内容，将其扩展为包括报纸、杂志及其他定期刊物在内的各类出版物，以便于从更加广泛的视野上研究近代中国的经济现象和问题。而王建辉的《知识分子群体与近代报刊》则将包括南中国海地区在内的近代报刊视为一种群体力量的象征，认为这是近代中国社会和思想文化的重要变革力量。近代南中国海等地区的知识分子们，通过创办和编辑、发行报刊，掌握了推动现实变革的话语权，既推动了社会现实的改造，实现了报刊的变革，带来了中国新闻事业的发展和出版事业的发展，同时也促进了自身群体力量的凝聚和壮大，催生了新的文化群落。

吴怀祺的《近代报刊与史学近代化》则强调了近代南中国海地区的报刊等为新史学产生、发生提供了平台，近代报刊促进了史学理论更新，成为学术争鸣、争论与交锋的阵地，锻炼与培育了新型的史学人才，形成了不同学术旨趣的史学流派和史学思潮。邓颖芝的《近代传教士岭南办报与中国报刊的近代化》认为传教士报刊中的西学启蒙了中国的思想界，启动了中国报刊业由古代向近代转型，也推动了中国出版业、印刷业的近代化，促进了岭南近代报刊业的产生和发展，并且不自觉地充当了中西文化交流的媒介。赵晓兰的《我国近代报刊广告的产生及其发展》侧重于对包括南中国海地区的近代期刊中的广告内容进行研究，并将其视为中国报刊近代化的标志之一。文章指出，最先刊登报刊广告的是外国人在中国创办的报刊，《遐迩贯珍》则是第一家刊登广告的中文报刊。当外商创办的商业报刊兴起后，广告大量地出现于这些报刊的版面，一直到 19 世纪 70 年代以后一批由国人创办的近代化报刊问世，广告才随之出现在这些报刊上，从而揭示出报刊广告从引入到被国人接受并走向成熟的曲折历程。

汤开建认为现存的澳门报刊是珍贵的近代史研究史料，《澳门宪报》又是其中极为重要的报刊，可以为澳门近代史研究提供新的材料和角度。① 莫世祥主张以《剌西报》《德臣西报》《士蔑西报》《南华早报》等香港近代英文报刊的报道为途径，完善有关孙中山史料的搜集，希望以此为契机发现更多孙中山研究的资料。② 而在《〈香港华字日报〉中的孙中山轶文研究》一文中，莫世祥依据创刊于 1872 年的《香港华字日报》的缩微胶卷，发现了 1901—1923 年的孙中山轶文 31 则，这些材料此前均未收入已出版的各种资料。蒋建国的《符号、身体与治疗性消费文化——以近代广州报刊医药、保健品广告为例》将目光置于近代广州报刊广告与都市消费文化的相互联系，通过考察近代广州报刊中大量的医药、保健品广告，分析其以诱惑式的言说方式和符号化的传播手段，强化其治疗和保健功效以激发消费者的购物想象，诱导消费者重视身体消费，加快了治疗性消费文化行业对民众日常生活的渗透。

晚清南中国海地区报刊与中国社会近代化发展的研究呈现出研究专题化程度不断深化的趋势，新的研究手段和研究方法相继运用到近代报刊的研究中，一些新的观点得到传播，在一些比较重要的理论问题上取得了显著的成果，推动了相关研究的深入进行。此一领域研究的主要不足在于过度强调了近代南中国海报刊中不同层面新闻报道对于社会发展的影响力，而忽略了这些报刊的读者群体、发行范围等因素形成的限制。如何结合相关的档案、文献，以及发现新的材料来验证这些报刊的实际影响力，如何突出报刊与受众之间的互动关系，成为这一研究中亟待解决的问题。

---

① 汤开建：《进一步加强澳门近代史研究——以〈澳门宪报〉资料为中心展开》，《学术研究》2003 年第 6 期。
② 莫世祥：《孙中山香港之行——近代香港英文报刊中的孙中山史料研究》，《历史研究》1997 年第 3 期。

三　近代南中国海地区中英文报刊的个案研究

自米怜于 1815 年在马六甲创办南中国海地区第一份中文报刊《察世俗每月统记传》后，中英文报刊在南中国海地区逐渐发展起来。随后，《特选撮要每月纪传》《天下新闻》《东西洋考每月统纪传》等相继办刊，刊物范围也从东南亚扩展至广州、澳门、香港等地区和城市。近代南中国海地区报刊的勃兴，由此而持续至今，并且报业也愈加发达。如果说《察世俗每月统记传》成为南中国海地区第一份中文报刊还带有些许偶然因素的话，那么随后传教士和华人自办报刊的大量涌现和针对不同读者群的专业化报纸的普及，则反映了中西文化传播与交流的内在诉求和必然趋势。航海时代西方列强东进而形成南中国海中外交流的契机，西方近代报刊的悠久历史、新教传教士的宣教热情，以及中国民众思想观念的逐渐开化等则是近代岭南报刊发展的必要条件之一。南中国海地区中英文报刊成为后人重新触摸中国社会剧烈转型时期思想、文化、政治、经济、军事等历史现场的有效方式之一，因而对这一地区近代报刊的研究一直是学界的兴趣所在。

作为近代第一份中文报刊，《察世俗每月统记传》引起了学者们的长期关注，戈公振早在 1927 年出版的《中国报学史》中就将其列为"我国现代报纸之产生"① 的第一位。胡道静"在 1946 年出版的《新闻史上的新时代》一书中，也把《察世俗每月统记传》称为'中国第一种现代报纸'。解放后出版的新闻史专著和教材，沿用了他们的提法，只是把其中的'现代'，改成了'近代'。因为'现代'通常被用来指 1919 年以后到中华人民共和国成立这一时期，沿用'现代'这一提法，容易在时间上造成误会。"② 由于这份刊物在中国报刊史上的特殊意义和重要性，许多学者对刊物的性质、定位和思想、内容等进行了较为详尽的研究。学者们对于《察世俗每月统记传》是否是近

---

① 戈公振：《中国报学史》，上海古籍出版社 2003 年版，第 73 页。
② 方汉奇：《为什么把〈察世俗每月统记传〉说成是我国近代报刊的开始》，《新闻与写作》1990 年第 1 期。

代历史上的第一份中文报刊存在着不同的意见，蓝鸿文的《从文言新闻到白话新闻》、严昌洪的《〈察世俗每月统记传〉不是我国第一份近代报刊》等文章提出相反的观点，认为在此之前尚有更早的报刊，因而这份刊物不是我国第一份近代报刊。严昌洪的反对理由主要是："出版地不在中国，而在南洋""办报人和投稿人不是中国人""读者对象以南洋华人华侨为主，仅兼及大陆上的中国人"以及"《察世俗》等三种报刊都是外国教会人士主办的，其内容以宗教宣传为主，与中国近代化的进程没有什么必然联系"①。姚福申的《〈察世俗每月统纪传〉的再认识——关于南洋最早的中文期刊》一文摒弃了当时国内新闻史教材中对于将传教士报刊视为文化侵略的观点，在客观分析其内容的基础上，认为这是一份综合性的宗教刊物。朱栋梁在《评〈察世俗每月统记传·序〉》中分析了这份发刊词，认为作者通过这篇文章确定和阐释了办刊宗旨和编辑思想，为人们分析这份刊物基本指导思想、社会影响和社会作用提供了线索，也对了解中国期刊的起源和发展起到了帮助作用。同时，作者也指出了该刊所宣扬的上帝至上、一切服从神意的观念属于唯心主义，具有一定程度的消极社会影响。

进入 21 世纪之后，人们对于这份刊物已经不再停留于唯物与唯心、先进与反动的二元对立评价立场上，而是对其在近代中国报刊史上的意义、办刊理念等进行了较为深入的研究。程丽红的《论〈察世俗每月统记传〉对中国近代报业和近代社会的影响论》《〈察世俗每月统记传〉的读者观念》，张茜的《鸦片战争前传教士创办报刊的发展趋势及影响——〈察世俗每月统记传〉和〈东西洋考每月统记传〉比较》，马晋丹的《现代化视角下的传教士在华办报现象分析——以〈察世俗每月统记传〉为例》等论文，分别从刊物的社会影响力、读者观念、发展趋势与影响、刊物的办刊思考点为切入点，从而对该刊进行了较为立体式的考察。程丽红指出，尽管显在的社会影响微乎其微，但是作为中国历史上第一份中文近代报刊，《察世俗每月统记传》对于促进中国近代报业的进步乃至中国近代社会的发展却有不容忽视的意义，它直

---

① 严昌洪：《〈察世俗每月统记传〉不是我国第一份近代报刊》，《新闻研究资料》1990 年第 2 期。

接影响了近代洋人的办报活动，还冲破限禁把近代化的报刊形式最早传入中国。同时，作者还认为该刊首开"西学介绍"之风，并把基督教带到东方，客观上促进了中西文化的交流。张茜则撰文指出，在鸦片战争前传教士创办的报刊中，《察世俗每月统记传》和《东西洋考每月统记传》极具代表性，两报在时代背景、产生的原因和任务宗旨、主办者身份、内容、业务、读者与发行等方面各有特点，同时在编辑和主笔、报刊的形式、编辑内容、宣传策略、写作手法上又有着一脉相承的发展趋势，这一时期报刊的发展趋势对近代洋人办报、中国国人办报在理论和实践上有着深远的影响。马晋丹分析后发现，可以从史学研究中的现代化范式着手，以《察世俗每月统记传》为例来分析鸦片战争前传教士在华办报的种种情况，由此来透视在现代化范式关照下传教士在华办报给中国社会走向现代化带来的正面的力量。此外，胡浩宇的《〈察世俗每月统记传〉刊载的科学知识述评》、杨勇的《〈察世俗每月统记传·序〉常见引文勘正与分析》等则分别从刊物内容中的科学知识、引文与出处的错误，揭示出刊物对于西方科学知识的熟稔和对中国传统典籍的相对生疏。

《东西洋考每月统纪传》《遐迩贯珍》《中外新报》《华字日报》等也是学者们研究相对较多的刊物。王健的《西方政法知识在中国的早期传播——以〈东西洋考每月统记传〉为中心》将该刊视为19世纪前期西法东渐过程中一个不可忽视的阶段，认为正是通过新教传教士编印的中文书刊等途径，中国人才得以了解和接受关于西方政制法律等方面的大量信息，近代中国输入西方法学的进路亦以此为嚆矢。姚远、王睿则在《〈东西洋考每月统记传〉的科技传播内容与特色》中通过文献考证并运用科技史方法，对该刊的科学技术传播内容和特色进行论证，纠正了过去有关潜水器具报道、建议中国创设农会、中国第一个西医医院等方面的报道内容，使鸦片战争前夕经由期刊传入西方科技知识的原委得以澄清。张瑜的《〈东西洋考每月统记传〉与中国比较文学》认为该刊的内容丰富，很多内容对中国的新闻、出版、文学界产生了广泛的影响。尤其是刊物虽有宗教背景，但编撰者却是站在世界比较的视域来传播西方文化，有自觉的比较意识和明确的比较目的，为中国形成自觉的专业的比较意识并建立专门的比较文学学科提供了一种可能。许清茂将研究的重心转到《〈遐迩贯珍·布告篇〉始末析》，对于1855年在我国中文报刊中率先刊登商业广告的《遐迩贯珍》进行研究，指出中国近代报刊广告业务的发展除了有政治经济原因外，西方报刊广告观念和业务经验的影响也是一个重要因素。花实在《创论通遐迩 宏词贯古今——对〈遐迩贯珍〉的分类研究》中，以《遐迩贯珍》为研究对象，对其存世情况及所承载的宗教、新闻、科普、广告等信息进行分类研究，考察了其在近代中国思想史、宗教史、科学史上的地位，分析了其对近代中国的影响。李智君的《此岸与彼岸之间——由〈遐迩贯珍〉看19世纪中叶中国民众的海上生活》指出19世纪中叶的海洋是一个权力的公共地，沿海地区则是一个典型的边际地带。清政府及其地方代表士绅、海道、奸商等构成了在边际地带具有不同控制力的团体，《遐迩贯珍》的每月新闻信息"近日杂报"被连缀成一个空间过程和历史事件，即中国民众的海上生活。中国民众海上生活之所以艰难，原因在于海外华人被清政府视为弃民、客居华人所采用的基层社会组织会馆与西方市民法制社会之间的冲突，以及中国民众的性别比例失衡引发出华洋之间严重对立。

1874年2月4日创刊于香港的《循环日报》是我国第一家宣扬资产阶级政治改良主义思想的报纸，也是中国人创办成功的最早的中文日报，因而引起了较多学者的关注。刘圣宜的《早期中西交流中的华文报纸——以〈循环日报〉为例》认为在近代中国与西方世界接触的早期，由中国人创办的华文报纸对中西沟通起到了极为重要的作用，《循环日报》即致力于传播和普及西方知识，推介西方自然科学和社会科学成就，反映世界大势和时局变化，鼓吹学习西方变法图强，对开通民智、促进中西文化交流产生了积极的影响。曾建雄的《〈循环日报〉的言论特色——读部分原报（缩微胶卷）札记》则以该报创刊后头十年中发表的数以千计的各类言论为研究对象，认为这些言论题材内容广泛，思想内涵丰富，表现形式多样，在当时的中文报刊中首屈一指，代表了当时中国报刊言论的最高水平。萧永宏在《〈循环日报〉之版面设置及其演变探微——附及近代早期港、沪华文报纸间的影响》当中，则通过细致地对比近代早期香港、上海报刊的版面设置，发现创办初期的《循环日报》版面设置并不固定，与同期香港其他华文报纸相比明显偏重新闻版面。只是到了1875年以后，《循环日报》的版面才基本固定在"选录京报""羊城新闻"和"中外新闻"等栏目，且新闻版面整体上相对缩小。作者从对版面设置的研究中发现，《循环日报》主要是一份以刊登各类告白为主的报纸，因此以往人们通常认为《循环日报》以政论为主的看法不太确切。同时，《循环日报》的版面设置基本沿袭了《香港中外新报》的"香港版"模式，同时也受到以上海《申报》为主要代表的"上海版"模式的影响，并且《循环日报》在"中外新闻"栏内首置"论说"，但大体维持每天一篇"论说"的做法也不是自己的首创，而是吸取和借鉴上海《申报》的结果。萧永宏的另一篇论文《〈循环日报〉之编辑与发行考略》发现现有各类新闻史著对有关《循环日报》编辑与发行情况的记述多有疏漏。经作者考证，《循环日报》编辑人员主要由"主笔"（分"正主笔"和一般主笔）、"总司理"和"译员"等三部分人员组成。《循环日报》自创刊日起，除在香港及附近地区出版日刊版的"日报"外，还一度在海外华人聚居地区发行日报的周刊缩编本。《循环日报》发行地区主要分布于香港及周边地区，同时中国内陆各主要通商口岸及日本、澳大利亚、东南亚、南北美洲等华人聚居地区也有数量不等的发售。为了扩大发行，《循环日报》在创办初期采取免费赠送、广告招徕、刊登广告优惠、面向社会积极征稿等诸多方式，在一定程度上增加了《循环日报》的影响。

《中国丛报》是美部会传教士裨治文1832年5月创刊于广州的大型英文期刊，其在近代南中国海地区报刊中占有十分重要的地位。在《中国丛报》的研究者中，中山大学历史系的吴义雄教授是其中的代表。吴义雄的《〈中国丛报〉关于中国社会信仰与风习的研究》以刊物发表的数以百计的中国研究作品为对象，指出其在西方学术界重新建构关于中国的知识体系的过程中发挥了重要作用。《中国丛报》发表的关于中国社会信仰与风习的作品，代表了

19世纪中期来华西方人士对中国人精神世界的认识。通过这些作品，作者向西方读者展示了古老、封闭的东方大国人民的性格，塑造了一个以偶像崇拜和迷信为主要精神特征的民族的形象，这一消极的形象反映了当时西方各界对中国人的基本看法。《〈中国丛报〉与中国语言文字研究》一文指出，该刊发表了一些关于中国语言文字的研究性论文值得加以注意。其中的一些文章从西方的语言学观点和方法出发，就中国语言与西方相异之处进行了探讨；还有一些文章对中国文字的构成规律和某些特定词汇的具体用法，结合当时传教士关心的译名问题进行了讨论。《中国丛报》关于中文语法的研究，可以作为当时传教士出版的专门著作之补充，尤其是就汉字注音方案的讨论和关于汉字拼音化的构想为后世的相关工作提供了基础。另外，在《〈中国丛报〉与中国历史研究》一文中，吴义雄通过分析该刊所发表的关于中国历史的文章，敏锐地发现了这些文章对中国传统史学著作和19世纪中期以前天主教传教士关于中国历史文化的观念提出的质疑。另外一位学者张振明则在论文《跨文化解读中的知识与权力——〈中国丛报〉与鸦片战争前的中国法律形象》中，以该刊所登之大量论及中国法律的文章为对象，对这些文章中表现出的批评中国法律，如法令驳杂、法律难以执行、司法腐败、上诉困难、歧视外国人等进行了分析，并指出该刊所建构的中国法律野蛮、落后的形象对于中国人形象造成的长期负面影响。

对于一些不太常见的刊物，也有学者进行了较为深入和富于创见的研究，如对于《中外新闻七日录》《述报》《杂闻篇》等报刊的研究。蒋建国的《19世纪60年代中期中国报纸的国际视野——以广州〈中外新闻七日录〉为例》一文认为，创办于1865年的《中外新闻七日录》是立足于广州的地方性报纸，该报对欧美国家的时政要闻、经济、文化、科技等方面的报道，不仅内容丰富、文字浅易，而且对开阔读者的国际视野、传播西方文化起着十分重要的作用。在另一文《广州〈述报〉与地方新闻报道（1884—1885）》中，作者对作为地方性报纸的《述报》所关注的广东地方新闻进行研究，分析其中对广东时局、社会新闻和民俗风情等方面的报道，对研究当时的社会状况有较为重要的文献价值。林玉凤的《中国境内的第一份近代化中文期刊——〈杂闻篇〉考》根据在英国发现的刊物原件进行考证，推断 1833 年由马礼逊创办的中文期刊《杂闻篇》才是中国境内出版的第一份近代化中文期刊、第一份用铅活字排印的期刊、澳门历史上第一份中文期刊。

这些针对南中国海地区的中英文报刊的研究，从不同层面分析了近代报刊对于南部中国所产生的社会、文化、思想冲击，以及西学如何渐渐渗透至中国社会内部，对民众产生实际影响。这些研究多取材于新发现的史料，或是依据不同地区、不同性质的材料相互映照，得出了许多富于新意的见解。在中国由传统社会步向近代化的历史时刻，尚有许多值得进一步探究的思想、文化、社会问题可以从南中国海地区的报刊资料中得到开掘，一些较少为人们所关注的报刊保留了这一历史时期的文化烙印和思想遗迹，这些近代岭南报刊还有待于进一步的研究。

从近代以来南中国海地区的中英文报刊述评可以看出，近代南中国海地区报刊的研究经历了曲折的过程，总体研究向着深入、系统方面发展。近代南中国海地区中英文报刊的研究之所以能够发展迅速，有着多重原因，除了契合时代趋势和现实需要之外，研究视野的拓展、相关学科理论的引介、新史料的发现、新方法的运用以及研究者综合素养的提高等，都是其中的有利条件。

但是我们也应该看到，目前的近代南中国海地区的报刊研究状况并不能令人盲目乐观。目前学界对于近代南中国海地区报刊的研究尚在整体上处于较为浅层的阶段，一些研究者缺乏对于这些报刊的资料梳理、文献阅读和整体把握，仅仅依据零星的报刊资料或者二手材料进行简单的概括与揣测。同时，现有的近代南中国海地区报刊研究虽然也对一系列报刊进行了文本细读，有的还进行了较为宏观的整体勾勒，但却未能够将南中国海及其周边地区视为一个整体的文化存在，因而有意无意地割裂了南中国海作为 16 世纪以后西方列强东进的前站所具有的历史价值，因而也就无法从南中国海地区的大局上理解近代中国思想文化的变局；偶尔有研究者涉及南中国海地区的近代报刊，也是以岭南的地域性为观照前提，强调的是地域文化对于报刊编撰、出版的影响，而没有意识到中西方文化在报刊中所发生的互动与对话。更致命的缺陷或许还在于，一些研究者仅仅将近代南中国海地区报刊视为可以随意肢解的模块，在既定目标的驱使下往往只见树木不见森林，无法将研究对象与宏大的历史背景融合，也无法完整地还原出近代南中国海地区的社会、文化的本来面貌。这些研究现状既昭示着近代南中国海地区报刊研究亟须新的视野和观念，也意味着这是一个值得大力开垦的学术领域，有待于研究者进行更加精深、新颖、系统的研究。

19 世纪中叶的广州城市与社会生活

——基于《广州大典》和近代传教士中英文报刊的对照性解读

当前国内学者、出版机构对于晚清报刊所做的搜集、整理和出版工作颇有价值，但迄今为止国内有关晚清报刊的研究多是对于单一报刊的研究，尚无研究者从城市视角来对晚清报刊中的城市史料尤其是近代广州的报刊城市史料进行整理与研究。基于这样的考虑，我们采用跨学科的研究方法与视野，一方面以《广州大典》集部别集类为基础，另一方面以近代广州传教士中英文报刊为材料，如《东西洋考每月统纪传》《中国丛报》（*Chinese Repository*）《遐迩贯珍》《中外新闻七日录》《述报》等在反映南中国海历史文化中较有代表性的报刊，从双重视野审视近代广州的城市史料，力图勾勒出近代广州城市的发展及其时代特征，在双重眼光中分析传统士大夫与近代传教士、知识分子对于广州城市的不同印象及其文化差异，分析传统知识分子在巨大时代变革中的心理嬗变与文化冲突，通过近代传教士的异域之眼观察此时广州的城市发展状况及政治、社会、风俗、人情，常常能够发现传统文人习以为常而忽略的诸多细节。

一　近代广州的城市发展与畸形消费

作为西方文化进入中国大陆的前沿，近代岭南报刊留下了不少关于近代广州城市消费与城市景观的报道资料。如果说地理要素属于较为浅显的城市文明的话，那么城市消费、城市文化景观则深入到了一座城市的精神内核，展现着一座城市独特的魅力。近代岭南报刊对于广州城市消费、城市文化景观的报道，展现了广州这座千年古城在近代化进程中的形象变迁与时代进步，这对理解广州城市史、广州近现代社会经济文化史具有重要的参考价值。

第一次鸦片战争以清政府的失败而告终，西方列强迫使中国开放广州、福州、厦门、宁波、上海五口通商，中国逐渐沦为半封建半殖民地社会。在广州等通商口岸，人们逐渐习惯了中西物资的自然流通，在频繁的对外贸易中学会了利用经济规律。19世纪中期的广州城市商业贸易持续发展，中外商旅聚集于此互通有无。《广州大典》中收录了清代诗人王邦畿的《耳鸣集》，其中卷一《海市歌》中对广州的海市贸易作了形象的描述："霓虹驾海海市开，海人骑马海市来。白玉楼阁黄金台，以宝易宝不易财。骊龙之珠大于斗，透彻光芒悬马首。若将海宝掷人间，小者亦能仁桀纣。海市市人非世人，东风皎洁梨花春。海市人服非世服，龙文象眼鲛绡幅。海市人事非世事，至宝不妨轻相示。市翁之老不知年，提篮直立海市前。篮中鸡子如日紫，要换市姑真龙子。龙子入海云雨兴，九州之大无炎蒸。"① 为满足日渐增多的中外商旅的需要，广州的城市生活逐渐丰富，消费方式也多种多样。广州等沿海城市的开放，客观上促进了城市近代化的发展与经济的繁荣，但这种被迫的开放方式导致中国沦为半殖民地半封建社会，也使得城市消费处于畸形状态。近代广州城市消费方式的多样化表现为近代意义上的城市经济崛起，烟馆、茶楼、戏院、妓院成为随处可见的场所。

在时人笔下，当时广州城市的娱乐生活较为丰富："珠江水面有形形色色的船舶，它们来来往往，纵横交错，有许多甚至比欧洲船更大、更豪华。有的船只成了寻欢作乐的场所，人们在音乐的伴奏下聊天、饮酒和吃饭，甚至还有妓馆。欧洲商行因其挂在高杆上的旗帜而与众不同，每家商行门前都有一面这样的'幌子'。建筑这些商行的地方叫做'十三行'，该街就被称为

---

① 王邦畿：《广州大典集部别集类第五十六辑·耳鸣集》，广州出版社2015年版，第771页。

'十三行街。'"① 这种城市消费的畸形发展状态，表现得最为明显的是鸦片的公开销售与走私鸦片的盛行。当时广州的报纸曾这样描述广州城市对于鸦片消费的严重依赖，以及广州城在鸦片盛行时的可怖场景："鸦片烟即洋药，税则每担征收银三十两，厘金每担十六两，另水脚补纹银水加平等项，核计公烟到省，每颗须费洋银两员半。若复转运别处，沿途抽厘，其费加倍焉，因而走私甚伙，或由火船，或由渡船，或径到省，或半途抛下河里而另雇小艇接济者，巧计百出，莫可名状。以广州销畅计，每不下七百担。今查赴关报税者，不逾三百担，况此三百担况中半是转运西北江者，然则广州城洋药从何而来，由是推之火船走私者固多，而石龙肩挑来省者亦不少。"②

　　由于广州通商口岸的殖民地经济畸形繁荣，形形色色的娱乐活动随之兴起，赌博便是其中之一。赌博在 19 世纪中期的广州城市生活中颇为普遍，它既能为民众提供游戏消遣，又能在某种意义上满足广州市民们对于金钱的渴望，因而在民众中屡禁不止。广州近代报刊中曾对一中年妇女开设赌场一事进行过报道，从中不难窥测当时的城市风气与生活方式。《中外新闻七日录》这样描述妇女开赌博摊馆的情形："闻西关大地有一中年妇人名唤亚肯二姑，平日狡猾异常，巧于逢迎。而凡妇人之与相识者，阳则假以结交游，阴则当鱼肉以资吞噬。伊曾于本月在初旬、在大地开一女摊馆，其勾引妇人赌博者，鱼贯而来，蜂拥而聚，甚至喧哗离还惊扰邻家者，男女为之衔恨，鸡犬为之不宁。"③ 不过饶有趣味的是，地方官绅闻之极为切齿，将其捉拿归案，并且迅速审判："西关局绅于十六夜闻之，共为切齿，火速着勇目督带壮丁至大地，将女摊馆三面突围，仅开一面，以放各买摊之妇。而各妇惶恐，或为鼠窜蛇行，或为鸟飞兽走，其状不一而足，斯时止剩槁木死灰。带勇者即喝壮丁，以铁链锁其颈形，众喙同声皆谓从未见妇人身带银铛者也。亚肯二姑丧

---

　　① 贡斯当：《中国 18 世纪广州对外贸易回忆录》，纪宗安、汤开建《暨南史学：第 2 辑》，暨南大学出版社 2003 年版，第 368 页。
　　② 湛约翰主编：《洋药走私》，《中外新闻七日录》同治五年十二月廿六日。
　　③ 湛约翰主编：《西关女摊馆近事》，《中外新闻七日录》同治五年三月廿六日。

气垂头，难掩有觍之面目，一路任人非笑之而已。"① 不过报刊的编纂者，一方面为妇女开摊馆而叹息，另一方面也提出了更尖锐的问题：男性开摊馆数百间相安无事，何以女性初开摊馆即被迅速处理？"吾近日观洪圣庙、福德里、迪龙里、西炮台等处，男人开摊馆当数百间，在官绅竟置若罔闻。今不如拏男人，而独拏女人，是不齐其本而揣其末也。扪心自问，其何以自解也耶？"②

赌博之危害甚广，让报刊编纂者心有余悸。为此身处广州的报刊编纂者，一方面大力颂扬广州官员的清廉端正，禁赌得当："试观广东抚宪蒋大人，出示严禁赌博后，省佛地方不敢开场聚赌，一律肃清，粤中端人正士，无不称颂之。"③ 另一方面，报纸又借香港等地开设赌馆之事，猛烈抨击赌博之危害，其用意或许并不仅仅在于谈论外埠之事，而是有着更具针对性的批评与规劝："夫士农工商皆宜由正路以习事业，若使专向贪门以罔利，则品行坏而即窃盗所由兴，从此日甚一日，不知伊于胡底""其识明见远者，谅不乏人，岂区区赌博之规银可能动其心者，迹其每年多签银两，请牧师往各方传道教化以及开义学以作育人材，无非欲端人心而正风俗，乃一面讲书以警觉愚民，又一面开财以诱惑子弟，是欲益之，而又损之，此开赌之无益二也""各庄口所用之买办多是中国之人，无非以钱银相重讬者，假令赌风复炽而庄口之买办见赌动心，保无一时昏迷，为其煽惑而堕其术中，迨输去银两，百计不能弥缝或急而远逃者有之，或逼而自尽者有之，皆赌博者之厉，此开赌之无益三也"。④

任何一座近现代化的城市都有着自身独特的属性，对于素以世俗生活为旨趣的岭南文化而言，城市消费成为其更为鲜明的烙印。近代西方殖民者以城市为据点向中国大陆进行渗透，他们在完成资本的原始积累过程中，赋予城市以不同的符号、形象、趣味，形成了城市生活中的某些消费领域。

① 湛约翰主编：《西关女摊馆近事》，《中外新闻七日录》同治五年三月廿六日。
② 同上。
③ 湛约翰主编：《香港近闻》，《中外新闻七日录》同治六年七月初二日。
④ 同上。

西方近代文明的引入，破除了封建专制思想的愚昧，人们的思想观念逐渐多元、宽容，但广州城市的畸形发展也带来了不少的负面影响。

二　近代广州的社会矛盾与城市管理

海外各国纷纷以广州为中转站，前来城市经商、传教或开设报馆等，外国流动人口也不断增加。清代印光任、张汝霖所著《澳门纪略》中如此描述近代广州的城市生活与经济发展："广州城郭天下雄，岛夷鳞次居其中。香珠银线堆满市，火布羽缎哆哪绒。碧眼番官占楼住，红毛鬼子经年寓。濠畔街连西角楼，洋货如山纷杂处。"① 由于晚清地方政府缺乏近代化的城市管理经验，在近代岭南报刊中有关广州城市史料中常常可见地方政府应对城市治安、社会管理捉襟见肘的报道。由于国外来广州人员增加，如何管理他们成为摆在广州地方政府面前的难题。就近代岭南报刊中的城市报道史料而言，政府部门似乎从未寻找到有效的管理办法。

由于外国来广州人数增多，华人与外国人如何和平相处成为问题，一些报纸就曾描述外国来者在广州胡作非为、地方政府疲于应付的状态。在《东西洋考每月统纪传》《中外新闻七日录》等报刊中，就记录了不少关于番人违法乱纪的事情。有的是自称为英国人，长期盘踞在广州城内外进行敲诈勒索："闻有两番人自称英人，周流羊城内外，专入各铺勒取银两，少则一元，多则三四元，无人敢阻。不知者以为领事官，必保护他，即禀之，亦不信他有勒索之事，或畏番人利害，故不敢触犯。风闻其身并无利器手枪，而各处更夫以及铺伙，皆不敢擎他解官，真不怪也。"② 有的则是因为华番发生口角，最后导致华人殒命的冲突："又闻闰廿六日，河南有一西洋人酒醉，偶遇一唐人以叫番鬼相犯。在西洋人小不忍，即以匕首刺唐人之胸，此唐人受重伤，不能刻下复仇，即疾走入海幢寺避其锋。至一树下，遂倒地而毙。"③ 更有甚者，

① 印光任，张汝霖：《广州大典史部地理类第三十四辑·澳门纪略》，广州出版社 2015 年版，第 345 页。
② 湛约翰主编：《中外近事》，《中外新闻七日录》同治四年六月初五日。
③ 同上。

长期盘踞在广州的一些外籍人士竟然与官府进行对抗："河南有一钉番部店，其楼上有洋客五名租住，中有一名曾因在街上刺死唐人，业已逃去，尚余居者四人。忽于是月初旬番禺县率差役数十名，至此店围拿，实时捉获洋人三名，有一名凫水逃脱。不料于五鼓后，该逃脱之洋人纠党数人，蜂拥回在，将其孖毡掳去。查此洋人是无赖之徒，常在羊城地面假扮官差巡私缉捕，从中取利，而拐带强掳，无恶不为。"① 面对外国来华人士之为非作歹，广州地方政府除了虚张声势地饬差拿获外，并无任何实质性的有效应对办法。在许多涉外的社会治安报道中，最后往往未能缉拿嫌犯，遑论知晓嫌犯是何国人。

除了华番常常爆发矛盾冲突外，买卖人口也是当时报刊中经常性的报道。由于西方列强相继进行了海外殖民，为了在殖民地进行生产攫取高额利润，急需大量的劳动力，为此催生了极为残暴的人口买卖行业。对于买卖人口的目的地、拐卖方式，报纸也曾有过令人惊悚的报道："按贩人出洋，惟夏华拿、真查洲两处为甚。近七八年来，此种人各种俱往，前在宁波、上海，多于黑夜僻处，以麻袋套人。乡民因失人太多，几至酿成巨变。然拐人者必恃线人为援引，且有窝藏，然后敢肆行无忌。今当惩治拐子，以绝其源，尤当严究线人，以除其羽翼，则此风庶几熄矣。"②

对于一座近代化的城市，城市官员尤其是地方行政首领的言论、行为往往代表着城市的管理水平、进步程度，成为衡量城市近代化管理水平的重要标准。但在西方传教士看来，晚清地方政府的官员们思想保守、封闭，在科学知识这一块近乎无知，他们不仅崇拜偶像、推崇异端邪说，还常常愚昧可笑、自以为是。在1865年的广州城，曾发生过一件地方行政长官带头求雨的报道，被传教士敏锐地记录到了报刊中。该则新闻如此叙述事情经过："三月底羊城上宪见米贵时，值春耕欠雨，即率同僚往观音山龙王庙祈求，翌日果大雨。自三杪至四月初八日止，远近大喜。在大宪轸念民生，即诗所谓民之父母也。寻有老叟言，前嘉庆时旱，有苏藩台独陟白云山龙王庙祈雨，回署

---

① 湛约翰主编：《河南近事》，《中外新闻七日录》同治四年六月廿六日。
② 湛约翰主编：《拐卖人口近事》，《中外新闻七日录》同治四年九月二十一日。

雨遂滂沱。"① 这一事件中，广州地方行政首领的行为鲜明地体现了近代化过程中广州所面临的思想观念问题，报刊对此有着严厉的批评："人皆谓天雨施于龙王，彼亦未思龙亦鳞介中之首耳，乃龙而王名，既以物而僭人之号，谓龙能行雨，且以物而具神之灵，不知天之雨实由于主宰上神，主不肯施雨则难使巫尪徧求天地山川群灵，甚至无神不举，仍不见效。至若愚民无知，往往一求而时雨下降，皆上主宽恩也。盖无格物致知之学妄谓雨出于龙，而智慧之人则归荣于万物之主矣。"② 在这一过程中，西方人眼中的广州政府行政长官显示出其保守、迷信与无知的一面，这显然是与广州近代化的历史趋势背道而驰。

　　广州地方的官员不仅对于科学知识十分陌生，难以解释天文地理现象，而且对于行政管理也极不专业，官员们往往依靠贿赂、保护费攫取大量利益，但对于公务却是敷衍塞责。意识到这个问题的严重性之后，广州地方政府开始采取措施："闻蒋抚宪自禁止省中文武员私受娼赌陋规之后，深虑捕费无处可取，且恐捕务从此废弛，因面谕藩臬两司酌笔馀歀，提拨给发各员作为津贴捕费名目，以弥补陋规一项，免各员有所借口。现藩臬两宪议以谬游每月支银一百四十四两，守备每月支银四十四两，千总每月支银十两，外委每月支银五两，额外外委每月支银三两，现闻各武弁业已纷纷详文，赴投广州府库中请领矣。"③

　　如果说广州地方官员在管理社会过程中常常表现出业余、尴尬的话，那么广州城市中民众的整体素养则堪称冷漠、病态，反映出近代化之后广州民众文化素养的阙如与进步的缓慢。在创办于广州的《中外新闻七日录》看来，广州城民众们文化素养不高，人们只注重于金钱与现世享受，而缺乏探讨学问、认识事物本质属性的兴致。《遐迩贯珍》曾做过一篇报道，反映了广州民众对于外国游客的轻慢与冒犯："二月十六日，有英人三名，在广州江浦司一

---

① 湛约翰主编：《论雨非由龙王》，《中外新闻七日录》同治四年四月十七日。
② 同上。
③ 湛约翰主编：《羊城近闻》，《中外新闻七日录》同治六年正月初十日。

带游览。忽遇附近乡村匪众群起，殴抢，伤人，掠财。"① 在报道了这件事情后，报纸追问何以英人在广州城被殴抢的原因，认为最根本的还是民众的异常冷漠："若中土人三名在英国地方游行，有乡人如此待之，其临近居民必全出诅喝，交口訾之。中土人众远适异国者，实繁有徒，其声明四扬，可推为识情达理。今似此行为，是禽兽之不如矣。"② 民众对于与己无关之事的长期缄默，助长了城市的不良风气，发展到后来广州城市的社会风气逐渐败坏，民众对于拐骗、坑蒙等行为司空见惯："羊城向有拐子，骗买婢子与孀妇，伪为妻妾。迨交银后，假作回里，落艇即驶往别处，换船直往旧金山地方，卖与寮中为妓。倘若不从，则以鞭挞逼之。此等所为，真天良丧尽矣。旧金山六会馆公所之人，见此拐骗，其心恻然，曾于咸丰三年严行禁止，已有明条第日久视为具文。该匪仍循故辙，今月复出长红，标贴羊城各处以惩奸究而悯善良。"③

受西方列强产品倾销的影响，华南地区传统小农经济日趋凋敝，破产的农民不断涌入广州谋求生路。广州在第一次鸦片战争后就开口通商，社会、经济受西方近代文化影响有了一定的进步，但在封建社会不断解构、殖民地程度不断加深的情形下，广州城的社会治安与公共管理也面临着极大的考验。

三 近代广州城市的中西交流与文化融合

与拥有灿烂传统文化、悠久历史的中国相比，欧美国家近代以来素以先进文明自居，科技的发达、军事的强大、殖民的期待，使得他们在看待中国城市、中国人时常常带有一种暧昧的立场，既充满猎奇、艳羡的目光，又带有自大、抵触甚至是轻蔑的态度。在经历了近代文明洗礼后的西方人看来，中国是一个矛盾结合体，既古旧、灿烂又专制保守、公德阙如，在封建王朝的威严之下怯懦无声。中国经由鸦片战争的失败进入半封建半殖民地社会，无

① 麦都思主编：《近日杂报》，《遐迩贯珍》1854 年第 3、4 号（No. 8、9）。
② 同上。
③ 湛约翰主编：《六会馆复禁卖良为娼》，《中外新闻七日录》同治六年正月二十四日。

论是政府体制、官员思想还是社会习惯、规章制度，均难以与变幻莫测的现实情况匹配。因此随着进入广州城市的外国商人、传教士、游客逐渐增多，不时发生一些不太和谐甚至是尖锐冲突的情况。虽然广州地方政府依照议和协议对在穗外国人进行了保护，但实际效果似乎并不太尽如人意。

与广州城市中的中国官员沉迷迷信、收受陋规，以及中国民众异常冷漠的形象形成对照的是，近代岭南报刊中对于来华的欧美人有着迥异的报道。在近代岭南报刊中，来华的欧美人士往往为传教士、医生、使领馆人员，他们牺牲自我、追求真理、服务社会的精神成为报纸着力报道的内容。这固然与近代岭南报刊多为传教士创办或有宗教背景相关，但更主要的或许还是在于文化的差异以及由此带来的视角的、思维的不同。在近代岭南报刊对于广州城市里中西方人们报道差异的背后，一方面可以看到西方近代文明与传统中国文化的巨大观念落差，另一方面则可明显感受到报刊编纂者对于传播基督文明的执着、教化中国民众的信念。一些刊物的编纂者试图通过对来华西人无私奉献精神的刻画，增进中国民众对于西方文化的认同，希望借此更为顺利地传播基督福音。

在近代岭南报刊中，常常出现在刊物中的来华西人多为教师。他们开设塾馆，探求真理，传播文化，成为开化中国民众的先行者。广州是西方国家从南中国海域进入中国的前站，来华西人多有在此停留或居住的经历，这为他们熟悉中国语言、环境提供了绝佳的契机。来华西人经常开设私塾学堂，免费或以低廉学费招收中外学生，教他们同时学习英文、中文、地理、物理等知识，使他们能够较早地具有较为宽广的视野，广州的中外书塾就是其中的一个案例。"羊城中外书塾之设也，是延中国举人与西国名儒主席，专以中外文字教习生徒，历有年所矣。兹又将届一年，必须考选以别其才之优劣，以分其功之怠勤。现于十一月初一日，各国领事府暨中国缙绅及洋商等，均到馆内品定其列：第一班一名虑念劬，奖银七元；二名冯维茂，奖银三元、寒暑针一枝；第二班一名黄亚德，奖银五元；二名黄文业内，奖银三元、寒暑针一枝；第三班一名黄菊泉，奖银五元；二名黄榕根，奖银三元；第四班一名林亚河，奖银五元；二名高东成，奖银三元。以上各人俱能淹通英文，其中明达唐文者梁耀炳奖银四元，胡永中奖银四元；而胡户中因周年到馆，策力弥勤，特加奖银四元；至终年勤读且能恪尊规矩者，惟梅亚树，亦奖银四元。此皆鼓舞人材，奖励后进之意。想各学者谅能倍加其功，从此进德修业，由小学而臻大成者，可拭目俟之矣。"① 除了私塾学堂之外，许多报刊还通过介绍刊物来宣传西方传教士及其文化价值观念。《东西洋考每月统纪传》不定期地刊登一些对于自家刊物的介绍，不遗余力地宣扬中西民众的友情，显示外国人对于中国民众的友善、帮助，希望以此来增进中国民众对其的了解，消除中西文化之间的隔膜。该刊真实的出版意图是希望通过刊物的编辑和发行，告诉中国人西方的科学、技术、文化，消解中国人的保守和自满心理，以此来推动西方文化在中国的输入和传播。

在近代岭南报刊中，来华西人中的光辉形象系列中除了牧师、教师、编辑外，最为成功的当属医生系列报道。许多来华医生具有传教士背景，或者说传教士以医学为途径来传播宗教，他们通过自身高超的医术为封闭、保守、落后的中国民众解除病痛，赢得他们的信任，并以此为契机传播基督福音，往往比一般的传教更有立竿见影的效果。在近代岭南报刊中，编纂者对于在广州城市生活、工作的医生的报道多注意其高明的医术、无私纯洁的信念以及仁爱博大的胸襟，中国民众对于这些医生颇为接受。借助近代岭南报刊中的医生系列报道，传教士们向中国民众传播了西方文化、价值观念，帮助他们形成对于基督教的想象和对西方文化的认同。近代的岭南报刊，经常不忘提醒华人读者，行医不仅仅是一种科学技术，而且是与基督福音密切联系在一块儿的："宽仁孚众，是耶稣门生本所当为。今有此教之门徒普济施恩，开医院广行阴骘书情，真可谓怀惘急之仁。每日接杂病人及各项症效，且赖耶稣之宠祐，医病效验焉。有盲者来，多人复见，连染痼疾，得医矣。四方之人常院内挤拥，好不闹热。医生温和慈心，不忍人坐视颠危而不持不扶也。

---

① 湛约翰主编：《中外书塾考试》，《中外新闻七日录》同治六年十一月十七日。

贵贱、男女、老幼，诸品会聚得痊。"① 经过报纸如此诠释与宣传，医者及其背后的基督福音显然具有了更为广泛的知名度。这些医生不仅治病救人，而且还撰写医书，传授治病之理，以此推广近代西医及传播基督教。

透过近代岭南报刊中广州城市有关史料，我们重返近代广州的地理、日常生活、城市消费、社会问题、人物塑造等现场，可以勾勒出西方殖民主义对于近代城市的理解，以及广州城市在中西文化夹击中迅速发展、逐渐趋于近代化的历史进程。

---

① 爱汉者等编：《广东省城医院》，《东西洋考每月统纪传》道光乙未年六月。

近代岭南报刊中的广州城市史料与
城市生活研究

近代西方列强进入中国以南中国海为通道，进而引发中西文化的深刻对话，这是中国与世界交往中的重要事件。不过令人遗憾的是，此前的相关研究尚缺乏对于晚清岭南报刊中广州城市史料的系统梳理与研究。基于这种考虑，我们力图重新搜集与整理近代岭南各类报刊中关于广州的新闻报道，以此切入近代广州城市的地理空间与日常生活面貌，审视其中鲜明的岭南文化特质和浓郁的市民生活情调，进而勾勒出近代广州的城市个性与内在精神，为理解广州这座城市的海洋文化性格与民众世俗追求提供新的报刊史料。

一　近代广州的地理环境与重商主义风气

清朝于 1757 年实行"一口通商"政策，广州成为此时唯一的对外通商口岸，这种状况一直持续到 1842 年中英《南京条约》签订时为止。清代诗人李文藻在《岭南诗集》中如此描述广州的近代海外贸易："百粤戈船靖，重洋象译通。非徒神次贵，笾豆报丰功。"[1] 在近一百年的时间内，广州垄断了中国的对外贸易，在与海外的交往中积累了巨额财富："今年之甲板所陆续入本口，与前年之数毫异矣。其花旗之甚少出度外，万望明年添数支。大英国之船因任意赴省，而未有公司之官年年将加增，并中外彼此获益也。若论贸易

---

　①　（清）李文藻：《广州大典集部别集类第五十六辑·岭南诗集》，广州出版社 2015 年版，第 244 页。

之事，便是广州府超类庶民，安财用足，百志成，何不悦哉?"① 1842 年，原来唯一的通商口岸广州丧失了垄断地位，中英《南京条约》增加了上海、宁波、厦门、福州为通商口岸，中国市场逐渐被列强打开，广州的贸易优势逐渐削弱。尽管如此，广州作为长期的通商口岸，尽管面临着其他通商口岸的竞争，但仍然保持了非常强劲的贸易态势："道光任寅年以前，中国与外邦贸易者，惟有广东省城一处。是年华英立约，以粤省、厦门、福州、宁波、上海五处为二国嗣后交易买卖之地。惟时粤省去年贼起，四方不通，然此只可为一年之解，而生意流而忘返，经历岁矣。其故必有所宪清廉，以重与国运，使粤省复居五埠之首。今将上海、福州、粤省去年各处所发往英国茶丝二货列左，以为前言之证。三处发往英国之茶，上海共计二千九百二十五万二千三百磅，福州共计一千六百一十五万七千七百磅，粤省共计一千二百八十五万七千三百磅。上海发丝二万六千八百五十六包，粤省发丝五百四十三包，福州无丝发，已上丝包皆载于货船。另有火船运丝四千四百二十二包，疑大半是自上海载来的。"②

在 1833 年的《东西洋考每月统纪传》上曾记载广州等地民众前往新加坡谋生的报道："上海县、泉州府、厦门、潮州府、广州并琼州府之船，都往新埠头做生理，并几千福建与广东人住此为商匠士农，各悦兴头。"③ 广州城市经济逐渐繁荣的同时，自然也出现了一些对于时人竞相逐利、无所不为的事情的报道。损坏国家货币为其中较为典型的一种现象，奸商为攫取微利而私熔钱币、损害国家利益，这种行为对于商人来说获利不多，但对于国家损失费却很大。清政府对于这些行为虽有法律规定，却很难将其落实下去："闻中国皇家铸钱，每千要银壹两四钱，今以奸商卖出，图利二钱之少，而费国家两四之多，无论乱后填铜解京绝少，无以供其鼓铸，纵使其绝多，以国家以公铸断难补天下之私镕，此中国之钱，所以日乏而不足用也。虽毁国宝，律

---

① 《东西洋考每月统纪传》道光乙未年五月。
② 《遐迩贯珍》1855 年第 3 号（No. 20）。
③ 《东西洋考每月统纪传》道光癸巳年十月。

有明条，无奈有司视为具文，不肯严加细察。即细察焉，而不究办一二，以警千万，则房差见法宽，纵益受贿络于奸商，以蔽有司之耳目。"①

如果说在市民经济兴起后出现追逐利益的现象尚属正常的话，那么为攫取金钱而诓骗同胞、拐卖人口则成为发生在近代广州城内耸人听闻的丑恶行径。1861 年美国废除奴隶制，进而引发了南北内战，但美洲大开发依然需要巨大的劳动力，于是从中国进行人口输出便成为了一个可行的办法。在 19 世纪中期的广州城中，出现了许多招工所，其中一些为正规公司的劳务输出，华工经过多年的辛勤劳动后可以获得一定的报酬；而另一些人则以招工为名，引诱、欺骗华工前往美洲，待华工到达美洲后才发现已被作为奴隶贩卖。当时的广州报刊对于此类激发民愤的行为多有报道："现有大法国在省城西关新设公所，招人前往厦华拿备工之事。余查得厦华拿原判是古巴之邑，大吕宋属地，一向习熟俱以买人作奴为业。今有唐人不知其故，多有为彼所诱，入其罗网。故余特声明其弊，以儆后欲往者免受其愚弄。"② 利诱、欺骗是软性的手段，待劳工需求量大而被骗人数不足时，人贩子们便采取暴力手段直接在广州周边地区进行绑架，被绑架的劳工称为猪仔。广州城因为经常出现这类现象，引发民众关注，于是拐骗的手段在广州城中不太有效，人贩子们转而将目标投向肇庆、潮州等地："近因羊城之人，多有知其拐骗诡计，不能再施。该猪仔头人，另出一花样，雇船上肇庆及潮州与下四府等处地方拐骗。万望各人，谨慎于几先，不可信其言语，不可入其牢笼，是寻之厚望也矣。"③

近代岭南中英文报刊不仅客观记录着广州这座千年历史文化名城的昔日地理空间，予人以身临其境之感，而且还为我们理解广州的日常生活景观、切入广州的文化习俗提供了绝佳的材料。

二　近代广州的科技报道与文化生活

近代岭南报刊中涉及广州城市史料，不仅是广州城市朝着近代化方向转

---

① 《中外新闻七日录》同治四年九月二十一日。
② 《中外新闻七日录》同治四年三月初四日。
③ 《中外新闻七日录》同治五年九月廿四日。

变的历史见证，而且近代广州城市史料反过来对民众的思想观念、生活方式具有相当大的影响，近代广州城市的发展与商业经济发展的互动、多元文化形态与开放城市的延伸、市民生活场景与广州城市的历史变迁、城市历史的沉淀与外部的文化形塑等方面都存在着互为因果的关系。

在近代岭南中英文报刊中，有不少关于 19 世纪中期欧洲工业文明的成果也被介绍进来。这一时期报刊中有许多关于蒸汽机、氢气球、电气线、三角镜等科学技术或原理的报道，这既是对西方殖民者宣扬其先进文明、雄厚实力的需要，也对近代广州城市的发展起到了推动作用，其中的一些科学技术还被筹划实践于广州。关于蒸汽机，早在 1821 年的《东西洋考每月统纪传》就对其进行了介绍："今在西方各国最奇巧可羡之事，乃是火蒸水气所感动之机关者，其势若大风之无可当也。或用为推船推车，至大之工，不借风水力，行走如飞，或用之造成布匹，妙细之业，无不能为，甚为可奇可赞美妙之机也。至其感动之理，却非难明，盖万物之内多必被热气布涨成大，虽铁条厚实之物，其性亦为如此。近火烘热，则必涨大一些，乃水越为如此，盖水一分。"①

此时不仅重要的科技原理、科技发明被介绍到中国近代报刊中来，一些与日常生活密切相关的科学小发明也得以进入到日常生活中来。关于氢气球，《中外新闻七日录》这样形象地介绍其功能与原理："此球以绸缎为之，大如厦屋，饰以胶漆及大绳网缠络其外，球下悬一巨伞，伞下悬一藤床可容二三人，床中备载风雨针、时辰表、千里镜、沙袋并食等物。球顶有窗，球足有门，皆机巧活彤，以放气者，临用时，以轻气放入球中，务以球何将满为度。试球时先将巨缆系住球脚，试可乃斩缆以升，渐升渐高。其凌空至高者，一十三里；其住空至久者，历五时辰。御风而行一时辰间，缓则可行一百里，急则三百里。凡球在空中欲其升，则撒去袋中之沙；欲其下，则略泄球中之气。仰足以观天文，俯足以察地理，殆天下之奇技焉。但制此轻气西国人别

---

①　《东西洋考每月统纪传》道光甲午年五月。

有妙法，兹未具载。"① 如三角镜透光原理这样的一些小的科学现象，报纸也加以留意介绍："原夫光有数色，合则为白，分则为红、为橙黄、为正黄、为绿、为蓝、为老蓝、为青莲。倔欲观之，则有一法：试将一大房封密至极黑，独留一小孔被日光照入映射房中之壁，遂以三角玻璃条接之，其光此线必曲，而各色自方照可分。旧说以是为元色有七，今疑房其止于三，即红黄蓝是也。"② 除此之外，西国缝衣物器具、新造算器、日食、北极星等发明创造或自然科学现象也被纳入到新闻报道的范围中，这些报道为启迪民智、增进民众了解做出了贡献。

伴随西方文化的逐步传播，各类翻译自西方的书籍在广州城中有了销售渠道与读者，各种关于机械、天文、地理、历史、人物等内容的著作都可以买到。与西方的历史、人物、文化等相关的作品被有选择地翻译到广州，例如著名的伊索寓言："愚民家养得一鹅，日生一蛋，验之乃金蛋也，喜不自胜，忖曰：'吾视其腹便便，此中未晓何许，宰而取之，当得大富。'遂杀之剖其腹，一无所有。正所谓："贪心不足，本利俱失是也。"③ 其中一些著作可在医院、教堂等地购买："有英国医士合信所著全书，在惠爱医馆、博济医局、双门底福音堂出卖，每套五本，价银九钱。惠爱医馆、河南太盛洋货铺有英粤字典出卖，每套价银两元。"④ 随着传教士以医药辅助传教的流行，西方传教士常常借助医药传播基督教义，甚至有一些传教士本身即为优秀的医生，他们的事迹得到了大量的报道。在《波牧师行述》这篇报道中，传教士的虔诚、善良得到了淋漓尽致的表现："美国有波先生者来粤为牧师，素性诚朴，笃信耶稣教。距生于嘉庆元年，专心向道，兼精医学，自道光丁亥娶亲后，在本国福邦及叟邦教授生徒，信从甚众。戊戌年，始往新驾波。辛丑，至澳门，元配弃世。癸卯年，到香港印书传教。乙巳年，到羊城，复择继配。甲寅，回本国两载。丙辰，复来中国，或传道或施医，无不尽心竭力。向曾

---

① 《中外新闻七日录》同治四年二月十九日。
② 《中外新闻七日录》同治四年三月廿五日。
③ 《中外新闻七日录》同治四年四月初三日。
④ 《中外新闻七日录》同治四年正月廿一日。

在咸虾栏设福间堂讲书，年逾七十，虽衰弱难行走，犹坐肩舆而送书，或独坐门前，手携圣训宣诸行路，足见其觉世之深心至老不倦。兹于二月十二日辞世，想必登天庭享永福矣。元配女二能承父志，继配子一观先生努力傅宣如此。愿世之信道者，一息尚存，不容少懈，老成虽谢，典型足式焉。"① 近代岭南报刊中的广州城市的生活场景、群体活动得到了呈现，使当代读者得以触摸近代广州的内在城市气质。

近代岭南报刊中涉及的广州城市史料，不仅是广州都市文化朝着近代化方向转变的历史见证，客观呈现出广州近代化的过程，而且近代化的广州城市史料反过来对民众的思想观念、生活方式具有相当大的影响。近代广州城市化的进程中，岭南报刊起到了重要的宣传与促进作用，并借助新闻报道的传播造就了观念上的"近代城市"共同体。

三　近代广州的社会问题与城市管理

清人赵光编撰的《赵文恪（光）年谱》中这样记载当时广州城的繁华盛况："是时粤省殷富甲天下，洋盐巨商及茶贾丝商资本丰厚，外籍通商者十余处，洋行十三家。夷楼海船，云集城外，由清波门至十八甫，街市繁华，十倍苏、杭。中日宴集往来，古刹名园，游迹殆遍。"② 中国正处在城市化过程中，关于城市文化、城市管理、城市冲突、城市竞争力等问题，可以在对近代报刊广州城市史料的回顾中得到启发。近代广州城市的繁华景象已遁入历史，但我们依然可以通过近代岭南报刊切入其时广州大众的文化心理和生活状态，体味农业文明与城市文化的碰撞，以及广州这座近代城市的文化个性和地域文化特征。

19 世纪中期，中西文化的交流是多层次的，并非只是被动地接受西方文化，中国人同样也将自己在世界上的所见所闻介绍给国人。《东西洋考每月统纪传》曾刊登过一篇《兰塾十咏》，该组诗为中国人住英国首都伦敦时所写，

---

① 《中外新闻七日录》同治五年三月初五日。
② （清）赵光：《赵文恪年谱》，台北成文出版社 1968 年版，第 269 页。

对英国的城市、环境、习俗等进行了颇为传神的描述。如描写英国伦敦城市地理布局及宗教信仰的："海遥西北极，有国号英仑。地冷宜亲火，楼高可摘星。意诚尊礼拜，心好尚持经。独恨佛唧嘶，干戈不暂停。"① 也有表现伦敦城市中女性地位与爱情关系的："山泽钟灵秀，层峦展书眉。贼人尊女贵，在地应坤滋。少女红花脸，佳人白玉肌。由来情爱重，夫妇乐相依。"② 还有表现伦敦城市繁华喧闹和发展水平的："大路多平坦，条条十字衢。两傍行士女，中道聘骈车。夜市人喧店，冬寒雪积涂。晚灯悬路际，火烛烂星如。"③ 对于报道中的这些描写，今天读者依然能够对其中所要表达的意趣颇为认同。

外出经商、游历或者学习、工作的中国民众越来越多，于是身处海外的中国人不断通过游记、书信等描摹着自己在异域的见闻。《东西洋考每月统纪传》中曾刊登一篇《侄外奉姑书》，借此表达了对于西方近代文明的钦慕之情："不肖乘机过外国，九年住兰墩，即大英京都。与英人义气相投，情意最笃，每日往来，颇可认识风俗。英妇幸产一子添丁，弄璋弄瓦不异，一均抚育成立，并无溺女及死罪。男女不别，父母一齐眷爱之。添丁不论男女，甚鸣上帝之宠惠，刻腑难忘。恐女不能走行，极害于身，故视步出莲花，不怃践踏脚稳，为踽丽之态，故不拧脚筋矣。盖贵女儿当英物，莫不留心养之成人，及设女学馆教之，以乐、唱、画、写、作文、识地理，认文理，可诵史记，必读圣书，知耶稣之道理，加心用意，听圣训。母亲教之以各样女工针指，件件必明。到得十六岁便知书能文，于诗词一道尤其所长，果然山川秀气所钟。家居无事，不禁与朋友往来，好伉俪调琴瑟，不止于夫妇，却女人之交接任意，甚加聪慧。教女世事，举止行藏，竟以成一个女学士。"④

与中国人前往海外学习、做生意多对异域留有无限喜爱、留恋不同，西方人士对于自己生活过的广州城市印象则不那么美好，甚至还常常伴随着矛盾、冲突。在西方人看来，当时的广州城陈旧、阴暗，与近代化城市距离遥

① 《东西洋考每月统纪传》道光癸巳年十二月。
② 同上。
③ 同上。
④ 《东西洋考每月统纪传》道光丁酉年二月。

远："城里几乎到处都是建筑，屋顶上放着柴火或是晾晒的衣服，看不见一座像模像样的宅院，甚至连巡抚的官邸也不惹眼。街道非常窄，从我站的地方看不到街面。在离我很近的房子的屋顶上，我看见各种堆放的木柴和晾晒的衣服，另外还有一些人，有的在烧饭，有的则在吃饭和抽烟。当我希望下走的时候，我看见前面几个外国人在广场上散步。广场现有的面积比我两年前离开时位于布罗德街的房产大不了多少。因为我一直在测量周围的土地和山脉，所以知道广场面积的大小。"①

　　华番之间的矛盾冲突，常常表现在西方人对于中国旧传统、生活习俗、迷信观念等存有批判意见。由于西方列强相继进行了海外殖民，为了在殖民地进行生产攫取高额利润，急需大量的劳动力，为此催生了极为残暴的人口买卖行业。对于买卖人口的目的地、拐卖方式，广州的报纸也曾有过令人惊悚的报道："按贩人出洋，惟夏华拿、真查洲两处为甚。近七八年来，此种人各种俱往，前在宁波、上海，多于黑夜僻处，以麻袋套人。乡民因失人太多，几至酿成巨变。然拐人者必恃线人为援引，且有窝藏，然后敢肆行无忌。今当惩治拐子，以绝其源，尤当严究线人，以除其羽翼，则此风庶几熄矣。"②同时，华人对于风水的讲究让西方人倍感迷惑，加深了西方人对于华人观念保守、不懂科学的印象："华人惑于风水，牢不可破，愚者固然，贤者亦不免也。或因起屋，或因葬坟场和结颂，顷产败家，在所不恤，而不知君子论理不论数，理胜而数即退。处于无权，尝笔庸庸之辈劳心费力，怨恨他人者，比比然矣。兹闻大法国大巡捕房特起高塔上出云霄，有谓上海风水被外国人所坏，外国人闻之置之不论。试问上海地方于洋商未到之前，较之近日为何如乎，现在他处皆以上海一隅几欲富甲他省，是上海风水因洋商起造高楼而兴也，未可谓洋商起造高塔，遂坏上海风水。总之，风水无凭，不过虚无缥缈之事，惟达人知之，谅不为其所惑。"③

---

　　① ［美］卫斐列：《卫三畏的生平及书信———一位美国来华传教士的心路历程》，广西师范大学出版社 2004 年版，第 30 页。

　　② 《中外新闻七日录》同治四年九月二十一日。

　　③ 《中外新闻七日录》同治六年六月十七日。

　　较之讲究封建迷信、崇拜偶像，更为严重的社会问题是海盗盛行、土匪出没，常常引发一个城市的巨大恐慌。为了剿灭海盗，广州地方政府与英国领事馆合作，提高剿灭海盗的有效性："近年南洋海贼为患大甚，兹闻广州府宪与英国领事副官于十六日统带华英兵船，出巡海滨贼聚之境，欲设法防海，以除行船之灾危，即所以利商贾之往来也，岂非除害安良之术哉?"① 1854 年7 月，陈开、李文茂等率众起义围攻广州，两广总督叶名琛、广东巡抚柏贵等进行迎战，一时之间广州城人心惶惶，官绅商贾纷纷携家避难。《遐迩贯珍》曾这样报道当时的广州城内的情形："十五六间省垣各富室，畏乱先徙，多挈眷附本港常行载运贸易之火轮船，赴本港及澳门寄寓。有一火船载至六百余人者，多妇女幼稚，亦有用中土快艇载人，以缆绳系于火船以行者。各船价水脚涌贵，闻一中土客赁一火船载眷，价至一千二百余圆。"②

　　从近代岭南报刊中解读广州城市的历史变迁，可以勾勒出近代广州在中西文化影响下多元而复杂的城市发展道路与市民生活状态，沉淀城市生活与管理的经验，为当下城市文化建设累积历史文化底蕴。近代岭南报刊中的广州城市史料是对广州城市历史的回溯，丰富了人们对于广府文化的认识，吸取近代化广州城市化过程中的教训与启示，可以为当前的广州城市化建设提供借鉴，推动广州历史文化名城建设。

---

　　① 《中外新闻七日录》同治五年四月廿五日。
　　② 《遐迩贯珍》1854 年第 8 号（No. 13）。

近代广州的城市观察与社会想象

——以近代南中国海报刊为考察中心

　　随着经济的迅速发展和城市现代化水平的不断提高，广州这座千年历史文化名城逐渐焕发出别样的光彩。20 世纪 80 年代之后，学术界对于岭南文化的研究逐渐恢复。这一时期的研究多是对于岭南文化现象的介绍和意义分析，力图展现该地域文化的特质和价值，如玉石阶的《从花山崖壁画探讨骆越的文化特点》（1987）、李杨的《岭南文化的特征及其作用》（1988）等。进入20 世纪 90 年代，学术界对广府文化表现出了较高兴趣，在广府方言方面出现了詹伯慧、张日升主编的《珠江三角洲方言综述》（1991）、李新魁、黄家教等主编的《广州方言研究》（1995）等著作；在广府文化研究方面，出现了龚伯海的《广府文化源流》（1999）、叶春生的《广府民俗》（1999）等明确以"广府文化"为具体研究对象的成果。21 世纪之后，不仅直接以广府文化为对象的研究专著大量出现，如谭元亨的《广府寻根》（2003）、陈泽泓的《广府文化》（2007）、赵春荣的《广府文化源地》（2010）等，而且一些论文也深入到了广府文化的概念、渊源以及民俗、龙舟、茶叶与广府文化的关系等领域，同时还出现了对于近代广州报刊广告研究的著作，如蒋建国的《消费意象与都市空间：广州报刊广告研究（1827—1919）》等。这些研究成果具有鲜明的广府文化地理意识，显示出较为自觉的问题意识和地域文化观念。新时期以来的研究从不同角度丰富了人们对广府文化的认识，形成了广东学术研究的一大热点。但令人遗憾的是，此前的相关研究尚缺乏对于晚清岭南报刊中广州城市史料的梳理与研究。近代岭南报刊所反映的历史事件、时代背景范围极其广泛，包括社会生活、文化交流、科学知识传播、贸易往来、人员流动、宗教信仰、思想道德、书籍教育、社会制度、历史文化、人物报道、地理环境、科技发明、自然现象、生物生理等著作内容。中国正处在城市化过程中，关于城市文化、城市管理、城市冲突、城市竞争力等问题，可以在对近代报刊广州城市史料的回顾中得到启发。

一 广州城市地理、日常生活的勾勒

自 1815 年威廉·米怜（William Milne）创办了世界上第一个以华人为对象的中文近代报刊《察世俗每月统记传》（*Chinese Monthly Magazine*）始，南中国海地区的各类中外报刊不断创办、发行。这些报刊保留了 19 世纪初期至 20 世纪初期的南中国海地区的社会生活、文化交流、科学知识传播等方面的大量资料，是中西方文化碰撞、融合、转化等过程的生动载体。1827 年《广州纪录报》在广州创办，六年之后《东西洋考每月统记传》也在广州发行。前者是中国境内的第一份英文报纸，后者是中国境内的第一份中文报纸。此后广州地区的中英文报刊逐渐增多，出现了《中国丛报》《中外新闻七日录》《述报》等影响深远的报纸。由于广州毗邻香港、澳门，与两地之间的经济、文化往来极为频繁，故在香港、澳门及其他岭南地方的报刊中也多有对于作为省城的广州的诸多报道。近代岭南各类报刊中关于广州的新闻报道，表现了近代广州城市的地理空间与日常生活面貌，其中充盈着鲜明的岭南文化特质和浓郁的市民生活情调，反映出近代广州作为中国近现代文化策源地的城市个性与内在精神，整座城市在海洋文化的肌理中逐渐形成了自身的城市性格与重商主义的民众世俗追求。

广州作为广东省省会，是中国华南地区重要的政治、经济、文化、科技和交通中心。广州地处中国大陆南方、广东省的中南部、珠江三角洲的北缘，接近珠江流域下游入海口，隔海与香港、澳门相望。珠江口岛屿众多，水道密布，使得广州成为中国远洋航运的优良海港和珠江流域的进出口岸。广州城市具有鲜明的海洋文化属性，此阶段的广州报刊中充满了浓郁的海洋文化气息，内容多为对人们以海为生、搏击海洋的内容。在 19 世纪中期，广州已经成为岭南地区的交通枢纽，船运较为发达，定期有客轮、货轮前往香港、澳门以及东南亚、美洲等地。在 19 世纪 50 年代，广州与香港等城市之间的往来已经十分密切，各地之间的邮件、货物往来频繁。《遐迩贯珍》上有专门报道："三月十七日，邮船公局派有新火轮船一只抵港，船名打达儿。此船由英制造，前来专为由港至广州、常川往来制运之用。"[1] 同治六年的《中外新闻七日录》如此描绘省城广州与各地之间密切的经济、人员往来："火船由羊城往香港自正月至六月所搭之唐客有七万六千零三人，由香港来羊城自正月至六月所搭之唐客有六万五千八百七十九人，火船由澳门往香港自正月至六月所搭之唐客有二万三千八百五十人，由香港来澳门自正月至六月所搭之唐客，有二万一千七百四十二人，公司除费用外，实得银六万七千三百七十二大员。"[2] 岭南民众不仅往来于沿海各城市谋生或探亲访友，而且已经形成了前往东南亚地区谋生的风气。早在道光癸巳年（1833 年），《东西洋考每月统纪传》上就有一篇名为《新埔头或息力》的报道描述岭南民众前往新加坡工作、生活的场景："此小岛是大英国之寓所管，叫名新甲埔，虽然极小，其埔头之生理，在南海至盛。莫说西洋甲板继续往来，武吉兼马莱西船无数进出，就是安南、暹罗各国船至彼。盖大英国之官，不纳饷税，准各人任意买卖贸易，无防范、无勒索，安然秩然发财。虽然其正饷不足为意，但因商贾辐辏，国家莫不沾润国帑。上海县、泉州府、厦门、潮州府、广州并琼州府之船，都往新埔头做生理，并几千福建与广东人住此为商匠士农，各悦兴头。"[3] 这批常年居住于新加坡的广东人，成为第一次鸦片战争前勇于闯荡海外的先行者，为近代以来浩浩荡荡的出国潮拉开了序幕。在异域文化的刺激下，广府文化迅速彰显其宽容并蓄、开放多元、实干重商的特性，广州近代报刊中有

---

① 《遐迩贯珍》1854 年 5 月号第 5 版。
② 《中外新闻七日录》同治六年六月十七日第 4 版。
③ 《东西洋考每月统纪传》道光癸巳年十月号第 4 版。

许多关于广府地区人们进行中外贸易、早期移民、海外历险的报道，这些内容冲击着中国传统的重农抑商、轻视海洋的观念。

近代岭南报刊对于民众的世俗生活多有关注，对于市民生活中的离奇事情充满了报道的兴趣，也反映了其时代市民的生活方式与价值观念。这不仅是广州这座城市的昔日生活的历史印记，而且也是理解广州这座城市的文化特征与价值诉求的重要维度。同治五年的《中外新闻七日录》曾在报道中塑造了近代早期流氓无产者的形象："有潘亚胜者，南海九江人也，尝在羊城做钟表手艺。前在小市街裕成及小新街朱振丰钟表等店雇工，均被诬骗钟表私当，以充花用。迨事败工辞，居然棍骗度日，如禄盛来店被胜甜赊，屡计不给。适有挂钟与修，言明将工银作抵，在后不见交回，人亦不见面，诸如类甚多，此是被骗者亲到本馆面说。"① 该报道虽然事情较小，但却生动地反映了在半殖民地半封建社会进程中务工人员的生活状态，它通过细致入微的情景表现了早期城市化进程中的社会现象。而当城市经济逐渐繁荣，商人逐利而不顾法律、道德、铤而走险的事情便屡屡发生。近代广州城市生活中出现了许多对于时人竞相逐利、无所不为的事情的报道。同治四年九月二十一日的广州报刊上就报道了奸商为攫取微利而私熔钱币、损害国家利益的行为："近日奸商，将每日卖货所入之行钱，精选至大到厚者，卖与打铜匠私镕，以铸造仙炉枪炮等物。大约精选之钱，每千卖出较行钱价高贰钱。"② 无论是奸商为获取利益的百般钻营，还是有司的敷衍塞责，背后都显示出城市经济发展起来后民众价值观念发生的变化，君子耻于言利的儒家传统逐渐被城市经济生活所打破。

在 19 世纪 60 年代的广州，人们的日常生活已经跳出了传统男耕女织的缓慢节奏，而在近代的进程中逐渐地融入到广州这座城市的脉搏之中，感同身受于其中的悲欢离合。

---

① 《中外新闻七日录》同治五年十二月廿六日第 2 版。
② 《中外新闻七日录》同治四年九月二十一日第 1 版。

二　西方科技与近代广州形象的形成

近代广州城市的发展与商业经济发展的互动、多元文化形态与开放城市的延伸、市民生活场景与广州城市的历史变迁、城市历史的沉淀与外部的文化形塑等方面都存在着互为因果的关系。

在 19 世纪中期的广州城市生活中，医院、书院已经逐渐呈现在市民面前，民众对此也习以为常。城西多宝大街海墨楼石印书局曾刊发一则《月课告白》，告知印书局的业务办理流程，已颇为娴熟："本局仿西法点石印书，现拟每月点印各书，□□堂前列课文缩印小本板精工速与别家不同，将事欵开列于后，一每月课经，山长评审甲乙即行钞录上石，半日开便可出书分送呈□阅。一越华越秀羊城三大书院每课拟印生文三篇，童文一篇每月共得文四十篇按课分送，一每年以十个月为例收回工料银七钱二分派送脚力在内，每月钞收银七分二厘，赐头者请先行到本局挂号以便分送，挂号一在双门底仁厚林阁彭洪记。"① 随着传教士以医药辅助传教的流行，西方传教士常常借助医药传播基督教义，甚至有一些传教士本身即为优秀的医生。在广州的城市生活中，常常有不少关于传教士医生的报道，且都为积极、正面的形象："有英国医生师君惟善，于同治三年在汉口开设医馆以济世，其与美国嘉医生，在羊城开设博济医局、惠爱医馆以施医者，异地而同心也。近日寄来一书名曰'医院录要'，是师君惟善手着，其中言内外科之源流，洞若观火，非同中国医生得之良方法止流传于子孙，秘而不肯公诸同人，诚医学之津梁也，计其自社医院至今有四年之久，内外科共诊过三万四千六百五十七人，其博施济众之功可谓大矣。书曰：惟善降之百祥。谅师君惟善定自受之矣。"②

随着西方列强在华经营日久，到 19 世纪 60 年代欧洲工业文明的成果也被介绍甚至是实践于广州城市生活中。在广州城近代化的过程当中，来自西

① 《述报》光绪甲申年三月念四日第 14 版。
② 《中外新闻七日录》同治六年十二月廿九日第 4 版。

洋的科技文明最能彰显其文化的先进性，并且对于民众的生活产生重要影响。天花在中国曾是不治之症，但随着西方医药的引入，民众对它的恐惧逐渐降低。在近代岭南报刊中，有着数量众多的关于西医及其神奇疗效的报道，充分见证着广州近代化过程给予民众带来的福祉："羊城敦善堂延请的黎昆山先生，在西关外宜民市施种洋痘，如有父史欲与其子弟种者，须先期到馆挂号以便预备痘浆，一应谢金分厘不取，凡有幼龄子弟者，皆宜早种洋痘，倘再迟疑，以致天行之痘一起，俾其传染，则悔之无及矣。"①

近代化的电器设备对于中国民众而言极为新鲜，许多报纸都不厌其烦地刊登着西方电气线、火车、电报等方面的报道。在一则名为《电气线近闻》的报道中，报道首先向人们介绍了电气线的神奇力量，然后宣布香港、广州也将得此神物："美国玛高温先生承一电气传扬讬，欲在香港造一电气线以通羊城会经到省求总督瑞大人，请旨准其施行业已蒙其允俞云。"② 令当时民众倍感吃惊的火车，不仅频繁出现在近代岭南报刊中，昭示着欧美文明的先进性，而且还在报道中勾勒出火车在中国城市中落地的愿景。"闻英国现新设火车会，预合会本银两拟欲在羊城起至佛山开设火轮车路，以便商旅行人，不久有英人到港，与中国官酌议举行。前西国设火船、火车时，恐有碍于水陆工人。及既设后，工夫生意愈多，转觉火船、火车之往来甚有益也。"③

不仅广州至佛山的短程铁路在修建计划中，连广州至汉口的铁路也已筹划，且经费已经准备充足："迩来西人欲在羊城造一火轮车路，先通至禅山，继由禅直通至汉口，现已预备银两，专候禀准大宪，然后与工。"④ 在报纸编辑者眼中，火车通行益处甚多，足以便民、贸易："此诚利便商客行人之事，考火轮车之为用，快逾奔马，捷胜飞禽，每一点钟可行一百二十里，其务求平稳，不尚疾驰者，亦常行八九十里"，"将来此路告成，不特省垣百货流通，

---

① 《中外新闻七日录》同治五年十月十六日第 3 版。
② 《中外新闻七日录》同治五年十一月廿一日第 1 版。
③ 《中外新闻七日录》同治四年五月廿九日第 1 版。
④ 《中外新闻七日录》同治四年闰五月十四日第 1 版。

即四乡土产，亦必流畅，盖百物往来，且彼埠所无者，即来此埠运去，此埠所缺者，即往彼埠贩来，以有易无，交相贸易，日行千里，绝不废时，将见赵璧梁珠，悉罗市肆，南金东箭，尽萃民尘，羊城生意兴隆，可拭目而待矣。"①

广州的城市环境、近代化进程对报刊的编撰者形成了文化心理影响，进而对报刊报道形成某种某种预设；同时近代岭南报刊中的城市文化特质，久而久之也会融进一定历史时期的地域文化，成为广州城市人文环境的有机组成部分。

三　近代广州的社会问题与城市管理

任何一座近现代化的城市都有着自身的某种独特属性，对于素以世俗生活为旨趣的岭南文化而言，城市消费成为更为鲜明的烙印。近代西方殖民者以城市为据点向中国大陆进行渗透，他们为了完成资本的原始积累，有意识地赋予城市以不同的符号、形象、趣味，有意无意之中塑造了城市生活中的某些消费领域。除了华番常常爆发矛盾冲突外，买卖人口也是当时报刊中经常性的报道。由于西方列强相继进行了海外殖民，为了在殖民地进行生产攫取高额利润，急需大量的劳动力，为此催生了极为残暴的人口买卖行业。

在 19 世纪中期中国的人口买卖风潮中，澳门成为贩卖人口的中转地，临近澳门的广州则成为重要的人口来源地、集散地。曾有报纸从正面角度肯定广州官员在禁止人口买卖方面的作用，但对于拐卖人口行为的忧虑却并未减轻："拐卖人口出洋之风，莫炽于粤，皆以澳门为薮穴。以羊城有华官究察，香港则英禁极严，惟澳门一地，界于中外，盘诘稍疏，故匪人易于匿迹，每并帆连樯而来。"② 意识到了这种问题的严重性，地方政府也会出示严禁，但似乎并无根治办法："近日新文纸言澳门猪仔馆人在澳门街强买安南之男女为猪发卖者，有一万余之多，猪仔皆从抢掠逼勒诱惑而来。弱者闻之怒

---

① 《中外新闻七日录》同治四年闰五月十四日第 1 版。
② 《中外新闻七日录》同治四年九月二十一日第 2 版。

于色，强者闻之怒于言，无人不疾之如仇矣。羊城大宪昨年严办多人，匪徒徜为敛迹。今闻间有复蹈前非者，本月中旬地方特出示严禁，盖恐其风复炽也。"①

中国的娼妓问题古已有之，近代广州城中也有大量的青楼妓院，报刊中对此多有劝诫、批判："从来丧人心志败人财产者莫如妓妇。若抚宪疾妓如仇，特于十一月末旬，严禁城厢内外妓妇拉客，并限其半个月搬迁远处，不准在羊城贻害。倘有抗违，即治以罪其妓馆亦查封充公。"② 广州地方官员对于娼妓问题并非完全充耳不闻，但实际能产生多大的教化作用令人生疑。在近代岭南报刊中，对于娼妓问题及其社会管理难题曾有过一些报道："西关黎家基有一娼寮，其司头婆于本月十五日晒其小儿之衣于门外，适有差役二人入门看妓，见所晒之小儿衣，乃大声而笑曰：'妓妇亦有子，其父为谁？'司头婆怒以口与差役相角，震如雷霆，迨司头公张某回力劝不止，差役复将寮中陈设之物尽行击碎。时有隔邻司头李某见差役不留余地，乃喝左右寮人十余名，协力将差役殴至重伤，差役见寡不敌众，乃为鼠窜而去。十七日纠党三十余人，持白刃与洋枪同来寮中寻杀，幸得更练竭力排解，差役乃引其党羽而去。"③ 在这篇栩栩如生的报道中，差役的无耻放荡、司头婆的泼辣、寮人的彪悍以及差役与司头婆、司头公之间的潜在勾兑关系都昭然若揭，由此也揭开了近代化广州城市管理中的权力寻租问题。

在报纸编纂者看来，差役、寮主之间的恶斗只是问题的表面，最大的问题还是在于广州的城市管理者尚无应对之策："夫普天之下，非恶人不能为差役，亦非恶人不能为寮主。而寮主之恶恃性暴，差役之恶假官威，其人不同，其恶则一也。今观差役与寮主相斗，以恶遇恶，势不相下，非有更练以排解之不至人命两伤而不止。故为地方官者，倘能禁娼寮之开设、惩差役之滋扰，则羊城之中少却无争斗矣。"④

---

① 《中外新闻七日录》同治四年九月二十一日第 2 版。
② 《中外新闻七日录》同治五年十二月十二日第 3 版。
③ 《中外新闻七日录》同治六年正月二十四日第 1 版。
④ 同上。

　　至于吸食鸦片等问题，在这一时期的报刊中更是比比皆是。同治六年七月二十三日的《中外新闻七日录》描述了广州城中一轿夫在前往白云山途中因为长期吸食鸦片烟而突发状况的情形，寥寥数语将广州城中鸦片之流行进行了深刻地呈现："闻人说前月羊城有轿夫抬一番人到白云山景泰寺。前有一轿夫，忽然腹痛不能行。番人问之故，答以小的有洋烟瘾，因来时太逼，不能食足所致。差价即在寺前寻山大刀草一根，入寺内问僧人合炒焦，和山大刀叶连煎数滚，以一杯与轿夫饮之，其腹即时不痛。在后羊城人闻之，如其法戒洋烟，无不效验云。"① 近代岭南报刊中这些关于广州城市消费、社会管理问题的报道，在表现近代广州城市居民的消费方式、文化心理、社会生态上具有相当的概括力。

　　通过对近代岭南报刊的研读，我们可以理解广州这座近代城市的文化个性和地域文化特征，在观察和打量中感受近代广州的城市精神气息，从而以更清澈的目光观察和体悟当下社会与文化的去向。

---

　　① 《中外新闻七日录》同治六年七月二十三日第 4 版。

地理经验、宣传策略与宗教立场

——试析《东西洋考每月统纪传》对南
中国海地区历史文化的记载

    《东西洋考每月统纪传》（*Eastern Western Monthly Magazine*）于 1833 年 8 月 1 日创刊于广州。这份报纸在中国的报刊史、新闻史和出版史上具有十分重要的意义，它是我国本土出版的第一份中文近代报刊，以郭实腊为代表的西方传教士对于鸦片战争前夕的南中国海地区的社会和文化景观进行了描绘，尤其是其中那些带有文化象征意味的新闻、事件、现象，为我们重新理解此一时期的南中国地区中西文化的碰撞与融合提供了具体、可感的现场叙述。虽然囿于叙述者的身份、立场和思想的限制，传教士笔下的鸦片战争前夕的南中国海地区的文化景观不可避免地带有其自身的先在优越感和他者眼光，但该刊还是为我们展现了许多富于现场感的新闻细节、鲜为人知的生活场景、活色生香的情感体验。

一　澳门的历史变迁与报刊叙述

    由于《东西洋考每月统纪传》创办、编辑于广州，因此其报道中对 19 世纪 30 年代生活在南中国海地区的人们的生活、思想多有描述，其中对于澳门这一中西方文化最早交融之地亦有过论述。虽然该刊有关澳门的论述并不多，但仍然向我们隐约地传达出了一些值得品味的信息。

    澳门自 16 世纪中叶之后为葡萄牙人占据，并逐渐沦为其殖民地。对于葡萄牙人占据澳门，《东西洋考每月统纪传》曾有过一段论述，但这段论述不是放在新闻、历史部分，而是放在《葡萄牙国志略》当中进行论述的。其相关内容如下：

> 自此以后，葡萄牙之权势于亚细亚之南方，日益月增。当明正德九年，是民与中国开通商，中国称其为西洋人也。明嘉靖三十二年，西洋船趋濠镜者，言舟触风，涛水渍湿贡物，愿暂借濠镜海地晾晒，海道副使汪柏许之。时仅草舍数十间，后商人谋利者，渐运砖瓦木石为屋，西洋人居澳自汪始。[①]

从这段内容中我们不难发现，该刊的编撰者对于葡萄牙人据有澳门的历史经过是有着较为详细的描述的，将葡萄牙人借"舟触风"，"暂借濠镜海地晾晒"的理由进行了揭示，并直接点出了海道副使汪柏这个关键性人物。虽然文章中并无对汪柏与葡萄牙人占据澳门具体关系的叙述，但"西洋人居澳自汪始"还是说明了此人对于澳门历史命运改变所发生的重要影响。更值得体味的细节是，编撰者为我们描述了当时澳门的荒凉景象，"时仅草舍数间"，经过商人的努力，才渐渐运砖瓦木石为屋，进行澳门的早期建设。如果我们对照同时期的其他材料进行分析，不难看出澳门在葡萄牙人占据期间已经发展为中西文化交融的城市，这里比中国内地开放、自由，在宗教传播方面具有无可比拟的优势：

> 通常情况下，中国人不能与西方人做买卖，同样也不准给外国人当老师、走访外国人、与外国人同宿一处或崇敬他们。只有澳门港不受这一排外政策的限制。澳门是一个长期由中、葡政府联合治理的定居点，地貌狭长多山，是一个很秀美的半岛，由中国南部沿海珠江三角洲上最大的一个岛屿向西南方向伸展出来。19 世纪 30 年代，澳门人口约 35000，其中绝大多数是中国人。

---

① 爱汉者等编：《东西洋考每月统纪传》，黄时鉴整理，中华书局 1997 年版，第 264 页。

在中国和葡国官方批准下，那里的外国人生活比较安稳。从 6 月中旬至 9 月间，澳门常受台风威胁，除此之外的其他时候澳门的天气温和清爽，给人很舒适的感觉，而在其炎热的季节中，人们便养成了午睡的习惯。傍晚的时候，人们从家里或花园的阴凉处出来散散步，英国人和美国人喜欢在他们自己的区域溜达，葡国人则喜欢在逶迤的港湾附近闲逛。

在这里，人们不仅可以学习中文，而且天主教和基督教的传教士也可以谨慎地劝人入教。由于这两类行为在中国的其他地方均是被明令禁止的，所以澳门在中国传教史上发挥了非同寻常的作用。天主教在远东的传教总部在澳门存在已久。美部会广州传教驻地的开辟者裨治文（Elijah Coleman Brigman）1830 年报道说，澳门有 12 至 15 座教堂，但前往的人并不多；天主教小区共有 40 至 50 名神职人员。澳门同样也是新教的天堂。马礼逊（Robert Morrison）博士在这里生活了 25 年多，首部《华英字典》的编撰和《圣经》的中译本都是他在这里完成的。①

《东西洋考每月统纪传》在论述澳门时没有长篇的报道，甚至也没有对这座城市进行过评价，但我们依然可以从有关澳门的一些简短消息中捕捉到一些蛛丝马迹。由于当时各国船只途径南海，因此这一时期有不少关于船只遇难的报道，其中有两则消息中就谈到了澳门，并顺带报道了西方人将澳门作为经常访问、停泊之地的实情。其中一则报道名为《日本》，讲述的是日本前后两批水手、难民共七人，因船难而流落澳门，受到了英、美官员、商人的厚待。而当英、美商人护送七人回国后，竟遭到了日本的炮击：

　　君子怀仁慈恻隐之心，济困扶危，不望赏弗待催，而甘心专意替助。前年日本水手三人，因台风坏船而到澳门，蒙英吉利官员厚待，使其口

---

① ［美］爱德华·V. 吉利克：《伯驾与中国的开放》，董少新译，广西师范大学出版社 2008 年版，第 22—23 页。

腹之需，不至有缺矣。今年又另有难民四名，于澳门而流落，遂亚米利加商赠其糊口之资，亲自与本妻驾船望日本国往，并将此七名同带送回，以尽人子分。始到江户，即是国之京都，禀官上船，接其难民。遇有渔拢来，送厚礼物也。虽再三祈官临船，却不来。忽然奸官清早开炮，轰击船只，危在旦夕，必退出港。竟望萨摩驶入，贺后嶋之海域也。该国难民上岸，申详诉明来由。官员友接奏王，切祈施柔远之至意也。武官数人临船，应承接济，愧乏琼瑶之报，以感激本地之深恩焉。遂引船令之湾泊，每日抚慰詔言也。停泊三日后，天亮时候，兵士拥岸搭营。不期放炮，攻击船只六时之际，炮轰不止矣。所愿者，是杀远客。官养残害之心，忘恩负义，代善报恶，此狼毒残忍，太过不胜。当是之时，其国凶，荒大侵，民有饥色，野有饿殍，京内混乱焉。①

　　这段材料中值得注意之处有二：一是该材料继续宣扬中外君子宜怀恻隐、仁慈之心，相互救助，并对日本官员恩将仇报的行径进行了痛斥，责其为"忘恩负义""代善报恶""狼毒残忍"，甚至在结尾部分用中国人经常用到的报应观对此事件的后果进行了描述，以证明此类行为的荒谬和残忍。二是材料中提到了澳门，并指出日本水手、难民得到了英吉利官员、亚米利加商人的厚待，不难看出澳门作为中西方文化传播的中转站，在鸦片战争前夕其作用极为突出，报道在谈及澳门时不经意地牵扯出了英、美官商与澳门的关系。

　　而在另外一篇涉及澳门的报道《船败》中，则主要讲述了福建省漳州府诏安县有十八名船员、乘客，驾船金源号行至浙江洋面，船舵被折，然后去桅，羽翼俱无，随风漂流到澳门，又一次得到了英国商船的救助：

　　　　幸遇英吉利商舟，欲来澳门，即施慈悲，济困扶危，救我全船伙伴，恩德齐天，沾恩靡既。兹再蒙掷赐路费之资，并悲施给衣裳，以遮寒冻，功成再造，感激不尽。②

①　爱汉者等编：《东西洋考每月统纪传》，黄时鉴整理，中华书局1997年版，第298页。
②　同上书，第334页。

与日本对于救助本国居民的西方商人的忘恩负义相比，中国获救之人对于英吉利商船的感激之情溢于言表，行同"功成再造"。这固然与当时日本更加保守①有关，但更主要的可能还是与此刊物面对华人读者有关。编撰者在这两则材料中，通过一贬一褒，在满足华人读者道德自豪感的同时，也向人们宣传了互助互爱、仁慈恻隐的重要性，更向中国人展示了西方人的博爱精神、友好态度。

而在稍早一些的俄罗斯航海家笔下，澳门呈现出一种没落的辉煌态势：

> 澳门呈现出没落的辉煌。那些占地很大、带大院落和花园的高大建筑大部分是空的，住在这里的葡萄牙人大大减少了。最好的私人府邸都是荷兰和英国洋行的大班们的。他们在这里一般要待15—18年，因此不仅想要好房子，而且要按照自己的风格修造它们。生活在这里的英国人有可观的收入，这让他们有足够的资金来满足自己奢华又享受的生活需求，使他们显得与富裕的葡萄牙人完全不同。②

到了1857年，俄罗斯航海家对于澳门的城市描述显然更为漂亮和热闹：

> 我们在澳门待了12天。我上了四次岸。城市很大，也曾修造得非常好。葡萄牙人的贸易尽管并不繁荣，但城内居民很多。在广州做生意的阔老爷们、那里的中国商人和手艺人都搬迁到澳门和香港去了。现在这两个城市挤满了中国人。③

结合前后这些材料来看，我们可以理解《东西洋考每月统纪传》为何会在写到船难时两次提及澳门。对照俄罗斯航海家笔下的澳门，可以发现澳门在19世纪30年代即该刊出版的这一时期，既不像19世纪初期航海家

---

① 日本于1854年3月31日被迫向美国开放港口，这比中国在《南京条约》中被迫开放晚了12年。

② 伍宇星编译：《19世纪俄国人笔下的广州》，大象出版社2011年版，第6页。

③ 同上书，第132页。

笔下折射出的没落、冷清之感，也不像 19 世纪中期呈现出的那般拥挤、喧闹，此时的澳门正处于两个阶段的过渡时期。以澳门作为中转站，进而进入中国沿海是许多外国商船的目的，它们或在澳门休憩，或以之为据点。受限于当时的航海水平，船难多有发生。在《东西洋考每月统纪传》中所提及的一些船难，多发生在南中国海地区，甚至还远到台湾、浙江海域，这些遭遇船难的人员最后竟多在南海尤其是澳门海域附近获救，这也从一个侧面说明了当时各国在南海往来的频繁，澳门作为一个重要商贸中转站的身份也从中得到了凸显。

二　中国形象感知与刊物宣传策略

新起的欧美近代国家，以文明先进者立场自居，他们用本国的科学、文化、政治、经济、道德来审视处于封建王朝末期的中国，充满了一种五味杂陈的态度：鄙视、怜悯、厌恶以及费解。在《东西洋考每月统纪传》创办前大约 30 年前，欧洲的航海家们就对中国社会、民众和文化表现出了这样一种极为恶劣的印象：

> 中国有很多东西值得赞赏，但就政府的智慧和民族道德而言，无论多么不偏不倚且小心谨慎地评价，都只能是责难它而不是称赞它。众所周知，一个真正专制的政府，就不会是睿智的。专制精神从皇帝逐层渗透到最底层官员，人民只能在那些小暴君的压榨下呻吟。迫使很多人常常为了保护自己而压制道德情感，也正是因为这个原因，道德败坏得到宽恕。巴洛公正地指出，中国人的本性被暴虐的统治改变了，他们的和善变成了狡诈和冷漠。中国人中的一些丑恶现象，诸如容忍杀婴和父母可耻地买卖自己生养的女儿，已经披露了很多。热衷于为中国人辩护的人也无法否认这些，尽管他们试图原谅他们。……从巴洛对中国人的描述中我们可以看到这个国家多么恶劣、严酷又无知。①

---

① 伍宇星编译：《19 世纪俄国人笔下的广州》，大象出版社 2011 年版，第 14—15 页。

在经历了资本主义发展的西方人士看来，中国是一个古老、保守而又缺乏道德、民主意识的国度，这里的人们蝇营狗苟，只为保持自己的生存，匍匐在专制皇权的威严之下。由于在南中国海地区往来贸易的外国商船较多，因此不时发生一些落水、船坏甚至是沉船的情况。虽然中外政府均对救助沉船难民进行了规定，但实际在执行过程中并不一致。《东西洋考每月统纪传》中就曾经进行过两段对比描写，展现的是中国人乘火打劫遭遇船难的外国人的卑劣行径以及英国人无私救助船难中的中国官民的仁慈，从中所传达的批判与愤懑之情是不难体会到的：

> 论广东省救难民之例曰：广东省抚番舶难民，停泊之日，每日给口粮米一升，盐菜银一分；回国之日，核给一月行粮；无衣袴者，按名给予一套也。屡外国船广东沿海飘坏飞沙、汗没，且难民之上岸之时，恶徒不止不薄待，而夺衣服，劫诸，打伤外国之民人，此甚可恶矣。至于外国之梢手不忍坐视颠危，而不持不扶也。①

> 道光十六年，福建船集衙门人四名、老将六名、梢手十名、人客四位，并驾船者自台湾驶到澎湖。忽然飘风骤起，拆桅破帆，其船随风而泛也，却四围有海，一望无涯矣。二十八日后终无水，数人已渴亡。正此踌躇间，有英吉利船只附来，即救十七名，独一人沉沦。旧年十二月六日到新嘉坡，该屿督宪恩待诸不迟，而送之回归也。若看此等之行动，中外宜结和，互相施济高风，且着应急遽之援焉。人溺不援，是豹狼，外国人知此，故立会协力救难民。②

如果说中外民众在遇到船难时的不同，表现出的是一种人道主义精神、博爱意识和道德素质的差异的话，那么在对待科学研究、社会文化的不同趋向则反映出中西方文化的指向性差异。在《东西洋考每月统纪传》的编撰者

---

① 爱汉者等编：《东西洋考每月统纪传》，黄时鉴整理，中华书局1997年版，第256页。
② 同上书，第257页。

看来，中国人的文化不注重考察事物的原理、性质，缺乏探究事物内在属性的兴致，显示出对于科学概括能力的陌生：

> 除非药材，汉人不留草木，至于禽兽，未着一本书括其纲领，此又可怪矣。盖欧罗巴之士巡普天下阅草寻虫，甚究察其类坿。知之，就用之。若论金厂，就诸山岭之地方有之。人务其事，不要掘，知山里之库，只观山面之土何样，易知之。国家励民专务此事，觅新法用之。倘得有如意，好赏其劳，所以不可虚笑。若着人每日察究草木，倘获其用者，就移栽之本国。是此缘故，大英人增羊之用，令其柔毛合用，可织大呢、小绒、羽毛、哔叽等货贩运，贸易养民也。①

中国文化的妄自尊大和无知，让《东西洋考每月统纪传》的编撰者十分焦虑，他们通过文章直接指出了中国文化对于西方（泰西）文化的漠视，以及由此造成的懵懂无知，而造成这种现象的直接原因就是中国人未能读到西方的文化典籍，由此而藐视外国人及西方文化：

> 中国经书已翻译泰西之话，各人可读。但汉人未曾翻译泰西经书也，天下无人可诵之。从来有一代之治法，必有一代之治心。向来中国人藐视外国人之文法，惟各国有其文法诗书，一均令我敬仰世人之聪明及其才能也。大清民之经书有四、有五，惟泰西之经书不胜其数，各国各话自有矣。若要察其深浅，潜心切究其义，必焚膏继晷矣。②

在这种对于西方文化漠然的背后，编撰者看到了中国人对于西方文化根深蒂固的仇视和敌对心理。刊物的编撰者试图通过对于上帝至高无上性的强调和对彼此情意的肯定，来化解异质文化之间可能存在的文化偏差和误解：

> 我汉人甚藐视外国人，以仇报仇矣，这也不循圣例律。虽中外相异，

---

① 爱汉者等编：《东西洋考每月统纪传》，黄时鉴整理，中华书局 1997 年版，第 201 页。
② 同上书，第 204 页。

而万人之上有神父一位，诸国属之。若同一家，为一父之子，莫非兄弟乎？倘我以恩待外国人，远客以恩待我，彼此怀着厚情，协力解难应急，熙皞遗风再生，及相厌之情气俱丧，且四海之内情投意合。我闻此言，不能驳口，缄默而退，莫不赞美矣。①

除此之外，《东西洋考每月统纪传》还特别着力通过倡办刊物、加强了解，来消除中西文化之间的隔膜和冲突。该刊在编辑、出版过程中，不遗余力地宣扬中西民众的友情，尤其是显示外国人对于中国民众的友善、帮助。该刊真实的出版意图是希望通过刊物的编辑和发行，告诉中国人西方的科学、技术、文化，消解中国人的狂妄和自满心理，以此来推动西方文化在中国的输入和传播。但这种目的在《东西洋考每月统纪传》中却演化为外国人对于中国人的友谊、帮助，编撰者始终不忘利用一切机会宣扬西洋人对中国人的友善、和睦：

今已二年每月撰东西洋考一卷。外国之尊贵列位赐名签题，捐银为润泽汉人，甚愿与贤育财，化民成俗，艺极陈常，煌煌大训。且渐民以仁，摩民以义，大有关于风化也。其志为仁，其意为德，故莫不仰中国之尊贵，共相辅佐，则如锦上添花矣。②

另外，在《东西洋考每月统纪传》的自我宣传中，它也不忘为自己攫取一个好听的名声，即编撰刊物的目的是"特意推德行广知识"。不仅如此，编撰者又设置了在广州府有两个朋友相互辩驳的叙述方式，通过他们的对话、眼光来叙述新闻事件，或传达对于西方科学、技术、文化的认识，宣扬中西海外贸易、中西友善的观念，其中渗透着编撰者对于刊物获取民众关注、迅速赢得中国人认同的意图。

尽管《东西洋考每月统纪传》在文章中不断形塑中外文化交融、中西友

---

① 爱汉者等编：《东西洋考每月统纪传》，黄时鉴整理，中华书局1997年版，第206页。
② 同上书，第318页。

好的局面，不遗余力地宣传外国科技、文化、思想的优越之处，但这种宣传的影响毕竟是有限的。对于受教育程度普遍很低的中国民众而言，通过阅读报纸而让大多数人了解西方的科学技术、政治体制、历史人物、文化传统等显然并不现实。在这种情况下，一些能够迅速见效，且无须太多知识背景要求的人物、事件成了编撰者考虑的报道对象。在道光丁酉年六月的《东西洋考每月统纪传》中，载有《医疗》一文，内容如下：

> 宽仁孚众，是耶稣门生本所当为。今有此教之门徒，普济施恩，开医院，广行阴隲尽情，真可谓怀赒急之仁。每日接杂病人及各项症效，且赖耶稣之宠佑，医病效验焉。有盲者来，多人复见，连染痼疾，得医矣。四方之人常院内挤拥，好不热闹。医生温和慈心，不忍坐视颠危，而不持不扶也。贵贱、男女、老幼，诸品会聚得痊。①

这说明，在《东西洋考每月统纪传》的编撰者尝试了介绍科技、政治、历史、伟人、地理等内容后，他们开始寻求一种更为有效的传播西方科学技术的载体，表达外国人对于中国社会、中国民众的友好，很显然，医疗是一个极好的话题。西医通过科学技术来治疗解除病患的痛苦，挽救他们的生命，这对于中国社会和民众具有极为有效的号召力。事实上，医病施药也是基督教的传教内容之一，马礼逊在来华传教之前就曾接受过短期的医药训练，当他到达澳门后也曾经在澳门开办过诊所。麦都思、戴尔等人，也曾经借助医药辅助传教，从而达到医治病人肉体、同时对其灵魂进行宣道、拯救的目的，以扩大基督教在中国、东南亚的影响。美国医生伯驾的特殊之处在于，"专注对华人进行医药传教士从美部会派遣的伯驾开始，兼具医生与传教士资格的他在 1834 年到中国后，翌年在广州十三行创办眼科医院（Ophthalmic Hospital at Canton），是此后所有基督教在华医院的第一家，他又是 1838 年成立的'在华医药传教会'（Medical Missionary Society in China）主要发起人之一，因

---

① 爱汉者等编：《东西洋考每月统纪传》，黄时鉴整理，中华书局 1997 年版，第 187 页。

此可说是引介近代西方医药到中国的先驱之一"①。在道光戊戌年八月的《东西洋考每月统纪传》中，编撰者讲述了美国名医伯驾在广州行医的义举和受到的热烈欢迎，力图展现西方科学技术的先进性和中外友好的主题。这篇报道文笔生动，娓娓道来，颇似后来的新闻特写：

> 道光十四年，有医生名谓伯驾，自北亚墨理加国来，自怀慈心，普爱万代，不可视困危而不持不扶也。始到广州府，暂往新嘉坡，再返，于十三行内开医院焉。其宅广，其房多矣。恃上帝之子耶稣之全能，伏祈恩赐德慧术知，医杂病矣。如此服药开方，无不效也。虽昼夜劳苦，然不取人之钱，而白白疗症。设使病瘤，许病人寓医院。吕田之人贫乏无钱，悦然供给饮食，待病愈回家矣。②

编撰者报道了美国名医伯驾在广州十三行中设立医院，救死扶伤，同情病患，免收诊费的内容。伯驾在广州的医药传教在当时是极为引人注目的，他的成功在于能够主动地适应华人社会。与此前在新加坡任医药传教士类似，伯驾愿意走近华人，了解他们的生活，这自然能够增强华人来就诊的意愿。再加上伯驾的高超医术和认真负责的态度、免费治病施药的医德，迅速赢得了广州民众的好感。

三　伯驾的医药事业与刊物的宗教目标

应该注意到，伯驾在广州的身份是医药传教士，治病施药只是传教的工具，而不是全部工作。由于当时的美部会在派遣医药传教士时，只支付这些教士们以正常的薪水和一般的医疗用品，这对于伯驾在广州为华人长期免费治病施药、供给饮食、租赁房屋无异于杯水车薪。"事实上美部会派遣医药传教士到各地布道站，首要任务是照顾其他弟兄的健康，行有余力才为当地人治病，但诚如安德森在答复史迪芬信中宣称，美部会绝无意负担既昂贵又费

---

① 苏精：《基督教与新加坡华人1819—1846》，台湾国立清华大学出版社2010年版，第131页。
② 爱汉者等编：《东西洋考每月统纪传》，黄时鉴整理，中华书局1997年版，第404—405页。

时的医院，因为‘治疗肉体是偏离了拯救灵魂的主要目标’。美部会对于回到广州的伯驾也是同样的态度，虽然支付他的薪水以及一般医药传教士必要的器具和药品费用，但不支持也不负担他设立和维持医院的费用。"① 那么在这种情况下，寻求外来援助成为了伯驾继续自己在广州进行免费医疗、传播基督教的唯一途径。在《东西洋考每月统纪传》中，编撰者描写伯驾当时的处境和问题的解决道：

> 自无财帛，各国远客驻粤贸易并汉贵商一位联名签题银几千有余员，致买药材还赁行之钱。②

因为受到伯驾高尚医德的感染，各国远客及一位中国商人一起捐款给他购买药材及租赁房屋。值得注意的是，报道中特意强调了"汉贵商一位"③，与各国远客一同资助伯驾的义诊，这说明了美国名医伯驾的高超医术和无私品德感染了中外各国的人们，使他们一起参与到了资助伯驾的行动之中。伯驾毕竟是美部会的医药传教士，传教才是他的真正任务，治病救人只是其传播基督福音的手段。很显然，伯驾的目的不仅仅是治疗华人们的肉体，他自然更希望能够拯救他们的灵魂。可惜的是，在《东西洋考每月统纪传》中未能提供相应的细节和报道，其中的原因或许在于编撰者试图尽量淡化刊物的宗教色彩，来赢得更多中国人的阅读和认同。

---

① 苏精：《基督教与新加坡华人1819—1846》，台湾国立清华大学出版社2010年版，第144—145页。

② 爱汉者等编：《东西洋考每月统纪传》，黄时鉴整理，中华书局1997年版，第405页。

③ 此"汉贵商"疑为广州十三行首席行商伍秉鉴。在爱德华·V. 吉利克（Edward V. Gulick）的《伯驾与中国的开放》一书中，曾经对伯驾为维持在广州的昂贵的医疗事业四处寻求资助做过描述，其中就谈到了伯驾从伍秉鉴处低价租到合适房子的事情："然而严峻的现实是资金短缺而租金很高（每幢房屋的年租金通常约在1200至3000美元之间），除了中国人积极的意愿外，伯驾需要一定的资助以使其可以继续使用在广州洋行区的房子。奥立芬提供了第一笔伯驾最需要的援助；经过一番艰难的争取，奥立芬以年租金仅500美元的低价从浩官（Howqua）那里租到了一套合适的房子。这个浩官指的是当时一个大人物——老浩官二世（伍秉鉴，1769—1843），怡和行的继承人，19世纪财富帝国之一的缔造者。他是一个伟大的商业巨子，长期担任公行（Co-hong）成员，为人诚实、慷慨，在贸易中取得了令人难以置信的成就，令人们羡慕不已。"［美］爱德华·V. 吉利克（Edward V. Gulick）著，董少新译：《伯驾与中国的开放》，广西师范大学出版社2008年版。上文内容参见该书第45页。

　　尽管如此，我们还是可以通过其他的一些材料来了解这位医术精湛、医德高尚的美国医药传教士的福音传播工作。在伯驾于 1834 年到达广州之后，曾经接受郭实腊的建议前往新加坡担任医药传教士，这里他也一边为当地人看病，一边向他们宣传基督教的理念，这或可为我们理解伯驾在广州的医药传教生涯提供一个侧面：

　　　　对于新上门的病人，伯驾或帝礼士在问明他们识字后，都会给予一部传教小册，并要求他们仔细阅读。例如被海盗枪伤的那位华人和不少亲友都识字，伯驾因此供应他们不少图书，也从置于桌上翻开的书认定他们确已读过，伯驾特地听了那位伤者在读后叙述内容大意，还问对方是否爱耶稣，对方答说如果不爱就不会读了。伯驾因而高兴地觉得，伤者及其亲友在一个多星期间已经受到了福音的影响，伯驾告诉伤者，如果因为被海盗枪伤而使得他认识福音，并进而使自己和亲友的灵魂都得到拯救，那将是他毕生蒙受的最大恩典；伯驾说对方对此表示认同。①

　　与此同时，中国第一位华人牧师梁发，因伯驾的回春妙手解除了病痛②，也来到医院帮助伯驾向病友宣教。梁发"他除了每礼拜召集十二个人叙会之外，又到博济医院去向病人讲道，成绩也是很好。他说明他所以从事病院布道的工作的原因道：'当我在街上或村中告人以拜偶像之愚蠢时，彼等常讥笑我，但当人有病而获痊愈时，则其心甚柔软易受感化也。'"③

　　在《东西洋考每月统纪传》的这篇报道中，我们发现伯驾开设的是一家眼科医院，其中关于眼病的描述较多：

　　　　儒农官员，各品人等病来痊去矣。杂病之中，惟眼疾为多，故谓之

---

　　① 苏精：《基督教与新加坡华人 1819—1846》，台湾国立清华大学出版社 2010 年版，第 139 页。
　　② 伯驾曾说："梁发甚愿在此医院中服务，因为他曾患症症，中国医生都一位无救，可是竟在此医院中医愈。我一生之中即便未做过其他善功，只恢复了这个为上帝所爱的仆人的康健，我也已经不枉为一世的人了。"见麦占思《梁发传》，胡簪云译，基督教辅侨出版社 1959 年版，第 88 页。
　　③ 麦占思：《梁发传》，胡簪云译，基督教辅侨出版社 1959 年版，第 88 页。

眼医院。瞕瞖、贩睛，稍不见盲瞽入，能见出者不胜其数也。有时观其仁慈恻隐之心，遵上帝救世主之命，表远人慈爱汉人之凭据，中赖外之精手方药灵异之验焉。先生割瘤瘰疣赘腐骨之疽终无危矣。而剜完，紧缚缠裹，不期医了。唐画师大傅替写得医人之像挂于医堂，与众人看，而企仰也。①

伯驾在广州民众中赢得了极好的口碑，每天来找他看病的华人络绎不绝，一些其他省份的远客也来请他诊治。

既使病豁然而脱，大有名声。病人不远一千里而来，得医矣。传说此事者亲眼看医院之士民云集，拥挤，老有男女如蚁来，莫说广东各府厅州县之人，就是福建、浙江、江西、江苏、安徽、山西各省居民求医矣。②

当伯驾在广州的医药传教工作尤其是医疗工作取得重要成绩时，我们也应该注意到其身份与实际效果的差异。由于伯驾的美部会传教士身份，他必须首先为基督教的传播服务，医疗是其中的工具。在医治病人的肉体疼痛和拯救他们的灵魂相比，伯驾的任务毫无疑问应该是后者。但伯驾在广州地区的工作显然侧重了医治病人这个方面，对于在传播基督教福音方面并没有与其医疗技术媲美的影响。伯驾这种更注重治病而非传教的工作方式，也使得他在美部会内部遭受到了非议。③但对于汉人民众而言，他们显然不这么认为，人们直接期待伯驾为他们解除肉体的病痛，至于精神的信仰则显得不那

---

① 爱汉者等编：《东西洋考每月统纪传》，黄时鉴整理，中华书局1997年版，第405页。

② 同上书，第404—405页。

③ 伯驾在新加坡尝试医学传教过程中，就曾因为侧重治病施药，而对于美部会盼咐的应在学习闽南语上多用功夫并未引起足够的重视，因而没有达到显著的语言效果。"即使他曾经放下医务前往马六甲将近一个半月，接受英华书院华文教师的密集教学，也如上述直到最后一次的主日礼拜，才能以闽南语公开祈祷。甚至直到他离开新加坡一年多后的1837年，美部会秘书在写给新加坡布道站的公函中，仍要其他传教士以伯驾等人的语文能力不足为鉴：'一名传教士没有任何理由可以在第一年中不专注于首要的语言学习，必须心无旁骛。'"参见苏精《基督教与新加坡华人1819—1846》，国立清华大学出版社2010年版，第143页。

么迫切。也正因为如此，当汉人病患痊愈后，他们纷纷通过各种方式表达自己的感激之情。《东西洋考每月统纪传》曾引述了汉人的一首长诗来赞美伯驾的精妙医术和品德的高尚，其最后结尾中感叹道：

> 我疑西方佛弟子，遣来东土救尼民。不然航海万里来，耗人舍己将何徇。非医一乐不受报，且出己资周孤贫。劳心博爱日不懈，呜呼先生如其仁。其道自是如来教，其术确传元化真。①

在《东西洋考每月统纪传》所力图揭示的外国人的科技、文化优越性中，医术是一个极为有效的沟通渠道。该刊对于科学技术的介绍更多是停留在一种理论的介绍，并带有某种炫技、夸耀的成分，难以扭转中国人对西方文化奇淫技巧的判断。刊物中所撰写的东西方历史的和叙、西方政治制度的介绍、历史人物的推崇以及汉人对海外贸易的认识，显然无法解除中国人长期以来形成的文化中心主义心态和夷狄观念，它虽然部分地拓展了中国人对于西方文化的认知，但这种接受和认知是相当谨慎和犹疑的。而在对于西方医疗技术的感知上，中国人的接受和认同程度显然要高得多。在上面这首汉人写给伯驾的诗中，写作者以汉人习惯的佛教取譬，揭示了伯驾救死扶伤的高尚医德，使中国病人对于西方人士有了"耗人舍己""劳心博爱""仁"等带有鲜明情感色彩的评价。如果说在《东西洋考每月统纪传》的前中期，编撰者还在尝试用各种不同的方式传达西方的科技、文化的优越性的话，如对蒸汽船的描述、对星宿的解释、对西方政治文明的介绍等；那么到了后期，该刊开始关注医院、医术。在道光乙未年六月，该刊就以《广东省城医院》为题，简略地描述过医院广受民众欢迎的内容。到了刊物即将停办的前夕，编撰者才意识到医院、医术是展现西方国家科学强大和文化优越性的最好的方式。为此，编撰者还特意选择了汉人写给伯驾的四首诗来展现中国人对于西方科技文化的认同，诗中所流露出的感激、留恋、不舍显得情真意切，是病人们

---

① 爱汉者等编：《东西洋考每月统纪传》，黄时鉴整理，中华书局1997年版，第405页。

临别伯驾前的真情流露：

其一云

寻医留住五羊城，幸遇真人善点睛。已喜拨云能见日，从教污浊转清明。

其二云

昨秋重九始登楼，自得登楼疾渐瘳。费尽劳心余两月，明朝何忍别孤舟。

其三云

家书催入五羊城，一夕愁闻折栬声。安得与君长久叙，楼头话到日重明。

其四云

良羿相叙怕相离，一别从订后会期。来年问我重游日，正听街头卖杏时。[①]

　　从《东西洋考每月统纪传》中历年所描述的中西文化交融景观来看，只有在围绕医院、医疗这个话题上，汉人才表现出发自肺腑的接受和认同、感激之情。相对于其他的渠道，医院、医术在表现西方科学的先进、文明的发达过程中具有无可比拟的优势，它缓缓地打开和扭转了中国民众对于西方文明的认知，并对西方医者的博爱、仁慈有了新的认识。医院、医术对于传播西方文化、解除汉人的偏见和妄自尊大的实践，在鸦片战争前后取得了较为广泛的影响。"广州在 1843 年 7 月 27 日开埠以后，虽然广州人民一再抵制'番鬼'入城，但传教士还是加速了活动。设在十三行的博济医院，即新豆栏医局，在鸦片战争进行之际，一度中止活动，广州辟为通商口岸以后，这里

---

①　爱汉者等编：《东西洋考每月统纪传》，黄时鉴整理，中华书局 1997 年版，第 405—406 页。

很快便门庭若市。"①

与其他的宣传西方文化优越性的方式相比,医院因其病患的刚性需求、治病救人的特殊功能,能够迅速得到人们的认同。中国民众虽然表现出对于外国人进入广州城的不安,但对于医院显然并无抵触情绪。于是此后,越来越多的西方传教士通过开办医院这种方式赢得当地民众的认同。"1848 年,英国伦敦会传教士合信来到这里,在金利埠创办惠爱医院。一批先前已经入教、粗通医学的人,如梁发、梁桂臣、卢挺善、周勤堂等供职其中。同年,来自美国的传教士也在这里办起学校和赠医所。1850 年,美国长老会哈巴安德在广州开办男子日校,三年后又开女子日校、寄宿学塾各一所。这是广州新式教育之始。"② 但正像英国传教士施美夫(George Smith)所描述的,即便是《南京条约》签订之后在广州的公开传教依然不顺畅,"虽然自英华合约签订以来,地方当局的口吻与姿态大有改善,但进行公开传教活动以获得全面成功,尚困难重重,有待于民众对我们更为好感。"③ 在此情形下,"传教医院是最有希望在大范围内收到有益效果的,使当权者及百姓大众对外国传教士颇为好感"④。

人们在论及西方传教士在中国早期创办的报刊时,通常对其作用有所顾忌,认为这构成了对于中国政治的某种潜在的威胁。"外人之在我国办报,自别有其作用。昔之有识者,已慨乎其言之。《盛世危言》云:'中国通商各口,如上海、天津、汉口、香港等处,开设报馆,主之者皆西人。每遇中外交涉,间有诋毁当轴,蛊惑民心者。近通商日久,华人主笔议论持平,广州复有广报、中西日报之属,大抵皆西人为主,而华人之主笔者,亦几摈诸四夷矣。今宜于沿海各省,次第放行,概用华人秉笔;而西人报馆,止准用西字报章。'"⑤ 对于传教士所办报纸的文化交流、宗教传播作用,尤其是鸦片战争

---

① 熊月之:《西学东渐与晚清社会》(修订版),中国人民大学出版社 2011 年版,第 123 页。
② 同上书,第 123—124 页。
③ [英]施美夫:《五口通商城市游记》,温时幸译,北京图书馆 2007 年版,第 98 页。
④ 同上。
⑤ 戈公振:《中国报学史》,上海书店 1990 年版,第 103—104 页。

前的传教士背景的报纸，人们的评价往往不高。"基督教士认为以报刊为媒介传播福音，可以使中国人纷纷皈依基督。但实际上，这是他们的一厢情愿罢了。"①"19 世纪的新教教义，否定儒家学说的基本价值。它主张个人主义，崇尚竞争，热衷慈善，坚信进步。这种价值体系与儒家强调的稳定、家庭主义和等级社会形同冰炭，势所不容。在几千年儒家思想影响下的中国人，无论是一般民众抑或官僚士大夫，对基督教思想是难以接受的。当时中国人的心态是'宁肯跟他（孔子）进地狱，也不会随耶稣上天堂。'"②不过，对于《东西洋考每月统纪传》这样一份有着传教士背景，但并不以宗教宣传为唯一目的的刊物而言，它显然有着更为重要的文化价值。该刊对于南中国海地区历史文化景观的描述，虽然不可避免地沾染上了编撰者的立场、情感和态度，但是它仍然为我们提供了鸦片战争前夕这一地区的社会、文化风貌，对于我们了解广州、澳门等南中国海地区人们的生活、宗教、习俗等有着极为重要的参考价值。

---

① 李毅、李祖勃编著：《岭南近代报刊史》，广东人民出版社 1998 年版，第 21 页。
② 同上书，第 22 页。

第三编　历史语境与文学文本中的民族主义

冷　川

一张书单和读图示例

在《朝花夕拾》这部回忆性散文集中，鲁迅留下了一张少年时期的"阅读书单"，可以让我们了解他在7—15岁期间的阅读兴趣：

《五猖会》： 《鉴略》

《阿长与山海经》： 《山海经》《毛诗鸟兽草木虫鱼疏》《花镜》
《尔雅音图》《毛诗品物图考》《点石斋丛画》
《诗画舫》

《二十四孝》： 《二十四孝图》《文昌帝君阴骘文图说》《玉历
钞传》

《从百草园到三味书屋》：《西游记》《荡寇志》

显然，除了《鉴略》外，这张书单的共同点在于：与图有关。

若辅以周作人、周建人及其他亲友回忆鲁迅少年时期时所提到的书目，这张书单会变得极为丰满，其数量足以影响到一个人的知识构成和日后的治学思路。为清晰起见，我们按照年份略加编排：

鲁迅7岁（1887年）开蒙，除了正式的功课，可以公开看的是家藏的《阴骘文图说》和《玉历钞传》。

9岁时（1889年），一位长辈送给他《二十四孝图》，鲁迅说，这是他的第一本"上图下文，鬼少人多"的书，但《朝花夕拾》中提到，行孝道的种种不近人情处，令鲁迅对此书索然寡味。

10 岁（1890 年），在开蒙老师周玉田处看到了陆玑的《毛诗草木鸟兽虫鱼疏》和清代陈淏子的《花镜》。同年，长妈妈给他买来了小本木刻的《山海经》。此后，又陆续在家藏的旧书中看到《尔雅音图》《百美新咏》《余越先贤像传》《剑侠传图》等，且开始阅读《西游记》《白蛇传》等绣像小说。

13 岁（1893 年），因祖父科场案发，去皇甫庄避难。在表兄处见到道光年间木刻原版的《荡寇志》，图像精美异常，鲁迅用明公纸加以临摹，总计在一百张以上。也是在皇甫庄，鲁迅看过日本冈元凤绘制的《毛诗品物图考》。

14 岁（1894 年）归家，继续在三味书屋读书。上课时用荆川纸临摹了一本《西游记》绣像，连同《荡寇志》一并卖给了同窗。又将马镜江的《诗中画》、王冶梅的《三十六赏心乐事》和王磐的《野菜谱》影写一遍。14 岁这一年鲁迅开始买画谱，先是买了此前见到的《毛诗品物图考》和《海仙画谱》，见父亲并不责怪，又陆续购入《阜长画谱》《海上名人画稿》《椒石画谱》《百将图》《点石斋丛画》《诗画舫》《古今名人画谱》《天下名山图咏》《梅岭百鸟画谱》《晚笑堂画传》《芥子园画传》等画册。当时出版的科学杂志《格致汇编》，鲁迅也曾看到过，震惊于该书图像的"精工活泼"——这一系列采购延续到 1898 年。同是 14 岁这一年，鲁迅还曾在同学手中买了此前看过的《花镜》，特意栽种了一些植物，用所得经验批校该书。

15 岁（1895 年），开始抄录《唐代丛书》的部分章节，兴趣渐渐转到以野史笔记为主的"杂学"方面。[1]

总之，7 岁到 15 岁的这八年，是鲁迅知识结构较为独立的阶段：在正经功课方面，他基本读完了十三经，课外的阅读则集中于小说和"花书"（画

———————————

[1] 周启明：《鲁迅的青年时代》，中国青年出版社 1957 年版，第 20 页。

谱），尚未开始对野史笔记的系统阅读。这一时期对于图像的狂热，切合孩子的心理，也可以印证鲁迅日后一再感慨的，中国的孩子缺少图画书，并非惺惺作态，而是从他个人的喜好出发做出的判断。可惜，当年的这批图书大多未能保存下来，在1919年鲁迅回乡搬家时，儿时的画谱字帖以极便宜的价格处理给了旧书店，数量足有两大担。[①]

细分鲁迅幼时看过的图像，从内容上说，大致可分为三类：

第一种是画谱。古代刻印画谱，一为名画的传播与玩赏，一为传授绘画技法。从内容上说，山水、人物、花鸟、草虫等为大宗，但画谱和画作毕竟有所差别，诚如王世襄所言，"以印版之画，只可刻画物之有常形者，未能如笔墨，可尽山水之变态也"[②]。画谱所突出的是线条。这种阅读经历使得鲁迅日后对传统绘画的称赞，往往集中在用笔流畅细密之处，如谈"旧形式的采用"时，提到唐代佛画"线条的空实和明快"，宋代院画的"周密不苟"，都是可取之处；对于文人写意之作的评价则较多保留。在与友人的信中推崇古代的"铁线描"，称赞用软笔绘出细而有劲的效果是中国画的本领。1930年在中华艺术大学讲演，强调的是"轮廓线条"有生气、且不失真，对新派画主张的"线的解放，形的解放"而导致的线条"解体"多有批评。

画谱的另一作用为"教科书"。《芥子园画传》历来被初学者视为金针度人之作，日本人小田的《海仙画谱》在展示人物衣褶画法方面细致入微。翻阅临摹画谱，切实提高了鲁迅的美术素养，使其日后谈论美术种种，切中肯綮。鲁迅刻印笺谱，在新兴木刻运动中编印出版苏联版画集等，自然是在发掘传统精华、介绍普及国外的先进技法，若将此行为放入历代画谱出版的传统中，尤显意味深长。既然是教科书，首要的是定价平易，刻工用纸等均不必过于苛求，鲁迅幼时所看，多是普及之作，如周作人提到的他们兄弟所购葛饰北斋的画册，为嵩山堂木刻新印本，印制平平，但北斋吸纳西洋画法，

①　周建人口述，周晔整理：《鲁迅故家的败落》，福建教育出版社2001年版，第10页。
②　王世襄：《中国画论研究》（下卷），生活·读书·新知三联书店2013年版，第626页。

在浮世绘的创作中所展现出来的现代气息呈现无碍，尤为周氏兄弟所推重。①日后鲁迅印制笺谱时，亦顾及普及之意，如《十竹斋笺谱》，定价不菲，渐有新古董的意思，但鲁迅仍期望"以廉纸印若干，定价极便宜，使学生亦有力购读"②。

第二种是知识性的图像，如《尔雅音图》《毛诗品物图考》等，这部分图像所起的作用实则为注释。孔子说，青年子弟读诗，可以"多识草木鸟兽之名"，后世以此发展出名物之学。何为"豆""簋""盉""鬲"，怎么区分"荇菜""卷耳""苤苢"？单用文字解释，事倍功半，远不如配上一张图简洁直观，诚如《尔雅》邢疏所言："物状难辨者，则披图以别之。"此类图像相对于文字而言，并无独立价值。新闻图像初兴，《点石斋画报缘启》中区分得明白，旧时图书借图像以讲"器用之制""名物之繁"者虽不少，不过"虑乎见闻混淆，名称参错，抑仅以文字传之而不能曲达其委折纤悉之致""皆非可以例新闻者"③。鲁迅从小对于动植物兴趣浓厚，过目的书除《花镜》外，还有《南方草木状》《兰蕙同心录》《广群芳谱》《释草小记》《释虫小记》等。后者多为文字记述，不如《花镜》广采图像：花说堂版收图 322 幅，最少的善成堂版亦有 144 幅。鲁迅所看《花镜》为清代木刻本，图像的精确性颇值得怀疑，以美感代写实的地方亦复不少；但退一步说，孩子去看有关动植物知识的书，先要观其大概，图文并茂更易建构他们的基本认知，如"荔枝"条目下所记："其形团圆为帷盖，叶似冬青，花如橘枳，又若冠之蕤绥，朵如葡萄，结实多双"，此等记录，如无图例，摩想着实不易。

知识性的图像注重的是时代性和准确性。30 年代，鲁迅批评"国难后第六版"的《看图识字》是在翻印 1908 年的古董，与社会生活相脱节——"图上有蜡烛，有洋灯，却没有电灯；有朝靴，有三镶云头鞋，却没有皮

---

① 周启明：《鲁迅的青年时代》，中国青年出版社 1957 年版，第 48 页。
② 鲁迅：《鲁迅全集》（第 13 卷），人民文学出版社 2005 年版，第 21 页。鲁迅 1934 年 2 月 9 日致郑振铎信。
③ 尊闻阁主人：《点石斋画报缘起》，《点石斋画报》第一号，1884 年 5 月 8 日。

鞋"——进而批评当时儿童文学热衷的草率和粗陋。① 在连环图画问题的讨论中，他也援引了自己学医时幻灯教学的经验，来证明图像在释义方面的优长。但总体上说，鲁迅对于知识性的图像论述不多，他不是一个科普作家，也没有编写过教科书，他对图像的推重，集中在文化批评层面，而非知识传播层面。

第三种是释义性的图像，涉及人们常说的图文互证问题。其中较简单者为小说的绣像、诗词配图或历史人物画册等。这类图画多根据原文或本事所绘，如著名插图家张守义所言，为文史作品画插图，类似和作家"同台演戏"②，绘图者的素养越高，文学感知力越强，历史细节考订越细密，笔下的图像就越传神，越具有长久的文化意义。以绣像小说论，有些图像是根据每章回的内容绘制的，称为全图。对于一个熟知小说内容的人而言，翻阅图册，即可复现作品情节。鲁迅非常确信图像的叙事能力，在连环图画的讨论中，他将其视为启蒙大众的工具，并提供了若干具体建议，如在人物旁边注上名字，用头上放出毫光来显示所想等，期冀用传统表现方式，方便民众的理解。③ 但即使细密如里斯德·莱勒乎为《夏娃日记》所绘插图，离开对原文的了解，仍会让人一头雾水。《一个人的受难》，必须依靠文字交代情节，才可以使观者明了含义。用有限的画面展示一个曲折的故事，中间所需要的思维跳跃，更需要观者有较深的文化素养和专门的训练——这是文人趣味，和启蒙实则无关。此外，如陈老莲的《水浒叶子》，任渭长的《余越先贤像传》《剑侠传图》等，图像不涉及故事情节，多数旁有像赞，反映的是画师对于所绘人物的整体印象。若套用金石学上的看法，此类画像对于原文的意义类似碑帖，一旦创作出来恒久不变。人们对于原文的理解受时代影响较大，这些图像可作为参校，以保持较稳定的想象模式。

较为复杂的如《二十四孝图》《文昌帝君阴骘文图说》《玉历宝钞》及

① 鲁迅：《鲁迅全集（第6卷）·且介亭杂文·看图识字》，人民文学出版社2005年版，第36页。
② 张守义：《装帧的话与画》，中国文史出版社2002年版，第35页。
③ 鲁迅：《鲁迅全集（第6卷）·且介亭杂文·连环图画琐谈》，人民文学出版社2005年版，第29页。

《点石斋画报》等，前者为当年的道德普及读物，配图为的是上至公卿大夫，下至贩夫走卒，人人能懂，图像恰可以显示社会基本的道德期待和对幽冥世界的想象；后者为近代图像叙事的滥觞，上海社会的点点滴滴悉数留影，图文间别有文化阐释空间。在《朝花夕拾》的后记中，鲁迅独辟蹊径，杂陈不同版本的《玉历钞传警世》和《玉历至宝钞》，考证勾魂使者活无常的影像；拼合不同画师笔下的曹娥投江和老莱娱亲，以展示旧时孝道之乖谬。在《朝花夕拾》中记录了诸多乡间民俗并重温了父亲病亡的场景之后，鲁迅择取了幼时最为熟稔的图像记忆，匡之以干嘉学术的操作规范，借以叩问普通民众的生死观念，并嘲弄孝文化在后世衍生出来的繁文缛节与不近人情。

《朝花夕拾》的后记其实是一个非常有层次的文本：鲁迅先引野史笔记来校正自己在前文中的疏漏；继而引入图像和民俗俚谈来讨论孝文化在民众心理中的变态；最后通过广泛比较不同地域、不同版本的图像，辅之以迎神赛会的鲜活图景，来确认民间信仰的粗陋与生气勃勃。

引图像入文本研究，这是传统金石学的领域。近代以来，金石研究也完成了自身的现代性转变，从重器物本身以供玩赏、重款识文字以证古史之两途，转向对器物的形制、图案、文字的综合考量，如鲁迅当年的同事马衡，将"往古人类之遗文，或一切有意识之作品"均视为金石研究应涉及的领域；对于"遗文"和"有意识之作品"的解说，更展现出极为宽广的视野——"凡甲骨刻辞、彝器款识、碑版铭锬及一切金石、竹木、砖瓦等之有文字者，皆遗文也。其虽无文字而可予吾人以真确之印象者，如手写或雕刻之图画，明器中之人物模型及一切凡具形制之器物等，皆有意识之作品也。"① 鲁迅本人即为出色的金石研究者，不但广泛收集碑帖拓片，去补文献之阙文，更写过一系列如《看镜有感》之类的文字，从器物形制变化来透视民族文化心理的嬗变。在《朝花夕拾》的后记中，鲁迅走得更远，他将某些近世的、尚在流传中的图像纳入研究视野，这些图像所属的文化层级不高，展现的是正统观念在向社会底层推延过程中带来的变形和悖反。选择图像为分析对象，恰

① 马衡：《凡将斋金石丛稿》，中华书局 1996 年版，第 1 页。

在于文字隐晦，图像浅白，绘者意图手法，观者期待视野，均较文字清晰，更易展现主流文化进入亚文化层时的形态。

对老莱娱亲的分析最为单纯，鲁迅批评"着五彩衣""诈跌""婴儿啼"行为的做作，使得画作无正常的家庭氛围，又疑心伪诈因素是道学兴盛后所掺入，因此欲引山东嘉祥汉画像为参校，考订该故事的本来面貌。

曹娥投江，鲁迅在整理《幽明录》时曾加以勾稽，但后记所重，不在历史文献的梳理，而是引乡村野老的说法，以展现无智识者讨论孝女时的心态，及画师顾及民众心理时的应对之策：

> ……最初是面对面抱着浮上来的。然而过往行人看见的都发笑了，说：哈哈！这么一个年青姑娘抱着这么一个老头子！于是那两个死尸又沉下去了；停了一刻又浮起来，这回是背对背的负着。

灵活如吴友如者，所绘负尸之图，亦不如投江之豁达鲜明，其余画师则多绘曹娥在江边哭泣以搪塞。"百善孝为先"的古训和"男女授受不亲"的古训在"孝女"这一载体上的龃龉，可见礼教下延的过程中，民众应对方式的猥亵和机智。

"活无常"是后记中着力最多的部分。《无常》一文中记述，舞台上的此物白衣高帽，多执扇，蹙眉耸肩，自述身世（因放人片刻还阳被阎罗所责罚）；赛会中的则为供奉者所戏弄，有家眷无常嫂和儿子阿领。徐斯年在研究中指出，前者是绍兴目连戏的特色，在绍兴，《白神》部分成为目连戏中相对完整的一个分支，无常的唱词包括了自叙履历、叹人间不平和"骂狗"；后者则是迎神赛会中"调无常"的再现。[1] 各版本玉历中的情况不一，鲁迅称幼时所见的版本：身穿斩衰凶服，腰束草绳，草鞋，项挂纸锭，手中所持有破芭蕉扇、铁索和算盘，八字眉，披发，高帽，帽上有"一见有喜"或"你也来了"四字。后记中鲁迅手绘的无常像，实际综合了民俗与图传的特点——

---

① 徐斯年：《绍兴目连戏散论》，《绍兴文理学院学报》2005 年第 3 期。

短衣高帽、草绳、草鞋、挂纸锭、耸肩蹙眉，一手执破芭蕉扇，一手握铁链，做跳跃起舞状。所收集的版本中，与此形象接近者，共同点是素衣高帽，其他因素则变化较多：如扇子、舌头、胡须、出现的场合及出场时搭配的角色。名称则有死有分、阴无常和活无常之别。从整体上看，除南京本的死有分外，各版本的无常更接近穿长衫的文士造型，与鲁迅依据目连戏所绘的走卒形态颇不相同。鲁迅认为目连戏或迎神赛会的娱乐氛围，要求出场的应该是一个"阴差"（下等人），穿戴易奇特有趣，使观者可以较从容的心态与他开玩笑，此定位造成了民俗视野中的无常，与玉历系统中的无常在形象上的差异。

将民俗与图像相结合，或者说将田野调查与文献考证相结合，以获得对研究对象的整体性判断，这是《朝花夕拾·后记》处理资料的特色。如果我们将此放入上世纪 20 年代学术史背景中考察，更可注意到，积极拓展史料范围以取得整体性判断，恰是此时中国最优秀的一批研究者的共识，标志着新的学术思路和史料方法的确立。这一思潮的引领者正是和鲁迅渊源颇深的傅斯年与顾颉刚。在后记一文写过不久，由傅斯年、李济等人主持的殷墟考古工作正式展开，鲁迅对此工作多有留意。傅李二人较以往研究者的最大不同是，他们不再以搜罗字骨为第一要务，更关注小屯地下的地层状况，详加记录绘图，以获得对古代社会的全面认识，并以此地层为基础，通过比较的方法，讨论人类社会的演进情况。前人所弃者，如人骨、兽骨、陶片、居室遗迹等，对他们而言，皆可揭示无限知识。如傅斯年所说，从殷墟发现的兽骨中猪骨较少，可证当地当时尚属游牧民族；从出土的发镇，可推知当时已是衣冠之治，非断发民族。[①] 李济对商代社会俯身葬的考察，对当时筑土为室的分析，以及从陶器来推断殷墟文化与仰韶、龙山文化的关系等研究，[②] 皆在古文字系统之外别开生面。从整体上看，以王国维、罗振玉为代表的晚清学者，对殷墟的关注点在文字，从甲骨来研究文字的流变并推断王室谱系，以补上古史之阙；傅斯年等人的关注点在历史遗存，用科学的方法获取对当时社会

---

① 傅斯年：《傅斯年全集（第三卷）·考古学的新方法》，湖南教育出版社 2000 年版，第 93 页。
② 李济：《李济文集（第三卷）》，上海人民出版社 2006 年版，第 256、316、290 页。

的整体性认识，后者从根本上改变了文史研究的方式，诚如王献唐所说：

> 从前治金石文字，其材料但能求之地上，不能求之地下，但能求诸文字经史方面，不能求诸社会学、生物学、地质学。故其效果，偏于臆度，而缺乏实验，偏于片段，而缺乏系统。此非古人聪明不及今人，实其凭借不及今人耳。晚近数年以还，国人治学，渐变前此虚矫之习，趋笃实，其代表此笃实学风，真正运用科学方法，整理新旧材料，不坠其人窠臼者，实以贵院为先导。①

抛开人事关系，鲁迅和傅斯年的学术思路有很多相近处。作为一个金石研究者，鲁迅很早就在文字之外，关注碑刻的画像和图案，因为幼年的美术基础，鲁迅对汉画像的"美妙无伦"处极敏感，也在此后的木刻运动中，希望参酌汉代石刻画像、明清书籍插画和民间年画，融合西方技法，以创造更好的版画。② 但他收集汉画像的本意则在于借图像了解社会习俗，为文史研究拓展资料。近年有研究者注意到，鲁迅在绍兴会馆抄古碑的工作，实则和他在教育部社会教育司第一科的职责——博物馆图书馆事项、调查及搜集古物事项——密切相关。该项工作一开始就受到了现代西方考古学的影响，和旧式金石学的旨趣大为不同。③ 在谈古人的胡须、谈女人的缠足、谈孔夫子的形象等文章中，鲁迅皆援引汉画像及出土文物为参照，1934 年致许寿裳等人的信中，亦强调自己计划"印汉至唐画像，但唯取其可见当时风俗者"④。和《朝花夕拾·后记》差不多同时写定的《魏晋风度及文章与药及酒之关系》一文，从政治史、习俗史入手讨论魏晋文风，是文学史领域拓展史料范围、以求获得整体性判断的典范。《朝花夕拾·后记》将图像作为核心史料，借以

---

① 王汎森：《中国近代历史与政治重的个体生命》，生活·读书·新知三联书店 2012 年版，第 351 页。
② 鲁迅：《鲁迅全集》（第 13 卷），人民文学出版社 2005 年版，第 373 页。鲁迅 1934 年 2 月 4 日致李桦信。
③ 陈洁：《论鲁迅抄古碑与教育部职务之关系》，《鲁迅研究月刊》2014 年第 5 期。
④ 鲁迅：《鲁迅全集》（第 13 卷），人民文学出版社 2005 年版，第 154 页。鲁迅 1934 年 6 月 9 日致台静农信。

考察近世的民间信仰和社会心理，此创造性的读图选择，极具先锋意味；但从完整度上说，它更像是魏晋风度这类文章的"半成品"。

在后记的写作中，鲁迅留下了诸多"活口"，未去细究。如前文提到的山东嘉祥汉画像中的老莱子，鲁迅说手边无书，就此按下不表；同样，"弄雏娱亲"的说法，鲁迅也未穷究到底。① 收集资料最耗时的无常，留下的空白恰最多。1949 年初，鲁迅研究专家林辰写过一篇名为《无常》的短文，其中有四点颇为值得注意：

1. 在林辰的家乡贵州，无常是城隍的部属，多成对出现，称之为吴大爷和吴二爷，其中吴大爷白衣白帽白脸，八字胡，嘴角带笑，戴长方形高帽，上写"你也来了"或"正要拿你"，服装如披风，无袖，上下一致，齐统落地。

2. 引述清人范仲华《谈影集》中《杜履祥》一篇所记无常形象。两无常鬼，一为"白衣白冠，身高丈五，上书你也来了么五字"，一为"皂衣皂帽，肩荷雨具，曰地方"。

3. 鲁迅手绘的无常像与林辰记忆中的鸡脚神更为相似。鸡脚神塑像多在吴大爷前面，身材较普通人略矮，其形象为"戴着纸糊的高帽子，项挂纸锭，手执铁链，左腋下夹着一把破纸伞。背微驼，两肩高耸，左脚着地，右脚勾向后方"；不同点在于鸡脚、舌头伸在外面，且上有鸦片。

4. 吴神在勾魂外，虽也和生人有接触，但性情阴鸷狡诈，这与鲁迅所记"爽直，爱发议论，有人情"相反。②

中国幅员辽阔，贵州和江浙风俗不同，亦在情理之中。但林辰的同名文章在《后记》所重的玉历系统和《无常》中记述的目连戏及迎神赛会外，更多的援引了东岳庙的塑像和野史笔记，对鲁迅刻画此鬼物可能

---

① 李圣华：《"弄雏"小考》，《鲁迅研究月刊》2014 年第 3 期。
② 林辰：《林辰文集（三）·无常》，山东教育出版社 2010 年版，第 31—34 页。

具有的疏漏有隐晦的暗示。后两者在鲁迅的笔下实际有所涉及——《无常》中提到了樊江东岳庙中会动的无常像，《后记》的文末则讲到了走无常，提到又未展开，只能说明鲁迅不做"活无常学者"的说法并非纯然调侃。

《朝花夕拾·后记》的写作背景和潜在的对话文本都颇值得玩味。鲁迅在厦门、广东时期的通信中，极为频繁地提到顾颉刚，似乎还没有谁能引发鲁迅如此程度的厌恶。随着《顾颉刚日记》的出版，传记研究者可以兼顾两方的说辞，对他们的人事冲突和处事方式上的差异有更为公允的判断；更有意义的研究则是考察二人分歧背后的学术分流，如桑兵将鲁迅和顾颉刚在厦门时期的交恶纳入到章太炎门人和以胡适为代表的新一代学者的代系交替中。两派同属"北大学人"，前者整体上学识渊博通透、但见解平平；后者则享有理论方法上的后发优势，研究中虽不免有"悬问题以找材料"之讥，但对现代中国的学术转型更具推动力。① 此后，王富仁将鲁迅和顾颉刚的学术观念的对立，视为古文学派和今文学派之争的延续，认为章太炎及其弟子更注重学术研究的人文传统，而古史辨诸人则更关心疑古辨伪，有为学问而学问的倾向。② 值得注意的是，此类研究虽以鲁迅、顾颉刚之名，但研究者很难找到一个他们直接交锋的学术话题，将他们的差异加以对比。从这个意义上看，《朝花夕拾·后记》的写作可能是唯一的例外，鲁迅考察孝文化在近代的历时流变，考察活无常形象的地域差异，这样的选题与此前顾颉刚对孟姜女故事的研究构成微妙的互文关系。

　　1924 年 11 月，顾颉刚在《歌谣周刊》第 69 号上发表了长文《孟姜女故事的转变》，即刻引起知识界的广泛关注，诸多研究者与其通信讨论，并寄送各地有关孟姜女的资料，至 1925 年年中，《歌谣周刊》陆续推出孟姜女专号 9 期。《转变》一文为纵向材料的排列，梳理了从春秋到北宋时期孟姜女故事的

---

① 　桑兵：《厦门大学国学院风波——鲁迅与现代评论派冲突的余波》，《近代史研究》2000 年第 5 期。

② 　王富仁：《鲁迅与顾颉刚（二）》，《华夏文化论坛》2015 年第十四辑。

演变情况。此后，各地材料纷至，使顾颉刚意识到该故事的复杂性，1927 年初，发表于《现代评论》上的长文《孟姜女故事研究》，便从历史系统和地域系统两方面对此前收集到的材料进行了编排整理。诚如陈泳超所指出的，就历时演变而言，顾颉刚的工作是对顾炎武《日知录》中观点的拓展，并非独创；但对各省地域性材料的整理，则展现出了顾颉刚对于民俗研究独立价值的自觉。① 同样值得称道的还有顾颉刚对孟姜女故事转变原因的解说，如故事重心从"却君郊吊"变为"善哭其夫"，顾认为这既反映了战国时期音乐界哭调的流行，也展示了不懂礼法的"齐东野人"对故事传播的参与；对唐代孟姜女故事转向哭崩秦长城的分析，则联系到乐府诗歌的传统和唐代征战不息的时势，虽然这样的解说不尽周密，但仍可展示出顾颉刚"第一等史学家的眼光与手段"。

若从历史和地域这两个因素来分析《朝花夕拾·后记》，我们会注意到鲁迅在引述材料方面同样颇费心思。对孝文化的讨论暗含着一个时间上的排序，以讥讽近代提倡孝道者的虚伪性：

> 1872 年所刻的《百孝图》，序中已提到"古人投炉埋儿为忍心害理"；
>
> 1879 年的《二百卅孝图》，胡文炳的序言，直接批评了"郭巨埋儿"一事"揆之天理人情，殊不可以训"；
>
> 到了 1920 年，上海的书店翻印《百孝图》、以救"人心日益浇漓"时，却将书名改为《男女百孝图全传》，借"男女"以增卖点。

具体到画法上，"曹娥投江"的故事从《百孝图》至《二百卅孝图》再到吴友如的《女二十四孝图》（1892 年），反倒是最后出现的采用了两尸背对背浮起的场景；同样，"老莱娱亲"在 1872 年、1873 年的两个刻本中，画师尚在斟酌人情物理，或采用"取水上堂诈跌卧地作婴儿啼"一幕，或采用"著五色斑斓之衣为婴儿戏于亲侧"一幕，到了 1922 年慎独山房的刻本中，

---

① 陈泳超：《顾颉刚关于孟姜女故事研究的方法论解析》，《民族艺术》2000 年第 1 期。

却将诈跌卧地和为婴儿戏合二为一，完全不思量场景的现实合理性，其效果正如鲁迅在《二十四孝图》一文中所嘲讽的，"以不情为伦纪，污蔑了古人，教坏了后人"。从地域角度看，鲁迅收集的《玉历》包括了北京、天津、广州的各两个版本，南京、绍兴、杭州各一个，另有一出处不详的石印本。就一篇非学术文章而言，这样的资料收集量已经是难能可贵。为鲁迅收集资料帮助甚大的常维钧和章廷谦，在讨论孟姜女故事时，同样为顾颉刚提供了大量京津地区和绍兴地区的文献。

但鲁迅和顾颉刚处理资料时的差异更值得细究。顾颉刚的孟姜女故事研究是和他的古史考证密切联系在一起的，起初，这个题目近乎是方法上的"演练"，以便此后着手进行关于舜的考察，厘清神话和古史的关系。在收集到的诸多材料中，文字性的对于故事演变的考辨最为直接；捎带的，时间顺序愈靠前，该文献的价值愈高，如刘半农从巴黎国家图书馆寄回的敦煌写本小唱，将送寒衣情节出现的时间直接确认至宋以前。众人给顾所寄资料以小说、宝卷和唱本为多。顾颉刚陆续将其中较重要者，如常惠提供的《孟姜女寻夫》鼓词（京兆）、魏建功的《孟姜女十二月花名》唱本（江苏）、刘策奇的《孟姜仙女》宝卷（两广）、杨德瑞的《孟姜女四季歌》刊载于《歌谣周刊》上。事实上，此后的研究者曾有质疑，作为民俗研究，却过分依赖文献和印刷流通的材料，有悖常规。①

文献之外的材料，主要包括了演剧、图画和杂物三部分。演剧因其即时性的特征，当时讨论不多。顾颉刚此后曾写过短文《湖南花鼓戏中之〈池塘洗澡〉》，除人物对白外，还介绍了演员在舞台上的身形动作，读来饶有鲁迅笔下的无常、女吊出场时的趣味。② 杂物方面，有骨牌、刺绣，顾曾在《歌谣周刊》上撰文征集，但此后收集情况不详。图画方面则较多，在孟姜女专号的第二期中，顾就提到已经征集到图画多种，在各期致谢中，也陆续提到过

---

① 户晓辉：《论顾颉刚研究孟姜女故事的科学方法》，《文化研究》2003 年第 4 期。
② 顾颉刚：《孟姜女故事研究及其他·孟姜女故事笔记辑录》，商务印书馆 2014 年版，第133—136 页。

顾兆鸿提供《绘图孟姜女》二册，胡文玉提供《新绘孟姜女万里寻夫图》一册、《绘图孟姜女万里寻夫全传》十六回和《绣图校正京调孟姜女万里夫全本》一册。《歌谣周刊》上选载过四幅图片，一为阮氏文选楼刻本《列女传》中的"齐杞梁妻"（第83号）。顾在按语中提到，文选楼的底本是南宋建安余氏刻本，阮氏曾编订过清宫所收图画，经比较，认为宋本所收入的图画极可能是仿东晋顾恺之的画法，至少"仪法格局"不会有大的改变。顾认为此图的最大价值，在于让我们了解1500年前"人们想象中的孟姜女哭城的样子"。第二幅图是广东《孟姜仙女卷》中的"孟姜仙女"和"万里侯喜良"像（第86号），《孟姜仙女卷》曾在《歌谣周刊》上连载，文中说此二人是芒童星官和七姑仙下凡，故将其画成仙童仙女的样子。第三幅为上海文益书局出版哀情小说《孟姜女》的封面（第90号），所绘孟姜女为旦角状、关官为丑角状，顾认为此场景可以让我们了解演剧时孟姜女的装扮。第四幅为曹娥碑的拓片（第93号），碑文相传为东汉末邯郸淳所做，文中用了"哀姜哭市，杞崩城隅"的典故，可佐证东汉时期人们对于孟姜女故事的看法。整体上看，顾颉刚主要是将图像作为文献的辅证。在四组按语中，最有意思的是对哀情小说《孟姜女》封面的解释。因为书中的人物插图都是古装造型，而封面的却是时装的，看似矛盾，但对演剧极着迷的顾颉刚一下子就意识到，封面是戏剧化的处理方式，绘图者大概对孟姜女的演剧有所了解，关官谑语调笑行路的女子，而孟姜女则唱过关小调，直言四季思夫之情。这种丑角和旦角的搭配有插科打诨的性质，所以"他们的衣服都可今可古，不甚受时代的限制"。这张图片除了佐证文献资料的用途外，还在不同文类（戏剧、小说）、不同格调（哀情、闹剧）之间，为观者打开了一个理解孟姜女故事的多维结构。

　　《朝花夕拾·后记》在使用资料方面最大的特色是以图像为核心。鲁迅在文中搜集图像、拼合图像，在必要时绘制图像，图应视为他创作的一部分，而不仅仅是文字的附属品。鲁迅无意去考证《二十四孝》故事的历史流变和"活无常"的标准形象，他关心的是"画法"及画法背后的文化心理。如何读图？鲁迅选择的方法是对比，通过有意识地剪接拼合图像，加强图像间的对比，从而构建批评空间。图像具有双重属性：一方面，它要配合文本，以图文并茂的形式增强传播方的意图；另一方面，它又体现了画师（特殊读者）的理解，提供了接受方的意见。较之于顾颉刚主要是将图像视为文献证据的做法，鲁迅更重视图像传递过程中接受方的意见，或者说，顾在研究中需要的是图像意义的明确性，而鲁迅的创作则试图呈现图像的多义性，以引导出自己在文化批评和社会批评方面的意见。后记中，鲁迅将老莱娱亲、曹娥投江的图像分类集中呈现，让读者直观地感受到画师在面对伪诈场景时的踌躇和挣扎，从而对孝文化的方式和限度有所思考。

对活无常形象的细致考察，鲁迅得出的是《玉历》思想"粗浅"的结论。这实则是一个价值判断，和顾颉刚对不同地域孟姜女故事考察时，"不立一真，唯穷流变"[1] 的原则完全不一样。在鲁迅看来，乡民对彼岸世界的想象，完全是世俗化而非学术化的，活无常也罢、死有分也罢，总之这个形象在人的大限将至时无处不在，"他"介于"官"和牛头马面等兽类之间，无论入宅勾魂，还是立于阎罗王的案边，都被人们视为较有人情、可以乞援的角色。鲁迅嘲弄了顾颉刚等人对于民俗的研究方式：征集资料，开始讨论，将往来信件悉数编印起来，成为某领域的学者……这种立足于民俗资料整理和再现的学术在鲁迅的眼中是否具有独立价值？显然他会去强调学术的现实指向性，以便帮助知识者理解民众的爱憎和趣味。在图像的组合和绘制中，鲁迅同样有办法巧妙地包含自己的观念——细看他拼合的诸多无常像，虽然出现的场景和人物细节有诸多不同，但基本上着装都是"齐统落地"的长袍，他手绘的无常形象却被描画为"短衣帮"，并刻意选择了唱词为"哪怕你铜墙铁壁"时的神气，而未选择鸭子浮水似的跳舞这种更具民俗特质的场景，[2] 联系《朝花夕拾》通篇对于"正人君子"的揶揄，坚持脱掉长袍，未始不是作者批评立场的展露。

---

① 顾颉刚：《答李玄伯先生》，《现代评论》1925 年 1 卷 10 期。
② 周遐寿：《鲁迅小说里的人物》，人民文学出版社 1957 年版，第 153 页。

　　《朝花夕拾·后记》与《魏晋风度及文章与药及酒之关系》完成于同一时期，后者往往被我们视为鲁迅学术思路独特性的代表作，但如果我们将其纳入到 20 世纪 20 年代中后期的学术转折中，注意到顾颉刚、傅斯年等人在民俗学、考古学等领域的突破，《魏晋风度》一文反倒更贴近于时代主流。《后记》的写作则展现出鲁迅作为文学者独特的一面，文中对学术性材料的大量使用，对个人记忆的坚执以及极为强烈的文化批评、社会批评意识，其实都有助于我们理解他此后十年的发展选择，以及去世前评价章太炎为"有学问的革命家"时的自我体认。鲁迅提供的读图方式，也被此后的文史研究者所继承，人们借图像研究存资料、抒性情、发议论，在现代学术体制内，坚持着人文学科的立场和初衷。

万县案与《怒吼吧，中国！》

特里查可夫（Sergei Tretiakov，或译为铁捷克、托黎卡）的名剧《怒吼吧，中国！》之所以在中国现代文学史上产生了巨大的影响，以至"怒吼"这一意象成为中华民族觉醒的象征性表述，很大程度是因为该剧被附会到了1926年9月发生的万县惨案。两者间的联系是如何建立起来的，体现了接受者怎样的意图，创作者的原意又是什么？他们之间的差异隐含了什么样的信息？对这一系列问题的考察，也许可以为我们开辟一条重新审视中国文学与近现代历史进程微妙关系的途径。

一　万县案发生的历史背景与媒体反应

万县惨案从发生伊始便处于一种尴尬的地位。这个出现在中国偏远地区的事件，虽然惨烈程度远过于五卅，但它却无法成为人们关注的焦点。上海是此时全国的舆论中心，以老牌的《申报》为例，虽然英国海军在9月5日便已炮击万县县城，杀伤当地军民两千余人，但直到9月11日，该报才转载了路透社电文，仅称"英政府对于扬子江之事变拟向正当方面提出严重之诘责"，完全没有意识到此事件之严重性。而代表了南方革命政府立场的《国民日报》对此事的报道仅比《申报》早一天，所转载的则是《大陆报》与《字林西报》的相关内容，并对这一发生在地方军阀控制地区的事件采取了隔岸观火的态度①。之

---

① 《杨森炮击英舰》，《国民日报》1926年9月10日。

后，两份报纸都对于此事维持着持久而微弱的关注，但它们的消息来源均是外电，所涉及的基本是西方各国对于此事的反应。直到 9 月 17 日，《申报》才在一篇报道中提及了惨案的过程①，而更为详细的描述则由 9 月 24、26 日《国民日报》上的两篇文章提供②。换言之，在万县惨案发生 10—20 天后，国内的一般读者才了解到这一事件的经过，之后则进入到人们所熟悉的程序中：各种民间团体纷纷发表通电以示抗议，当地人的声音也渐渐进入到媒体之中……不过，并没有发生大规模的游行和抵货运动，甚至对此事件的报道所能够占用的报纸版面也极为有限。广东国民政府不失时机地利用此事宣传军阀割据的危害，并隐晦地表达对英国将其视为敌人的不满③；有名无实的北方顾维钧政府对英交涉时意料中的软弱也是他们发泄不满的对象。在持续了一个多月后，万县事件以一种令人吃惊的方式结束：在中英双方相互的抗议声中，英国公使与当地军阀杨森的代表就地协商解决，不了了之。

新闻界的反应何以如此冷淡？原因有二：第一，这一时期的新闻采编制度所限。曾虚白在《中国新闻史》中论及北伐到抗战期间报业的发展时，引述了潘公弼在《六十年来之中国日报事业》一文中的说法，称"以往取材以官报电译报为大宗，今则自布新闻网于国内外"④，可以推知，在万县惨案发生后的一段时间里，沪上各报频繁转载外电消息而迟迟未报道事件经过，完全是由于在当地缺乏独立的新闻采编机构所致。第二，此时正是南方革命政府与吴佩孚之间战事的紧要关头，武汉三镇行将易主，占据东部诸省的孙传芳也伺机而动，整个中国南部处于普遍的内战状态。因此，无论沪上、还是中国东南部的其他主要城市的媒体，对于发生在自己身边的战事远比对出现于偏远省份的事件更为关注；而各报的要闻栏、国内新闻栏等也基本为战况信息所占据，这种情形甚至影响到了《申报·自由谈》这种文艺性的副刊。在 1926 年 8—10 月，《自由谈》上刊载了多篇有关吴佩孚及北军将领的轶闻

---

① 《外交部对英提出万县案抗议》，《申报》1926 年 9 月 17 日。
② 祝林：《暗无天日之万县惨案》《万县惨案之前后详情》，《国民日报》1926 年 9 月 24 日。
③ 仁舆：《可注意的国际对华压迫》，《国民日报》1926 年 9 月 13 日。
④ 曾虚白：《中国新闻史》，台北：三民书局 1984 年版，第 373 页。

或者从武汉三镇逃归的难民所述战区情形的文字，而反映万县案的仅有一篇①。对比此前的五卅运动和 1929 年爆发的中东路事件，我们可以做出如下推论：万县案这一性质严重的惨祸之所以轻易地被人们略过，是因为它缺少了两项能够凝聚舆论焦点的基本因素——爆发于核心地区和统一强固的政府的支持。在普遍的军阀割据状态中，各团体抗议通电中所希望的"各省军事当局，移内战之勇，以固国防，聚民众之气，以为后盾"的设想注定只是空谈，实际情形则是不但各方势力均有自己的打算，各地民众对于呻吟在英军炮火下的万县民众之漠然也"犹如秦人之视越人"。虽然《申报》等报纸的发行早已深入内地，但如四川等地区却主要是作为舆论的接受方而非关注方所存在的——当地的民众可以在报纸上了解到国家核心区域每一个细微的变化，但他们所面临的问题则未必会成为对方关心的对象。同样，没有政府支持的民气注定难成气候。在整个现代史中，政府或政党屡次巧妙地利用民众力量来壮大自己的声威，反过来，这又推动了民众间民族主义情绪的不断高涨。但万县案则是一个例外，当时没有任何一方认为它具有利用的价值——无论顾维钧内阁，还是杨森地方当局，都希望迅速息事宁人；甚至利用此事攻击对手的国民党政府，也为了避免进一步和英国交恶而将宣传力度控制在相当有限的范围内。中共此时处在同国民党的全面合作中，正是它所领导的民众运动的壮大，极大地影响了英国在长江流域的政治与商业利益，使其对南方政府满怀敌意；同样，这也使得国民党党内对中共的不满情绪日益加强。从实际情况看，中共并没有利用万县案表达自己的独立立场。当时在中共中央的机关刊物《向导》周报上，始终关注英国军事行动的正是在日后对创造社的青年理论家们产生重大影响的郑超麟。值得注意的是，他为此事所做的《北伐军战胜声中英国对华的阴谋和压迫》一文所援引的新闻报道多是外电，这篇文章的写作时间已经是 9 月 18 日。《向导》周报真正以专刊的形式对于万县案进行报道，则已到了这一年的 10 月 10 日（一百七十三四期合刊）。从该刊发表的《中国共

---

① 秦云汀：《万县惨案琐记》，《申报》1926 年 9 月 29 日。

产党为英国帝国主义屠杀万县告民众书》来看，中共所关注的是英国制造这一事件的意图和对北伐可能产生的影响——这基本同国民政府保持了一致的视角与立场。

综合上述材料中涉及的外电信息看，列强各国对华态度如下：

英国：要求各国联合干涉，并强调南方政府的崛起对英日两国在华利益影响最大，希望日本能够支持其行动①。

日本：对英国表示同情，但政府与舆论都认为此时应该采取静观态度②。

法国：政府认为对华联合行动无益，严守中立③。

美国：9 月 5 日美军舰在长江上亦被不明方袭击，但未还击。明确拒绝英国共同干涉的提议，并借此与中方修好④。

由此可见，万县案期间，西方各国的态度差别甚大，它们之间并不存在同盟关系；相反，甚至还表现出了在中国问题上英美之间的某种"紧张"和英日同盟的实质性终结。这一背景对我们分析《怒吼罢中国》一剧有国内接受情况时会有启发。

北方代表自由主义知识分子立场的《现代评论》对于万县案也有所关注，有多篇时评和论文发表，不过，并没有形成以此事件为背景的文学作品。以周鲠生为代表的评论家们似乎将不满尽数发泄到了顾维钧内阁在外交方面不作为这一点上，这些文章引人注目之处与其说是他们对万县案的关心，不如说是自由主义知识分子对政府近乎苛刻的批评态度。上海的《文学周报》在这一年的 10 月 17 日发表了茅盾和德懿的杂文，批评军阀为虎作伥，同时也对国内知识阶级对于此事的冷漠深感痛心。

作家们对于万县案反应冷淡主要是由于对当地情形隔膜。沪案之所以在当时即出现了大量的创作，很大程度上是因为诸多作家生活在上海，对于校园生活和学运情况熟悉，写起来得心应手；自然，这也使作品流露出

---

① 《英国对华态度》，《申报》1926 年 9 月 11 日。
② 《日本对华态度及议论》，《申报》1926 年 9 月 11 日。
③ 《法国对华态度》《法报论中国事》，《申报》1926 年 9 月 11 日，1926 年 9 月 12 日。
④ 《美国与我修好》《外报谓美舰亦曾被击》，《国民日报》1926 年 9 月 16 日。

浓重的小资产阶级趣味。如何在广阔的领域中表现一个民族的苦难和抗争，这样的问题才刚刚进入中国作家的思考范围。而特里查可夫的作品恰恰在几个月前出现，并在 1927 年左右影响到中国。

二　《怒吼吧，中国！》一剧的翻译情况

根据一般的说法，苏联诗人特里查可夫于 1924 年来华，先创作了题为《怒吼吧，中国！》的诗歌。其后，他在中国南部游历，并以当时四川万县境内长江上英国军舰和当地驻军居民之间的冲突为背景，写出了一部九幕剧。1926 年元月，该剧在莫斯科的国家剧院上演，并根据导演梅耶荷德的建议，定名为《怒吼吧，中国！》。唐小兵在研究中谈到，万县事件的后果之一便是让该剧引起了国际左翼文化力量的重视，在 1928—1931 年，这个结构宏大的作品先后在柏林、法兰克福、东京、纽约和英国的曼彻斯特等地上演①。不过，根据现有的期刊材料看，当时国内对于这一背景了解有限，虽然在某些介绍性的文章中涉及国外对此剧的重视，但在行文中却有意无意地模糊万县案与该剧的先后关系，甚至认定《怒吼吧，中国！》即是万县案的写照。这种"误读"是怎样产生的，剧作实际包含了哪些意图，这将是我们考察的重心。方便起见，我们先来简单梳理一下该剧的翻译情况。

1929 年《乐群》杂志的四月号上，创造社成员陶晶孙首先翻译了特里查可夫的诗作（使用的是英文名称 *Roar Chinese*），半年后，该刊物的主编之一陈勺水则根据日本东京筑地小剧场同年九月的演出脚本将其翻译为《发吼罢，中国！》，并在《乐群》十月号上刊出，这是国内最早的译本。到了 1930 年 5 月，在陶晶孙主编的《大众文学》2 卷 4 期上，发表了叶沉（沈西苓）翻译的《呐喊呀，中国》，并注明了这是戏剧协会五月联合公演中艺术剧社所用脚本。自然，随着艺术剧社在这一年的四月份被查封，这次演出并未实现。较之于其他译本，这个剧本省略了圆净和尚及相关情节。如潘子农所言，圆净

---

①　唐小兵：《〈怒吼吧，中国！〉在中国的回响》，《读书》2005 年第 9 期。

是一个"义和团和少林寺式的混合体",是作者"对于中国一般情况尚缺乏了解"的产物①。叶沉是有意略去这个人物、还是所据的日译本根本就没有这一人物,我们不得而知。不过,就潘子农所提供的信息看,日本筑地剧场和上海戏剧协社的演出都将这个角色去掉了。最后,则是1933年9月,潘子农、冯忌翻译的《怒吼吧,中国!》,发表在《矛盾》月刊2卷1期上。在"译者谨注"中潘子农写道,"本篇系根据曼华脱剧场的英译本,筑地小剧场的日译本二书相互参考而成。间有数处,为方便于出演起见,曾略加删改,则又是得力于欧阳予倩先生在广州用粤语上演的脚本了"。欧阳予倩的广东戏剧研究所排演该剧时,用的实际是陈勺水的译本,使用粤语则和当时提倡民众剧运动有关。1935年,潘子农的译本又由良友公司出版了单行本,前面有欧阳予倩的序言,而"译后记"则基本重复了潘子农在《矛盾》二卷二期发表的《"怒吼吧,中国"之演出》。只是在文章最后,他交代了当时自己和冯忌间的分工情况——由他根据英译本翻译,冯忌则根据日译本校阅;此次出单行本又根据德文本订正了几出错误。此外,这个单行本还附有特里查可夫的原序。从上演的情况看,使用最多的无疑是陈勺水的译本,尽管他和叶沉都是根据筑地小剧场演出脚本翻译的,但在某些细节的处理上,他的译文更为清晰合理②。在评论方面,引起反响的也主要是陈勺水的译本,田汉在《南国周刊》上的评论,欧阳予倩等人在《戏剧》上组织的讨论文章都是围绕陈译本展开的。

关于译本,有两点需要特别说明:

第一,仅在译文中,我们无法找到故事发生地是万县的任何暗示,甚至我们无法确定故事一定发生在四川。换言之,这部作品的地域文化色彩并不明显。陈译、叶译和1933年的潘译所标示的地点均是虚构的地名"南津",唯有1935年潘译出单行本时,标明故事发生在万县。

第二,同名诗作(确切地说是一个短小的诗剧)已经具备了剧作情节的

---

① 潘子农:《怒吼吧,中国!》,良友图书公司1933年版。
② 孙师毅:《孙师毅谈〈怒吼吧,中国!〉》(二),《文艺新闻》1931年第5期。

大体梗概，如苦力和外国人的冲突、外国人落水、两个苦力将被绞死、老苦力主动牺牲、抽签和群众沿江怒吼等众多情节。诗作明确提到故事发生在上海——藏原惟人看过该剧后认为作品是以五卅为原型的，大概就是这个原因①。在改为剧作时，作者只是模糊地将故事的发生地放到了长江中上游的一个小城镇。

三　国内对《怒吼吧，中国！》一剧的理解和阐释

最早将该剧和万县案联系在一起的是欧阳予倩。1930 年，他在《演 "怒吼吧中国" 谈到民众剧》里称该剧的作者 "对于万县当时的事件确实下了一番研究"，并在文中进而写道：

> 这个戏是用万县事件作背景的……《怒吼吧中国》剧中，只说杀了两个船夫，但是当时的事实，的确不止杀两个，而且都是砍头的。船夫杀了，英国兵舰为美国溺死的人报仇，还要用大炮轰击一个没有抵抗的城；在这个炮火底下所毁灭的生命财产，更是难于计算。②

这段话是在描述剧情还是介绍史实，实在令人难以琢磨。杀死船夫的情节和万县案本身丝毫没有关系。由于惨案发生后杨森给北京政府的报告是公开发表的，对此事件有所关注的人都会知道，此次惨案主要是当地驻军和英军之间的冲突，双方的炮击长达三小时之久，期间已是交战状态，不可能出现欧阳予倩所说的如此戏剧化的情节。较为可能的解释有两种：或者欧阳予倩所言的 "万县事件" 另有所指，但若真的如此惨烈，不可能在近代史上留不下印记；或者是为了强调英帝国主义对华的残酷而有意在史实和剧情之间 "含糊其辞"。广东戏剧研究所排演该剧是为了纪念沙基惨案，欧阳予倩可能希望用这种戏剧化的情节来坚定国人反英的决心。

还有一点非常值得注意——欧阳予倩在使用 "英帝国主义" 和 "帝国主

---

① 田汉：《怒吼吧，中国！》，《南国周刊》1929 年第 10 期。

② 欧阳予倩：《演〈怒吼吧，中国！〉谈到民众剧》，《戏剧》1930 年第 2 期。

义"这两个词时，始终处在自由切换的状态。这篇文章的主题是谈被压迫民族对帝国主义的反抗，欧阳予倩在文中只列举了英军的暴行，结论却推及到列强。作者"创造性"地将剧中英军为美国人报仇这一情节坐实，无疑在向人们传递西方各国在中国问题上具有同盟关系这一信息。在该剧被附会到万县案的过程中，美、日、法等国在此事件中的克制态度恰恰被人们忽略。如果我们了解，在五卅案的处理中，打倒帝国主义的呼声虽高、但知识界中"单独对英日"看法尚是主流的话，那么从 1925 年到 1930 年，舆论背景无疑发生了重大变化，"反帝话语"对"国家话语"取得了压倒性的优势。作家和评论家往往将中国和西方国家之间的冲突，描述为次殖民地与帝国主义之间的对抗，中国作为一个独立国家的色彩却被大大淡化了。半殖民地的中国和整个帝国主义联盟相对峙，这种表述所具有的不平衡性和暧昧性显而易见。

第二个将《怒吼吧，中国!》与万县案紧密联系起来的是孙师毅。1931年，他在《文艺新闻》上对此剧做了详细的评论，开头部分即写道：

> 一九二六年，正是中国革命运动的高潮，继五卅沙基而后在一九二六年九月五日，又发生了万县事件。那时未来派诗人 S. M Tretyakov 正逗留在中国。他以这一事件为题材替我们扬起了发抗的喊叫，最初是以诗的形式写作，回国以后在《怒吼罢，中国!》（Rear China!）的题名之下印行了他这些诗篇。当苏俄政府注意于舞台的文化活动的时候，曾提示作者改写剧本，于是就原题改了戏剧。①

孙师毅对于该剧在各国上演的情况和对陈勺水、叶沉翻译底本的来源、译笔水准的评析都非常准确，但认为万县案发生时特里查可夫正在中国，并以此写作诗篇则是一个明显的错误。由于他的论述文章清晰明确，更容易令人深信不疑；再加上《文艺新闻》的传播远比欧阳予倩等人所编辑的《戏

---

① 孙师毅：《孙师毅谈〈怒吼吧，中国!〉》（一），《文艺新闻》1931 年第 4 期。

剧》杂志广泛，因此，在将该剧和万县案联系在一起的过程中，孙师毅无疑"出力"最多。实际上，早在陈勺水的译本出现之初，田汉所做的评论开头即引米亚斯奇在《现代俄国文学史》中的说法，称特里查可夫的诗作 Roar, China！是"基于北京街头叫喊之声音的利用"，明确地提示了此诗和万县案无关①。不过，在文中，田汉也提到了李云英女士在苏联的 Meyerhold 剧场中看过该剧，认为是写万县事件的；而藏原惟人则认为是写五卅的。对这两种误解，田汉推测是因为"当时长江上下游惨案迭起，事件本相类似，而他们都只凭观剧当时所得的印象而为记述，并不曾细读剧本之故"。不过，这也说明对于中国观众而言，因为该剧和万县案具有相似性，很容易造成误解。从读者心理考察，这种误读恰恰说明了在 1930 年前后，由于对文艺和时代两者间关系的强调，人们希望文学能够表现、记录重大的社会历史事件，而万县案这一当年被人们所忽略之事，正处在读者或观众的期待视域之内。

《文艺新闻》对于《怒吼吧，中国！》一剧青睐有加，除了连载孙师毅的长篇论文外，还有一系列关于此剧排演的报道。尤其是该报记者王平参加了大道剧社为筹演该剧举行的招待会后所记下的四位作家的意见最为重要②。其中潘梓年讲道"目前不论哪方面都在讨论关于反帝的出路"，因此希望该剧"对反帝有暗示""不抽象的把它暴露出来，并指出正确的出路"。何畏的意见中提到了"从前是英或美帝国主义独管中国，而现在是国际帝国主义共管中国的时代"这一说法。作为创造社的老牌评论家，他对中国局势的看法实则代表了左翼的共同立场。正是基于此时反对"国际帝国主义"的需要，人们可以有意忽略万县案期间西方列强的各自态度，而笼统地将特里查可夫剧中所写的认作实情。何畏甚至希望对剧本做进一步修改，以切合时代的需要：

> 可编入的如当伙溺泰来，舰长就可召集一个军事会议，除了英美帝国主义外，还可加入法国日本等帝国主义者。绞死苦力一幕可改为帝国

---

① 田汉：《怒吼吧，中国！》，《南国周刊》1929 年第 10 期。
② 王平：《〈怒吼吧，中国！〉在筹备演出中》，《文艺新闻》1932 年第 44 期。

主义用武力来威逼中国兵士去枪毙他们——苦力。但群众都反对着，致中国兵士不敢枪毙那两个苦力，而帝国主义用武器逼着定要中国兵士动手……

何畏将是否同意修改视作"立场"问题。在"九一八"事变后，不单独强调日本对华的野心，而泛泛地指责国际帝国主义的威胁，这种立场本身就隐含了相当多的信息。

第三个认定《怒吼吧，中国！》一剧是表现万县惨案的正是《矛盾》月刊的编者潘孑农。在1933年发表译文时，他的看法和孙师毅基本一致。在同年写的《"怒吼吧，中国"之演出》中，他提到：

本剧是取材于一九二六年发生在四川的万县事变。……特氏在中国西南一带，曾有过若干时间的居留，所以对于这些地域的风俗习惯，也有过相当的接触。本剧的题材，起初他是用诗的形式记录下来的，其后回俄，始以《怒吼吧，中国！》这题名改成剧本。①

由此可见，1930年至1933年，批评家在讨论该剧时，并没有谁辨析过该剧和万县案孰先孰后这一基本问题；不过，更有趣的还在后面。

1935年潘孑农的译文经修改，由良友公司出版单行本。在此书中，潘孑农补译了一篇特里查可夫的"原序"。该序言没有注明写作时间，但由于文中提到了万县案，因此最早应该是写于1926年9月以后。序言的开头提到——"形成这个剧本的题材之所在地，是中国扬子江上游一千里附近的四川省的一个小县城"，最后一段则说——"一再从帝国主义枪炮下残留下来的地域，终于一九二六年给他们毁灭了。轰炸这县城的原因是为了外国轮船公司和中国人之争执而开端的"。事实上，特里查可夫已经明确地承认该剧作和万县案无关了，但潘孑农的处理出人意料。他不但据此将故事发生的地点由之前的"南津"明确改为"万县"，并在单行本的《译后记》中试图周全："惟据作

① 潘孑农：《〈怒吼吧，中国〉之演出》，《矛盾》1933年第2期。

者自序所述，则此剧似乎又是描写万县事变以前的事情了。也许是一种有意的避讳吧？"

　　潘子农如此偏执的曲解，大概和当时的文化背景有关。从 1934 年开始，文艺界便开始了"中国为什么缺乏伟大作品"的讨论。在郑伯奇的发难文章中，他将此归结为中国作家缺乏勇气，而最为具体的表现就是在题材选择上，中国作家没有采用"近十年来发生的许多重大事变"为表现对象①。村山知义反映鸦片战争的同名剧作，特里查可夫描写万县案的《怒吼吧，中国！》被郑伯奇作为范例加以褒奖。虽然此后的讨论文章更多地将未有伟大作品问世的原因引向作家创作的不自由，但潘子农对于郑伯奇提到的题材问题显然更为认同。在整个民族主义文艺运动中，题材问题始终处是人们关注的焦点，反映重大历史事件的题材较易体现民族精神，这点毋庸置疑。潘子农主编的《矛盾》月刊，从选文偏好上看，表现"九一八""一·二八"和其他重大历史事件的，占了相当大的比例。此时若剥离《怒吼吧，中国！》和万县案之间关系，显然不合时宜。况且，只要不在时间问题上纠缠，仅英国军舰和炮轰县城这两个相似点便足以满足人们的期待心理，使那些希望作家能"有力的反映和再现""本国革命运动之血渍过的题材"② 的评论家们将该剧奉为圭臬。因此，特氏的序言何时进入到人们的视野、甚至在 1935 年单行本出现时是否有人给予过特别关注，这些都不重要，至少在中国，这部剧作的历史意义是被观众和评论家们预先锁定了的。

四　剧本的实际意图和写作原因

　　在特里查可夫的"原序"中，特氏强调剧作所写的内容"全都是事实""丝毫也没有改动过"。外国海军的炮舰在长江上梭巡是为了"认真保护着少数白种人和日本人的商业与宗教的殖民地"，而万县当地有大量的美国企业，美国商人和划船苦力之间的紧张关系最终导致了剧作中的情形。然后，他又

---

① 郑伯奇：《伟大作品底要求》，《春光》1934 年第 1 期。
② 欧阳予倩：《演〈怒吼吧，中国！〉谈到民众剧》，《戏剧》1930 年第 2 期。

讲到法国水兵曾因和当地的苦力打架而受伤，法军舰为获得仅仅相当于一百卢布的赔偿而威胁炮轰县城的一幕，以帮助读者在"《怒吼吧，中国!》的剧情——法军类似的威胁——万县案的最终发生"之间建立起必然的联系。序言的最后部分讲道：

> 这倒使读这个《怒吼吧中国》剧本的人，将认为是一种预言。然而一切预言的内容，只是分析这种惊惶的呐喊，以及各个帝国主义国家彻头彻尾的"大陆政策"而已。

无疑，特氏分析的重点落实在剧作的"真实性"和"预见性"两点上——能够透析客观事实，把握历史发展的规律，并对未来进行准确的预测，这是我们熟知的无产阶级文学批评模式所能赋予作家的最高评价，也是时事宣传剧成功的标志。不过，这只是作者事后追加的意义。由于该剧完成于1926年1月之前，作品所反映的只能源自作者此前的思想观念和人生经历。那么，特氏在这部作品中原本想表述些什么? 有两部分材料值得我们注意：

首先是和潘子农、冯忌译文同时刊出的《特里查可夫自述》①。文中讲道，1920年在海参崴，协约国干涉军陆续撤离，唯有日本军队留了下来。在布尔什维克游击队接管城市后，日军袭击了他们，并将整个地区纳入到严酷的掌控之下。直到美国领事暗示日本的做法会打破两国间利益平衡时，后者才有所收敛。但这次来自外部的挫折却获得了意想不到的效果：

> 在这愤怒与软弱之中，布尔希维克的权威反而扩张至无限度。许多苏维埃的死敌，都在那天被日本人好好的教训了一顿，使得他们对于祖国感到须要忠实。结果，日本人在此支离破碎的城市里，竟找不到任何一个最出名的阴谋政治家来负责管理市政。

"苏维埃的死敌"是指十月革命后的白俄，特氏的叙述暗示我们当时在海

---

① 雨辰：《特里查可夫自述》，《矛盾》1933年第2期。

参崴还有很多人并不认可苏维埃的统治，他们一度希望外国的干涉军和沙皇的将领们能够恢复往昔的秩序。但日军的行为则让他们迅速丢开意识形态上的差异，接受了布尔什维克政权。在这种叙述中，民族国家的利益无疑重于意识形态之争。而他自己正是在民族意识的刺激下开始了诗歌创作，来到中国后才逐步转变为无产阶级作家。那么，在《怒吼吧，中国!》一剧中，特里查可夫将故事发生的地点从诗作中的上海移到了长江中上游的某个小城镇——军阀控制的地区——是不是也在暗示英国海军的暴虐也能给这里的人们一个教训，从而认可新兴的南方革命政权呢？剧作中，作为鼓动者的伙夫向苦力们谈到在遥远的北方，他看到当地同样是苦力的人们起来驱逐外国人，"为了能让全世界的苦力都变成绅士"，即使再大的牺牲也在所不惜，不过周围的听众并不认可。直到两个船夫被绞死，人们才在身着南方革命军制服的伙夫的带领下发出怒吼。不过，我们同样要注意到特氏早年的记忆和剧作表现之间的差异：《自述》强调的是民族国家的凝聚力；伙夫的叙述则强调阶级革命的特性。换言之，特里查可夫在进行创作时，本身的思想是含混的，这进而导致了《怒吼吧，中国!》一剧在表述上的含混性：英国的威胁使得南津市的各个阶层都表现出了抵触情绪，但唯有苦力们才会成为苦难真正的承担者和反抗者。这部作品创作于国共合作期间，既要强调无产阶级和民族资产阶级联合、共同完成民主主义革命的可能性，又要强调前者特有的先进性和彻底性，这无疑是苏联，或者共产国际所提供的基本表述方式。而两者间的差异，在 1930 年广东戏剧研究所公演后，《戏剧》杂志所发表的一组评论文章中实际有所反映，如欧阳予倩和胡春冰更习惯使用"帝国主义"和"被压迫民族"这一对概念，而何子恒的文章则在强调劳苦大众才是中国革命的根本力量，因此这次讨论在如何评价市长、大学生和商人泰李的问题上颇费笔墨。

　　此外，我们应该注意，《自述》中作者清晰地认识到帝国主义国家间并没有构成一个紧密的联盟，他们之间的竞争可以被无产阶级政权所利用，那么为什么在剧作中作者要安排英国海军为死去的美国人复仇如此夸张的情节？

这里，涉及我们所要引述的第二部分资料——对于国际关系的看法。

1928 年 3—4 月，冯乃超根据日本《国际》月刊第 1 卷 11 号上的信息，译出了《国际政治的最新形势》，并在《文化批判》三至五号上连载。这篇文章在分析了 1926 年各国的情况后，指出当前国际形势的现状是：

> 今日国际的规模的阶级对立——即帝国主义的战线及反帝国主义的战（线）之对立——可由双方的指导的代表者英国和苏维埃联盟之对立关系看出其集中的表现。只有这两者的对立的进行是表示全国际政局的危机及其方向的指标。

进而指出，中国国民革命运动，不单表现着"帝国主义国和殖民地国之对立及帝国主义强国的互相的对立，还内包着和中国地域上密接的苏俄联邦和国际帝国主义的渐次炽烈化的对立"。

显然，在这种表述中，"国际帝国主义"一词是苏俄联邦的对应物，而英国则是它的核心。促使共产国际或者苏联做出这种判断的根本原因是 1924 年到 1925 年年底英苏关系所发生的巨大变化。1924 年 1 月，英国工党第一次组阁，也就是《怒吼罢中国》一剧中提到的麦克唐纳内阁，在此期间，英苏两国建交。但工党的这次执政时间并不长久，很快保守党便在反苏的口号下重新控制政府，使英国成为"全世界反布尔什维克主义的司令部"[1]。到 1927 年，英苏两国正式断交。在 1925 年 10 月，英美两国主导下的《洛迦诺条约》签订，在根本上威胁到了苏联的国家安全。从当时《向导》周报的评论文章中，我们可以约略了解苏联和共产国际对此事的看法：

> 这会议是英国帝国主义组织反苏联大联合之新企图……在一切帝国主义国家间，英国算是与苏联冲突机会最多的国家。大英帝国殖民地都发生了所谓"波尔札维克宣传"的危险，这是能够摇动帝国的根基的。所以保守党便以攻击"工党政府"的对俄政策而上台，接着对于苏联便

---

① 郑学稼：《第三国际史》，台湾商务印书馆 1977 年版，第 927 页。

实行绝交备战种种恐吓……英国帝国主义知道英俄间的冲突即全世界帝国主义和无产阶级革命间的冲突，英国一国是不敢冒这大险的。所以，保守党的内阁不惜用尽方法，去组织反苏联的帝国主义联合……（洛迦诺会议）这是英美帝国主义对于大陆国家的胜利。……这新协约国……是英国帝国主义号召哪些就其轨范的德法诸国进攻苏联和东方的工具。①

这里要涉及一个关键词，即特里查可夫的原序中讲到的各个帝国主义国家彻头彻尾的"大陆政策"。它并非我们熟知的《田中奏折》中提到的日本在中国拓展的基本国策，而是指上文中所说的英国主导、美国参与的，对于欧洲大陆国家所实行的以制衡和反苏为基本思路的外交政策，包括将德国吸纳进国联，限制法国在欧洲大陆的势力，以反苏为目标重新结构凡尔赛合约体系。正如郑超麟文中所说的，《洛迦诺条约》是"英美帝国主义对于大陆国家的胜利"。至于美国，在 1925 年共产党人的社论中往往会强调它在生产、贸易领域的巨大发展，而政治上则是英国的可靠盟友②。上述这一切正是《怒吼罢中国》一剧出现的大背景。

无论孙师毅所说的，这一剧作的产生是否源于苏联政府的要求，至少在《特里查可夫自述》中，他坦承自己来中国之前就已经非常注意剧本的宣传功效了，而中国之行则使得他在这一方向上更进一步：

　　但在中国，受了《真理报》新闻性质宣传品的影响，我便转变了我对于编写剧本的主张，这并不是因为受宣传影响而逐渐改变……现在我是开始用日常生活的遭遇做题材，为阶级斗争自身而宣传。这就是《怒吼吧中国》完成的因果，在许多侮辱这作品为只是宣传品的人们中，就是这些——新闻论文。

在这段话中，特氏其实表达了两点：首先，他并不讳言这部作品的政治

①　超麟：《洛迦诺会议与反苏联的帝国主义联合》，《向导》1925 年第 138 期。
②　拉狄客：《今年开始之国际形势》，《向导》1925 年第 108 期。

宣传性质；其次，我们可以知道他对于《真理报》这类苏共宣传刊物保持着时刻的关注。后文中，特氏又进一步强调了自己对苏联的"五年计划"和"文学态度的种种转变进展"下过相当的苦功。

上述情形可以使我们做出这样的推断：《怒吼吧，中国！》表达的实际是苏维埃联盟对于以英国为核心的帝国主义阵营的担心，它出现的直接原因是1925年开始的英苏交恶；在表现方式上，特氏利用了自己对于中国题材的熟悉，讲述了殖民地国家的人民在苏联及苏联所支持的革命政府的领导下，反抗国际帝国主义的侵略，并进而反抗国际帝国主义对于苏维埃联盟的进攻。因此，这个剧本是作者通过党报和其他文件深刻理解了英苏之间的关系状况及其意义之后的产物。无论是创作本身，还是在莫斯科的公演，所表达的都是布尔什维克党人对于英国的愤怒。意料之外的是，几个月后，万县案的发生使之在中国文坛上成为一个极具震撼力的"预言"。

《怒吼吧，中国！》一剧在1929年年底进入中国。相隔虽不到四年，但剧中描写的内容已经发生了巨大的变化——国民党成为执政党；它和中共之间的联盟不复存在，双方处于敌对状态；日本正逐步成为中国唯一的敌人，而英国的影响力日益减小……但这些变化似乎并未影响人们对于它的接受——无论是1930年广东戏剧研究所为纪念沙基惨案的排演，还是三年后上海戏剧协社为纪念"九一八"事变两周年的公演①，评论者们都在"反帝"的层面对其进行了解读。自然，每个人对于反帝的理解并不一样，如前所述，《戏剧》上所刊发的欧阳予倩等人的文章，对于如何划分剧中人物所属的阵营具有分歧；以何畏为代表的左翼理论家则希望能够突出国际帝国主义和军阀政府间的暧昧关系；民族主义文艺运动中也有理论文章以此剧为例来分析强大民族对于弱小民族的变态心理②……不过，似乎没有人站在中国的主体立场上，对于"国际帝国主义"一词的实际存在性提出过质疑；同样，人们虽然认定它是以万县案为题材的作品，却也从未检讨过它是否如实地表现了这一

---

① 杨邨人：《上海剧坛史料》（下），《现代》1934年第4期。
② 忆初：《民族主义的文艺方法论》，《黄钟》1933年第1期。

事件。无论左翼理论家，还是国民政府对于这部作品都感到满意——前者在剧中看到了遥远的北方是人类的希望所在，而民众的斗争正是以此为终极目标；后者则在伙夫来自广东革命策源地这一情节中确立了自己政权的合法性。换言之，两者以及如欧阳予倩等政党色彩并不明显的知识分子们都在一种革命话语的逻辑中展开了对这部作品的解读。即使有人不同意中国的反帝斗争是从属于苏维埃联盟和国际帝国主义之对立这种带有等级性的描述方式，但对于这一分析模式所推导出来的结论——中国要面对帝国主义联合瓜分的危险——却深信不疑，即使在30年代日本成为中国唯一的死敌之时。从这个角度看，圆净和尚这一角色并非多余，他试图唤起的是读者有关历史的记忆：八国联军的入侵。"二十三年前他们已经这样来过一次了"，现在帝国主义者还在这样做，只要我们还未成为苏维埃阵营中的一员，帝国主义欺凌中国的历史就不会终结——昔日戏剧协社主持该剧的导演应云卫在1949年重新排演该剧后所写下的感想正是表达了上述的看法①。

　　作为一个宣传鼓动剧，《怒吼吧，中国！》原本应该具有它的时效性，正如它在苏联的命运一样②。不过，中国特殊的接受语境却赋予它象征性的意义，在一系列暧昧而含混的解读中，该剧成为了我们民族觉醒的预言。

①　应云卫：《〈怒吼吧，中国〉——从想望到现实》，《新文化史料》1994年第4期。

②　杨昌溪：《苏俄戏剧之演化及其历程》，《矛盾》1933年第1期。

收束的民族主义

——《真美善》与《前锋周报》的争论和
曾虚白的文艺思想体系

　　20 世纪 30 年代民族主义文学运动的产生，既有和左联对峙的现实目的，也有深远的社会文化成因。在万方多艰的时代中，民族主义的兴起是一个国家抵御内忧外患的本能选择。在 20 世纪 30 年代，这种自发性思潮获得了来自南京政府的支持，逐步演变为官方的文艺政策。但以往研究对这一线索却没有进行细致的梳理，尤其是文学中自发的民族主义倾向和官方倡导的文艺运动之间的关联被淡化了。本文的考察将从《前锋周报》和《真美善》之间的一场论争入手①，以参与者张季平、王家棫②和曾虚白三人的讨论为线索，分析民族主义文学演进的轨迹，进而考察曾虚白的文艺思想体系，探讨他的思路给我们的文学史研究带来的启示。

一　论争的经过及其意义

　　此次论争实际由五篇文章组成：首先是作者王家棫写信给《真美善》的

---

　　①　李锦轩：《编辑室谈话》（《前锋周报》1930 年第 26 期）中认为这一讨论的意义，是"从不同阵营的曲解和非难，来做有力的纠正，而在纠正中建设自己的理论"。关于《真美善》杂志和民族主义文艺运动的关系，倪伟在《民族想象与国家统制》将其视为"其他刊物"；而钱振刚在《民族主义文艺社团研究》中，则认为《真美善》杂志是民族主义文艺运动统摄的刊物之一。

　　②　王家棫是当时的一个年轻作者，在这次通信之前，他刚刚走上文坛。从现有资料来看，最早刊发他的作品的是《文学周报》，时间是 1928 年 7 月。之后，《北新》《真美善》《语丝》等刊物都有其作品发表。不过从数量上讲，《真美善》上刊发的最多，可以说王家棫是由该刊物所发掘出来青年作家之一。他的创作范围并不广泛，具有明显的青年学生背景。

主编曾虚白，讨论文学和主义之间的关系，认为当前盛行的民族主义文学创作和普罗文学极为相似，从而引发了曾虚白的回信《民族主义文艺运动的检讨》（下文简称《检讨》）一文，来函和回信都刊载于 1930 年 11 月 16 日的《真美善》杂志 7 卷 1 号上。仅仅七天以后，《前锋周报》的第 23 期，便发表了张季平的反驳文章《检讨民族主义文艺运动的检讨》。在接下来的《真美善》7 卷 2 号上，则刊载了曾虚白同王家槱的第二次往来信件，即《再论民族主义文学》一文。由于《真美善》是月刊，这个时间已经到了 1930 年 12 月 16 日，就目前研究界掌握的有关《前锋周报》的资料看，此时这个刊物刊发状态不明①，因此无法了解对方是否有进一步的回应。从现有文章的行文口气看，曾虚白的文章虽然称为之"检讨"，但主要部分却在于回答王家槱所提出的某些问题，焦点集中在文学（文学家）与时代精神的关系上。即使批评到了民族主义文学运动最为核心的文件《民族主义文艺运动宣言》中的某些观点时，态度也相对克制；张季平的行文则保持着《前锋周报》这一刊物所特有的犀利、尖刻之文风；而到了《再论》一文中，曾几乎通篇没有涉及民族主义文学这一话题，只是在文章的结尾处，曾射出了一只"暗箭"，直刺前锋社所探讨的创作题材问题，而这恰恰是张季平所热衷的一点，不久前，他刚刚就此问题撰文讨论②——显然，这一回应说明曾虚白对于张季平的反击有所了解。

在第一次通信中，王家槱认为民族主义文学和普罗文学的错误都在于是"为"的文学，认为"什么都可以谋统一，而独文学不能"，因为作家所得的灵感不同，不可能找到中心意识，也就不能将作家集中到一种主义上

---

①　唐沅等人所编的《中国现代文学期刊目录汇编》上注明《前锋周报》第 27—36 期未见藏刊，暂缺。从 1931 年 3 月 29 日的 37 期直至停刊，撰稿人已经全然更换，栏目也与以往大为不同。倪伟认为造成《前锋周报》这次变故的原因是 1930 年年底该刊物的几名关键撰稿人的调职。缺失的刊物中是否对曾虚白的反驳还有回应，待考。目前所能见到的一条辅助性的材料是《前锋月刊》第 4 期上刊载的《前锋周报》第 30 期至 35 期的要目广告（如书报评论和谈薮等栏目的内容未列入），从撰稿人看，变化不大，如汤冰若、魏绪民、萧霞等还在继续写作，但也出现了一些新的名字，如万国安、震夏等；最大的变化在于论文和创作的比例，论文大量减少，而创作增加。
②　张季平：《民族主义文艺的题材问题》，《前锋周报》1930 年第 16 期。

来。进而发挥道："一个作家看见第四阶级的压迫，就会做出一首普罗的诗来，看见自己民族无生气，就会写一篇民族意识的小说来，同时，他更可写一些歌功颂德或描写贵族生活的东西。"在这封短信中，王家棫对于民族主义文艺运动的核心文件《宣言》中所讲到的"艺术，从最初的历史记录上，已证明了原始的艺术都含有民族的意识的"这一观点，也提出了一种不同于左翼文学批评方式①的质疑——"原始人的民族作品，乃自然流露，他们并没有先立了一个为民族而文学的主张，然后有这些作品。所可贵者在自然流露而非为的"。最后，他批评民族主义派和普罗派的创作都只重思想，忽略外形，因此《前锋》上的创作，"使人没有看完就头疼了"。

曾虚白的回信——即《检讨》——首先表示认同王家棫对于"为"的批评，但对于他进一步谈到的作家可以自由出入于不同主张、派别，写作各种题材的作品这一点，曾虚白认为这在实际中不可能②。接着，曾从"文学是时代的反映"这一人们熟知的观念出发，开始分析作家和时代的关系，认为"文学家是一时代的反映"③，亦"是一时代的先觉"，强调作家必须具有"中心意识"，同时也强调这一中心意识的形成不可避免地受着时代的支配。相对而言，曾虚白和王家棫最为契合的一点，在于两人都看重"自然形成"这一因素上。即使在解释"中心意识"这种在当时的社会语境中必然带有明显的政治意图的概念时，他也在强调它的自然进程，"这（中心意识）是他自己受着时代潮流的鼓荡而自然形成的，这意识的生长在他心田中并未经他本人故意的栽培，却是随着时代的季风漂送到那里，无意中长得根深叶茂，连他自己也没法子斩除。这是一种天籁的成荫，决不容人工的移植"，进而提出要从"中国全民族的意识着眼"，来考察和权衡各种文学主张是否具有存在的合理

---

① 石萌（茅盾）：《"民族主义文艺"的现形》，《文学导报》1931 年 1 卷 4 期。茅盾在分析《宣言》中的这一问题时，重在指出文艺产生的阶级背景，从而拆解"民族文艺"这一命题的客观性。

② 该问题也可以参见曾虚白《文学的新路——读了茅盾的〈牯岭到东京〉之后》一文，《真美善》1928 年 3 卷 2 期。强调作者的主体性及其创作经验的局限性，是曾虚白始终坚持的观点。

③ "文学家是时代的反映"这句话在逻辑上确实有些奇怪。在张季平的《检讨民族主义文艺的检讨》一文中，批评曾虚白模糊了文学与文学家两者的区别，指出"文学可以说是时代的反映，而文学家只能是时代的产物"，所针对的正是此处。

性，从而将王家棫提出的普罗文学和民族主义文学具有相似性这一判断转化为关于文学的"真伪"问题的讨论。

对于什么是普罗文学、或者革命文学，在 20 年代后期的一系列讨论文章中，几乎每一个论者都有自己的理解。曾虚白在文中使用的"普罗文学即无产阶级文学"这一说法，与革命文学论争中李初梨的定义一致①。不过，曾认为中国资本势力不发达，劳工劳农的阶级意识淡薄，当前的罢工抗租事件之所以发生得如此热闹，完全是共产党的挑唆，而非民众意识自然发展的结果。接着，曾虚白回顾了中国当前的社会状况——军阀混战、天灾连年、土匪充斥、帝国主义横施压迫，这种环境带来的刺激，必然令"同在一只遇难破船里的乘客，自然的走拢来""研究一同出险的方法"，从而使得"一向抱着个人主义的中华人民""开始接触到他所属的民族的整个"，也使得感觉敏锐的作家们开始察觉到新时代的曙光。曾进一步解释道，这个新时代就是民族意识开始觉醒的时代，而在文艺界里，则具体表现为民族主义文学的兴起。显然，在这一推论过程中，曾虚白在暗示，民族主义的兴起只是面对国内外危机的一种合理反应，也正如他前面所强调的，这是一个自然的过程。同时，我们要注意，曾在这里将"个人主义"作为一个贬义词来使用。接下来，曾虚白将批判的锋芒直指《宣言》中让文艺去做"促进民族意志"和"排除阻碍民族进展的思想"这样的政治工作，宣称"文艺家除掉了他自己的意识以外，绝对不承认任何样的权威"，并较为详细地分析了前锋派作家的问题所在：

　　前锋派作家大概也是受了些普罗作家的影响，以为文艺是可以当作一件工具用的。我以为俄国普罗文学至今不能产生怎样伟大的作家出来，就因为这一点观察点的错误，我们岂可以再蹈他们的覆辙呢？要知道一时代中心意识的形成总是在文艺产生之前，必须有了中心意识才可以有文艺，决不能用着文艺去创造中心意识的。所谓文艺家不过是把千百万

---

① 见李初梨《怎样地建设革命文学》，《文化批判》1928 年第 2 期。

人能感到而没法子表现出来的群众意识畅快的表现出来而已。前锋派作家或者可以说是具有特殊敏感的作家，先已感到了时代的潮流，在那里警告国人，可是他们——或者不论具有怎样伟大能力的人们——决不该机械的造图设计做什么具体的建筑企图来的。

这里的措辞非常值得玩味——"我们"。曾虚白在行文中丝毫没有将"民族主义文学"视为一种异己的存在；在论及前锋派时，口气也相对平和中肯，大有将其引为同道之势。行文中"工具"一词也格外引人注目，这正是革命文学论争中有关文学功用的核心概念之一。

张季平在反击中首先抓住了工具论这一关键点，毫不犹豫地宣称文学应当作为工具使用。他的文章没有正面进行立论，而是处处根据曾的原文加以引申。对于当前的社会状况和时代精神，张季平同意曾虚白的判断，但他坚持"时代精神"对于"作家创作"的直接决定作用；对于曾维护作家独立性的言辞，他在文中多次斥之为"个人主义"。而对于曾虚白对中心意识的描述——"于不知不觉中取着共同的趋向，得了共同的形式，合铸成一时代一民族共同的意识"——他则使用了李初梨在革命文学论战中常用的一组概念加以驳斥，即"自然生长的意识"和"目的意识"，并进而谈到"所谓目的意识，具体地说，便是一种运动和努力……再扩大说，所谓一种革命，实是由着自然生长的意识到达于目的意识的努力"。接下来，他便以前锋社独掌着"目的意识"的姿态来为民族主义文学定义："民族主义文学，是这一个民族苦难时代所产生的文学。从着实际生活的感受，而发为一种意志和思想，形成一种强固的主张。"他嘲讽曾虚白既然认定作家是"时代的先驱和宣扬者"，而又拒绝文学服务于政治工作的做法，在逻辑上是自相矛盾；并断定曾虚白所谈到的民族主义仅仅是"停在自然生长"这一环节上的，是"薄弱"的，"一碰到实践的民族文学，那个人主义又抬头了"。同样应当注意张季平在文中的措辞——他不否认曾虚白是民族文学的提倡人之一，但却是一个落伍者，无法进入"民族主义文学运动"的阵营。

由于曾虚白在文章中使用了一系列比喻，这也使得张的反驳文章纠缠在这些本体和喻体的指涉之中。如在作家和时代精神的关系问题上，曾谈到"这些伟大作家的产生，并不是因为戏台上锣鼓打的喧天价响，他们才会高兴的跳出来凑热闹的"；张则针锋相对地指出"（时代精神）正是客观社会的中心的变动和趋势，这趋势正像是戏台上的锣鼓，而在锣鼓声中，才产生了伟大的作家"。两者的分歧看似仅在于作家（演员）是否应该无条件地服从于时代精神（锣鼓声），并进一步地服从于由时代精神所决定的中心意识上。但如果我们关注一下曾虚白此前在讨论茅盾的《从牯岭到东京》①　一文中所用到的一个相似的比喻——"戏台上唱戏，照着各人的天才，分出生、旦、净、丑各种角色；歌队里的唱歌，照着各人的嗓音，分配出四种高低的音级。现在忽然来了一个人，比方说，要一切角色不准扮别的，只准扮丑，要一切歌者不准唱别样音级，只准唱 Basa，这不是叫小孩子听了也要觉得是怪诞的吗？"（这个比喻意在反对茅盾号召一切作家写作"小资产阶级文艺"这一说法的独断性，曾虚白对于茅盾的批评的出发点正是在于反对"为"的文学，与我们这里讨论的内容相关。）我们就会明白，曾虚白所理解的"锣鼓声"实际应该是诸多作家（演员）的声音在不自觉的过程中所形成一个合声，它的内部包含着复杂的个人性的因素，而非一套仅供人们遵循的清正严明的规则，否则，所谓中心意识就变成了一种完全外在于主体的东西，"像衣服一样可以叫裁缝定做一件去披在某个作家身上"。正是这些比喻的含混处所带来的有意无意地误读，阻碍了他们的讨论向更深的理论层面延伸。从张季平的文章看，他过于迁就于曾虚白所使用过的比喻，也过于热衷于对对手的嘲弄，没有正面展开自己的论点②。此外，曾虚白将作家比喻为"盘旋在天半的夜莺"，批评《宣言》中所谓的"提倡""排斥"的种种要求无异于"捉住了它关在笼子里，叫它哪儿能唱出悦耳的曲调？"而张季平则宣称民族主义文艺者是一个"战士"，并再次引用了一个革命文学论争中

① 曾虚白：《文学的新路——读了茅盾的〈牯岭到东京〉之后》，《真美善》1928 年 3 卷 2 期。
② 就目前所见到的署名张季平的文章来看，主要是关于恋爱观、题材问题的论文和一系列对于左翼文学创作情况的评述。他在文中经常引述《宣言》作为自己的理论依据，从某种程度上说，张季平是以《宣言》的阐释者面目出现的民族主义文学运动的批评家。

的关键词汇"有闲"来奚落曾虚白的观点。无论是张季平还是曾虚白，两人在文章中对于"个人主义"一词都进行了主观的解释，将它作为一个贬义词汇用来指责那些与自己的文学观念相异的人——曾用它来形容民族意识发生之前的国民，它的意思似乎相当于鲁迅早年所说的"沙丘之邦"的成员；而张用其批评对民族主义文学运动的权威有所质疑的人——这种处处"为我所用"的论辩风格似乎也承继了1928年革命文学论争的衣钵①。

张季平文章的末尾，对于曾虚白和王家棫一致嘲讽的前锋社创作水准低劣这一点断然否认，这一点和当年普罗文学的理论家们用"过渡时代"这种托词来为作品的贫弱进行辩解不同。从《前锋周报》上看，几乎没有可以称得上优秀的创作。不过，此时《前锋月刊》已经刊发出了两期，在这两期上，心因的《野玫瑰》、易康的《胜利的死》和李赞华的《变动》等一系列技巧圆熟、底蕴较为厚重的作品的发表，令张季平的反驳底气十足。尤其是《野玫瑰》一篇里面展现的洋溢着强悍生命力的女性之美，和张季平本人不久前发表的论文《民族主义文艺的恋爱观》② 中的期待标准完全一致，似乎正是后者在创作领域的实现。无疑，这是张季平的得意之处。

在王家棫和曾虚白的第二次通信中，王引入了一个令所有现代文学的研究者都更为眼熟的词汇——"永久人性"——来为自己对"时代精神"的重要性有所保留的态度进行辩护，他认为"永久人性"是本，"时代精神"是末，在革命时代里，作家应对两者孰先孰后有所认识。曾在回信中，则运用了自己的佛学知识，将"永久人性"比附为佛学中的"阿赖耶识"，而"时代精神"是它落入环境后的表现。前者是永恒不变的，后者则在不同时代中被赋予了不同的组织和形式，变化不定；但两者在本质上是一致的，相互间不会存在紧张和对峙。在结尾处，曾虚白借着王家棫所提到的恋爱这一话题，讽刺了前锋社所热衷的题材问题讨论。他一面指斥这种对题材的研究完全无

---

① 在"个人主义"一词上使用的随意，也是1928年革命文学论争中的一个突出的现象，可参见黄药眠的《非个人主义的文学》（《流沙》1928年第1期）和侍桁的反驳文章《个人主义的文学及其他》（《语丝》1928年第4卷22期）。

② 《前锋周报》1930年第14、15期连载。

聊，另一方面则努力向王家棫证明写作恋爱题材无碍于表现时代精神——"民族文学是一时代的精神，换言之，是你思想的倾向，是一种下意识界自己不能察觉的倾向，那么不论你所取的是什么题材，恋爱也好，极端的放荡堕落也好，而结果于不知不觉之间而你的作品还会染上这种倾向的色彩。"——所坚持的还是前面谈到的"自然生成"和"中心意识"这两个原则。在王家棫和张季平两种截然相反的观点之间，曾虚白的立场令人玩味。

简单总结一下，这次讨论在理论层面没有提供任何新的因素。无论三方谈论的话题，还是采用的词汇，我们都可以清晰的见到 1928 年革命文学论战对其产生的影响。它的意义似乎就存在于同前者令人惊讶的相似之中。在张季平的文章中，关于"自然生长的意识""目的意识""实践""有闲"等一系列关键词汇的使用，清晰地体现出他对左翼话语的谙熟。在革命文学论战中，对于这一系列词汇的权威解释来自创造社的青年理论家李初梨。不过就张季平的使用情况看，他的认识其实更接近于李初梨在革命文学阵营内部的论辩对手郭沫若。在"做不做留声机"的问题上，郭沫若认为"阶级意识"是客观存在的，所谓做留声机，只是要将阶级意识应用到创作中去，对社会做出回应；而李初梨则认为阶级意识是在与主体相互激发的过程中产生的，无论作者的阶级出身如何。创作活动具有双重功用，一面应用于社会，展示它的批判力量，另一方面，则用以克服内在的种种非无产阶级的意识，进行思想改造[1]。对于曾虚白强调的民族意识产生的自然过程，张季平并不否认，只是认为不应仅仅停留于此，提倡者应该进入到一个更高的层次。在民族主义文学运动的提倡者们看来，20 年代所出现的民族主义意识具有天然的合理性，这种合理性已经被社会发展的现实所证明，无须再进行理论上的辨析。同时，每一个中国人自然而然地应该是一个"民族主义者"，现在之所以没有达到这一"理想状态"，并非是理论本身有什么局限，而是因为种种非民族主义意识——如阶级意识、封建意识——的干扰。所以，到了民族主义文艺运

---

[1]　关于对此问题的详细分析，参见程凯《当还是不当"留声机"？——后期创造社"意识斗争"的多重指向与革命路径之再反思》一文，《中国现代文学研究丛刊》2006 年第 2 期。

动阶段，文学家所致力的便应是《宣言》中提到的，让文艺去做"促进民族意志"和"排除阻碍民族进展的思想"这类工作，也就等同于郭沫若所认为的要做一个留声机器，无条件地接近于那一种声音的做法。

相对而言，王家槐较之于曾虚白，更接近自由主义知识分子的立场。无论是对"永久人性"这一词汇的引入，还是他分析永久人性与时代精神之间关系时的行文方式，都证明了他对于此一时期梁实秋等人的言论相当熟悉。就内容看，王家槐的两篇文章所重复的不过是梁实秋《文学与革命》一文及其与鲁迅的等人的论战中所反复讲过的话。作为一个 1928 年才初涉文坛的新人，他对于此时的论争有所关注，并从中挑选了某些最为切合口味的说法来构建自己的文学观念体系。张季平指责王家槐的第一封来信不过是想"出出风头"而已，似乎所言不虚。因为在《真美善》杂志的栏目中，具有"文艺的邮船"一项，专门刊载作家与曾氏父子讨论文艺问题的通信。换言之，在给曾虚白写信的时候，他肯定意识到了这篇文章可能会在杂志上发表。在这里，王家槐借用了梁实秋非难革命文学的若干说法，对此时文坛上的另一个强势话语——民族主义文学运动——提出了质疑。

这里真正令人感到微妙的则是曾虚白的立场。关于此次论争，人们往往习惯于将王家槐和曾虚白视为同道，共同批评民族主义文艺运动的专横①。但却很少注意到，在两次通信中，曾虚白处处对王家槐的观点形成压制，最为关键的一点就在于曾虚白力图向对方证明在时代精神的作用下，必须有一个中心意识来统摄作家的创作。在这一点上，毋宁说，他与张季平更为接近，也正是这层意义上，他与真正的自由主义知识分子拉开了距离。曾虚白所反对的仅仅是前锋社作家独占民族主义这一"中心意识"的做法；同时，作为一个实际从事创作的人，他极为看重作家经验的自足性和有限性，对于前锋社理论家们将"民族主义"从其孕育的背景中抽离出来，当作一种外在于作家自身经验的指导思想的做法，深表怀疑。在《检讨》一文中，他谈到"中心意识是文学家，不，凡是要做成一个有意义

---

① 参见倪伟《民族想象与国家统制》，上海教育出版社 2003 年版，第 99 页。

的人不可缺少的要素"，似乎在用一种更为传统的方式——即文为心声，作文之前先要修身立诚，以完善自身的修养——来强调民族意识的自然生成过程对于作家个人的重要意义。在一年前所做的一篇论文中，曾虚白就作家的"修养"问题集中谈了自己的看法①。他认为"我们现在所处的时代是冲突混乱，仿徨苦闷到了极端的时代，若放任灵魂让它去自由发展，它受着剧烈的刺激，苦痛的煎熬，当然的要呈现出种种奇形怪状世纪末免不了的病态文学。"接着，曾虚白以花开在山野中支离芜蔓与移栽于花盆中秀美整饬为比喻，认为对于文学也应该将"艺术性的自然美给它规定为发展的目的和趋向"。因此，文学家的首要工作就是要养成"健全的灵魂"。文中，曾虚白谈道"所谓修养，就是使环境吸引而浮现出来造成它灵魂的色彩和状态的那些种子，必须经自己一番意志的选择才让它存在。美的，健全的，适合他目的的，他留；丑的，病态的，妨碍他目标的，他去"。在具体的实现方式上表现为文艺家"运用着意志之力，外边跟着环境斗，内在跟着自己斗，结果，造成自己所认为最完备的灵魂。从这种灵魂所发出来的文学，是健全的艺术，是力的表现"。从以上的表述看，无疑，曾虚白认为文学家应当集中到一个"中心意识"上来，甚至也暗示了"健全的艺术"应当对种种"病态文学"有所排斥。这些都是他和日后的《民族主义文艺宣言》极为接近的地方。不过，曾虚白并不认为民族主义者是天生的，相反，在民族意识的自然生长阶段，作家个体面对时代的种种诱惑时，有着多种发展可能，因为"灵魂间包罗着宇宙间万有的种子"②；此时作家并没有任何外在的资源可以凭依，必须运用、也只能运用自己的"意志之力"，才能使自己走上一条正确的道路。可见，曾虚白所说的修养，实际充满了内在的紧张感——时代的背景决定了民族主义理论的天然合理性，但作家民族意识的获得和自觉担当，则需要一个艰难的培养过程。这个过程非常像传统

① 曾虚白：《力与惰》，《真美善》1929 年 4 卷 2 号。
② 这一观念不仅出现在《力与惰》一文中，在他的作品集《潜炽的心》的序言中也有同样的表述。

儒家知识分子"修齐治平"的进阶。如果说前锋社的关注点落实在文艺所应担当的"工作"的话，那么曾虚白思考的则是民族主义者主体的塑造方式。由于他的着眼点是作家个体，每个人的民族意识的生成都要经过一个培养阶段，因此，民族主义在他的观念中不可能成为一种统制力量，它只能停留在、也必须停留在自然生成阶段，才可以保持其活力。

这里出现了一组相当有趣的比附关系：前锋社作家由于扬弃了民族意识的自然生成阶段，他们所言的"民族主义"的内涵似乎仅剩下《宣言》中所谈到"促进""排除"等有限的几条，使得"民族主义"完全成为了一种外在的标准；对于作家而言，他们的态度也就相应的要在完全接受或完全拒绝之间做出选择。正像郭沫若在"留声机器"这一比喻中讲到的，或者成为那种声音或者"只好请你上断头台"①。曾虚白强调"民族意识"和作家主体之间复杂相生这一点，和李初梨的思路反倒更为接近。不过，对"自然生成"的强调，滤掉了李初梨的论述中用先进观念重塑作家主体意识的急切感和独断性，在作家个体和中心意识之间，为文艺留下了足够的回旋空间。曾虚白的忧虑在于从中心意识向政党的文艺政策演进的这一环节上——由于民族主义兴起的合理性在其自然生成阶段就已获得证明，而30年代官方的文艺运动并未给它在理论层面注入任何新的因素，因此，这一运动本身并非是民族意识在自然演进过程中的更高阶段，用曾虚白的话来说，它并非"一种天籁的成荫"，而仅仅是"人工的移植"，它的产生似乎完全出于争夺文坛话语权力的考虑②。

其实曾虚白进入文坛的时间并不比王家槺早出很多，1927年下半年真美善书屋设立，曾虚白才进入这一领域，此前他所从事的职业和文艺并不相

---

① 郭沫若：《英雄树》，《创造月刊》1928年第1卷第8期。
② 从《民族主义文艺运动宣言》的论争逻辑上看，一统文坛话语权的意图非常明确。这份文件一开头就强调了"中国文艺界近来深深的陷入于畸形的病态的发展进程中"，然后批评了"残余的封建思想""阶级的艺术运动"和"每一个小组织，各拥有一个主观的见解"等做法，而解决之道则存在于"努力于新文艺演进进程中的中心意识的形成"。

关①。其父曾朴在从政数十年后，又重新回归文坛的重要原因之一，便是为他的儿子提供一个"发展的机会"，以便在文学领域为自己培养衣钵传人②。曾虚白不但完整地观察了 1928 年革命文学论争的过程，实际也撰文参与了某些问题的讨论③。因此，他对于论争期间各派的观点非常熟悉，并将其中的相当一部分吸纳进了自己的知识体系之中。相对于王家槐、张季平择取思想来源的单一，曾虚白在《检讨》和《再论》两文中，展现了他对于当年论争各派的广泛了解④。除了新月派的论文外⑤，散见于《语丝》《北新》两份杂志上的侍桁、甘人、李冰禅等人的文章是他主要的师法对象⑥。文学家和时代的关系问题、文艺作为整体不可分割的特性，乃至"真伪"这样的判断标准，曾虚白都将其综合进了自己的论述。这些论战的参与者和曾虚白一样，都秉持"文学是时代的反映"这一朴素的观念，尽管他们都承认，作为一种社会意识，文学会对历史进程产生反作用，文学家应该成为时代的"先觉者和宣扬者"，换言之，即文学不论情愿与否，都会或多或少的承担一定的

---

①　曾虚白在进入真美善书屋之前，曾在北平的烟酒公卖局作科员，然后去天津交涉公署任科长，再往后则在他的朋友董显光所创办的《庸报》任时事新闻的记者。

②　见《曾虚白自传》（台湾：联经出版事业公司 1988 年版）第 6 章第 2 节 "进修文艺" 中所节录的曾朴的日记，该日记写于 1928 年 9 月 11 日，其中对于曾虚白在文艺领域的进步深表欣慰。

③　《给全国新文艺作者的一封公开信》（《真美善》1928 年 2 卷 1 期）和前文提到的《文学的新路——读了茅盾的〈从牯岭到东京〉之后》（《真美善》1928 年 3 卷 2 期），此外《中国翻译欧美作品的成绩》一文也在此一时期发表（《真美善》1928 年 2 卷 6 期），此文所做出的统计正是写作公开信的原因。从整体上看，曾虚白对于革命文学论争发表了意见，其观点较为系统，论据充实，撰文也具有相当的针对性，但是非常奇怪的是，这些文章在论争中并没有任何反响。

④　曾虚白在文章中没有援引普罗文学的理论家的论述，并非是因为不了解，而是和他坚定的反对普罗文学的立场相关，后文还会就此问题专门进行论述。

⑤　曾虚白在文学家自主性的问题上，几乎重复了梁实秋《文学与革命》一文中的原话 "文学家不接受任谁的命令，除了他自己内心的命令；文学家没有任何使命，除了他自己内心对于真善美的要求的使命"。此外，在德莫克拉西问题的论述上，梁实秋认为 "革命似乎是民众的运动了，其实也是由于一二天才的启示和指导"，这一观点，曾也认可，此后还专就这一问题写了政论文章《德谟格拉西在中国》，不过曾虚白进一步推导出来的结论和梁实秋所说的 "领袖者的言行，最足以代表民众的意识" 正相反，在这些问题上较为明显的体现出了曾虚白和新月派的自由主义知识分子精英立场的差别。此外，《新月的态度》里说到的 "文坛的歉收"，和曾虚白所认为的创作翻译的贫弱，也有相似之处。

⑥　最为明显的如甘人《拉杂一篇答李初梨君》（《北新》1928 年 2 卷 13 期），侍桁《个人主义的文学及其他》（《语丝》1928 年 4 卷 22 期），李冰禅（胡秋原）《革命文学问题》（《北新》1928 年 2 卷 12 期）。

"宣传"使命。但由于"反映"这一方式所具有的被动性，文学注定只能代表一种弱势话语，即在改造社会的效用方面，他们无一例外都是文学有限论者。而普罗文学和民族主义文艺运动的理论家们则认为，文学应该是一种实践活动，可以强有力地干预社会历史的发展进程。对于"文学是时代的反映"这一论点，他们并不表示反对，只是认为这种说法就像强调意识的自然生长阶段一样，是原初的、薄弱的。因此，当前文学家们应当在"目的意识"的指导下，积极投入到文学改造社会的"实践"中去（对于左翼作家来说，也是在塑造自身的阶级意识），并以"中心意识"为核心，将全社会的思想资源意识形态化①。这便是曾虚白所秉持的民族主义和前锋社理论家们所认可的民族主义的根本差别之处。

众所周知，前锋社的成员是国民政府的公务人员，他们提倡文艺运动时，有着双重身份——既是官员，又是文艺家，因此，他们很难在文学和政治任务之间确立一个明确的"度"：一旦政治过分的对文学进行索取，就可以响亮地说"不"，而诉诸其他的手段——同样的问题，在左翼阵营中更为醒目的存在。而曾虚白的经历似乎为我们展示了另一条可选择的道路。作为一个有着强烈的社会使命感和政治热情的人，他在《真美善》期间所持的民族主义的立场呈不断加强之势。而在这次论争发生不久，坚持了三年之久的《真美善》杂志停刊②。曾虚白在短期任教于金陵女子大学之后，开始着手筹备《大晚报》，并在1932年年初，"一·二八"抗战的烽火中，一举创下了刊行仅两周便发行超过五万份的报业奇迹，令老牌的《申报》亦相形见绌。这份报纸以对政治时事的敏感和对政府政策的批评立场见称于世。而到1935年的华北事

---

① 在曾虚白和张季平的文章中，实际都涉及了"工具""宣传"这样的字眼，但两人都没有像革命文学论争时期一样，就文学是否应该从事宣传这样的问题进行争论。他们的论说更多的是从"反映"、还是"实践"这样的区分着眼。这种思路对于我们其实更具有启发意义。

② 《真美善》1931年7卷3号后，该杂志改为季刊，于4月、7月各出一期后停刊。在《曾虚白自传》中，曾谈到了真美善书屋停业的主要原因是曾朴身体欠佳，回乡休养，以他为核心的艺术沙龙就此解体；再就是真美善书屋刊行杂志、书籍虽然发行尚可，但却无法从行销商那里如数收回资金，因此书店的资本告罄。不过，曾虚白此人似乎也从未将文艺作为自己的终身事业，而是更多的视为一种准备——个人修养方面与社会关系方面，如《大晚报》的编辑记者中，相当一部分是《真美善》的撰稿人。

变期间，在上海负责全权处理对日交涉的国民政府外交官员黄郛的一席密谈，令曾虚白完全改变了对于政府的批评态度，开始全力维护中央政府的权威——黄郛正是负责处理济案的国民政府的外交代表①。之后，在淞沪会战开始之际，曾虚白追寻自己的好友董显光，进入了国民政府第五部国际宣传处任职，从此彻底告别和文学相关的事业，开始从事政治宣传活动。在多年的宦海沉浮之后，曾虚白晚年开始着手写作回忆录，编订作品集子——所走过的人生轨迹和他的父亲曾朴如出一辙。在《真美善》后期，曾虚白在文艺领域所持有的民族主义立场似乎达到了一个顶点②——往前的任何一步都会越出文艺的范围，于是虚白选择了离开，以其他的途径来实现自己信念。这似乎是"文学有限论"的观念在其人生层面的落实。在日后文艺统制不断强化的过程中，也有诸多作家像曾虚白一样抽身而退。

二 《真美善》杂志的立场与曾虚白文艺思想的特征

《真美善》杂志的刊行是曾氏父子合作的产物。刊物的宗旨由曾朴拟订，他的诸多文艺思想也为曾虚白所接受③，撰稿者则主要来源于一个以曾朴为核心的文学沙龙，主要参与者如张若谷、马仲殊等，都是日后民族主义文艺运动的边缘人物；而另一些如邵洵美、郁达夫等则有着新派或者旧派的名士风范。即使如朱雯、王家棫这些由该刊物发掘出的青年作者，曾氏父子也较为注意和他们培养一定程度的私人情意。作为文坛佳话的刘舞心事件和创刊一

---

① 在曾虚白的回忆中，黄郛对于自己受命处理华北事务用"跳火坑"这一比喻来形容，正是这一点感召了曾，使之全力支持国民政府。在《走向"最后关头"——中国民族国家建构中的日本因素》一书（社会科学文献出版社 2004 年版）中，柯博文将南京国民政府视为中国民族主义势力的代表，认为避免与日本过早的全面开战符合民族的整体利益。而对这一问题的不同态度，展现了民族主义者和自由主义知识分子间的差异。

② 前面所提到的发表于 1929 年 6 月 19 日的《力与惰》一文是曾虚白和日后的《民族主义文艺运动宣言》在表述上最为接近的一篇。在《真美善》1931 年 7 卷 3 期上（也即《真美善》月刊阶段的最后一期），发表了他在金陵女子大学的演讲稿《读书和做人》。文中曾虚白使用了"大我""小我"这样的概念来指代民族和个体，认为前者是"真我"、后者是"假我"，生活的意义就存在于"保持和推进""我们真存在的所寄托的大我的最后之完善"。

③ 《真美善》命名的解释来自创刊号上（1927 年 11 月 1 日）曾朴所发表的《编者的一点小意见》。而他的另一些观点，如在 1 卷 5 号《卷头小语》中表达的文学"只有工拙，没有新旧""凡是含有时间性的写物都不是真文学"等，实际都为曾虚白所吸收。

周年之际委托张若谷编辑《女作家专号》的举动，尤其显示出曾朴营造、并保持这种沙龙文学氛围的用心①。但父子两人之间的差异也较为明显，曾朴基本不涉及政治，曾虚白则有着较高的政治热情。刊物的主导权从 2 卷 1 期起逐步移交到曾虚白的手中，具体表现为他的论文开始大量出现于杂志的《论丛》栏，并且主持《文艺的邮船》一栏，回复读者来信。对于 1928 年革命文学论争，曾除了撰文参与讨论，还为此创作了一系列具有强烈政治讽刺意味的神话故事新编②。在 1929 年中东路事件中，他则借着翻译、连载美国作家德兰散的《目睹的新俄》一书，曲折地表达了刊物的立场③。不过，曾虚白的政论（创作或翻译）出现在"论丛"栏则是 1930 年以后的事情了，而恰恰这一部分最为前锋社所认可④。

纵观曾虚白在"论丛"上发表的各篇文章，它们之间可以形成一个相互勾连的体系，同王家槐、张季平进行的这次讨论所涉及的很多观点，实际在此前的论文中都有提及。能够以一个较为稳定的体系对文坛话题保持回应，是一个文艺家思想趋于成熟的表现。由于《宣言》中有关"民族主义文学"的论述是从文艺史和政治上的民族国家的建立两个纬度上展开的，那么我们也要相应地考察曾虚白思想中对于这两个问题的看法，进一步明确他与民族主义文艺运动主流观点之间的异同；同时，作为一个普罗文学的坚定反对者，

---

① 据曾虚白所讲，曾朴希望组成一个由某位具有较好文艺修养和鉴赏能力、且有出众的交际手腕的青年女士为核心的文学沙龙，而邵洵美便化名刘舞心给曾朴写信，讨论文艺问题，而曾朴则回信做答。这些信件均刊载于《真美善》之上。而《申报·自由谈》等栏目对于这一趣闻都有报道，见佳珍《神秘之女作家》。在《女作家专号》上，曾朴则与绿漪女士（苏雪林）作诗唱和。

② 曾虚白所写的《傀儡》《鬼子》《孝子》《檬果》《魑诉》五篇小说所讽刺的是普罗作家受命于苏俄、鼓动阶级意识，而自己从中牟利的虚伪姿态。这些作品后来与《徐福的下落》结集为《魔窟》由真美善书屋出版。在这些早期的创作中，曾虚白表现出极为出众的政治讽刺才华和组织故事的能力，不过从当时读者反映来看，似乎并没有读懂他在这些作品中寄托的意蕴（见《真美善》1929 年3 卷 5 期《南洋来的谈话》一文）。

③ 德兰散的文章实际讽刺了苏俄社会官僚习气浓重，效率低下，人民的自由受到了极大限制，该书由真美善出版。在中东路事件期间《真美善》连载部分章节，其实表明了该刊物对于苏俄的基本态度。

④ 李锦轩（叶秋原）在《最近中国文艺界的检讨》一文中谈道："《真美善》间或也登一两篇政治论文，依然是唱他的浪漫主义。"由于此处谈的是"几份较有历史性的刊物"（非普罗阵营的）——《小说月报》《北新》《真美善》《新月》——在政论方面的贡献，从叶秋原的话中可以看出他对于《真美善》提倡浪漫主义的不满；发表政论则是值得认可的。见《前锋周报》1930 年第 3 期。

他的反对理由也是我们要加以关注的所在。

　　曾虚白从未像日后的《宣言》那样给民族以明确的定义①，他在讨论英国、美国、法国文学时所使用到的主要是"民族性"一词。曾虚白以条顿性和拉丁性的消长起伏来描述英国文学史。前者是英国文学的根性，后者则是外来的因子。美国文学则"只是英国文学的一个支派"，是"英国文学的老根上浇上了法国浪漫运动的肥料"的产物②。在曾虚白看来，不同的民族性对应的民族性格不同，如条顿性就使得"（英国文学）前进的脚踝上永远缚着礼教的观念"和"教训的意味"③。同时，不同的民族性所倾向的文学类型也不一致：

　　　　法国民族，拉丁民族中最开花的一支，素来倾向在古典诗一方面，注重在模仿西罗（希腊）。英国民族，日耳曼民族中最兴盛的一支，爱好浪漫与骑士的诗歌。④

　　两者"风味的不同不是一时触机的变化，是从想象和诗性原始的根源上就分别开来的"。在这里，"民族性"这一概念被用来指代各个民族在性格、气质、思想特征、历史记忆，以及文化传统上的共识——这是曾虚白和日后《宣言》中的说法较为接近部分。正如左翼批评家指出的，这种描述方式有着明显的泰纳学说的痕迹⑤。曾虚白极为看重不同民族性的"组合"⑥给文学所带来的活力，正是在这种意义上他看好美国文学的前途，肯定史丹霭夫人在

---

　　①　《宣言》中谈道"民族是一种人种的集团。这种人种的集团的形成，决定于文化的、历史的、体质的及心理的共同点，过去的共同奋斗，是民族形成唯一的先决条件；继续的共同奋斗，是民族生存进化的唯一的先觉条件……"《前锋周报》第 5 期朱大心的《民族主义文艺的使命》和第 8 期叶秋原的《民族主义文艺之理论的基础》等文章对于"民族"概念的阐发都没有脱离《宣言》所设定的范围。

　　②　曾虚白：《我的美国文学观》，《真美善》1928 年 3 卷 1 期。

　　③　曾虚白：《英国文学鸟瞰》，《真美善》1928 年 2 卷 5 期。

　　④　曾虚白：《法国浪漫运动的女先驱》，《真美善》1929 年 3 卷 4 期。

　　⑤　见茅盾（石萌）《"民族主义文艺"的现形》，《文学导报》1931 年 1 卷 4 期。

　　⑥　此处不用"融合"一词，是因为在曾虚白的表述中，条顿性、拉丁性似乎都是亘古不变的，相互间的重组只带来发展的契机，而不会出现新的类型。因此，也许可以推断，曾虚白所说的民族性主要是一个文化概念，但有种族因素。

法国浪漫运动中的地位。

在描述中国文学的历史演进时，曾虚白使用了"文质"这一对概念。他认为孔子的学说在汉代获得统治地位，而贾谊、司马相如、枚乘等人则承继了楚文学的浪漫精神，中国文学史自此呈现为重质文学和重文文学的起伏消长。时至刘勰已经将"情感"视为文学的基本元素，而重质文学则在日后引发了唐宋古文运动和宋代理学家的热情，自然，也融入了佛教的影响。在清代，两者被进一步窄化为骈散之争。这些观点在当时也并不新奇，毕竟曾虚白并非专门的文学史家。令我们感兴趣的则是他对于这两种文学倾向的评价。曾虚白认为文质之争不过是"理智文学"和"情感文学"的争执。重质文学其实是"为人生的文学"，只是由于受着礼教的束缚，所谓真理、道，离不开先王之道和六艺之文；而重文文学和西洋"为艺术而艺术"的主张则十分吻合。值得注意的是曾虚白对于重质文学，也就是日后周作人在《中国新文学的源流》中所指称的"载道文学"的评价并不低，他将这派作家称为追求真理之人，甚至在文中已然承认自己用"真理"来指称"道"是将后者的概念放大了①。作者在这里表露出的倾向性，或者说他想要寄托的想法，更值得我们关注。正是对文学载道责任的认同构成了他认为当前的文学家应该集中到民族主义这一中心意识上来的基础。同时，也正是基于对传统文人"文以载道"的准宗教式热情的了然，使得曾虚白将关注点集中在如何将对民族主义的认同内化于作家的信仰这一环节上。对于文学的情感特征，曾虚白只是表现为有节制的认可。在革命文学论争中，甘人等人理直气壮地宣称"无奈文艺须完全是真情的流露，一有使命，便是假的"②；但在曾虚白的议论中却从未有过如此毫无保留的表述。甚至在与王家械的第一次通信中，他也在提醒对方不要"以为文学家只是一种感情磅礴而理智十分薄弱的人类"，并称这种见解"是现在青年最易犯的错觉"。

在以上所引述的文章中，我们也可以注意到，曾虚白在行文中习惯于将

---

① 曾虚白：《中国旧时代文学观念之剖析》，《真美善》1930 年 5 卷 5 期。
② 甘人：《中国新文艺的将来与其自己的认识》，《北新》1927 年 2 卷 1 期。

问题细化为两种对立互补的因素进行考察。在对欧洲文学史的描述中，他其实也坚持了"文质"这一二元对立的分类方式，这在后面我们考察曾虚白对于普罗文学的观念时会详细地涉及。接下来，我们则要梳理一下曾对于建构现代民族国家所持有的看法。

在《民族主义文艺运动的检讨》中，曾虚白在分析中国社会状况时提到了不久前发表的《德谟格拉西在中国》① 一文，在这篇文章中，他提出了一个相当独特的观点——中国的问题所在不在阶级的分野，而在知识阶级的专横。在他看来，十九年来中国空有民国之名，而缺乏民主实质的关键，在于民国的建立只是一批"热心国事的革命家"的提倡，民众并没有自然产生的民主诉求。因此，将"民主"的重担交付到没有"自发"民主意识的民众手中，这便为"智识阶级"的投机提供了机会。在曾虚白的观念中，民国之前的社会实质上并不是君主专制政体，而是柏拉图所说的"哲人政治"②。君主的后面另有一群势力更大、权威更重的士大夫阶层把持一切，这些人就是"智识阶层"，他们构成了中国社会潜在的政治组织。在民国建立后，这种智识阶级专政的局面依然尚在维持，其根源在于"社会意识的发展过分的畸形了"，精英人士和一般民众在学识和经济方面差距过大。此时人们所热议的军阀专权、阶级分化，在曾虚白看来都不是问题的关键，中国社会政治混乱不堪的主要原因是上下层之间的脱节，使得民主体制无法真正实现；而作为社会上层的智识阶级为垄断话语权争得天翻地覆，丝毫不去考虑如何解决中国的实际问题。在文中，曾虚白做了如下的描述：

---

① 曾虚白：《德谟格拉西在中国》，《真美善》1930 年 6 卷 4 期。
② 在写作这篇文章前不久，曾虚白翻译了法国学者苏尔培·克洛斯著的《柏拉图与共产主义》一文，后者发表于《真美善》1930 年 5 卷 4 期。曾认为中国以往政体与柏拉图所说的"哲人政治"相似，两者的着眼点都在于"选拔训练"，在中国的具体表现就是科举。对于科举，曾虚白认为其好坏参半。坏处在于它阻碍民主观念的养成，好处却是给社会下层提供了平步青云的机会，以"机会均等的制度化解了经济上阶级的观念"。后者成为他否认共产主义学说在中国具有存在的合理性的理由。值得注意的是，曾虚白在这里似乎用另一种方式在重复几年前周作人所说的"生活不平等思想则平等"的论断。周作人的这段话也出现在革命文学论战中李初梨所写的《自然生长性与目的意识性》一文中。曾虚白借此强调的是先进理念（民主意识）尚未自然发生，李初梨则强调先进理念（阶级意识）需要外在输入。

这班乡董、缙绅、耆老先生们，大半是旧智识阶级的代表，在西洋文明占足上风的现时代，当然另有一班比较新一些的智识阶级应运而生，给他们对垒争衡，作政治上的对手。这新旧智识阶级的冲突，结果就是酿成南北两政府对峙的局面；国民政府的成立，可以说是新智识阶级的胜利；今日南北之战，也可以说是旧智识阶级卷土重来；而种种共产党、无政府党、国家主义派等暗中的活跃，又可以说是更新的智识阶级的酝酿。

在这里，曾虚白向我们展现出他思想中最为激进的一面——从平民立场出发，对于一切精英话语都表示怀疑。事实上，它也构成了曾虚白在意识领域看重"自然流露"这一因素的思想基础。对于一切由精英知识分子主动提倡的观念理论，无论是左翼、前锋社，还是新月社的自由主义立场，曾虚白都表示怀疑，甚至在暗示对方也许别有所图。这篇文章中谈道"要想真正实现德谟格拉西，只有从根本上求社会中智识、经济和能力的均衡"。曾虚白认为，共产主义者提出的从打倒智识阶层着手解决方案是因噎废食，正当的手段应该是将下层提高，"将整个民众都提升为智识阶级"。在《真美善》下一期上发表的《新生的土耳其》① 一文，实际是以土耳其为师法的对象，对于《德谟格拉西在中国》中所涉及的种种问题的进一步讨论。在曾虚白看来，土耳其和中国一样，也面临着民众尚未自发产生民主意识、而革命已经发生这样的两难困境。在文中，他称赞凯末尔政府一边进行国家建设，一边在大规模提高国民素质、培养其政治能力方面所做的切实有效的工作，这种举措很容易就令人们联想到国民党政府治国方略中对于"训政""宪政"阶段的划分。在对土耳其政府的称赞中无疑包含着他对于南京国民政府工作缺乏成效的不满，不过，在胡适等人已经开始"人权与约法"等问题讨论的时候，曾

---

① 曾虚白：《新生的土耳其》，《真美善》1930 年 6 卷 5 期。关于土耳其、印度的讨论，在当时的报纸杂志上是一个热点话题，曾虚白的这篇文章主要是对凯末尔政府的各项政策的介绍，并没有太多独特之处。不过，如果和上一期的《德谟格拉西在中国》相参校，则可以看出曾虚白写作此文的本意。

虚白作为非官方的知识分子依然对于南京政府最终实现民主政治的意图抱有如此强烈的信心，确实有些令人惊讶。在文中，他甚至暗示南京政府也应该出现如凯末尔这样的强权人物，以保障中国能够"坚定"地朝着正确的方向发展。

从总体上说，曾虚白带有平民意识的自我定位、在政治领域对国民政府的支持态度和文艺上强调作家"修养"与自主性的做法构成了一种奇妙的组合。在二三十年代复杂的社会格局中，他所代表在这类知识分子可能会成为现行政权最有效的支持者。这种支持不是迎合，也不是日后胡适所提出的成为政府的"诤友"这样的角色，它表现为站在同一立场上思考问题，在维护政府权威的前提下提出自己的意见，充分考虑到政府领导人的实际困境，并给予其尽可能多的来自民间的回应。胡适晚年对于国民政府态度的转向，其实正是向曾虚白这类知识分子立场的靠拢。不过，在文艺这一特殊的领域，对于任何加以统制化的意图，他们也都会给予坚决的抵制。

对于此时文坛上的另一种统制性话语普罗文学，曾虚白主要是从以下三个方面加以反对。首先，他认为阶级意识不是中国近代社会自发产生出来的一种思想资源，而是由俄国并假道日本输入的，和民族意识相比，有"真伪"之别。这实际是在重复 1928 年革命文学论争时《语丝》《北新》上各位作者的观点，此处不再赘述。其次，作为一个文学反映论者，在曾虚白的逻辑中，实际是有限度地承认普罗文学存在的合理性。在《检讨》一文中，他明确说道"在俄国今日经过了这样一个阶级间大翻腾之后，产生几个普罗作家出来也是一般有理智的人所应该希望的事情。"在中东路事件期间，曾氏父子就曾撰文介绍过《铁流》的作者绥拉菲摩维支和以乡村题材见长的伊凡诺夫①。有关中国普罗文学兴起的原因，在《文艺的新路》中，曾虚白认为是由于"刚遇上革命潮流的汹涌澎湃……人人装着满肚子说不出的苦闷，郁勃，于是叫的叫，跳的跳，不择手段的借着文艺来宣泄蕴藏在他们心底里的火焰"，自然，这是作者"修养"不够的表现。在《力与惰》

---

① 曾朴、曾虚白：《介绍新俄无产阶级的两位伟大的作家》，《真美善》1929 年 4 卷 1 期。

一文中，他将此和肉欲文学一概称为"惰性的文学"，认为这些作家"只能任凭着为环境支配所造成的灵魂在那里跳跃呼啸，并不能反抗环境，造成健全的灵魂来开辟新世纪"，进而尖刻地批评其为"颓废狂，色情狂，呼号狂，甚至像疯狗般的乱叫狂，造成了扰攘的氛围，窒息的空气"。以上两条反对理由主要是针对1928年革命文学论争前后的情形而发，此时普罗文学只是作为一种精英话语出现，和政党之间尚未形成紧密的联系。在左联成立后，当文学成为实现政党意志的手段时，曾虚白则提供了一种最为有力的反对理由。

如前所述，曾虚白使用了"文质"这一对观念来描述欧洲文学发展的历史①，在他看来欧洲古典文学有两个源头——希腊精神和希伯莱精神。前者充满了实践的人间性，注重于现实的人生，而疏忽了空灵的精神世界；后者则以宗教为中心，是超人间的、精神的、情感的。两者间的区别表现为文质之分，它们的起伏消长构筑起了直至19世纪之前的欧洲文学史。在启蒙时期，科学精神作为一种新的因素融入，到19世纪发展为自然主义。而希腊精神和希伯莱精神则在"写实主义"的名义下调和起来，形成了"艺术至上主义"的阵线，和新兴的科学精神——即自然主义——进行抵抗。虽然在内部有偏重情感和偏重理智的分别，但它们都属于重"文"的一派；自然主义却只是将文艺视为工具，用它来理解自然和社会，在这一点上，曾虚白认为它与宋儒的思路相似，是重"质"的一派。曾虚白之所以如此煞费苦心地将人们认为相似的"写实主义"和"自然主义"在本质上区别开来，是因为在他看来，科学精神对于以往的文学传统而言是一种异质的因素，有限的引入会给文学提供新的视角，而一旦将其绝对化则会从根本上窒息文学的生命。马克思主义是一种社会科学，而普罗文学则充分地运用了马克思主义的科学精神。从这一点出发，他对普罗文学在文学史上的定位进行了如下的描述：

> 所谓普罗文学是以唯物史观绝对"科学的精神"做了基础，而把"自然主义""艺术为人生"的文学观念缩小了范围，变成了"艺术为支

---

① 曾虚白：《欧洲各国的文学观念》，《真美善》1930年6卷4期与6卷5期。

配阶级的艺术表现"的文学观念了。同时，它更进一步的规定了文学的效用，说它是助成支配阶级终局的使命的工具；换言之，它变成了各阶级间经济斗争中不可缺少的一种武器了。……照这种语气看来，文学不光是表现社会意识的工具，简直是助成社会斗争的武器了。总括说，他们在唯物论的立场上观察，个人的人格消灭在集团中，集团的意识是从它的实际生活中发生出来的，而这种意识产生之后又能影响到集团的发展；所以，他们要坚固"普罗阶级"在社会中的基础，非创造出纯粹以"普罗意识"作基本的文学不可了。这种绝对以"经济生活"作文学基础的论调，可以说是托尔斯泰以"宗教"作文学基础的一种反动。在"科学精神"的观察点上说，这种论调是达到了最高的波峰；在"艺术为人生"的观察点上说，这种论调是攒进了牛角尖里去了。

确切地说，从曾虚白所使用的"绝对""波峰""纯粹"等词汇来看，他并非泛泛地反对普罗文学利用马克思主义所具有的科学精神，而是反对以"科学主义"的方式在文学的领域接受马克思主义的做法。所谓"科学主义"，便是将科学意识形态化，甚至赋予其某种宗教意义，将它的适用范围拓展到社会中的一切领域，尤其是在某些与科学无关的领域滥用科学的威望①。在这篇文章中，他相对客观地评价了唯物史观的作用和价值，有限度地承认这一分析社会的工具的有效性。但在他看来，文学与社会科学并非是可以重合的两个领域，甚至后者也不能对于前者形成涵盖，正如前面他在梳理欧洲文学史时所指出的，科学仅仅是在 19 世纪才开始渗入文学领域的一种新的因素，在整个文学传统中，它只能作为一个作用有限且优劣并存的部分存在。在这里，曾虚白实则已经相当清晰地表明了他反对将文学社会科学化的思路。这种反对理由，自然会让人们联想到 1923 年爆发的"科玄论战"中对于科学的适用性的讨论。不过，那场论争主要是从思想领域展开的，虽然张君劢文章中间或涉及文艺这一领域，不过当时文坛上尚未出现可供讨论者援引的类

---

① 参见郭颖颐《中国现代思想中的唯科学主义》，江苏人民出版社 1998 年版，第 1—8 页。

型。而到革命文学的论争中，论战的双方都在努力援引马克思主义有关社会问题的论述来为自己的言辞提供权威性，对于 1923 年提到的科学有限性的思路反倒没有人承继，最终使得这场论战的结果表现为社会科学向文学领域的有力拓展①，为日后将文学纳入政党的统制体系创造了基础。在革命文学论争之前，鲁迅所提到的"文学无用论"② 实则已经涉及文学功用的有限性问题，但他并未坚持这一思路，相反，在创造社的青年理论家的压力下，他开始阅读翻译社会科学的书籍，努力将唯物史观的科学方法引入自己的杂文创作中。从这种意义上说，与其说鲁迅后期思想"左倾"，毋宁说他在思维方式上更为社会科学化恰当。自然，曾虚白在这里运用了一种相当巧妙的反驳方式，他没有纠缠于理论上的争执，而是借用传统文人惯常的史学思维，在对文学史的重新梳理中有所寄托，从而对普罗文学及其背后所凭依的作为社会科学的马克思主义体系进行了挤压。拒绝文学的社会科学化似乎是恪守文学自足性观念的人所能提供的最为有力的反驳理由，不过在马克思主义作为意识形态话语强劲的整合能力面前，这样的反对声依然显得微弱异常。对于任何统制性的话语，唯有另一种统制性话语方能与之抗衡。

这里，让我们重新回顾一下左联外围刊物《文艺新闻》上所刊载的民族主义文艺运动的主将朱应鹏对该运动的言论：

> 所谓党的文艺政策，又是由于共产党有文艺政策而来的；假如共党没有文艺政策，国民党也许没有文艺政策。③

以往论者均将这段话作为具有官方背景的民族主义文艺运动的兴起是针对左联成立而匆忙拼凑出来的铁证，不过对这一论述我们也可以进行另一种解读——在政治上的对手已经完成文艺的统制化进程之后，唯有建立另一种强势的话语方式才能与之抗衡。这个过程非常像世界历史进入民族国家阶段

---

① 如彭康的《科学与人生观——近几年来中国思想界的总结算》一文，对张君劢、丁文江双方的论点都进行了清算，而强调了马克思主义社会科学理论的合理性。见《文化批判》1928 年第 2 号。
② 鲁迅：《文学与政治的歧途》，《新闻报》，1928 年 1 月 29、30 日学海版。
③ 《朱应鹏氏的民族主义文学谈》，《文艺新闻》，1931 年 3 月 23 日第二版。

时的情形：一旦一个部落、异或城邦民族国家化了，其他部落城邦也不得不被拖入这一进程。朱应鹏的言论与其说是在强调官方文艺统制的必要性，不如说是在表达某种无奈。当民族主义文艺运动作为一种强势话语开始冲击 30 年代的文坛，以至于日后台湾的某些学者将 1936 年左联"国防文学"口号的提出也作为民族话语最终压倒阶级话语的证据时①，又有多少人会想到从作家自发的民族主义意识，过渡到 1930 年官方以此命名的文艺运动的过程中，有多少属于文艺范畴的重要因素被过滤掉、从此逸出了研究者的视野呢？曾虚白以及《真美善》这样的重要刊物的"隐身"所折射出的可能正是当前现代文学史结构方式的某种尴尬。

---

①　任卓宣：《任序》，《民族主义文艺讨论集》，帕米尔书店 1980 年版，第 2 页。

五卅案时期的北平文坛

　　五卅运动的导火线是 1925 年 5 月中旬日本纱厂在镇压罢工过程中枪杀工人顾正红一案。之后，在中共的领导下，上海工人举行了进一步的示威活动，并在 5 月 30 日由工人和学生在公共租界组织了联合游行。但在南京路的老闸捕房前，英国巡捕向示威者开枪，造成了 10 人死亡、50 人受伤的惨剧——五卅运动从而正式爆发。

　　五卅运动迅速在全国产生影响，很大程度上得益于上海得天独厚的现代传媒力量。事件发生后，沪上各报的报道几乎都不遗余力。茅盾在回忆录中指责当时包括《国民日报》在内的上海报纸对于五卅事件均不能做如实报道，因此中共中央出版了《热血日报》，而商务印书馆同人则创办《公理日报》，以图向社会各界提供如实公正的新闻资料一说①，似乎所言不实。研究者亦常引用孙伏园的说辞来证明当时上海对于新闻报道与言论自由的限制——"昨天东璧先生的文字，给我一种说不出的悲痛。他隐去了真姓名，将文字寄到数千里外的北京来；再加以本报特约通信员所记'上海申报将小样分送各报'的事实，我们可以推测现在上海人的言论自由已降到了什么程度。"② 但孙伏园作为一个编辑手段灵活的报人，此说更似在为《京报》宣传。考虑到京沪两地通讯的便捷，对这一事件的过程和报道情况的了解，两

---

　　① 茅盾：《五卅运动和商务印书馆的罢工》，《我走过的道路》（上），人民文学出版社 1981 年版，第 270—272 页。

　　② 孙伏园：《游行示威以后》，《京报副刊》1925 年 6 月 5 日第 7 版。东璧的文章指的是 6 月 4 日《京报副刊》上发表的《上海的空前大残杀》一文。

地文人并无太多差别。俞平伯文章中的某些信息源自茅盾等人临时筹办的《公理日报》①；而 5 月 31 日的《申报》对南京路冲突的报道方式，更是为北平文人所熟知——五卅案所占据的篇幅为 1/2 版；另外的 1/2 则给了共和路上发生的军官格斗双双身亡的一案②——这一事件在五卅运动期间屡屡被援引，以证明中国军队内部腐败，不足以对外作战，论者多借此批评对英宣战方案的不切实际。

沪地文人对于五卅案的书写集中于《文学周报》和《小说世界》这两个刊物。前者以茅盾、叶圣陶、郑振铎、朱自清、仲云等人为核心，从 6 月 8 日第 176 期上刊载的叶圣陶的《太平之歌》开始，陆续发表了多篇有关五卅案的杂评、诗作和散文。其中，一系列讲述自己目击或参与五卅事件的散文最为引人注目，如叶绍钧的《五月卅一日急雨中》、茅盾的《暴风雨》等。毕竟这些作家生活在上海，五卅事件对他们来说触手可及。这种切身的经历使其中最为温和的作家亦能写下极其激昂甚至偏激的文字，如朱自清的《白种人——上帝的骄子》。从总体上说，这些作品在艺术上并不出色，它们体现出的是作家的社会责任感和政治立场上的急速"左倾"化。但这批文章在塑造人们对于五卅案的历史认知方面却作用巨大，文中为我们提供了一系列想象这一事件时的关键意象——血、人群、讲演、工人的坚定和学生的热情，同时也有商人与市民的相对冷漠……总之，他们的文字告诉我们，五卅是一个传单飞舞的日子，租界中遍布游行队伍和学生的讲演队。枪响时，飞溅的血液将上海染成了一个红色的世界，无数人因此觉醒了，整个历史的进程进入了新的一页。

上海的旧派文人在《小说世界》上也推出了一期"爱国专号"③，撰稿作家主要有包天笑、程小青、范烟桥、徐卓呆、顾明道等。仅从题目看，《血

---

① 1925 年 6 月 20 日《京报副刊》载俞平伯《一息尚存一息不懈》一文，里面批评了心声社的宣言，谈到了是从《公理日报》第十一号所看到。心声社的这则宣言在《京报副刊》6 月 15 日的《上海惨剧特刊》第八期上也有刊载。

② 该案件据调查是因为争夺烟土、两军官互斗身亡。

③ 《小说世界》1925 年 11 卷 1 期。

衣》《泪花血果》《血的教训》……突出的也是"血"这一意象；但和新文学作家不同的是，他们更关注于惨案对于死难者家庭所造成的伤害，几乎每一篇文章中，都是泪水滂沱。"泪"的加入很大程度上削减了"血"这一意象所具有的政治意味，更多将五卅事件的意义限制在青年人自发的爱国热情和遇难者的家庭、亲友对于苦难的承担上。这些文章不具备煽动性，却有着浓重的人道主义气息。

北平的刊物对五卅惨案虽然也不乏愤怒与呼号，但骨子里却透着一种冷静。一方面，这和撰稿人的构成有关：在上海的多是编辑、作家，而北平的则以大学教职员为主，其中不少核心刊物的撰稿人还是政治、外交或者法律问题的专家，他们相对克制务实的态度也传递给了其他作者。另一方面，也是更为关键的一点，毕竟五卅案发生在上海而非北平——没有切肤之痛，没有触目惊心之感，这有助于他们将这一事件放置到历史的脉络中进行考察，冷静地评价它对中国社会产生的实际影响。其实不久之后的"三一八惨案"中，北平文人的激动与愤怒丝毫不让五卅期间的上海同人——可见，有无切身感受对于作家的态度几乎起到了决定性的作用。

在北平真正引导人们对五卅案看法的是《现代评论》，周鲠生、王世杰、杨端六等人的文章被其他报刊广泛地转载。虽然他们彼此间的观点不尽相同，但总体上说，这些学者不取普泛的反帝立场，而将交涉的对象基本锁定在英日两国；但相对于梁启超提出的主要通过法律途径解决沪案的思路①，《现代评论》诸君更愿意将此视为一个政治事件，具体对策上则主要采用经济绝交、排斥外货等手段。虽然他们的解决方案也有一定的理想成分——如周鲠生所说的中央政府派兵进入租界，以争取外交主动的建议——但总体上相对可行。《现代评论》刊发的文学作品中最为重要的是闻一多的一系列诗作②，这些作品并非诞生于五卅时期，但所抒发的情绪恰恰契合这一时代氛围。焦菊隐的

<hr>

① 见《晨报》1925 年 6 月 13 日，梁启超所写的《赶紧组织"会审凶手"的机关啊！》一文。这篇文章刊出后，受到了多方批评。反对者普遍认为，沪案是政治问题，而不应仅仅局限于法律解决。
② 闻一多：《醒呀！》（1925 年 2 卷 29 期），《七子之歌》并序（1925 年 2 卷 30 期），《洗衣曲》《爱国心》（1925 年 2 卷 31 期），《我是中国人》（1925 年 2 卷 33 期）。

小说《租界中》①和陈西滢的一系列《闲话》也应为研究者所注意。虽然陈源此一时期在女师大学潮问题上和鲁迅、周作人针锋相对，但在沪案的看法上却非常一致，如抵制英货并不能促进国货发展的观点②，又如中国闲人们跟在两个美国大兵后面空喊"打，打"的描述等③。

《猛进》在五卅期间表现相当活跃，除了欧阳兰的《血花缤纷》、王品青的《请愿》外，值得注意的是蒋光慈的一系列诗作④。《晨报副刊》上则刊发了王统照的散文《血梯》《烈风雷雨》⑤、杨振声的讲演《侏儒与痰盂子》⑥、胡云翼的《老巡捕房附近》⑦等作品。更为重要的是，在王统照的安排下，《晨报副刊》和陆续出版的《沪案特号》上不惜篇幅，连载了熊佛西在惨案前所写下的独幕剧《当票》⑧，该作品的副标题"汉口租界虐待华工的写真"应是王统照所加，并称其"描写租界中之不平状态，极为真确"。黎锦明的剧作《小黄的末日——日本纱厂虐待华工的写真》⑨则写于沪案期间。此外，《京报副刊》上也连载有何一公描写工人在沪案中遭遇的三幕剧《上海惨剧》⑩，这三部作品，连同日后田汉为五卅纪念日所做的《顾正红之死》⑪及

---

① 《现代评论》1925 年 2 卷 39 期。

② 《现代评论》1925 年 2 卷 36 期。鲁迅在 1925 年 6 月 13 日给许广平中的信中也表达了类似观点，见《两地书》29。

③ 《现代评论》1925 年 2 卷 38 期。

④ 如《北京》（1925 年 28 期）、《我要回到上海去》（1925 年 29 期）。值得注意的是，此一时期《猛进》所刊发的王森然的一系列诗作并非是以五卅为书写对象，这些作品悉数写于五卅之前。同样的情形也见于冰心的《赴敌》一诗，《语丝》1925 年第 32 期。

⑤ 王统照：《血梯》（《晨报副刊》1925 年 6 月 8 日第 4 版；《烈风雷雨》，《晨报副刊》6 月 17 日第 1 版。

⑥ 杨振声：《侏儒与痰盂子》写于 1925 年 6 月 17 日，刊发于 6 月 30 日《艺林旬刊》。

⑦ 胡云翼：《老巡捕房附近》，《晨报副刊》1925 年 8 月 13 日第 8 版。

⑧ 熊佛西：《当票》，1925 年 4 月 27 日自纽约寄来，连载于 6 月 23 日沪案特刊第五号、6 月 24 日《晨报副刊》、6 月 26 日《沪案特刊》第六号、6 月 27 日《沪案特刊》第七号、6 月 28 日、29 日、7 月 1 日、3 日的《晨报副刊》上。王统照的按语写于 6 月 17 日。

⑨ 黎锦明：《小黄的末日——日本纱厂虐待华工的写真》，《晨报副刊》1925 年 7 月 14、16 日。

⑩ 何一公：《上海惨剧》，连载于《上海惨剧特刊》1925 年 6 月 13、14、15 日第 6、7、8 号上。

⑪ 田汉：《顾正红之死》，写于 1931 年 5 月，原为纪念"五卅惨案"准备创作的多幕剧《黄浦江》中的一场。

左翼的某些创作①，清晰地展现出了"工人"形象在文学中的演变轨迹。

《京报副刊》是五卅期间北平地区最具特色的刊物之一。编者孙伏园通过主动提供版面，为高校和团体提供了言论空间，从而将诸多不同的声音包容进了该刊物之中。从6月到9月，《京报副刊》陆续刊发了《救国特刊》（救国会主编）、《沪汉后援专刊》（北大主编）、《上海惨剧特刊》（清华主编）、《铁血特刊》（铁血救国团主编）、《反抗英日强权专刊》（女师大附中主编）和《北大学生军特刊》（北大学生会主编）。从撰稿人的构成来看，其中不乏王造时、顾颉刚等知名教授，但主要部分则是荆有麟、陈铨、周伦超等青年学生。文章以论文和杂感为主，思路上明显受到此时的《现代评论》和《醒狮》两份刊物的影响。虽然不少文章频繁使用了"反对帝国主义"这一表述，但从整个《京报副刊》的立场看，对于该词汇所具有的共产国际背景却持强烈的批判态度，其中以周伦超负责的《救国特刊》最为明显②。孙伏园通过某些杂论和编者按，非常巧妙地引领了各个专刊的思路。如在6月5日所刊发的《游行示威以后》和6月7日的《此后的中国》两文中，他谈到"打倒帝国主义"这一表述过于抽象，不利于民众的接受，知识分子应该注意民众教育的普及，撰述相对浅显的文字。而在此后的一系列专刊中——尤其是最早刊出的清华大学主办的《上海惨剧特刊》（6月8日）——孙伏园明确讲到该刊物的着眼点是"一般普通人……所以颇歉然于不适宜于智识阶级之阅读"③。而同一期上王造时所写的《本刊的缘起及使命》也将"唤醒民众"和"到民间去"作为"抵抗英日"的必要手段。又如，顾颉刚用极为浅俗的语言写了《上海的乱子是怎么闹起来的?》和《伤心歌》两文，孙伏园在按语中特意指出："以上两篇……是顾颉刚先生写的稿，有不合北京话的口气的又经潘介泉先生修改过。文字里

①　如龚冰庐《一九二五年的血——关于五卅的传闻》，《流沙》1928年第4期；孟超《潭子湾的故事》，《拓荒者》1930年第4、5期合刊。

②　如8月31日《救国特刊》第11号中，周伦超所做的《为大通君一言》一文，明确反对使用苏俄的口号"打倒国际帝国主义"，并指责苏俄对中国实行主义侵略。在周伦超的文章中多次援引了《醒狮》周报上的言论作为自己的论据，因此，《救国特刊》可以视为国家主义派的外围刊物。

③　见6月8日《上海惨剧特刊》第1号，孙伏园所写的《引言》。

面注意的有几点：一，少用乃至不用特别的或新鲜的名词，为民众脑筋中所没有的；二，不用标点，恐怕民众因为一时没有看惯标点而把全文不看了；三，决不愿意因此传单而发生排外的流弊，所以在末节里特为郑重声明。"①《上海惨剧特刊》以注重民众启蒙为最大特色，其中格外值得注意的文章还有东阜所作的《群众运动里面缺少的两种人》一文②，作者指出五卅运动缺少乡民（主要是市民）和妇女（主要是女学生）的参与，确实是一语中的的看法。作为被现代传媒大力推动的事件，传媒力量所及之处也恰恰是五卅运动影响所能到达的界限。特刊对民众启蒙的关注点与日后有关文学大众化问题的讨论并不一样，此时孙伏园等人关心的是思想的传播和普及，这和清末官府通告中频繁使用极为浅显的白话文的做法反倒更为接近③。作为和鲁迅私交甚笃的编辑，孙伏园在五卅期间既有和鲁迅相契合的一面，也有他自己的一系列想法。6月22日，孙伏园发表了《清末思想界状况的再现》一文，以清末革命、立宪两派为例，讲到当前运动中有两种人：一种持论甚高，另一种则讲究考察事实。这一区分从表面看和鲁迅提到的民气论者与民力论者的表述④并无不同，但孙伏园的落脚点却在了"内争无益"这一层上。在《此后的中国》中，他已经表达了希望消弭内争、一致对外的想法；而在内争这一环节上所举的例子正是女师大学潮。六天以后，孙伏园又继而谈到"《语丝》《现代评论》《猛进》三家是兄弟周刊"⑤，令鲁迅怀疑他已与陈源等人暗中接洽⑥。但在6月7日，《京报副刊》已经开始全力讨论沪案问题时，孙伏园却照旧刊载了鲁迅谈论女师大学潮问题的《咬文嚼字（三）》一文——作为一个编辑，孙伏园充分展现了办刊方面的灵活手腕，既能根据时局的变化迅捷地调整重心所在，又能坚持必要的包容性。这使得此一时期的《京报副刊》展现出较其他刊物更为

---

① 《上海惨剧特刊》1925年第5号。
② 《上海惨剧特刊》1925年第11号。
③ 李孝悌：《晚清社会下层的启蒙运动》，河北教育出版社2001年版，第35—47页。
④ 鲁迅：《忽然想起（十）》，《民众文艺周刊》1925年第24期。
⑤ 孙伏园：《救国谈片》，《上海惨剧特刊（六）》1925年6月13日。
⑥ 见6月13日鲁迅给许广平的信，《两地书》29。

复杂的气质。

对于学生运动的批评，是五卅期间北平文坛上颇为引人注目的一个现象。沈从文在《到坟墓的路》的总标题写下了多首短诗，其中"志士""胜利""愿望"各篇对于五卅后的学生运动表达了较为冷淡的看法，如：

> 为一些假装的呻吟便热了，
>
> 为一些假装的喊叫便热了，
>
> 流罢！
>
> 赶快尽量的流罢！
>
> 然而这是无须乎流的事！
>
> 大家都不过是假装。
>
> ——《志士》①

对于学生运动的反感在北平诸多文人的笔下都不加掩饰的表露出来，如品青的《请愿》②、章衣萍的《记所遇》③、陈源的某些《闲话》④……几乎在所有的有着教职员身份的人看来，从五四以降的学生运动日益堕落为一种做秀，抑或野心家的图谋，只不过他们每个人在表述中言辞的激烈程度并不相同。《京报副刊》上所发表的署名"益噤"的《五四运动之功过》⑤直接将这一问题溯源到五四。在作者看来，五四运动使得人们相信"有公理无强权"，并进而认为"群众运动可以成事"，因此在行为上"趋于玄学的感情的发动，而缺乏科学理知的计划。"

语丝派诸人对于五卅案的看法一言以蔽之，即钱玄同在《关于反抗帝国主义》一文中所引的孟子的话——"人必自侮然后人侮之，家必自毁而后人

---

① 沈从文：《到坟墓的路》，《晨报副刊》1925 年 7 月 25 日第 5 版。
② 品青：《请愿》，《猛进》1925 年第 21 期。
③ 衣萍：《记所遇》，《语丝》1925 年第 37 期。
④ 如 1925 年 2 卷 27 期《现代评论》上的《闲话》。
⑤ 见《京报副刊》之《强权专刊》（一），1925 年 6 月 29 日。

毁之，国必自伐而后人伐之"①。在他们看来，人们应该借此外患"将火向内烧"，首先解决军阀割据这一最大的内部问题，进而寻找御侮之途。对于学生运动，他们并无好感，诚如俞平伯所言"凡是千人万人以上的集合，都无非在那边发泄孩子气罢了"，批评当前的某些群众运动"提出许多一厢情愿的条件，叫政府去办……昨天看上海《公理日报》第十一号上有心声社建议，说提条件时，要让英国使印度独立，放弃缅甸归我们保护，几十年的学校教育其成绩如此，真令人心痛，泫然不知涕之何从也"②。在俞平伯等人的文字中，总会不厌其烦地辨析此次爱国运动中的诸种措施——如罢工、罢课、集会游行等行为——是否是必要的、有效的，是否具有可操作性，对所有意气之举都加以贬斥。如抵货一事，俞平伯建议要详细调查两国在华货物之品目，并刊行成册，广为传播，以使得人们抵货时有章可循③，即使抵制英日两国的货物也应分出轻重缓急，对某些尚无法替代的不要一味硬排④。这种热衷于"开药方"的应对方式，其实我们并不陌生，这恰是五四遗产的一种。五四运动使学生走上了街头，也使得一批知识分子崭露头角。但时隔数年后，这批知识者反思当年境况，却对"运动"这种方式所具有的非理性因素和破坏力心怀恐惧。

胡适的《爱国运动与求学》⑤ 是此类观点的代表性作品，也是具有总结意味的一篇论文。此文写于 8 月底，五卅运动已经退潮，胡适此文所直接批评的对象实际另有所指。对于五四和五卅的学潮，胡适虽然承认这是学生感情的迸发，不得不为的行动，但对于学生运动在解决实际问题方面的能力却持完全否定的态度——学生运动充其量是"民气"的表现，而在中国政局败坏地无可收拾的情况下，即使最基本的充当政府外交后盾的作用都无法实现，徒然是精力的浪费，抑或为他人所用：

① 钱玄同：《关于反抗帝国主义》，《语丝》1925 年第 31 期。
② 俞平伯：《一息尚存一息不懈》，《京报副刊沪汉后援专刊》（二），1925 年 6 月 20 日。
③ 孙伏园在给此文所加按语中，讲到俞平伯的建议已经有人去做；在之后的多期《京报副刊》上都有英日货物名称及其商标的刊载。这是《京报副刊》在五卅案期间的特色之一。
④ 俞平伯：《咱们自己站起来》，《京报副刊》第 187 号，1925 年 6 月 22 日。
⑤ 见《现代评论》1925 年 2 卷 39 期。

上海的罢工本是对英日的，现在却是对邮政当局，商务印书馆，中华书局了。北京的学生运动一变而为对付杨荫榆，又变而为对付章士钊了……三个月的"爱国运动"的变相竟致如此！

在这篇文章中，胡适同样提到了"五分钟热度"的问题。在此之前，鲁迅在《莽原》的补白①中曾谈到，"五分钟热度"是地方病，而非学生病，是中国人国民性的弱点。而胡适则从另一个角度切入这一问题——"五分钟热度"实则是一切群众运动的基本特性，并暗示解决此问题，应该从摒弃群众运动这一基本方式入手。解决之道则在力行"真正的个人主义""在一个扰攘纷乱的时期里跟着人家乱嚷乱喊，不能就算是尽了爱国的责任，此外还有更难更可贵的任务：在纷乱的叫喊声里，能立定脚跟，打定主意，救出你自己，努力把你这块材料铸成个有用的东西！"——不难看出，这是五四后期胡适所倡导的"多研究些问题，少谈些主义"思路的延续，同时也包含着他对于五四运动在社会政治层面所进行的反思；更为重要的是，如上面引文中所提及的罢工等事，实则暗含着中国自由主义知识分子对于群众运动中日益凸显出来的政党意志的不安和排斥。② 另外，值得注意的是，胡适的文章在正面意义上使用了"国家主义"一词，坚持"真正的个人主义"是通往国家主义的唯一途径。此时，如徐志摩等人的笔下也屡屡出现"国家主义"这一词汇，燕常生等醒狮派的成员则常常为《现代评论》等刊物撰稿。两派文人的密切联系并非一个偶然的现象。对何为国家主义，虽然胡适等人的理解未必准确，但这一概念却提供了和他们的自由主义信仰并不全然相悖的理念，抑或说是一种表述方式，使其对社会、文化等问题的思考可以向现代民族国家这一层面延伸，进而提供某些具有现实操作性的解决方案。

---

① 鲁迅：《补白：离五卅事件的发生已有四十天……》，《莽原》1925 年第 12 期。
② 茅盾在《五卅运动和商务印书馆的罢工》中提到，工会成立的时间是 1925 年 6 月 21 日，"商务印书馆罢工是党发动的，意在重振五卅运动以后被压迫而渐趋低潮的上海工人运动"。罢工自 8 月 22 日起至 28 日结束，涉及的是经济要求。孙传芳军队的意外干涉，使得商务当局迅速妥协，因此罢工获得全胜。见《我走过的道路（上）》，人民文学出版社 1981 年版，第 280—285 页。

　　鲁迅对于五卅案的态度较之于胡适更为复杂也更为矛盾。早在6月16日所写的文章中，鲁迅已经意识到"日夜偏重于表面的宣传，鄙弃他事""对同类太操切，稍有不合，便呼之为国贼，为洋奴"，以及"许多巧人，反利用机会，来猎取自己目前的利益"，这三种情形均足以将爱国运动蜕变为一出闹剧①；而此一时期对琴心的厌恶②，对其借五卅大写《血花缤纷》之类的爱国篇章，并故伎重施地撰文责问"文学家究竟有什么用处"③ 的把戏，鲁迅必然深恶痛绝。同时，许广平对于学生运动实际情形的描述④也会加深他对此问题的不良印象。可以确定，在鲁迅的内心中对群众性的所谓爱国举动的恶感绝不会在胡适、俞平伯等人之下，但鲁迅却很难像他们一样做出彻底的否定。在女师大学潮问题上，《语丝》和《现代评论》两派的态度针锋相对，虽然他们对五卅期间学生运动的评价都较低。但在鲁迅思想，更确切地说是感情中却有一种担心———一旦过分地贬斥五卅期间学生运动的意义，那么必然使得全然属于内争的女师大学潮的位置更为尴尬。在1925年年底，五卅运动早已落潮、而在宗帽胡同维持的女师大也呈分崩离析之际，鲁迅所写的《这回是"多数"的把戏》⑤ 一文，不但戏拟了陈源在五卅期间的类似言论⑥，甚至不惜将女师大维持与否和英日帝国主义瓜分诸省、而中国是否有坚持之必要这类问题相联系。在这种强自辩解的背后，鲁迅的真正想法令人捉摸不定。较有可能的一种解释是，深刻影响鲁迅的进化论的观念此刻依然在支配着他的思想，面对学生所发出的"同胞，同胞！……"之类的呼声，鲁迅很难不

　　① 鲁迅：《忽然想到（十）》，《民众文艺》1925年第24号。

　　② 见1925年5月6日《豫报副刊》上的《通讯（致向培良）》，写于4月23日。收入《集外集拾遗》。此外，在《并非闲话》，6月13日给许广平的信件中都曾提到此人。至于鲁迅在《忽然想到》里对《文学家究竟有什么用处》一文的回应来看，他至少意识到了这篇文章很可能正是欧阳兰所写。而1925年6月28日给许广平的信中（《两地书》第32封）鲁迅所说的那首诗很可能指的就是欧阳兰的《血花缤纷》，此文发表于6月12日《猛进》周刊第15期。

　　③ 畹兰：《文学家究竟有什么用处》，《妇女周刊》1925年第27号。

　　④ 见1925年6月5日许广平给鲁迅的信，《两地书》第27封。信中提到在天安门召开的国民大会上北大、北师大的人为了争做主席大打出手，最后不欢而散。

　　⑤ 鲁迅：《这回是"多数"的把戏》，《国民新报副刊》1925年第26期。

　　⑥ 《现代评论》1925年2卷29期的《闲话》中谈道："我向来就不相信多数人的意见是对的。我可以说多数人的意思是常常错的……"

为之动容。即使在理智上明白这些举动其实"就是这么一回事",更不用说其间层出不穷的断指、昏厥之类的小把戏①,但又必须说服自己"今年的学生的动作,据我看来是比前几回进步了"②,虽然说这些话时鲁迅依然满腹牢骚。另外一点则在于此时鲁迅的生存方式——在对青年学生近乎绝望的希冀背后,他仍然心甘情愿地为更年轻的一代充当"梯子"③,即使意识到自己往往是被对方利用,也不会决然离开。

从五四到五卅,在鲁迅的时间观念中是一个小小的轮回——同样的外交触机、同样的政局败坏,同样的民众运动……但鲁迅的处境恐怕较六年前提出"铁屋子"论时更为尴尬——至少这一次,他提不出任何有效的应对策略。对于周鲠生、王世杰、胡适等人热议的经济绝交、或者单方面排货的建议,在鲁迅看来"不过将送给英日的钱,改送美法",所得的仅是复仇的快意而已④。既然没有有效的解决之途,那么唯一能诉诸的唯有"苦干"和"韧性",正如在《忽然想到(十)》中所谈的:

> 假定现今觉悟的青年的平均年龄为二十,又假定照中国人易于衰老的计算,至少也还可以共同抗拒,改革,奋斗三十年。不够,就再一代,二代……这样的数目,从个体看来,仿佛是可怕的,但倘若这一点就怕,便无药可救,只好甘心灭亡。因为在民族的历史上,这不过是一个极短时期,此外实没有更快的捷径。

在 1925 年年底,鲁迅又再次谈到了"韧性的反抗",谈到"不耻最后"的可贵⑤;而两个月后,鲁迅则论述了培育"民魂"的重要⑥。值得注意的是,这一系列言说的主语是"民族"而非"个人"。这和胡适在《爱国运动

---

① 《民众文艺》1925 年 25 期上发表的《忽然想到(十一)》一文中有"断指和昏倒"一节。
② 1925 年 6 月 13 日给许广平的信,《两地书》29。
③ "梯子"之说是 1930 年章廷谦(川岛)给鲁迅的信中提到的,是针对鲁迅发起参与中国自由运动大同盟而发,但鲁迅在回信将其扩展为自己近十年来的生存处境。
④ 1925 年 6 月 13 日给许广平的信,《两地书》29。
⑤ 鲁迅:《这个和那个》(三)"最先与最后",《国民新报·副刊》1925 年第 24 期。
⑥ 鲁迅:《学界的三魂》,《语丝》1926 年第 64 期。

与求学》中所提供的从真正的个人主义到国家主义的途径不同，也和他自己从五四开始坚持的改造国民性的思路有着微妙的差异。如何迅速有效地唤醒整个民族，这是在鲁迅生命的最后十年中一直在努力思考的问题。由于日后看到了清共的血腥场面，鲁迅对于国民政府充满了敌意；而中共在话语建构方面的强大实力和在国家政治权力结构中被压制的地位，则和鲁迅形成了共鸣，使之对以社会科学面目出现的马克思主义充满了兴趣，这构成了鲁迅日后向左转的契机，这是 1927 年之后的事情。

不过在文学方面，五卅运动并未像在思想领域一样对鲁迅造成困扰。从五四开始，鲁迅对于文学在改造社会方面的功效就有着深刻的怀疑；日后中国情势的迅速败坏，更是处处印证了他的担忧。因此，在面对欧阳兰之流"文学家有什么用"的责问时，鲁迅的回答相当从容——"文学家除了诌几句所谓诗文之外，实在毫无用处"，况且，文学家并非"诗文大全"，"每一回案件一定有一通狂喊""他会在万籁无声时大呼，也会在金鼓喧阗中沉默"①。在这里，鲁迅不但涉及文学功能的有限性问题，同时也隐约地讲到了文学与从事实际工作间的矛盾。在 6 月 29 日给许广平的信中，他以调侃的口气谈道："《莽原》的投稿，就是小说太多，议论太少。现在则并小说也少，大约大家专心爱国，要'到民间去'，所以不做文章了。"——在日后，鲁迅进一步将这一问题拓展为对"革命文学"这一概念的妥当性与有效性的质疑②。同样是在与许广平的通信中，关于文学的另一论述极为引人注目：

> 那一首诗，意气也未尝不盛，但此种猛烈的攻击，只宜用散文，如"杂感"之类，而造语还须曲折，否，即容易引起反感。诗歌较有永久性，所以不甚合于做这样题目。
>
> 沪案以后，周刊上常有极锋利肃杀的诗，其实是没有意思的，情随

---

① 见《民众文艺》1925 年第 25 期上发表的《忽然想到（十一）》一文中"文学家有什么用？"一节。

② 如 1927 年 4 月 8 日在黄埔军校的讲演《革命时代的文学》；发表于 10 月 21 日上海《民众旬刊》上的《革命文学》；12 月 17 日发表于《语丝》4 卷 1 期上的《在钟楼上》；12 月 21 日在暨南大学的讲演《文艺与政治的歧途》等。

事迁，即味同嚼蜡。我以为感情正烈的时候，不宜做诗，否则锋芒太露，能将"诗美"杀掉。①

与上海和北京的其他刊物不同，此时以鲁迅等为核心撰稿人的《语丝》杂志对于五卅事件的反应几乎是清一色的杂感，这种文体上的自觉意识同样值得我们关注。事实上，在上述的引文中，我们也可以体会到鲁迅将"杂感"与纯文学、抑或说"较有永久性"的文体分开来的小心。在 1925 年年底，鲁迅为《华盖集》所作的题记中，同样将"短评"和"创作之可贵"相对举。而日后几乎每一本杂文集子问世时，鲁迅都会在前言或后记中对此文体揶揄一番。1935 年为徐懋庸的《打杂集》作序时，鲁迅更明确地表达了杂文必将侵入"高尚的文学楼台"去的信心②。反过去看，鲁迅在五卅时对于文类适用性的表述和对杂文的偏爱，及其在厦门期间选择日后生存方式时的犹豫，都清晰地展现出了他的思想在当时所面临的困境和寻求突破的焦灼感。我们很难确定五卅运动对于鲁迅究竟有多深的影响，但有一点则是肯定的：鲁迅后十年所关注的诸多核心问题，正是在五卅期间初步进入他的思考领域的。

---

① 见 1925 年 6 月 28 日鲁迅给许广平的信，《两地书》第 32 封。所分析的这首诗很可能就是欧阳兰的《血花缤纷》。
② 鲁迅：《徐懋庸作〈打杂集〉序》，《芒种》1935 年第 6 期。

校园、纸张与民国时期北平文坛的沉浮

——一项基于历史地理因素的期刊考察

对中国现代文学进行地域文化考察，要从京海派文学研究起，尤其在京派领域，成果丰硕。京派文学意味着一种美学风格，一个有着同人性质的作家群体，同样也代表了一种文学的生产机制——作品的生产、传播和消费，均高度以校园为依托，作家在象牙塔内眺望人生，面对社会问题发言，并较为从容地进行各类文体实验。可惜京派存在的时间不长，从 20 世纪 20 年代中期开始，到 1937 年抗战时便已风流云散。但北平文坛对校园的这种依赖关系，却自新文化运动始，直到 40 年代，京派仅为其中一环。① 其间校园角色几经变化，并最终随着内战时社会经济的崩溃走向衰落；在这片文坛废墟上，一种源自解放区的、对社会经济水平要求极低的文学生产模式却悄然建立起来。较之于人们热议的 1949 年后作家的思想改造、文学制度的建立等，这次社会生产力的急促下降，并导致的北平文坛传统的崩溃，对于共和国文学的建立，更具根本性的意义。我们不妨借这些年该区域文学刊物的变化，一窥其中端倪。

简言之，从五四新文化运动爆发到 1949 年中华人民共和国成立，就刊物层面而言，北平文坛大致经历了两个高光时段：五四和沦陷的前半段；一个被司马长风等文学史家称为"默默耕耘的沉潜时期"：20 年代中期到 30 年代中期。在这三个时段，校园特色成为我们理解北平地区文学刊物的关键。从

---

① 民国时期，北京名称几经变化：民国建立至 1928 年 6 月称"北京"；1928 年 6 月至 1949 年 9 月称"北平"。为叙述方便，文中将民国时期的北京统称"北平"。

1941 年年底的太平洋战争爆发到北方内战的基本终结是北平的困顿时期，此时，一个物质性的因素——纸张的供应问题——被凸显出来，在四五十年代的文学转型中扮演了关键角色。

一　抗战前北平校园在文学活动中扮演的角色

北平地区从民国建立以来一直是高等学府的集中地，五四运动又将学校师生推向了历史前台。书局乐于印制新文学书刊，根本上讲是因为有利可图，但校园的存在又给新文学的出版业提供了额外的保护。教授们的高收入可以使他们分摊同人期刊的印刷费用，或者就挂靠在某一书局或报纸副刊之下，由对方提供经费和发行渠道；学生创办的刊物则往往有着校方的资助。这些钱也许不多，但它的性质和上海地区由书局投入的资金不同；从某种程度上说，北平的文学期刊享有商业运作之便利，却无盈利压力。

这种资金状况也连带着引出了一个编辑方面的问题，大多数有着校园背景的刊物都采用来稿照登的形式，编辑的主要职责不在于甄别稿件，而在于和创作团队保持良好的私人关系。至于稿件质量，很大程度上要依靠作者的自律。从 20 年代初期的《北京大学学生周刊》《北京女子高等师范文艺会刊》等到 30 年代初期中法大学所办的《孔德文艺》等，莫不如此。这些由学生会、学生自治会、文艺研究会所办刊物，向来不乏名家捧场，但稿件的良莠不齐和编排的杂乱也同样令人惊讶。以 1929 年燕京大学学生自治会出版的《燕大月刊》为例，学校每学期为刊物提供八百元经费，凡本校师生来稿，不加删改，一律刊载。如果遇到纸张、印刷费用上涨，编辑的对策就是压缩出版规模，如原来计划出版六期，现在则将其中二期改为合刊。冰心、韦丛芜、陆志韦、郭绍虞、俞平伯等，都为《燕大月刊》提供了稿件，但应景之作甚多，即使名家文章亦让人难以卒读。对于这种情况，编后记中的抱怨之声如今看来非常有意思，大意是刊物质量不佳，罪在作者。至于多余的稿件，悉数交给下届学生会处理。① 小小的校园刊物如此，发行量达三万份之巨的《语

---

① "编后记"，北平：《燕大月刊》第 4 卷第 3、4 合刊，1929 年 5 月。

丝》也是如此。北平时期《语丝》的实际编辑人是周作人，他对于稿件的处理，所做的主要是编排审校的工作。①正因为对于编辑的许可权有所限制，刊物同人才能"率性而谈"，避免编辑个人的意图对整体活力有损伤。

将报纸副刊全权交给校园中人来打理，由报社负责提供资金和发行（一般是随报赠阅），实际也是一种两相便利的方式，并使校园介入北平文坛的程度进一步加深。如 1926 年创办的《世界日报副刊》请刘半农负责，刘氏的创作团队拥有鲁迅、周作人、章衣萍、许钦文、韦素园、韦丛芜、高歌、向培良、沈尹默等人；这批中坚作家也常常推荐某些青年学生的稿件，如鲁迅就曾推荐过许广平的文章，自然也会予以刊载。②书局出钱办刊，但将刊物的编辑权悉数交给校园中人，更是一种常见的方式。1928 年文化学社出版了《北京文学》半月刊，撰稿人有李健吾、程鹤西、蹇先艾、朱自清等人，刊物每期不过 50 多页，但不乏佳作，李健吾的中篇《一个兵和他的老婆》就发在这个刊物上。《北京文学》所载广告不少，但十之八九均为介绍文化学社自己所印书刊。刊物的补白处会发表某些通信片段，如李健吾和吴文藻的通信，所谈为后者留学期间所译《我的生涯》一文的勘误，和《北京文学》的内容实则没有什么关系，此类同人之间"自说自话"的做法，书局亦悉听尊便。

在这样一种氛围中，供职于书局或报纸副刊的编辑也保持着一种微妙的立场——鲁迅的《我的失恋》本是游戏之作，周作人的《徐文长的故事》亦有冗长之嫌，但在编者孙伏园看来，若是稿件多而往后推延无可厚非，已经发排又撤稿却万万不可，实则也是对这种编辑惯例的坚持。③

撤稿事件使孙伏园转投《京报副刊》。《京报》作为后起刊物，它在与《晨报》的竞争中将某些方式推向了极致。《晨报》的副刊和校园之间的关系本已密切，但它的定位是一个"教授"投稿园地。最初的编者是李大钊，之后则辗转于孙伏园、刘勉己、汤鹤逸、丘景尼、江绍原等人之间，1925 年 10 月起则由徐

---

① 陈韶林：《语丝的实际编辑质疑》，《河南师范大学学报》1980 年第 6 期。
② 宋景：《上火车》，《世界日报副刊》第 1 卷第 7 号，1926 年 7 月 7 日。
③ 孙伏园：《从晨报副镌到京报副刊》，《中国近现代出版史料（现代甲编）》，上海书店出版社 2004 年版，第 223—229 页。

志摩接手。其子刊物《文学旬刊》（1923 年 6 月 1 日创刊）则由文学研究会的王统照来主持，对于稿件的选用极为严谨。《晨报》每年年末出纪念增刊，印制精美异常，稿件亦极一时之盛，如 1925 年文艺栏的评述提到的：

> ……熊佛西先生的《洋状元》，余上沅先生的《兵变》两篇戏剧，尤为创作中的杰作。凌叔华女士的《太太》，描写社会现状，备极巧妙，于世道人心必有深厚的裨益。丁西林先生本以戏剧名，本刊所载《清明前一日》，是丁先生小说的处女作，将来在文学界中，必定可成一个纪念品。杨振声先生的《李松的罪》，虽是短篇，却极精练。杨先生原稿从十六页缩至八页，又从八页缩至六页，可见经过了不少的苦心推敲。……

《京报》则大大降低门槛，它所考虑的是如何在保持部分名教授的稿件外，进一步将北平在校学生悉数吸纳进来。除孙伏园负责的《京报副刊》每日出一张外，另设多个子刊物"承包"给校园社团或文化名人，轮流出版，如：

> 《戏剧周刊》，凌霄汉阁编辑，星期一出版。
> 《民众文艺周刊》，荆有麟等编辑，星期二出版。
> 《妇女周刊》，蔷薇社编辑，星期三出版。
> 《儿童周刊》，儿童报社编辑，星期四出版。
> 《莽原周刊》，鲁迅编辑，星期五出版。
> 《文学周刊》，绿波社与星星社合编，星期六出版。
> 《西北周刊》，星期日出版。
> 《经济半月刊》，北大经济学会编辑。
> 《社会科学半月刊》，北大爱智学会编辑。

《霸篆》为《京报》所做广告称此种做法为"与北京国立私立各大学团体为破天荒之大合作"①。各类副刊随报赠送，不再加价。自然，很多子刊物

---

① 《霸篆周年纪念刊》1925 年 3 月 1 日。

寿命不长，会有新的刊物来代替。如 1925 年 6 月创办的《国语周刊》，由钱玄同、吴稚晖、周作人、胡适等人主持，以反文言、提倡新国语和创建民众文艺为号召，每逢周日出版。

即使孙伏园本人直接负责的《京报副刊》，也采用了一种近乎不加节制地向校园出让版面的编辑方式。他接手时正值五卅案期间，从 1925 年 6 月到 9 月，副刊的版面被出让给大量学生团体——清华学生会（《上海惨剧特刊》）、北大学生会（《沪汉后援专刊》《北大学生军特刊》）、女师大附中学生会（《反抗英日强权专刊》）……这些特刊的撰稿人中不乏王造时、顾颉刚等知名教授，但主要则是荆有麟、陈铨、周伦超等青年学生。他们的文章实则没有太多可取之处，思路则明显受到《现代评论》《醒狮》等刊物的引道。对比一下此时的《晨报副刊》——文章是清一色的专家之作——水准高下立判。但在沪案期间，新兴的《京报》却抢去了老牌《晨报》的风头。

孙伏园的做法赢得了关注，付出的却是刊物质量下降的代价。对于任何一种以质量求生存的出版物，出让或部分出让编辑权都非明智之举。但在北平这座文化城中，学界势力强大，充分调动校园的热情，让师生悉数参与进来，不仅提供稿件，而且由他们继续阅读传播这些文章，从而争取对社会最大限度的影响力，是出版业最便利的成功途径，亦是编者身处北平所拥有的"特权"。这种方式直到 30 年代，仍在北平的报纸副刊中沿用。

毫无疑问，此类做法催生了大量不忍卒读的短命刊物，但也确实给有志于写作的青年学生以充足的试笔机会，总会有一些具有文学天赋、且对稿件质量有着严格自律意识的青年人脱颖而出。以学生为主体的文学社团亦不乏成功例子，女师大的蔷薇社给《京报》编过《妇女周刊》，也给《世界日报》编辑了《蔷薇周刊》。她们的稿件质量基本可以保持在及格线上，甚至也会出现一些精品，较之于鲁迅、周作人等人主持的刊物毫不逊色。自然，最为出色的则是创办于 1933 年底、隶属于《华北日报》副刊的《每周文艺》。这个由朱企霞、钱晋华、何其芳、李广田、卞之琳等人创办的小型刊物，大致代表了战前北平校园文学的最佳水准。这种报纸副刊的运作方式，实则给京派同人刊物打下了非常深刻的烙印。1930 年周作人等人创办的小型文艺周刊《骆驼草》，虽属独立发行，但每期八版，形式上全然报纸副刊的神气。同样，二三十年代享誉文坛的《语丝》《水星》以及《大公报》文学副刊等也是同一种文学生产方式下的产物。

我们以往谈及京派文学往往强调它的学院色彩——艺术上的严谨和强烈的文体试验意识，但如果我们将目光集中于它的期刊运作方式，那么"校园"可能是一个更应注意的因素。"校园"强调的是文学生产的背景及作家代系交替的过程性，这其中既有教授资源的整合，也有校方对学生参与文学活动的有效训练，毕竟他们代表着文坛的未来。学校作为一个整体去争取社会资源，在商业出版过程中提供额外的保护和缓冲，只要社会物质水准不降低到令校园难以维持的地步，那么师生在文化生产活动中始终作为拥有较多资源的团体出现，这种"余裕"状态对于文化创造意义重大。

二 教会大学的保护和纸价飞涨的开始

1937 年抗战全面爆发后，北平迅速沦陷。国立大学纷纷南迁，大批作家亦随之离去。燕京、辅仁等教会大学成为抗拒殖民教育的学生的首选，招生人数在扩展，入学考试亦趋于激烈。[1] 大致经历了两年的观望后，在 1939 年年底，北平文坛呈现复苏趋势，张深切主持的《中国文艺》引起了广泛关注，教会学校的学生期刊亦达到令人惊讶的水准。[2] 相对于大后方文学发展中的颠沛流离和遭遇到的物资匮乏，北平因为沦陷之迅速，社会生产能力反倒没有遭到太多破坏。留守于北平的作家和新一代的学生重新开始活动，校园仍是他们的依托，无论经济上的资助，还是政治上的保护。

20 世纪 30 年代中期，华北成为中日矛盾焦点，各大学抗日情绪高涨，即使教会学校，亦在放纵学生日渐高昂的民族主义意志。燕京大学新闻系所办

---

① ［美］杰西·格·卢茨：《中国教会大学史，1850—1950》，曾钜生译，浙江教育出版社 1988年得到。

② 封世辉：《华北地区文艺期刊钩沉》，《中国现代文学研究丛刊》1993 年第 1 期。

的《燕京新闻》曾长篇累牍地连载各类劳军、西北地方调查等宣扬抵抗意识
的文字;① 沦陷后，教会学校和占领军当局达成某种谅解：前者控制学生的反
日情绪，后者则不干涉学校的正常运转。随着国民政府档案的解密，我们注
意到若干留守教师，如后文提到的沈兼士等，实则负有在北方进行秘密活动
之委托。② 但无论校方还是爱国教师们都会承认，对于沦陷区的学生而言，保
有民族意识虽属必要，但总要以不闹出乱子为佳。教会大学有意识地加强了
校园的凝聚力，以便使学生的精力有所投射。如果说沦陷前的 20 年中，北平
校园对文坛的支持是面向社会敞开以获取资源的话，沦陷后的学校更愿意成
为独立于社会之外的"孤岛"。

　　我们注意一下辅仁和燕京两所大学在沦陷时期的校园期刊，就会发现校
方有着非常明晰的出版规划。如辅仁，在学术方面有《辅仁学志》，每期中英
文各半，印刷精良，厚薄则依据稿件数量灵活掌握。这种刊物用于学术交流，
很少流入市场。校园生活方面，有一份每期 30 页左右的月刊《辅仁生活》，
刊发校内新闻、较短的学生习作以及英文练习，销售对象是辅仁大学及其附
中的学生。在这两个刊物之间，则有如《辅仁文苑》这样的纯文艺季刊。燕
京大学的情况相似，学术层面有《燕京学报》，文艺领域有《燕京文学》等，
校园内部有《燕京新闻》;只是因为《燕京文学》保持着同人杂志的特色，
校方对刊物的支持力度不及辅仁。这类出版规划实际将校园营造为独立于社
会外的"小环境"，意在唤起师生对于学校的认同。

　　在辅仁的三份刊物中，校方致力最多的其实是《辅仁生活》。它原本由学

---

①　如1934年11月17日《太平洋杂志主笔拉丁摩将来燕大演讲西北边疆问题对中国之重要性》，
1935年6月6日《德王在燕大讲内蒙问题》，1935年9月20日《马季明教授谈晋省基运已有成效》，
1936年9月15日《绥东问题座谈会》，1936年9月25日《燕大及各团体慰问二十九军丰台受伤士
兵》，1936年10月6日《梅贻宝畅谈绥宁青甘教育实况》，1936年10月9日《燕大同学绥远调查通
信》，1936年10月13日《张家口宣化归来》，1936年10月16日《梅贻宝西北四省概况及其问题》
《薛文波谈西北汉回民族之冲突》，1936年10月23日《法兰丝女士演讲西北最近情况》，1936年10月
30日《敖暴两氏讲蒙汉关系》，1936年11月17日《廿九军秋操演习参观记》，1936年11月20日
《绥东抗战将士后援会》，1936年11月27日起连载《赴绥劳军返校报告》，1936年12月11日《白宝
瑾讲西北四省现状》，1936年12月18日《战地调查团通讯》等。
②　桑兵:《抗战时期国民党对北平文教界的组织活动》，《战时中国的社会与文化》，社会科学文
献出版社2009年版。

生个人创办，后由于经济原因"乃求借款于学校"；辅仁校方积极回应，也由此加强了对这份刊物的管理，此后编辑部的换届始终在校方监督下进行，院系助教及附中教员也一度接手编辑工作。① 《辅仁生活》的成功，就校内而言，在于它加强了校方和学生的沟通，校长陈垣、文学院长沈兼士都积极参与，学校的各社团也借此刊物联络，第 7 期还曾出过《校友返校专号》，以加强毕业学生对辅仁身份的认同。在这一期的读者来信中提到："《辅仁生活》已提起了整个辅仁的兴奋，学校和师生间已不像先前那样隔膜了，一般同学对于贵刊热烈的企求，也足以证明我们的辅仁，的确是需要有这样纯洁活泼的刊物，来宣扬一下它的精神，来代学校对学生说几句话，来替同学对学校贡献些意见……"就校外而言，它的广告以"校园生活"和"英文练习"为号召，对青年问题多有关注。这份小刊物很快扩展到了辅仁之外，从第 10 期的启事看，编辑部已经聘用专人负责北平及外地的出版和邮寄工作了，可见发展之迅速。

《辅仁文苑》的第一期原名《文苑》，出版于 1939 年春，原本是燕京大学和辅仁大学几个文学爱好者自费出版的"友谊的纯文艺集刊"，印出后主要用于馈赠。② 此后辅仁校方主动介入，将其变为辅仁校刊，1939 年 12 月 10 日出版第 2 期时，正式更名为《辅仁文苑》。刊物兼收论文、创作、翻译和书评，每期容量在 20 万字以上，教师身份的杨丙辰、李霁野等，学生身份的吴兴华、林榕、张秀亚、白峰、查显琳等均为创作主力。《辅仁文苑》不再是松散的同人杂志，编辑力行审稿之权，排版美工等亦有专人负责，从风格上说，《辅仁文苑》似乎在模仿 30 年代引领文坛的《文学》和《文学季刊》。这份刊物的发行量不宜被高估，一开始它完全没有征订计划，出到第 5 期时（1940 年 11 月），编辑提到由于印刷费和纸费暴涨，印数受限，因此要减少赠阅规模；同时，因影响力渐长，北平及外埠已有征订之意——说明至少在最初的一年中，这个刊物的发行思路仅在校园之内。此后的发行量亦不可能

①　编者：《本刊的过去现在与将来》，《辅仁生活》1941 年第 3 卷第 1 期。
②　林榕：《两年的回忆》，《辅仁生活》第 1 卷第 7 期，1940 年 5 月 18 日。

太大,《辅仁文苑》靠学校提供经费出版,完全没有商业广告,1941 年后北平的物价指数不断攀升,卖得越多只会赔得越多。刊物从第 6 期开始,随着学生的毕业,编辑部人员有三次大调整,各栏目的负责人间也有"轮岗"现象,只有入学较晚的张秀亚贯穿始终。这份刊物从任何角度看,都是辅仁校方给师生创造投稿园地、给在校文科学生创造实践机会的产物。学校花费巨资,作者、编者亦表现出众。

创办于 1940 年底的《燕京文学》是一个仅有 20—30 页的小期刊,宋淇、孙道临、吴兴华、石奔、姚伊、黄宗江等撰稿人贯穿始终。作者多有几个固定笔名——如孙道临常用孙羽、孙以亮,宋淇常用宋悌芬和欧阳竟——以避免太过明显的同人期刊色彩。这份刊物受校方经济援助可能不多,但它可以通过与校内其他组织的合作来得到支持,并强化校园内部的联系。如 2 卷 3 期(1941 年 4 月 15 日)上有该刊同人公演独幕剧的启事:

本刊同人拟于春假后,公演独幕剧数场。有:《戏》,黄宗江;《我们的时间》,姚伊;《开会》,石奔;及英文戏两场。

此次公演,不售门票;日期地点,尚未定妥。一俟决定后,再于《燕京新闻》中发表,敬希注意。

在《燕京文学》出版经费困难之际,燕京剧团在校内礼堂公演曹禺改编的《镀金》(法国,拉必史)和李健吾改编的《说谎集》(英国,萧伯纳)二剧,以筹集经费。① 孙道临正是在燕大期间出演了曹禺的《雷雨》《镀金》等戏后,才走上专业演剧之路的。

教会大学强化校内联系,以避免学生对社会事务过多介入的做法,实则和"八一三"抗战时,法国神父饶家驹在上海交战地带设置安全区的做法极为相似。② 学校成为脱离政治纷争的一方净土,日本人则是一个必须回避的话题。教会大学的文学期刊从不介绍日本文学,与其说是文化立场的选择,毋宁说是校方出于安全考虑的纪律要求。这一背景也给现代文学的发展提供了

----

① "本刊捐款启事",《燕京文学》第 3 卷第 1 期,1941 年 10 月 10 日。
② [美]阮玛霞:《饶家驹安全区》,白华山译,江苏人民出版社 2011 年版。

独特范例。新文学从发生之日起，便积极参与社会政治事务。前文提到的孙伏园在五卅案期间的编辑策略，便是在利用学生的政治激情以扩大刊物影响。但在燕京、辅仁这种"封闭"环境中，直接面对社会问题发言的道路被阻断，刊物中青春成长气息却渐渐浓厚起来。《燕京文学》的发刊词，据说出自宋淇之手：

> 这些日子来，我们一直沉默着。我们沉默了很久，很久，而现在我们再也忍受不了这沉默，我们要说话，我们要歌唱。……在这长长的，严冷的冬日里，我们带不来"春天"。我们没有这能力，也没有这野心。我们要说话，我们要歌唱，可是我们的"歌声"也许会很低，很轻，轻得别人连听都听不见，更不用说能使别人的心"异样的快乐"。但，假如这歌唱不是为别人，它至少是为我们自己。我们至少能听见自己的歌声。一个人不见得是他自己最好的欣赏或批评者，可是在这种情形下，欣赏和批评并不是最重要的。我们要的是一点自信，一点凭借。况且一切并不如我们所想的那样坏，我们一定可以得到反响，也许我们的歌声能在这片空旷的"庄园"里引起一阵回声，引起一点搅动。①

以往论者往往视其为对日伪政府的抗议。但如果我们细翻《燕京文学》各期的头篇，就会发现这组文章实则自成体系，每期开篇选择一个话题——美术、文学、宗教、生活态度、身体与灵魂等——和读者进行交流，叙述中充满了成长过程中的人生感叹。在1卷6期（1941年3月1日）同一位置所发的《回顾和展望》中，编者提到因为毕业造成的人员更迭，并从这个角度谈到《燕京文学》对他们的意义：

> 正因为聚首的日子短，我们才更应该使这些日子变得有意义。我们要使这些日子在将来"忆往昔"时成为一片锦绣——想起《燕京文学》来心里会起一种暖和、温柔的感觉。……下半年我们虽然比先前更忙，

---

① 编者：《发刊词》，《燕京文学》第1卷第1期，1940年11月20日。

但这并不能成为退缩的理由。在这种情形下，维持这刊物显然是一种挑战……这是一个好机会，让我们试试我们的力量、精力和毅力，……它（《燕京文学》）代表我们的理想。

沦陷时期的北平教会大学在中国文学发展的历程中实则扮演了一个非常奇特的角色。这些大学的教会背景将"为人生"的诉求和西方现代文化资源引入校园文学之中；国家的沦丧也促成了学生的早熟。他们的习作全无矫揉造作之气，文字的老练，体验的深刻，均令人惊讶。由于学习的视野被置于亚洲之外，这也和周作人代表的京派口味拉开了足够大的距离。仅从文学角度而言，抗战时期的西南联大和北平沦陷区的校园都达到了民国时期校园文学的最高峰，它们的区别也显而易见，前者用现代的方式谈论政治，后者以现代的方式回避政治。恰是因为如此，后者才显得弥足珍贵，它向我们展示了一种可能——遮罩掉政治激情后，中国文学可能是一种怎样的形态。

这几份刊物的定价和纸张问题同样引人注目。翻开编辑栏，编者对于纸张和印刷费用上涨的抱怨不绝于耳。《燕京文学》持续一年，从创刊到 2 卷 3 期（第 9 本）定价均为 2 角；2 卷 4 期则是 2 角 5 分，编者解释说是因为纸价和印刷费用的上升所导致。① 从 3 卷 1 期开始，该刊物成为月刊，定价上涨为 4 角 5 分（本埠），但页数增加不多。最后两期的纸张发生了明显变化，此前所用是一种进口新闻纸，从目前保留下来的刊物看，纸色发黄，较厚，较脆（加矾的原因）；后两期则换成一种质地较白较薄的新闻纸，有轻微透墨现象，印刷清晰度亦有下降。这个时间已经到了 1941 年 10 月。不久日军占领燕京大学，迫使学校解散。《辅仁生活》开始定价 5 分，从第 6 期（1940 年 4 月底）开始同样因为"纸价飞涨"的因素，售价提高到 1 角。3 卷 1 期（1941 年 9 月中）开始，新的编委会重提"辅仁第一""师生一家"的原则，刊物的宗教色彩大大提升，关注点亦集中于校舍分配等具体问题上。定价已从刊

---

① "启事二"，《燕京文学》第 2 卷第 3 期，1941 年 4 月 15 日。

物上抹掉，只是在刊中的某启事中提到，校外如订阅"全年十期二元"。① 随着纸价的上涨和占领军当局的压力，估计刊物发行范围有重新收回到校园内部的趋势。《辅仁文苑》的发展轨迹大体相似，第 2 期学校接手时是 1939 年末，此后直到第 7 期，定价在 3 角到 4 角之间波动（上文提到的取消赠阅后，价格从 4 角回落到 3 角 5 分）。第 8 期出版时已到 1941 年 9 月，定价上升为 5 角，最后一期是 10、11 期的合刊，推延至 1942 年的 4 月底才出版，定价是 6 角或 1 元（注：原刊定价处有涂改痕迹）。这一期合刊同样出现了换纸现象。毫无疑问，1941 年年中是一个关键的时间点。对于北平出版界而言，它意味着纸价有较大攀升和纸质的下降。说到《辅仁文苑》的停刊，现在研究中往往采用张秀亚回忆中的说法，说他们是拒绝伪教育督办的收买，主动停刊以示抗议。② 自然，这可能实有其事。但《辅仁文苑》和《辅仁生活》两份刊物，已让校方补贴甚多，面对纸价飞涨恐怕难以为继。选择停刊其实是一种符合经济常规的做法。

1941 年下半年，华北地区物资的紧缩，和这年年底爆发的太平洋战争有着密切关系。中国印刷用新闻纸长久以来一直依靠进口，抗战前，国民政府及诸多出版机构曾计划联合办造纸厂以解决这一困境，但因战争的爆发而打断。③ 从 1937 年中日战争爆发时的海关进口情况看，德日美三国在中国纸张进口贸易中分列前三位；1938 年时，日本超过德国跃居首位，并单独垄断华北市场。④ 1939 年的《华北海关进出口贸易统计年报》显示，日本向华北输入的印书纸、印报纸（机制木造纸）总计 164407 公担，占到该地区进口总数（203848 公担）的 80%。如果算上日本实际占领的朝鲜（194 公担）、伪满洲国（2283 公担）和关东租借地（2527 公担）的输入额，比重上升为 83%。迟至 1940 年，日本政府已经有意识地加强纸张等资源的统制，以应

---

① 北平：《辅仁生活》第 3 卷第 2 期，1941 年 10 月 16 日。
② 张秀亚：《张秀亚全集》，第 15 卷，台北，2005 年版，第 288 页。
③ 《温溪造纸厂之创立会》，《国际贸易情报》1937 年第 2 卷第 22 期。
④ 《海关中外贸易统计年刊·贸易报告》，上海海关总税务司署统计科，1937 年、1938 年。

付长期战争需要，华北正是被波及之处。① 纸价的上涨和纸源的不稳定，迫使校园刊物纷纷停刊，而在这一环境中尚能坚持下来的以纯文艺为号召的杂志，则往往有着官方背景，如《中国文艺》（1940 年 9 月，张深切辞职，武德报社接手）、《艺文杂志》等。这种情况越到战争末期越为明显，1944 年初创刊的《中国文学》中，柳龙光所写"编后记"提到，1943 年年末"因当局调整华北出版界印刷资材之需给，多数刊物归于停刊或合并"，《中国文学》正是合并《中国文艺》和新民印书馆的《华北作家月报》的产物，出版一年，前七册价格均为 2 元，后四册均为 5 元。同时期的《艺文杂志》价格基本相当，只是最后三期出现了明显的纸张质量下降和价格飙升。不过，这还不是华北出版业最为窘迫的阶段，抗战相持中大后方用马粪纸印刊物的情况出现在这一地区，则是内战时期。

三　被中断的文艺复兴与文学生产方式的转折

抗战胜利后，"文艺复兴"一度成为文坛主调，承续 30 年代文坛中如《文学》《文学季刊》等"纯文艺"风格的刊物和由左翼人士创办的、有着明晰的政治批判倾向的刊物大量出现于华北文坛。但他们很快就面临着极度的纸张匮乏局面。如 1946 年出现的《文艺与生活》月刊。该刊物撰稿者不乏冯友兰、张东荪、徐祖正、杨丙辰、郭麟阁等名流。从 4 卷 1 期（1947 年 2 月）开始，黎锦熙、谢冰莹、南星、李朴园、赵清阁、臧克家等人陆续加入进来，丰子恺的插图亦时有出现。在这期的启事上，刊物决定征集 5000 名固定读者，可见发行情况着实不错。目前见到的最后一期是第 4 卷 2、3 期合刊，迟至 1947 年 4 月出版。编辑室一栏谈到，中间停顿一期是因为"纸张大涨价"。该期的页数虽由原来的 80 页左右减少为 48 页，但改用较小的新五号字排版。从内容上说减少不多，但阅读较为困难。中间各期所用纸张优劣不齐，说明该刊物没有纸张储备，亦无固定供给源。纸价大涨或短缺时，只得脱期或停刊。比它稍晚两月出版的

---

① 石志洪：《日本政府统制下的纸业与印刷出版业》，《造纸印刷季刊》1941 年第 2 期。

《文艺时代》情况相仿。该刊物由南星主编，它的作者团队实力强劲：战前主持《文学杂志》的朱光潜是该刊物的主要撰稿人之一；徐祖正等30年代京津地区的重要作家亦给此刊物供稿。吴兴华、林榕、南星、沈宝基等，则代表了沦陷期间华北校园文学的中坚力量。吴兴华最重要的作品几乎都发表在该刊物上，如《演古事四篇》（1卷1期）、《西珈》（1卷4期）等。刊物的编辑手法亦展现出引领文坛复兴的决心：第3期集中刊发冯至十四行集的11首、南星柳丝辑的26首等，以便让读者充分感受该刊物的"分量"和"支持它的人所具有的大决心"。①《文艺时代》的发行情况极好。第2期的"本社启事"中谈道，第一册首印五千册，迅速售完；因质优价廉，还曾出现了代售点私自加价的情况。因此决定吸纳三千订户，此后增至一万户，行销地区包括北平、天津、沈阳、上海、汉口、贵州、绥远、四川、青岛等处。该刊物所出6期定价虽在节节攀升：500元、700元、800元、900元、900元、900元，但较经营成本而言却全然亏损，第6期的"编辑室同人杂记"中明确写道："物价高涨，大家购买力减低；若像报纸一样加价一倍，每册一千八百元，似乎是个可怕的数目。即照现在的按本刊质量说起来其实是太低的价钱，据说也有人在书摊上拿起一本来又放下，叹一口气走开"——一句话将杂志和读者的窘境说尽。纸张质量下降到马粪纸水准还能坚持出刊，是政治任务而非商业运营之道。既要保证刊物印制水准，又要控制价格，即使杂志有金城银行的广告补贴，但仍不足以弥补亏空，只好停刊放弃。

　　纯文学期刊如此，左翼背景的刊物也是这样。1947年4月出版的综合性月刊《雪风》以书评见长，刊物现存5期，定价均为1500元，但后两期的纸张质量下降明显。这一刊物的行间距异常紧密，阅读颇感困难。刊物第1期的征稿启事中，所涉范围极广，展现出宏大的编辑气魄；雪风社同时在上海创办《文史知识》杂志，颇为注意两地文坛的呼应和创作经验的交流。但5期后刊物即告停刊。同年8月出版的《骆驼文丛》亦是一个极有特色的左翼

---

① 《文艺时代第三期》，《文艺时代》第1卷第5期，1946年11月1日。

期刊，主编青苗有延安鲁艺背景，编辑视野较为开阔，如第 2 期较为集中地介绍马雅可夫斯基，第 3 期介绍惠特曼，第 4 期介绍菲律宾诗歌等，都是颇有想法的规划。但刊物的运营情况较为艰难，广告业务亦平淡。此时北方的物价飞涨已经较为严重，刊物的第 1、2 期定价为 4 千元，第 3 期为 5 千元，第 4 期则升至 7 千元且脱期 1 个月。值得注意的是，这一刊物的纸张质量之差，和抗战期间大后方的地方刊物相当，所用纸张较薄较黑，透墨现象明显。《骆驼文丛》的发行范围尚可，重庆、西安、上海、开封、昆明等地均有订货。但从第 4 期编者催收代销处款项的文字看，外埠书款难以收回，这恐怕是该刊物难以为继的重要原因。

至于这时期的校园，它的特性已经湮灭在了经济崩溃的大潮中。1948 年北大学生自治会所办的《北大半月刊》，是一个以时评为主、兼有文艺的综合刊物，第 2 期（4 月 1 日）的定价为 2 万元，第 9 期（8 月 5 日）已达 15 万元，足见通货膨胀之迅猛。前面提到的《燕京新闻》，1946 年 11 月 18 日在北平复刊，最初的定价是 100 元，至 1948 年 8 月法币崩溃前夕（第 15 卷第 9 期），单份定价已是 50000 元。实行金圆券改革后，1948 年 9 月至 12 月，定价亦从最初的金圆 7 分跃至 6 角。与此过程相伴的，则是刊物风格的变化。燕京大学的新闻系久负盛名，《燕京新闻》的创办便是为该专业学生提供某种实习机会。在 30 年代，《燕京新闻》在关注时政的同时，有相当篇幅用以讨论校园内部事务。比如华北紧张时期，老生、新生就"拖尸"传统（高年级学生夜间将新生从宿舍架出，丢入水池）是否应该保留有过激烈辩论和冲突；教务长司徒雷登亦有意利用此刊物在校方和学生之间建立平等对话关系——两派学生在刊物上畅所欲言，学校最后根据讨论结果决定处置措施。即便是头版刊出的罢课游行决议，旁边也会出现校方让学生安心学业的建议——新闻中立原则是《燕京新闻》的传统。1946 年在北平复刊后，该刊物的左倾色彩明显增强，对国内政局的评论和对校方的抨击成为主流；文艺栏则在林陆的主持下，刊发郭沫若等人的作品，讨论赵树理的创作情况——从某种程度上说，此时的《燕京新闻》已是中共的周边刊物。

抗战的胜利，使日本失掉向华北大量倾销物资的特权；而此时日本国内生产的匮乏，也导致无货可卖。根据美国农物部某工程师 1946 年在日本制浆造纸业的调查报告看，1945 年日本造纸业的萧条，倒并非纸浆储备耗竭，而是因为和造纸相关的"煤炭、药品及木材之供应不足"，以及盟军轰炸造成的生产设施损坏。① 同样的情况也发生在德国。② 从进口情况看，战后美国取代日本成为中国第一大贸易国，但 1946 年时，国民政府为抑制通货膨胀，鼓励一切日用产品的大量进口，在当年形成了巨额入超，并使得政府外汇储备的耗竭。此后两年的入超额虽大幅下降，但原因只是无外汇可用而引发的进口削减。③ 这种因经济疲软导致的纸张进口匮乏同样出现于欧洲各国。④

更为致命的是，从 1946 年开始的高速物价膨胀，直接导致了刊物征订系统的崩溃，正如汪家熔的研究所显示的，民国时期杂志的零售很少折扣，出版方往往鼓励征订，一般是全年 12 期或 24 期按 10 期或 20 期收钱，大致相当于预收码洋的 83.33%。这笔钱在很大程度上是杂志的周转资金，用以支付编辑出版过程中的各类费用。⑤ 纸价暴涨，预收资金迅速贬值，无力购买印刷用纸，刊物的应对之道不外乎两途：或靠外来津贴（商业的或政治的）维持，或主动停刊以避免损失。一个刊物如无固定订户，只靠市场销售，所印数量势必保守，如此亦增加了单本的成本，定价的提高又会进一步减少发卖数量，陷入恶性循环。征订系统的瘫痪，对于所有依靠市场发卖的刊物，无论是自由知识分子所办，还是左翼人士所办，都近乎毁灭性打击。后旅居香港的作家刘以鬯，回忆自己 1946—1949 年在上海办书局的情形时谈到，邮政业的恶性通膨使得"像生活书店那样健全的出版机构"也将邮购部的业务停办；而进入 1949 年后，"白报纸的价值比书籍更高"。⑥ 早在 1947 年的时候，储安平

---

① Robert J Seidl：《日本制浆及造纸工业》，朱裕民译，台北：《台纸通讯》1948 年第 2 卷第 4 期。
② Otto Goy：《德国今日的纸荒》，李家渡译，台北：《台纸通讯》1947 年第 1 卷第 4 期。
③ 吴申元主编：《中国近代经济史》，上海人民出版社 2003 年版，第 312 页。
④ 许桐华译：《世界纸浆的恐慌》，《银行通讯》1948 年第 54 期。
⑤ 汪家熔：《旧时书业批发折扣》，《商务印书馆史及其他》，中国书籍出版社 1998 年版。
⑥ 刘以鬯：《怀正，四十年代上海的一家出版社——一九八一年十二月二十二日在中文大学中国现代文学研讨会上的发言》，《短绠集》，中国友谊出版社 1985 年版，第 110—111 页。

便已提出国民政府有意借纸荒以消灭不同政见的言论、只留下党办或政府办的刊物的怀疑，亦可看出当时知识分子对政府的不信任。①

但这种情形在华北地区，对20世纪四五十年代的文学转型却近乎便利，源自解放区的期刊征稿和发行方式顺利推广开来。1948年年底，欧阳山主编的《华北文艺》在石家庄附近的冶河镇创刊，从第4期开始迁往北平出版，至第6期终刊。《华北文艺》的纸张质量同样不好，前3期尤差——可见面对全国性的纸荒，中共刊物亦在所难免。但它的征稿方式已然不同，第2期的《编辑部通知》中提到，"请各地文联、文协、文工团、剧团、杂耍团、宣传队、杂志社、民教馆、文教科和其他文艺机关团体经常来信，和我们发生联系；把当地文艺活动情形告诉我们，把经过群众考验，受到群众欢迎，或他们认为可以用的稿件组织起来，记录下来，或整理出来，尽速寄给我们"，并要求相关人员注意收集回馈已刊发稿件的群众反应。至于发行，全部交给新华书店负责。萧三、秦兆阳、赵树理、孙犁、贺敬之、康濯等人是该刊物的撰稿主力，从第4期开始，宋之的、马彦祥、欧阳予倩、俞平伯、叶圣陶、锺敬文等人陆续出现——有限度地容纳部分党外作家，主要是为了配合文代会的召开。接下来创办的《文艺报》最初完全围绕第一届文代会的筹备进行编辑，纸张亦无起色。虽对外征稿，但撰稿人要经过严格筛选，内容亦限于"全国各地文艺运动的综合或专题的报道消息"和"工厂、部队、农村及各团体的文艺活动情况"。在第4期的《本报启事》中，提到暂无征订计划——可见该刊物基本不面向公众发卖。1949年10月创刊的《人民文学》是一个例外，用纸的考究、铜版插图的精美，都达到了抗战前出版业黄金时代的水准——这是行政力量的结果，也意味着刊物等级的建立。

征稿方式的变化有解放区农民动员的痕迹；新华书店完成的是对销售的垄断。第一次文代会的753位代表中，来自解放区的有400多名。他们代表的是"人民解放军四大野战军加上直属兵团，加上五大军区，参加文艺工作的，包括宣传队、歌咏队在内，有二万五千人到三万人的数目。解放区的地

---

① 储安平：《白报纸》，《观察》1947年第3卷第9期。

方文艺工作者的数目，估计也有两万以上，两项合计有六万人左右"。① 此后，提拔来自各行业的文艺通讯员，成为《文艺报》极具示范意义的举动，这批人的作品也占据了文艺通讯的大部，并享有刊物赠阅等权利。② 新华书店垄断销售在此时期具有积极意义。虽然在此后的经济恢复时期，旧版人民币的贬值速度丝毫不亚于国民政府的法币和金圆券，但各解放区新华书店的迅速统一却使建立书刊的垂直发运系统、减少图书备货量成为可能，大大减少了出版成本——这是民国出版人的梦想，只是这一目标的实现建立在极度的物资匮乏之上。

华北纸荒促使文坛上留下的多为党办或政府办的刊物，只是它们属于一个新的政权。在民国时期，北平的校园可以为知识者赢得社会资源，亦可为他们提供政治庇护，但这要建立在一定的社会经济发展水平之上。太平洋战争爆发后的经济紧缩直至内战时期经济的崩溃，逐步挤压掉了北平校园为文学活动提供的余裕空间，当文学生产赖以存在的物质基础发生危机的时候，一种适应较低生产力发展水平的文学体制在华北确立，并最终推向全国。近年来，我们回顾这段历史时，多关注于政党的文艺政策、作家的思想改造等与创作有直接关系的领域，对与之相关的经济基础的研究似乎已经是一个过时的话题。事实上，当持续的经济萎靡迫使文学生产方式发生改变的时候，我们应该细致地追索这一改变的轨迹，而非将其当作一个不证自明的前提；对此物质基础的充分估量，亦有助于我们理解民国时期北平文坛的成就以及共和国建立时期文学的性质。

---

① 周恩来：《在中华全国文学艺术工作者代表大会上的政治报告》，《中华全国文学艺术工作者代表大会纪念文集》，中华全国艺术工作者代表大会宣传处编，1950 年版，第 27 页。

② 李迎春：《建国初期〈文艺报〉研究（1949—1957）》，河南开封：河南大学博士学位论文2006 年版，第 51—54 页。

西学东渐四百年祭

——从利玛窦、《四库全书》到上海世博会（代后记）

杨　义

　　2010 年是意大利来华传教士利玛窦逝世 400 周年，这是中华民族在严峻的挑战中磨炼和提升文化生命力的 400 年。在这 400 年里，中华民族与西方文明的碰撞中，中间虽然插入一个清朝康乾盛世，但在世界竞争中却走了一条 W 形的曲线而逐渐衰落，而后终于全面复兴。历史将自己的意义写在举世瞩目的沧桑巨变中，历史不会忘记，中国是在上海世博会的灿烂阳光下进行这"西学东渐 400 年祭"的。

　　一头连着利玛窦来华，一头连着上海世博会开幕的 400 年，构筑起一座巨大的历史拱门，展示了中华民族艰难曲折又可歌可泣的历程，敞开了中华民族元气充沛又鹏程万里的天空。有意思的是，这段历程中间有一座碑——出现在康乾盛世的《四库全书》。利玛窦遭遇《四库全书》的历史事件告诉人们，400 年变迁的一个关键是中西文化的对撞、互渗、选择和融合。

一　四百年祭之三维度

　　利玛窦的价值在哪里？在于他在这 400 年之始携西学入华，是进行中西文化对话的标志性的第一人。利玛窦 1582 年 8 月 7 日进入澳门，1610 年 5 月 11 日病逝于北京，万历皇帝御准葬于北京阜成门外二里沟坟地（今北京行政学院内）。碑铭是"耶稣会士利公之墓"，"利先生讳玛窦，号西泰，大西洋意大里亚国人。自幼入会真修。万历壬午年（万历十年，1582）航海首入中华行教，万历庚子年（万历二十八年，岁杪已是 1601）来都，万历庚戌年（万历三十八年，1610）卒。在世五十九年（1552—1610），在会四十二年"。碑文采取汉文与拉丁文并列的方式，象征一位天主教传教士沟通中西文化的身份。

400 年前，利玛窦在中国内地传教交友 27 年，期间传播基督教文化，学习儒家文化，剃发去髭，换上僧袍，又改穿儒服，愿当中国子民。1592 年，利玛窦在南昌着手把《四书》译成拉丁文，并加注释。他由此熟悉中国传统文化、中国人思维和行为方式，证明基督教与儒家有相通之处，盛赞孔子为"中国哲学家之中最有名"者，使其"同胞断言他远比所有德高望重的人更神圣"。正是遵从这么一条入乡问俗、调适传教的温和的文化路线，利玛窦在肇庆被称为"利秀才"，在南昌被称为"利举人"，在北京被称为"利进士"，他的中文修养渐趋精深，获得愈来愈多的体面的认同。他翻译《四书》比王韬 1862 年在香港协助英华书院院长理雅各将四书五经译为英文早了 270 年，成为中西文化缔缘的先驱者。

澳门在 16、17 世纪是中西文化交流的"圣城"，由于葡萄牙国王握有天主教保教权的缘故而被视为"东方梵蒂冈"，是中国人看取西方希腊、希伯来文化，尤其是文艺复兴早期文化的一个有历史关键意义的窗口。刘熙《释名》说："窗，聪也；于内窥外，为聪明也。"门是让人出进的，窗打通了大自然与人的隔膜，把风和太阳逗引进来，窗可以说是天的进出口。窗口也可以放进小偷和情人。1582 年澳门窗口就放进了一个中西文化初恋期的情人利玛窦，为中国文化注入了一种异样的色彩。

在考察利玛窦与《四库全书》的相遇之前，有必要介绍一下他 300 年后的一位澳门邻居，也就是清朝末年杰出的维新改良思想家郑观应。郑氏历尽商海风波之后，于 1884 年，也就是利玛窦离开澳门进入中国内地 302 年后，以 32 岁盛年退居澳门郑家大屋（距离利玛窦学习中文的圣保罗学院一公里外），思考中国的前途和拯救的方法，写成《盛世危言》。书中对利玛窦颇存好感，称说"明季利玛窦东来，徐光启舍宅为堂，有奏留其教之疏，实为华人入教之鼻祖。而明史称其清介，亦未因入教而受贬也"。这里提到的徐光启，是晚明松江府上海县人，60岁后"冠带闲居"故里，著《农政全书》，身后归葬之地称徐家汇。他是得风气之先的上海文明的先驱者，徐氏之汇，汇向今日上海世博会所张扬的"理解、沟通、欢聚、合作"的精神理念。郑观应《盛世危言》从商业富国的理念出发，主张"设博览会以励百工"，是从民族振兴的角度倡导上海办世博会的第一人。

《盛世危言》专设《赛会》章，给中国人的脑筋增加一根世博会的历史和壮观的弦，它交代："溯赛会之事，创之者英京伦敦，继之者法京巴黎，嗣后迭相举赛，萃万国之精英，罗五洲之珍异……美人赛会于芝加哥，其气象规模尤极天下之大观，为古今所未有……此会拥九州万国之珍奇，备海滋山陬之物产，非此不足以扩识见，励才能，振工商，兴利赖。"写《赛会》之时，适逢1893年美国以"纪念哥伦布发现新大陆400年"为主题，举办芝加哥世博会，盛况空前。其大道乐园启发了后来的迪斯尼乐园，爆米花、蓝带啤酒、口香糖刺激着饮食时尚。其时美国的GDP已超过英国，位居世界第一，面对一流大国的气象规模，郑观应心存忧患，反省"中国之商务衰矣，民力竭矣，国帑空矣"，进而警醒国人，"欲富华民，必兴商务；欲兴商务，必开会场；欲筹赛会之区，必自上海始"。有意思的是，有美国学者名为"华志建"者，把1893年芝加哥世博会和2008年北京奥运会相比拟，认为那届世博会把世界的眼光聚焦到美国，而这届奥运会使美国人看中国的目光，就像当年欧洲人看美国崛起一样，既震惊又怀疑。这样的话用在上海世博会，更有可比性。

这样，我们就清理出思考"西学东渐400年祭"的三个维度：一是利玛窦—徐光启—上海；二是利玛窦—郑观应—世博会；三是利玛窦遭遇《四库全书》，这第三个维度具有更深刻的文化内涵和历史教训，它将引领我们走进中国历史命运的深处。

二　把正史的眼光与皇帝的趣味一道反思

那么，历史是怎样记载利玛窦这个文化初恋情人的呢？《明史》在《神宗本纪》中只记利玛窦一句话："（万历二十八年十二月）大西洋利玛窦进方物。"记载是记载了，但是与午门受俘、灾民为盗、群臣请罢矿税并列，并不特别打眼，反而有几分冷漠。冷漠的语言背后，却隐藏着这位传教士文化情人带来什么令人眼睛发亮的定情物（信物）和嫁妆。

1601 年 1 月 27 日，利玛窦以"大西洋陪臣"的身份，依靠澳门资助，进贡的方物有天主像、圣母像、天主经、《万国舆图》、大小自鸣钟、三棱镜、大西洋琴和玻璃镜等。（顺便说一句，1915 年巴拿马世博会，晚清状元实业家张謇邀请苏绣圣手沈寿挥动神针，用 110 种颜色的丝线绣成《耶稣像》参赛，荣获金奖，实现了西方宗教与华夏工艺的精美结合。这是利玛窦进方物，耶稣像入中国 300 年后，带上中国色彩的一次西行。）万历皇帝在利玛窦进献的方物中，对自鸣钟尤为痴迷，在大内建筑钟楼保藏，还专门选派太监向传教士学习管理操作知识，多次诏请传教士入宫修理。皇帝好钟表，全然为了解闷猎奇，以消解他胖的发愁的寂寞。皇太后要欣赏自鸣钟，万历皇帝就让太监弄松发条，以便能留下来自己享用，把"以孝治国"也丢在脑后了。直到解放前的上海，利玛窦还被供奉为钟表行业（还有客栈）的祖师爷，可见自鸣钟着实是个了不起的洋玩意儿，但皇帝老子却没有安排相关部门仔细考究它的精密原理，进而借鉴制造，只知享受文明，不思创造文明。至于世界地图，也只是复制分赠给皇子们，挂在墙上作奇异的图画来欣赏。而对于世界地图蕴含着多少未知的可开发的领域，对于其他珍宝蕴含的光学原理和机械制造之利，王朝决策者蒙蒙然毫无用心。当万历皇帝把这些"方物"当玩物的时候，潜在着的取法西方发展科技和工业的契机，在老大的帝国胖墩墩的嬉皮笑脸下无声无息地滑走了。

然而，利玛窦进贡的礼品所蕴含的科技价值，还是给中国知识界带来了深刻的精神震撼。这位传教士文化情人带来的贡物嫁妆中，最抢目、最使中国士人精神震撼的是世界地图——《坤舆万国全图》。地图取名于《易传》"坤为大舆",坤为地、为母,为人类驰骋发展的大车,隐喻大地孕育滋生万物。利玛窦所作《万国全图·总论》中说:"地与海本是圆形,而合为一球,居天球之中,诚如鸡子,黄在青内。"它震撼着中国文化精英脑袋里根深蒂固的"天圆地方"的天地模式,使人们猛然惊异于世界之大,有五大洲,中国仅是万国之一,并不等于自己整天盘算着"治国平天下"的那个天下。利玛窦的地球中心说,属于托勒密系统,未能汲取哥白尼学说,但对中国传统的天下观已起了颠覆的作用。它将中国画在地图中央,左为欧洲、非洲,右为南北美洲,投合了中国人的中心意识,这种布局在中国地图学中沿用400年。这种新的世界观给中国知识界敞开了一个无穷的未知空间,长久地刺激着人们的求知欲望,由地理视野转化为一种崭新的文化视野。

《明史·神宗本纪》对利玛窦只记载了一句话,意味着他对王朝政治无多大关系,但《外国列传》中几乎把利玛窦等同于大西洋意大利,用了千余字,称述"意大里亚大西洋中,自古不通中国。万历时,其国人利玛窦至京师。为《万国全图》,言天下有五大洲:第一曰亚细亚洲,凡百余国而中国居其一;第二曰欧罗巴洲,凡七十余国,而意大里亚居其一;第三曰利未亚洲,亦百余国;第四曰亚墨利加洲,地更大,以境土相连分为南北二洲;最后乃墨瓦腊泥加州为第五,而域中大地尽矣"。这是可以动摇中国传统以本国为中心、环以四夷的天下观的。撰写《外国列传》者,是清朝康熙年间由博学弘儒科而成为翰林的浙江通儒毛奇龄,他对于利玛窦通过宦官"以其方物进献,自称大西洋人。礼部言《会典》止有西洋琐里国,无大西洋,其真伪不可知",是不敢苟同的。毛奇龄认为,以为古书未载的就不存在,是最不通的,"六经"无髭髯二字,并不等于说中国人的胡子是汉朝以后才长出来的。因此他推断利玛窦"其说荒渺莫考,然其国人充斥中土,则其地固有不可诬也"。但《外国列传》不排除是经过史馆总裁官修改定稿,其中也有官方口吻的担忧:"自利玛窦入中国后,其徒来益众……自利玛窦东来后中国复有天主之教公然夜聚晓散,一如白莲(教)。"不过编纂者多为东南文士,毕竟感染西学东渐的气息，行文还是采取分析态度，指出"其国人东来者，大都聪明特达之士，意专行教，不求禄利，其所著书，为华人所未道，故一时好异者，咸尚之。而士大夫如徐光启、李之藻辈首好其说，且为润色其文词，故其教骤兴，时著声中土"。其实，大地是否为球体，世界是否有五大洲，并非书斋里的推理问题，中国人应该迈开双脚，到世界五大洲去实地考察，去证实，去发现。当上海迎来全球 240 多个参展国和国际组织，办成规模空前的世博会的时候，谁还会怀疑世界有五大洲，对于利玛窦的世界地图不再会怀疑其真伪，只会发现其粗疏了。

《明史》馆臣属于康熙、雍正朝的文士，在其视野中，利玛窦主要给中国带来两样大西洋异物，一是世界地图，打开中国人看世界的视境，但他们还感到"荒渺莫考"；二是带来天主教，虽然个人聪明特达，不求利禄，但其"公然夜聚晓散，一如白莲（教）"，担心造成对中国社会稳定和安全的危害。正史对于西洋天文、历算之学还是欢迎的，如《明史·天文志》说："明神宗时，西洋人利玛窦等入中国，精于天文、历算之学，发微阐奥，运算制器，前此未尝有也。"正史对利玛窦的文化使命和文化行为的反应，蕴含着开放意识和儆诫意识的交织，这是西学东渐初期根底深厚的中国正统文化系统的反应。但是，进一步思考，这种过分自持的文化反应，无异于以管窥天，难以在科学技术领域掀起轩然大波。人家有巨浪，你却无大波，累之以日月，老祖宗的本钱也会吃光的。"荒渺莫考"的西洋科技和工业，距离 17 世纪的东方古国似乎太遥远了，只在有限的人群中呈露星星点点，又无国家意志的推助，难以激发整个民族的忧患意识和竞争意识。

三 《四库全书》之"副册""另册"——西方文化归入中华文化框架

那么康熙、雍正以后再过半个世纪，到了 18 世纪的乾隆朝，情形又如何呢？利玛窦传播西方文化，即所谓基督教远征中国之行，引起的最集中的反应是遭遇 160 年后乾隆时期编纂的《四库全书》。《四库全书》是一批儒者、汉学家集体完成的乾隆钦定的国家工程，以干嘉考据学的功力在其《总目提要》中展示了数千年博大精深的中国学术文化史。它是以中华帝国官方正统的文化眼光审视利玛窦的传教行为和携带的西洋文化的。它自有一种规范，是以一种内蕴的价值观，通过立体的、等级的目录学体系以及对群书的分类定位，著录提要，存目或禁毁，来判别它们的正邪、优劣的文化价值等级。利玛窦的中文著译存世者在20种以上，收入《四库全书》有4种，未收而存目者6种。收录的4种为《乾坤体义》《测量法义》《圜容较义》《几何原本》，收入子部算法类。存目6种为《辨学遗牍》《二十五言》《天主实义》《畸人十篇》《交友论》《天学初函》，归入子部杂家类存目。如果说，《四库全书》也如《红楼梦》太虚幻境的册子之有正册、副册，再加上另册，那么从以上对利玛窦中文著作的处置来看，它们未入正册，而天文算法类书入了副册，传播教义类书则入了另册。这就是西学东渐初期中国文化的对话姿态和西方文化遭遇的命运。当你把别人的文化归档之时，你自身的文化前行的姿态和命运反过来也被归了档。

在利玛窦使中西文化联姻的过程中，这位传教士碰上了一种前所未遇的古老而深厚的东方文明。他不可能像对某些所谓"蛮族"那样，面对文化空洞高傲地大肆传教，他面对的是一个丰足而儒雅的民族，必须使自己也变得儒雅而不鄙陋，才能在这个古老深厚的文化体制中获得受人尊重的身份。他想对中国文化施以压力，中国文化也对他施以反压力，相互之间都有一个文化辨析、认知和选择对话方式的过程。有一种所谓"利玛窦判断"，他发现中国所存在的东方人文主义特点在于宗教不发达，没有完备的神学，有的只是道德哲学。这使他对基督教东征之旅抱有信心，又对东方的道德信仰心存畏惧，内心充满复杂的矛盾。面对东方源远流长的文明传统，他不能显出简陋，于是搬出天文算法这类西学的优长所在，他甚至一再敦促罗马教会增派一些精于天文星相的教友来华，以备中国皇帝每年编修历法的咨询，以博取中国学者的青睐和折服。《四库全书》子部天文算法类收入利玛窦的四种书，是作为实用之学加以评价的。《四库总目·子部总叙》将天文算法类图书放在医家和术数图书之间，属于实用之学，但不是纲纪之学。西方的天文算法这类科技著作，被嵌镶在中国儒学的学术价值框架之中，受到了格式化的处置。这套框架是由《四库全书》总纂官纪昀具体设计的，带有北方学术宗师的典重的规范性。

这里从天文算法类中，选择利玛窦两部书的提要加以考察。其一是《乾坤体义》，属于自然哲学著作。上卷讨论地球和天体构造，以及地球和五星相互关系之原理；下卷列举几何题十八道，用来证明数学图形中间，圆形具有最大的包容性，比一切图形都完美。《四库全书总目提要》卷一〇六评述说："《干坤体义》二卷，明利玛窦撰。利玛窦，西洋人，万历中航海至广东，是为西法入中国之始。利玛窦兼通中西之文，故凡所著书，皆华字华语，不烦译释。是书上卷，皆言天象，以人居寒暖为五带，与《周髀》七衡说略同。以七政恒星天为九重，与《楚辞·天问》同。以水火土气为四大元行，则与佛经同……至以日月地影三者定薄蚀，以七曜地体为比例倍数，日月星出入有映蒙，则皆前人所未发。其多方罕譬，亦委曲详明。下卷皆言算术，以边线、面积、平圜、椭圜互相容较，亦是以补古方田少广所未及。虽篇帙无多，而其言皆验诸实测，其法皆具得变通，可谓词简而义赅，是以御制《数理精蕴》，多采其说而用之。当明季历法乖舛之余，郑世子载堉、邢云路诸人，虽力争其失，而所学不足以相胜。自徐光启等改用新法，乃渐由疏入密。至本朝而益为推阐，始尽精微，则是书固亦大辂之椎轮矣。"

提要肯定了利玛窦天文算法的简明翔实，以及发前人所未发的新颖之处，但这种肯定是有限度的，看不出有多少以西人为师的输诚之心。另一层的意思，反而有些西学中源之意，从大概是汉代的天文算学典籍《周髀算经》，以及宗教文学类的著作中寻找科学的源头，折射了某种"西学东源说"的投影。这种投影在居于《四库总目》子部天文算法类榜首的《周髀算经》的提要中，表现得更为充分，其中提到《周髀》"其本文之广大精微者，皆足以存古法之意，开西法之原"，又说"明万历中，欧罗巴人始别立新法，号为精密。其言地圆，即《周髀》所谓地法覆槃，滂沱四隤而下也。……西法多出于

《周髀》，此皆显证，特后来测验增修，愈推愈密耳"。对于传统学术，固然不应数典忘祖，应看到它在古代曾经领先，但是更不能总像阿Q那样得意忘形地夸口"先前阔"，而矮化西方文艺复兴以后的科学技术的进展。尤其应该看到，世代沿袭的正统学术倚重人伦修养，排斥奇技淫巧，从学统和体制上未能自觉地把科学技术的发展置于国策的地位，此时反而津津有味地编制尧时畴人传为西学的神话，不知取彼之长补己之短，不知改革为何物，实在令人感到可叹可悲。

其二是《几何原本》六卷，乃是欧几里得《原本》的平面几何部分，利玛窦根据其师克拉维乌斯的拉丁文评注本翻译成中文，1608年刊行。《四库提要》说："利玛窦译，而徐光启所笔受也。……光启序称其穷方圆平直之情，尽规矩准绳之用，非虚语也。……此书为欧逻巴算学专书，……以此弁冕西术不为过矣。"所谓弁冕，都是古代男子冠名，吉礼戴冕，通常礼服用弁，四库馆臣是把《几何原本》看成西方学术之冠的。徐光启（教名保罗，）从一个谙熟"代圣贤立言"的八股文的进士，转而与利玛窦翻译科学名著，并把逐渐理解该书的精确性和可靠性当作享受的过程，其后又以这种科学思维写成《农政全书》60卷，这种"徐光启转换"在晚明社会具有独特的文化史和科学史意义。他强忍父丧之痛，与利玛窦反复辗转，求合原书之意，三易其稿，终成精品。他对此书的逻辑推理方法和科学实验精神甚为折服，在《几何原本杂议》中说："举世无一人不当学……能精此书者，无一事不可精；好学此书者，无一事不可学。"可谓推崇备至，使这部书成了明末清初揣摩算学者的必读之书。

曹操《短歌行》："对酒当歌，人生几何?"徐光启、利玛窦借用"几何"二字，重新命名"形学"，谐音英文Geo，促使中国这门学科与西方接轨。梁启超在《中国近三百年学术史》中，盛赞"利、徐合译之《几何原本》，字字精金美玉，为千古不朽之作"，又称《四库全书》馆臣多嗜算学，"在科学中此学最为发达，经学大师差不多人人都带着研究"。其影响之大，刺激了后来的墨学、尤其是蕴含科学和逻辑思维的"墨辩之学"的复兴。只可惜当时的体制不能使科学研究与创造发明相结合，众多的聪明才智依然浪掷于以八股求利禄之中，因而无法打通中国的工业化进程。《四库全书》的价值系统只把天文算法类的《几何原本》等书作为一家之言置于副册，没有将之作为正册的独立的科学体系而置于国家文化的正统地位。社会机制不能互动互融而出现文化脱层现象，乃是一个大国全面协调发展的大忌。

与四库馆臣咬文嚼字的思维方式不同，历届世博会致力于办成推动社会发展的"经济、科技、文化领域的奥林匹克盛会"。比如，一些世博会把"人类、自然、科技"、能源、水源、海洋，以及反复地以哥伦布发现新大陆为象征的"发现时代"为主题，它们的思维方式都是指向人类社会和科学技术的可持续发展。就拿《几何原本》中赞不绝口的那个"圆"，在1893年美国芝加哥世博会上变成了菲力斯摩天轮，在1958年比利时布鲁塞尔世博会上变成了原子球建筑，在1967年加拿大蒙特利尔世博会上被富勒宣称宇宙建筑的形，必然是球体，而赋形建美国馆，这些都或多或少地对人类的思想和生活方式发生冲击或启示。上海世博会上的中国馆，就以方形阶梯式的斗拱建筑，调动了地球环绕太阳自转的光线投射，在光影调动中赋予冬暖夏凉，简直称得上巧夺天工。从《四库提要》到上海世博会的设计，中国以开放的胸襟显现了思维方式从古典到现代的根本性转型。

四　如何处理国家尊严与开放姿态

文化对撞之流，总是一股混合型的浊流，其间鱼龙混杂，源流和因素多端，动机和效果各有追求。利玛窦携带的西方文化来自两个体系，一个是希伯来文化，为传教义之所据，另一个是古希腊体系，为传天文算法之所据。古老而深厚的中国文明似乎有一股历久弥坚的免疫系统，对传教士利玛窦的文化行李进行分析、排斥和选择。以科学见长的古希腊的文化系统将文艺复兴重新激活，这个系统内如《几何原本》之类的作品纳入钦定《四库全书》的副册，加以著录。而源自希伯来系统，经中世纪延续下来的传教著作则列入《四库》子部杂家类作为存目，受到四库馆臣的讥讽和抵制，在某种意义上作了另册处理。这大概就是西学东渐初期，中国正统文化的"非开放之开放""非理性之理性"的反应。

列入存目，是否有归入另册之嫌，还要略为辨析。《四库》著录和存目的分野，绝非只看学术标准，不看政治标准。比如元代散曲大家张可久（字小山），曾被明代曲家将之与乔吉比为"曲中李杜"。但《四库全书总目·凡例》说："张可久之《小山小令》，臣等初以相传旧本，姑为录存。并蒙皇上指示，命为屏斥。仰见大圣人敦崇风教，厘正典籍之至意。"因而将其从著录贬为"集部词曲类存目"。这里采用的是"敦崇风教"这种政治伦理标准。利玛窦的传教著作也不是因为质量标准，而是因为政治考量而归入子部杂家类存目的。

对于这种文化碰撞中的甜酸苦辣，利玛窦早有实感在先，他因而反对西班牙籍的耶稣会士桑彻斯所谓"劝化中国，只有一个好办法，就是借重武力"的强暴传教方式，而主张"交友传教"的方式。他建议："所有在这里的神父努力学习中国文化，把这作为一种很大程度上决定传教团存亡的事情看待。"明万历二十三年（1595年）利玛窦在江西南昌，应万历皇帝的堂叔建安王的要求，辑译的西方哲学家的格言集《交友论》，语录一百则，也透露了利玛窦以交友方法传教的文化策略。时人冯应京（安徽泗州人，万历二十年进士）为之作序云："西泰子间关八万里，东游于中国，为交友也。其悟交道也深，故其相求也切，相与也笃，而论交道独详。嗟夫，友之所系大矣哉！……爰有味乎其论，而益信东海西海，此心此理同也。"然而一二百年后的钦定《四库提要》却对此并不领情，认为"万历己亥利玛窦游南昌，与建安王论友道。因著是编，以献其言，不甚荒悖，然多为利害而言，醇驳参半"。这些说法就未免有点儒者排斥异己的不靠谱的意味了。《交友论》说："吾友非他，即我之半，乃第二我也，故当视友如己焉""友之与我，虽有二身，二身之内，其心一而已。"这些话都带有上帝造人，其心如一的信仰，至于"德志相似，其友始固"，也强调交友应该提倡志同道合，看不出有何等"多为利害而言"的迹象。不能因为他是传教士，就把他介绍的西方伦理哲学都废弃不顾，儒门不是也讲究"以文会友，以友辅仁"吗？《礼记》还说："独学而无友，则孤陋而寡闻。"偏执地批判交友之道，有可能关闭开放的心灵，这是不能不令人感到遗憾的。就拿世博会来说吧，它倡导的"理解、沟通、欢聚、合作"理念，高度重视交友之道，欢迎天下友朋，共办共享这个超越了国家、民族、宗教的人类文明盛会。

在文明对话中，利玛窦传教的策略，本有援儒斥佛的苦心，他"小心谨慎，竭尽努力从中国历史和信仰中采纳可能同基督教真理一致的一切"，对中国人祭孔、祭祖的礼仪，也采取理解的态度，而集中力量抨击佛、道。徐光启称这种文化策略为"补儒易佛"，但四库馆臣对此并不认同。比如《二十五言》本是伦理箴言集，以 25 则短论宣说"禁欲与德行之高贵"，《四库提要》反而认为："明利玛窦撰。西洋人之入中国自利玛窦始，西洋教法传中国，亦自此二十五条始。大旨多剿窃释氏，而文词尤拙。盖西方之教，惟有佛书，欧罗巴人取其意而变幻之，犹未能甚离其本。厥后既入中国，习见儒言，则因缘假借以文其说，乃渐至蔓衍，支离不可究诘，自以为超出三教上矣。附存其目，庶可知彼教之初所见不过如是也。"又评《辨学遗牍》，谓"是编乃其与虞淳熙论释氏书，及辨莲池和尚《竹窗三笔》攻击天主之说也。利玛窦力排释氏，故学佛者起而相争。利玛窦反唇相诘，各持一悠谬荒唐之说，以较胜负于不可究诘之地。不知佛教可辟，非天主教所可辟；天主教可辟，又非佛教所可辟，均同浴而讥裸裎耳。"这里把天主教和佛教，都看作异端外道，通通排斥，以维护儒学的纯正性。其用语相当刻薄，觉得两种先后来华的宗教相互排斥，只不过是一同在澡堂子里洗澡，你笑人家裸体，岂不知你自己也光屁股呢。

四库馆臣编书，既然有过编纂"儒藏"的动议，尊崇儒学，排斥异端，对于耶、佛二教的精蕴也就未及深入辨析。至于专门辨说和传播教义之书如《天主实义》，尽管它一再宣称非议佛、老而补充儒术，说"（佛、老）二氏之谓，曰无曰空，于天主理大相剌谬，其不可崇尚，明矣。夫儒之谓，曰有曰诚，虽未尽闻其释，固庶几乎"，但它以天主高出儒家一等，倡言"今惟天主一教是从"，就难以得到四库馆臣的认可。《四库提要》指出，《天主实义》"释天主降生西土来由，大旨主于使人尊信天主，以行其教。知儒教之不可攻，则附会六经中上帝之说，以合于天主，而特攻释氏以求胜。然天堂地狱之说，与轮回之说相去无几也。特少变释氏之说，而本原则一耳。"这种评议，印证了利玛窦认为中国文化缺乏系统的宗教神学的判断；同时也显示了儒学的兼容性是有主体的兼容，是以我融彼，而不是以彼融我，其间的主宾结构是不能颠倒的。作为《天主实义》姊妹篇的《畸人十篇》，几乎每篇都列出问难者的姓名、身份，包括吏部尚书李戴、礼部尚书冯琦、翰林院庶吉士徐光启、工部主事李之藻等人，济济多士，是天主教传教中土的颇为体面的阵容。书名来自《庄子·大宗师》托言孔子答子贡："畸人者，畸于人而侔于天。"畸人就是奇特的人，不随俗而超越礼教，"率其本性，与自然之理同"。书名就在依附儒学中渗入某种庄学的因素，透出几分反潮流的味道。在中国正统文化的压力下，虽然有若干文士认同利玛窦为"西极有道者，文玄谈更雄。非佛亦非老，飘然自儒风"（《程氏墨苑》载汪廷讷《酬利玛窦赠言》），但利玛窦本人还是深感"在北京宫廷，余等形同奴隶，以效力基督，直被人视若人下人故也"。

子部杂家存目中，著录李之藻汇编的利玛窦总集性质的《天学初函》，囊括了上述的 10 种书，总计收书 19 种。《四库提要》的评述涉及了当时中国士大夫的西学观："西学所长在于测算，其短则在于崇奉天主，以炫惑人心。所谓天地之大，以至蠕动之细，无一非天主所手造，悠谬姑不深辨。即欲人舍其父母而以天主为至亲，后其君长而以传天主之教者执国命，悖乱纲常，莫斯为甚，岂可行于中国者哉。……今择其器编十种，可资测算者，刻著于录；其理编则惟《职方外纪》以广异闻，余概从屏斥，以示放绝。并存之藻总编之目，以著左袒异端之罪焉。"《四库全书》是以纲常名教的价值观，把利玛窦传播的天主教列入不可施行于中国的另册的。在 18 世纪康熙朝，曾经发生过天主教徒是尊重、还是禁止祭孔祀祖一类"中国礼仪"之争，引起康熙的盛怒和雍正的禁教，乾隆朝的四库馆臣写这则提要，也就不再考虑所谓"利玛窦规矩"曾经在祭孔祀祖上入乡随俗，因而使用了"概从屏斥，以示放绝"以及"左祖异端之罪"这样严厉的话。但由此而对外来文化因噎废食，把自己封闭起来，来一个闭关锁国，则可能损害国家命运了。在文化战略上，还是多一点历史理性和辩证法思维为好。

毫无疑问，利玛窦400年祭，是长时段的反思文化，包括中西文化对话和中国文化命运的极好命题。可将这400年分为两段，第一段为自利玛窦来华到乾隆钦定《四库全书》一百几十年，第二段由《四库全书》至今日上海世博会二百余年。反思400年，我们用了三个维度：利玛窦、《四库提要》、上海世博会。三个维度的关系是，以世博会的新世纪高度为立足点，以《四库提要》为参照，以利玛窦为缘由，看取中国文化的去、今、来。在开放进取的视野中，考察了经历严峻挑战而更见光彩的中华民族的生命力。在这个长时段中，从万历的昏庸到乾隆的自信，从有识之士更新世界视野钻研西方科学，到王朝体制妨碍科学通向实业之路，从官方政策维护国家尊严，又倒退到闭关锁国，到士人出现"徐光启式的转换"和更深刻程度的进取开拓，这400年存在太多的文明探索和历史教训。正是在汲取历史教训和付出落后挨打的惨重代价之后，中国精神和中国智慧在压抑中爆发，在挫折中提升，不屈不挠地在戊戌变法、辛亥革命、五四运动、新中国成立和改革开放中迈出五大步，最终迎来了以2008年北京奥运会和2010年上海世博会为标志的一个现代大国的全面复兴。

400年沧海桑田的巨变，当然是整个国家民族不朽的生命力的结晶，不能只限于翻看某个人的账本。利玛窦在本质上是一个传教士，他传播西方科学文化，只是为了推进传教而自我救助的一种文化策略。但是历史的新机似乎跟歪打正着往往有缘，利玛窦由此率先给中国人带来了世界上已开始文艺复兴的"陌生的另一半"的新鲜信息，这个信息是如此重要，如此令人震撼，使之成为介入中华文明发展的一盏遥远的雾中灯。灯光虽然裹在雾中，但还是值得回忆、回味和沉思。站在今日上海世博会的灿烂阳光下，回眸400年的漫漫长途，难道不可以从中寻找到某种文化启示录吗？